CE QUE SAVENT
LES MORTS

Laura Lippman

CE QUE SAVENT LES MORTS

Traduit de l'anglais (États-Unis) par
Frédéric Grellier

ÉDITIONS FRANCE LOISIRS

Titre original : *What the Dead Know*
Éditeur original : William Morrow,
an imprit of HarperCollinsPublishers, New York

Édition du Club France Loisirs,
avec l'autorisation des Éditions du Seuil.

Éditions France Loisirs,
123, boulevard de Grenelle, Paris.
www.franceloisirs.com

ISBN : 978-2-298-03067-9

Pour Sally Fellows et Doris Ann Norris

Les vivants, en effet, savent qu'ils mourront ; mais les morts ne savent rien ; et il n'y a pour eux plus de récompense, puisque leur mémoire est oubliée. Et leur amour, leur haine, leur envie ont déjà péri ; et ils n'auront plus jamais part à tout ce qui se fait sous le soleil.

L'Ecclésiaste 9,5-6

1

Son estomac se noua quand elle aperçut le château d'eau au-dessus des arbres nus et immobiles, vaisseau spatial posé sur terre. L'édifice avait jadis été un repère capital dans leur petit jeu familial, bien que le but ait été ailleurs. Dès qu'on apercevait le disque blanc sur ses longues pattes, le moment était venu de se tenir prêt, tel l'athlète dans les starting-blocks. *À vos marques, prêts, je vois...*

Ça n'avait pas commencé comme un jeu. Repérer le grand magasin niché dans un virage du Beltway[1] était un défi avec elle-même, une façon d'évacuer l'ennui après deux jours de voiture pour rentrer de Floride. Aussi loin que remontaient ses souvenirs, ils y avaient passé toutes leurs vacances de Noël, alors qu'aucun d'entre eux n'appréciait cette visite chez la grand-mère paternelle. Son appartement d'Orlando était exigu et malodorant, ses chiens méchants et sa cuisine immangeable. Ils avaient tous le cafard, y compris leur père, surtout lui, même s'il prétendait le contraire et s'indignait si quiconque accusait sa mère d'être ce qu'elle était bel et bien – radine, bizarre et malveillante. Il n'empêche, lui non plus ne

1. Nom donné au périphérique de Baltimore.

pouvait cacher son soulagement grandissant sur le chemin du retour et il annonçait joyeusement chaque État au moment d'en franchir la frontière. « *Georgia !* » susurrait-il en imitant la voix éraillée de Ray Charles. Ils y faisaient une halte dans un motel anonyme et repartaient avant l'aube, atteignant rapidement la Caroline du Sud, « *Divine Caroline !* » ; suivait la longue traversée de la Caroline du Nord et d'une Virginie dont la monotonie n'était rompue que par la pause-déjeuner à Durham et la danse des paquets de cigarettes sur les panneaux publicitaires animés aux abords de Richmond. Arrivait enfin le Maryland, merveilleux Maryland, Maryland chéri, plus que quatre-vingts kilomètres, l'affaire d'une heure à l'époque. Aujourd'hui, elle avait mis presque le double de temps, au ralenti sur la voie express entre Washington D.C. et Baltimore, mais déjà ça roulait un peu mieux.

Je vois...

Hutzler, qui était à l'époque le plus prestigieux des grands magasins de la ville, érigeait à l'occasion des fêtes une énorme cheminée qu'enfourchait un père Noël éternellement figé sur son rebord. Était-il en train d'arriver ou de repartir ? Elle n'avait jamais su le dire. Elle avait appris à repérer cette tache rouge, signe que la maison n'était plus loin, comme les marins savent que la terre approche en apercevant certaines espèces d'oiseaux. C'était un rituel clandestin, comme de compter les traits de la ligne blanche discontinue à mesure qu'ils disparaissaient sous les roues avant, méthode pour calmer les maux de cœur dont elle n'avait jamais vraiment guéri. Déjà à l'époque, elle gardait pour elle certaines choses, percevant parfaitement la distinction entre les excentricités amusantes et les manies compulsives qui la feraient passer pour quelqu'un d'aussi bizarre que... sa grand-mère, disons.

Ou, pour être tout à fait franche, son père. Mais cela lui avait échappé un jour, exclamation joyeuse et imprévue, nouveau fragment de ses monologues intérieurs lâché dans la nature :

« Je vois Hutzler ! »

Son père en avait aussitôt compris l'importance, contrairement à sa mère et à sa sœur. Il semblait toujours deviner les strates sous ses paroles, ce qui la réconfortait quand elle était petite mais était devenu intimidant au fur et à mesure qu'elle grandissait. Malheureusement, il avait tenu à transformer son rituel personnel marquant le retour à la maison en un jeu, une compétition, ce qui n'appartenait qu'à elle seule devant alors être partagé avec le reste de la famille. Son père était très porté sur le partage, la mise en commun de la vie privée. C'était un adepte des longues conversations familiales pleines de digressions – ce qu'il appelait des « séances de parlotes » dans le jargon de l'époque –, des portes toujours ouvertes et d'une quasi-nudité décontractée, habitude dont leur mère était toutefois parvenue à le défaire. Si vous tentiez de garder pour vous quoi que ce fût, des bonbons achetés avec votre argent de poche ou un sentiment que vous ne vouliez pas exprimer, il vous accusait de thésauriser. Il vous faisait asseoir, vous regardait droit dans les yeux et vous expliquait que la famille, ça ne fonctionne pas comme ça. La famille était une équipe, une entité, un pays à part entière, la seule facette de votre identité à demeurer intacte toute la vie.

« On ferme la porte d'entrée aux inconnus, disait-il, jamais à l'un d'entre nous. »

Il s'était donc emparé de « Je vois Hutzler ! » pour le

bien commun et avait encouragé tout un chacun à se disputer le droit de le dire en premier. Dès lors que tout le monde jouait, les derniers kilomètres de périphérique étaient devenus d'un suspense insoutenable. Les sœurs tendaient le cou et se penchaient en avant, retenues à la taille par les ceintures de sécurité ancien modèle, qu'on attachait seulement pour les longs trajets. C'était comme ça, à l'époque – ceintures de sécurité uniquement pour les voyages, vélo sans casque, skate-boards fabriqués avec des bouts de planches pleines d'échardes et des vieux patins à roulettes. Coincée à sa place, elle sentait son estomac se nouer et son pouls s'accélérer, et tout ça pour quoi ? Pour le vain honneur d'être la première à dire à voix haute ce qu'elle avait toujours été la première à penser. Comme dans toutes les compétitions paternelles, il n'y avait pas de prix, pas de récompenses. La victoire ne lui étant plus assurée, elle adoptait son attitude habituelle : elle feignait l'indifférence.

Et pourtant, elle était à nouveau là, seule et sûre de gagner si elle voulait, si futile soit cette victoire, et avait encore l'estomac qui se nouait, ignorant que le magasin avait depuis longtemps disparu et que tout avait changé là où se dressait autrefois la célèbre enseigne en forme de trèfle. Changé, oui, et s'était dégradé. La paisible douairière qu'était Hutzler avait cédé la place à un vulgaire Value City. En face, côté sud, le Quality Inn s'était transformé en un garde-meubles. De là, il n'était plus possible de voir si le Howard Johnson du carrefour, où la famille s'offrait une fois par semaine un dîner poisson-frites, était toujours là, mais elle en doutait. La chaîne existait-elle encore quelque part ? Et elle-même ? Oui et non.

Ce qui arriva ensuite fut l'affaire d'un instant. C'est

toujours le cas, quand on y réfléchit. Elle fit cette remarque quand on l'interrogea par la suite. *La période glaciaire est survenue en quelques secondes ; c'est juste qu'il y en a eu beaucoup.* Oh, elle savait se faire aimer quand il le fallait absolument, et si cette tactique était maintenant moins essentielle à sa survie, elle avait du mal à se défaire de cette habitude. Les gens qui l'interrogeaient avaient beau feindre l'exaspération, elle sentait qu'elle obtenait l'effet désiré chez la plupart d'entre eux. Sa description de l'accident était déjà devenue palpitante et parfaitement rodée. Elle avait jeté un coup d'œil à droite, vers l'est, en cherchant à se rappeler tous les repères de son enfance et en oubliant la recommandation habituelle : « Le risque de verglas est plus grand sur les ponts », et avait éprouvé une étrange sensation, un peu comme si le volant lui échappait des mains – de fait, la voiture se détachait déjà de la route et n'avait plus d'adhérence alors même que la pluie verglaçante n'avait pas commencé et que la chaussée semblait parfaitement sèche. C'était de l'huile et non du verglas, devait-elle apprendre par la suite, résidu d'un premier accident. Comment se prémunir contre une tache d'huile invisible dans le crépuscule de mars, contre les oublis ou les négligences d'une équipe de cantonniers qu'elle ne connaissait pas et ne rencontrerait jamais ? Quelque part dans Baltimore, un individu était passé à table ce soir-là sans se douter qu'il venait de détruire la vie de quelqu'un, ignorance qu'elle lui enviait.

Elle agrippa le volant et appuya énergiquement sur les pédales, mais la voiture ne réagit pas. La berline carrée dérapa vers la gauche, comme l'aiguille d'un odomètre devenue folle. Elle rebondit sur la glissière de sécurité, fit une embardée et fut déportée vers la file extérieure. Elle eut un instant l'impression d'être seule sur la route, comme si les autres automobilistes et leurs véhicules s'étaient figés par respect ou par crainte. La vieille Valiant – nom qui lui avait semblé de bon présage, il lui rappelait le prince Vaillant et tout ce qu'il évoquait à l'époque où elle lisait la bande dessinée dans le journal dominical – avançait rapidement et gracieusement, danseuse au sein du cortège appesanti et imperturbable des dernières sorties de bureau.

Et là, juste au moment où elle croyait avoir repris le contrôle, ses pneus adhérant de nouveau à la chaussée, elle sentit un coup amorti sur la droite. Elle venait de heurter le flanc d'un 4×4 blanc, et bien que sa voiture fût nettement plus petite, celui-ci vacilla sous l'impact, éléphant abattu par un tir de sarbacane. Elle aperçut ou crut apercevoir le visage d'une enfant, l'air moins apeuré que surpris en se rendant compte que quelque chose pouvait entrer en collision avec son univers propre et bien ordonné. La fillette portait un anorak et de grosses lunettes très peu flatteuses, effet accentué par un cache-oreilles en fourrure blanche. Sa bouche formait un cercle, petit rond tout rouge d'étonnement. Elle devait avoir douze ans, peut-être onze, et c'était justement à l'âge de onze ans que... Le 4×4 bascula lentement dans le fossé où il fit plusieurs tonneaux.

Pardon, pardon, pardon, pensa-t-elle. Elle savait qu'elle aurait dû ralentir, s'arrêter, s'inquiéter des passagers, mais un concert de klaxons et de freins s'éleva derrière elle, cohorte sonore qui la poussait vers l'avant malgré elle. *Ce n'est pas de ma faute !* Tout le monde devait savoir que les 4×4 avaient tendance à se renverser. Son petit coup n'aurait jamais pu provoquer un accident aussi dramatique. Et puis, elle avait eu une longue journée et elle touchait au but. Sa sortie était la prochaine, à moins de deux kilomètres. Elle pouvait encore rejoindre la I-70, vers l'ouest et sa destination.

Mais quand elle se retrouva sur la longue ligne droite menant à la I-70, elle prit à droite et non à gauche, vers le panneau VOIE SANS ISSUE et la route bizarre et inachevée, que sa famille avait baptisée l'autoroute de nulle part. Ce qu'ils pouvaient jubiler quand ils donnaient les indications pour venir chez eux ! « Prenez la I-70 vers l'est, jusqu'à l'endroit où elle s'arrête. – Comment une autoroute peut-elle s'arrêter ? » Et son père de raconter triomphalement les manifestations, le combat des habitants de Baltimore pour préserver le parc, la faune et la flore, et les modestes habitations qui encerclaient le port. C'était un des rares succès de son père, même s'il n'avait joué qu'un rôle mineur – signer les pétitions, manifester parmi d'autres. Aussi fort qu'il en ait rêvé, il n'avait jamais été choisi pour prendre la parole dans des meetings.

La Valiant faisait un bruit épouvantable, la roue arrière droite raclant le pare-chocs probablement embouti. Perturbée comme elle l'était, elle jugea bon de se garer sur le bas-côté et de continuer à pied, alors même que la neige fondue avait commencé à tomber et que chaque pas lui était de plus en plus pénible. Ses côtes la faisaient tellement souffrir qu'elle avait l'impression de recevoir un coup de canif à chaque respiration et qu'elle avait du mal à tenir son sac comme on le lui avait appris – près du corps, pas à se balancer au poignet, ce qui tente les voleurs et les arracheurs de sacs. Elle n'avait pas attaché sa ceinture, elle avait été ballottée et projetée contre le volant et la portière. Elle avait du sang sur le visage, mais ne savait pas d'où il venait. La bouche ? Le front ? Elle avait tour à tour chaud et froid, elle voyait des étoiles noires. Non, pas des étoiles. Plutôt des triangles qui pivotaient et tournoyaient, suspendus aux fils d'un mobile invisible.

Elle marchait depuis moins de dix minutes quand une voiture de police s'arrêta à sa hauteur, gyrophare en marche. L'agent ne descendit pas, mais baissa la vitre côté passager.

— C'est à vous, la Valiant là-bas ?

Que répondre ? La question était plus compliquée que ne pouvait s'en douter le jeune officier. Malgré tout, elle hocha la tête.

— Je peux voir vos papiers ?

— Bien sûr.

Elle fouilla dans son sac, mais ne trouva pas son portefeuille. *Zut...* Elle se mit à rire, tellement ça tombait bien. Bien sûr qu'elle n'avait pas de papiers. Elle n'avait pas d'identité, pas vraiment.

— Désolée. Non... je... (Elle ne pouvait pas s'arrêter de rire.) Je ne les ai plus.

Il descendit et voulut lui prendre son sac pour chercher lui-même. Elle poussa un cri qui la stupéfia plus encore que lui. Elle avait éprouvé une douleur fulgurante à l'avant-bras gauche quand il avait tenté de dégager le sac de son coude. Il demanda du renfort par la radio qu'il portait à l'épaule. Il lui prit ses clés et les empocha, se dirigea vers la Valiant, inspecta l'intérieur, puis revint et resta debout avec elle sous la neige fondue qui tombait. À part quelques paroles convenues qu'il marmonna, il resta silencieux.

— C'est grave ? lui demanda-t-elle.

— Le médecin vous dira ça quand vous serez aux urgences.

— Non, pas moi. Là-bas.

Le grondement d'un hélicoptère au loin vint lui répondre. *Pardon, pardon, pardon.* Mais ce n'était pas de sa faute.

— Ce n'est pas de ma faute. J'ai perdu le contrôle... mais je n'y suis pour rien...

— Je vous ai lu vos droits. Ce que vous me dites... comptera. Enfin... il paraît assez clair que vous avez pris la fuite après un accident.

— J'allais chercher des secours.

— C'est une voie sans issue qui aboutit à un parking. Si vous aviez vraiment voulu leur venir en aide, vous vous seriez arrêtée ou bien vous auriez pris la sortie Security Boulevard.

— Il y a la vieille pharmacie de Windsor Hills, au croisement de Forest Park et Windsor Mill. Je comptais appeler de là-bas.

Elle vit qu'il était désarçonné de l'entendre citer des noms précis, preuve que les environs lui étaient familiers.

— Je ne vois pas de quelle pharmacie... Il y a bien une station-service, mais... Vous n'avez pas de portable ?

— Non, pas pour mon usage personnel. Mais j'en ai un pour le travail. Avant d'acheter quelque chose de nouveau, je préfère attendre que ce soit bien au point, que tout fonctionne vraiment. Avec un portable, il y a des coupures et les gens sont obligés de crier la moitié du temps. On ne peut pas préserver sa vie privée. J'en prendrai un quand ils marcheront aussi bien que les fixes.

Elle croyait entendre son père. Après toutes ces années, il demeurait présent dans sa tête, ses sentences toujours aussi catégoriques. « Ne sois pas pressée d'acquérir un nouveau gadget technique. Aiguise bien ton couteau. Ne mange pas de tomates hors saison. Sois gentille avec ta sœur. Un jour, ta mère et moi ne serons plus là, et vous n'aurez personne d'autre que vous deux. »

Le jeune policier la dévisagea d'un air grave, comme un enfant sage contemple avec ébahissement un camarade qui a fait une bêtise. C'était insensé qu'il se montre si méfiant. Sous ce ciel bas, accoutrée comme elle l'était, ses bouclettes aplaties par la pluie, elle devait faire plus jeune que son âge. On lui donnait toujours bien dix ans de moins, même les rares fois où elle soignait sa tenue. La coupe très courte qu'elle avait adoptée depuis un an la rajeunissait encore plus. C'était tout de même étonnant, ses cheveux qui n'avaient rien perdu de leur blondeur à un âge où la plupart des femmes recouraient à des produits chimiques pour obtenir cette teinte délicate et chatoyante. Comme s'ils s'insurgeaient d'avoir été longtemps emprisonnés sous un coloris grand public, « châtain chic ». Ses cheveux n'étaient pas moins rancuniers qu'elle.

— Bethany, dit-elle. Je suis une des sœurs Bethany.

— Quoi ?

— Vous n'êtes pas au courant ? lui demanda-t-elle. Vous ne vous souvenez pas ? En effet, vous devez avoir... combien ? Vingt-quatre ans ? Vingt-cinq ?

— J'aurai vingt-six ans la semaine prochaine.

Elle se retint de sourire ; on aurait dit un garçonnet proclamant qu'il avait deux ans et demi et non deux ans. À quel âge cesse-t-on de se vieillir, d'augmenter légèrement le nombre ? À la trentaine, pour la plupart des gens, supposait-elle, même si elle-même avait franchi ce cap beaucoup plus tôt. À dix-huit ans, elle aurait volontiers renoncé à devenir adulte en échange d'une enfance différente.

— Vous n'étiez donc même pas né quand... Et vous

n'êtes probablement pas d'ici non plus, le nom ne vous dit sans doute rien.

— Les papiers du véhicule sont au nom de Penelope Jackson, domiciliée à Asheville, Caroline du Nord. C'est vous ? J'ai fait vérifier le numéro d'immatriculation et apparemment il ne s'agit pas d'une voiture volée.

Elle fit non de la tête. Elle aurait perdu son temps à lui livrer son récit. Autant attendre quelqu'un qui saurait en apprécier la valeur, mesurer toute l'importance de ce qu'elle essayait de lui dire. Déjà elle calculait, une seconde nature chez elle depuis si longtemps. Qui était dans son camp et la protégerait ? Qui était son adversaire et la trahirait ?

À l'hôpital St Agnes, elle s'en tint à un mutisme sélectif, ne répondant qu'aux questions sur les endroits où elle avait mal. Ses blessures étaient relativement bénignes – une coupure au front qui exigea quatre minuscules points de suture, avec l'assurance qu'elle ne garderait pas de cicatrice, une déchirure et une fracture à l'avant-bras gauche. On le banda et on l'immobilisa provisoirement, en lui expliquant qu'une opération serait nécessaire par la suite. Le jeune policier avait dû fournir le nom de Bethany, vu que la personne des admissions l'interrogea à ce sujet, mais elle refusa d'ajouter quoi que ce fût, malgré ses questions insistantes. Dans des circonstances ordinaires, elle aurait été soignée, puis libérée. Mais la situation était tout sauf ordinaire. Un agent en tenue fut posté devant sa porte et on l'informa qu'elle ne devait pas quitter sa chambre, même si les médecins l'en jugeaient capable.

— La loi est très claire, l'informa un flic de la brigade des accidents de la route plus âgé que le premier. Vous êtes tenue de décliner votre identité. Si vous n'étiez pas blessée, vous passeriez la nuit en prison.

Elle resta muette, alors même que l'idée d'être enfermée la terrorisait. Ne plus être libre de ses mouvements, être détenue quelque part – non, plus jamais ça. Le médecin avait inscrit « Jane Doe[1] » sur sa fiche et ajouté « Bethany ? » entre parenthèses. Sa quatrième identité, fit-elle le compte, mais peut-être était-ce la cinquième. On s'y perdait facilement.

Elle connaissait St Agnes. Plus exactement, elle l'avait connu à une autre époque. Multiples accidents, autant d'occasions de se rendre à l'hôpital. Un mollet entaillé quand elle avait laissé tomber un bocal plein de lucioles, les éclats de verre rebondissant sur le trottoir et lui coupant le gras du muscle. Un coup de tapette à mouches donné avec les meilleures intentions sur la plaie infectée d'un vaccin antivariolique. Un genou éclos comme une fleur après une chute dans les fourrés, dévoilant des horreurs d'os et de sang. Un tibia éraflé sur la valve rouillée d'un vieux pneu, énorme chambre à air récupérée sur quelque tracteur ou camion, château rebondissant bricolé par leur père en hommage à l'anglophilie de leur mère[2]. Les expéditions aux urgences étaient une affaire de famille, une autre des manies communautaires de son père – moment terrifiant pour le blessé et rébarbatif pour ceux qui étaient obligés de l'accompagner, mais dont tous étaient récompensés dans la foulée par une glace chez M. G.

1. Nom par lequel on désigne une femme dont l'identité est inconnue ou gardée secrète dans une affaire de police ou de justice – l'équivalent féminin de John Doe.

2. Les châteaux gonflables rebondissants sont des jeux traditionnels de plein air en Grande-Bretagne.

Ce n'était pas le retour que j'envisageais, songea-t-elle, allongée dans la pénombre, gagnée par l'apitoiement sur soi, vieille connaissance.

Car elle avait imaginé rentrer – elle s'en rendit compte –, mais pas ce jour-là. Un jour, enfin, mais à sa convenance, et pas parce que quelqu'un d'autre en avait décidé. Trois jours auparavant, sa vie bien ordonnée, conquise de haute lutte, avait déraillé sans prévenir, échappant à son contrôle comme la Valiant verte. Cette voiture... on aurait dit qu'un fantôme y était caché depuis le départ, la poussant discrètement vers le nord, à travers des lieux familiers, vers un instant qu'elle n'avait pas choisi. À l'embranchement de la I-70, où il lui aurait été si simple de filer vers l'ouest, sa destination d'origine, avec une chance de s'échapper, la voiture avait pris à droite et s'était arrêtée de son propre chef. Le prince Valiant l'avait presque ramenée chez elle, en essayant de la duper pour qu'elle fasse ce qu'il fallait. Voilà pourquoi le nom lui avait échappé. Ça, ou sa blessure à la tête, ou tout ce qui lui était arrivé depuis trois jours, ou son inquiétude pour la fillette du 4×4.

Toute légère sous l'effet des tranquillisants, elle se projeta au lendemain matin, imagina ce que ça ferait de dire son nom, son vrai nom, pour la première fois depuis des années. De répondre à une question dont la réponse allait de soi pour la plupart des gens : *Qui êtes-vous ?*

Et elle réalisa soudain quelle serait la deuxième question.

PREMIÈRE PARTIE

Mercredi

2

— C'est ton téléphone ?

Le visage plissé de sommeil, la jeune femme le dévisageait d'un air furieux, ce qui n'était pas une première pour Kevin Infante. Il ne se souvenait pas de son prénom, mais il était certain que cela lui reviendrait d'ici une à deux secondes. De ça aussi, il avait l'habitude.

C'était la combinaison des deux – une inconnue et un regard mauvais – qui faisait de cette matinée un moment unique dans ce que son sergent aimait appeler les Annales d'Infante, en mettant toujours l'accent sur le premier A. Qu'avait-il bien pu faire pour mériter cet air de martyr alors qu'il la connaissait à peine et ne se rappelait même pas comment elle s'appelait ? En général, il lui fallait trois ou quatre mois pour provoquer ce genre de fureur chez une femme.

— C'est ton téléphone ? répéta la femme d'un ton aussi menaçant et crispé que ses traits.

— Oui, répondit-il, soulagé de commencer par une question facile. Tout à fait.

Le temps qu'il songe à chercher l'appareil pour répondre, la sonnerie avait cessé. Il attendit que le fixe prenne le relais, mais se souvint qu'il n'était pas chez lui. Il tâtonna de la main gauche, son bras droit toujours coincé sous la femme, et trouva son pantalon par terre, le portable accroché à la ceinture. Au moment même où il s'en saisissait, l'appareil vibra en émettant un bip strident, mécontentement supplémentaire.

— C'est juste le bureau, dit-il en voyant le numéro s'afficher.

— Une urgence ? demanda la femme, et s'il avait eu la présence d'esprit de mentir, de répondre que c'était exactement cela, il aurait pu se rhabiller en vitesse et s'échapper.

Encore dans les brumes du sommeil, il répondit :

— Dans mon service, il n'y a jamais d'urgences.

— Je croyais que t'étais flic ?

Sous chaque mot perçait la colère macérée, l'amertume accumulée.

— Je suis inspecteur.

— C'est pareil, non ?

— À peu près.

— Et les flics ont pas d'urgences ?

— Si, tout le temps.

Et cela en était bien une.

— Mais dans mon domaine...

Il se garda de préciser qu'il s'occupait de meurtres, de crainte qu'elle ne soit trop fascinée et ne cherche à le revoir pour entamer une relation. Des groupies de flics, il y en avait beaucoup, et d'habitude il s'en réjouissait.

— Les personnes dont je m'occupe sont... très patientes.

— Genre... t'as un emploi de bureau ?

— On pourrait dire ça.

Il avait un bureau. Et un emploi. Qu'il exerçait parfois depuis son bureau.

— Debbie, dit-il en essayant de ne pas avoir l'air trop

fier d'avoir retrouvé son prénom. Oui, on pourrait dire ça, Debbie.

Il jeta un coup d'œil autour de lui et observa les lieux tout en cherchant une horloge. Une chambre, bien entendu. Plutôt sympa, posters de fleurs et ce que son ex-épouse, la dernière en date, appelait une « stratégie des couleurs », expression qui se voulait positive, mais dont Infante s'était toujours méfié. La stratégie devenait vite stratagème, manœuvre pour parvenir à ses fins. Quand on y réfléchissait bien, cela faisait aussi partie d'un vaste piège, celui qui commençait par la bague hors de prix, le crédit revolving chez Shofer et l'emprunt immobilier, pour se terminer – déjà deux fois dans son expérience – devant un juge du comté de Baltimore, la femme vous laissant les dettes et prenant tout le reste. Ici, la déco était dans des tons verts et jaune pâle, ce qui n'avait rien de choquant en soi mais lui donnait vaguement la nausée. En faisant le tri entre ses habits et ceux de la jeune femme, il commença à remarquer d'autres détails curieux, des éléments qui détonnaient dans la chambre. Le bureau encastré sous la fenêtre à battants, le minifrigo recouvert d'une nappe sur laquelle était posé un micro-ondes, le fanion au mur, encourageant les Wildcats de Towson...

Quel âne ! songea-t-il. *Mais quel âne !*

— T'es en licence de quoi ? lui demanda-t-il.

La jeune fille – une vraie de vraie, une jeune fille à part entière, elle avait sûrement moins de vingt et un ans ; certes, tout ce qui avait plus de seize ans était un gibier légal, mais Infante avait des principes... – lui décocha un regard glacial et passa par-dessus lui, enroulée dans le drap de dessus vert et jaune. Avec des gestes appuyés, elle parvint à attraper un peignoir moelleux suspendu à un crochet et à l'enfiler, ne laissant tomber le drap qu'une fois la ceinture nouée. Malgré tout, Infante entraperçut ce qui l'avait amené là. Dieu sait qu'il ne s'agissait pas du visage, qui devait tout de même paraître plus séduisant quand il n'était pas renfrogné. Dans la lumière du matin, Debbie était beaucoup trop pâle, de ces blondes au teint coquille d'œuf dont les yeux disparaissent en l'absence de maquillage. Elle prit un seau dans le placard, déclenchant une seconde de panique chez Infante. Allait-elle le frapper avec ? Lui verser quelque chose sur la tête ? Mais elle se contenta de sortir de la chambre, avec son air indigné, pour aller se doucher. Et sans doute effacer toute trace de sa nuit avec lui. L'étendue du fiasco ? Il préféra ne pas attendre et ne pas le savoir.

À cette heure relativement matinale pour une université, il atteignait la sortie de la résidence quand il croisa enfin quelqu'un, une étudiante boulotte qui écarquilla ses grands yeux devant cette intrusion. Un homme, qui plus est en costume, plus vieux, et donc manifestement ni étudiant ni même enseignant.

— Police du comté de Baltimore, dit-il.

Ça ne parut pas beaucoup la rassurer.

— Il est arrivé quelque chose ?

— Non, simple inspection de routine. N'oubliez pas de bien verrouiller votre porte et évitez les endroits mal éclairés dans les parkings.

— Oui, monsieur, dit-elle d'un ton solennel.

Ce matin de mars était froid, et le campus désert. Il retrouva sa voiture non loin du dortoir, en stationnement interdit. La veille, il avait cru déposer Debbie devant un immeuble quelconque. La soirée lui revenait. Il avait été au Souris's, pour changer du Wagner's que fréquentaient ses collègues. Il avait remarqué la bande de filles au bout du comptoir, s'était dit qu'il était là simplement pour boire un verre, mais n'avait pu s'empêcher de partir en chasse. La plus belle proie lui avait échappé, mais celle qu'il avait ferrée n'était pas si mal. Désireuse de plaire, tout du moins ; elle l'avait sucé dans sa voiture garée dans Allegheny Avenue. Il l'avait ramenée à ce bâtiment vieillot, calme et silencieux à deux heures du matin. Il comptait la regarder tourner sa clé dans la serrure et la saluer d'un petit coup de klaxon, mais elle n'avait visiblement pas eu son compte, alors il l'avait accompagnée dans sa chambre et s'était exécuté. Il était à peu près sûr de s'être montré à la hauteur avant de s'endormir. Alors, pourquoi la soupe à la grimace ce matin ?

Un flic de l'université était sur le point de le verbaliser, mais il sortit son badge et le type laissa tomber, alors qu'il avait manifestement très envie de lui tenir tête. Se battre pour coller une prune était sans doute le temps fort de sa journée de pauvre bougre.

Infante consulta la messagerie de son portable. La voix de Nancy Porter, son ancienne coéquipière, chuchotement inquiet. « Où es-tu passé ? » Merde, il avait encore raté la prise de service. S'il voulait arriver au boulot à une heure raisonnable, il faudrait choisir entre se doucher et avaler quelque chose, un vrai petit déjeuner qui lui calerait l'estomac. Décidant qu'il supporterait mieux de se sentir barbouillé quelques heures que de puer, il se rendit à son appartement au nord-ouest de Baltimore. Il pourrait toujours prétexter qu'il s'occupait de... l'affaire McGowan, voilà. L'inspiration lui vint sous la douche, où il s'attarda plus longtemps qu'il n'aurait dû, fouetté par l'eau chaude, les odeurs de la nuit s'échappant de ses pores. Il raconterait qu'il cherchait l'ex-petit ami de la victime, pas le dernier en date ni celui d'avant, non, l'avant-avant-dernier. Tout bien réfléchi, ce n'était pas une mauvaise idée. La jeune femme avait été poignardée et son cadavre balancé dans le parc de Gunpowder Falls, avec une sauvagerie comme on en rencontre rarement chez de parfaits inconnus. Le meurtrier ne s'était pas contenté de la taillader. Il avait aussi brûlé le cadavre, déclenchant un feu de broussailles qui avait conduit les pompiers sur place, sans quoi on n'aurait peut-être pas retrouvé le corps avant des semaines ou des mois, voire des années. Les gens s'étonnaient toujours que la police ne puisse pas retrouver un cadavre mais, malgré l'urbanisation incessante de Baltimore, il restait encore des dizaines d'hectares de nature intacte. De temps en temps, un chasseur découvrait des ossements qui s'avéraient être ceux d'une victime disparue depuis cinq ou dix ans.

Au début de sa carrière, Infante avait travaillé sur une affaire de ce genre, où le meurtre ne faisait aucun doute, mais où le corps restait introuvable. Riche et influente, la famille de la victime avait les moyens de rendre dingue la police. Quand on leur avait expliqué que leurs exigences – les recherches, les analyses scientifiques inconsidérées – engloutiraient une bonne partie du budget annuel, ils avaient haussé les épaules et rétorqué : « Et alors ? » Le cadavre avait été retrouvé au bout de trois ans, à dix mètres à peine d'une autoroute de la rive nord, par un automobiliste qui voulait soulager sa vessie dans les fourrés. Traumatisme infligé par un objet contondant, avait conclu le légiste, confirmant qu'il s'agissait bien d'un assassinat. Mais aucun autre indice n'avait pu être glané, ni sur le corps ni aux alentours, et le mari, qui était le suspect numéro un depuis le début, était mort entre-temps. Une seule question restait en suspens dans l'esprit d'Infante, savoir si le coup fatal avait été accidentel, énième dispute du samedi soir dans une maison qui en avait connu d'autres, ou bien un geste plus intentionnel. Il avait passé beaucoup de temps avec le mari avant que celui-ci ne soit emporté par un cancer de l'œsophage. Le type en était même arrivé à croire qu'Infante venait le voir par amitié ou gentillesse. Il semblait tout à fait peiné d'avoir perdu sa femme, et Infante était persuadé qu'il se prenait pour la victime. Pour lui, il n'avait fait que la pousser, pas plus fort que toutes les autres fois depuis des années, sauf que, là, elle ne s'était pas relevée. Le petit mari l'avait donc prise dans ses bras, s'était débarrassé du cadavre dans les bois et s'était considéré innocent jusqu'à la fin de ses jours. On aurait pu croire que la belle-famille se satisferait de sa mort, qui plus est fulgurante et douloureuse, mais pas du tout. Pour certaines personnes, rien ne suffisait jamais.

Infante sortit de la douche. En théorie, il n'avait qu'une demi-heure de retard. Mais il était tiraillé par la faim ; et le drive-in n'était pas son truc. Il se rendit au Bel-Loc où la serveuse fut aux petits soins et s'assura qu'on lui préparait son steak et ses œufs exactement comme il les aimait, le jaune légèrement coulant. Il les perça avec les dents de sa fourchette, les regarda s'étaler sur la viande et s'interrogea une fois de plus : *Qu'est-ce que j'ai foutu pour que Debbie me tire la tronche ?*

***

— On a une folle à St Agnes qui divague et prétend savoir quelque chose à propos d'un ancien meurtre, l'informa le sergent Lenhardt. Tu vas y aller.

— Je bosse sur l'affaire McGowan. D'ailleurs, j'avais

un témoin à voir de bonne heure. C'est pour ça que je suis en retard.

— Il faut que j'envoie quelqu'un. Le dernier arrivé tire le numéro gagnant.

— Mais je viens de t'expliquer que...

— Oui. Je sais ce que tu m'as raconté. Ce n'est pas une raison pour louper l'appel, connard.

Lenhardt avait fait équipe avec Infante l'année précédente pendant une pénurie d'effectifs et se montrait encore plus chiant depuis qu'il était redevenu sergent à plein temps, comme pour bien lui rappeler qui était le patron.

— À quoi bon ? Tu dis que c'est une malade mentale.

— Oui, ou bien elle raconte des salades pour détourner l'attention vu qu'elle a pris la fuite après un grave accident de la route.

— Sait-on au moins quel crime elle promet d'élucider ?

— Hier soir, elle a bafouillé le nom de Bethany.

— Bethany Beach ? Ce n'est même pas à Baltimore, encore moins dans le comté !

— Les sœurs Bethany, petit rigolo. Une vieille affaire de disparition.

— Et tu penses qu'elle est cinglée ?

— Oui.

— Tu veux que je perde une demi-journée... St Agnes est à l'autre bout du comté... pour l'interroger ?

— Oui.

Infante tourna les talons, énervé et furieux. D'accord, il méritait qu'on lui casse un peu les couilles, mais Lenhardt ne pouvait pas en être certain et c'était donc injuste.

Le sergent l'interpella.

— Hé, Kevin !

— Oui ?

— Tu connais l'expression, avoir de l'œuf sur le visage[1] ? Je l'ai toujours prise au sens figuré, mais en te voyant, j'ai pensé que ça fonctionne aussi au sens propre. Tu as passé ta matinée à interroger des gens et personne ne t'a signalé que t'as du jaune sur la figure ?

Infante porta la main à sa bouche et sentit la trace incriminante, à la commissure des lèvres.

— Petit déjeuner de travail. Avec une source qui aurait peut-être des renseignements sur l'affaire McGowan.

— Tu mens toujours comme tu respires ? lui demanda le sergent sans méchanceté aucune. Ou bien tu t'entraînes pour ton prochain mariage ?

3

Le jeune médecin mit du temps à choisir sa pâtisserie, commença par indiquer un beignet torsadé, puis un feuilleté aux pommes, avant de revenir au beignet. Kay Sullivan, qui patientait derrière lui, sentait qu'il se régalait d'avance et prenait sa décision sans la moindre culpabilité. Après tout, il était âgé de vingt-six ou vingt-sept ans, svelte comme un lévrier et habitué à fonctionner à l'adrénaline, comme tout interne. Il avait de nombreuses années devant lui avant d'être obligé de surveiller ce qu'il s'enfournait dans le gosier – à supposer qu'il y vienne.

1. Expression imagée qui signifie « se couvrir de ridicule ».

Certaines personnes ne renonçaient jamais, surtout les hommes, et celui-ci était un vrai gourmand. Le beignet était visiblement le clou de sa matinée, récompense après une longue nuit. Son plaisir était tellement palpable que Kay avait quasi l'impression d'avoir choisi la pâtisserie pour elle-même et se sentit donc moins privée quand elle prit son habituel café noir avec deux sachets d'édulcorant.

Elle s'installa à une table dans un coin et sortit un bouquin de son sac à main. Kay cachait des provisions de livres de poche dans les moindres recoins de sa vie – dans la voiture, au bureau, dans la cuisine et la salle de bains. Cinq ans auparavant, quand la douleur du divorce était encore vive et récente, elle s'était mise à lire pour ne pas penser à la vacuité de son existence. À la longue, elle s'était aperçue qu'elle préférait la compagnie des livres à celle des humains. La lecture n'était pas pour elle un pis-aller mais un moment de plénitude. À la maison, elle évitait d'en abuser pour ne pas se couper de ses enfants. Elle posait son roman et s'efforçait de suivre l'émission de télé choisie par Grace ou Seth, regardant par moments avec convoitise l'ouvrage à portée de main. Ici, au travail, ce n'étaient pas les collègues qui manquaient avec qui déjeuner ou prendre sa pause, mais elle restait presque toujours seule, pour pouvoir lire. On la surnommait l'assistante antisociale, dans son dos. Du moins, croyait-on. Elle avait beau donner l'impression d'être plongée dans ses lectures, peu de choses lui échappaient.

Ce matin-là, par exemple, elle venait à peine d'arriver et d'ouvrir son bureau qu'elle était déjà au courant pour la patiente anonyme. De l'avis général, il s'agissait d'une mystificatrice qui avait raconté n'importe quoi en désespoir de cause, mais elle était quand même blessée à la tête, ce qui pouvait affecter diversement la mémoire. On pratiquerait aussi un examen psychologique, mais Kay n'était pas concernée, ayant quitté ce service depuis plus d'un an. Les blessures de la femme étaient récentes, conformes à l'accident, et elle ne prétendait être ni SDF, ni chômeuse, ni femme battue – les domaines de Kay. Certes, elle refusait de préciser si elle bénéficiait d'une couverture médicale, mais ce n'était là qu'un problème administratif et financier. S'il s'avérait qu'elle n'en avait aucune – du cinquante-cinquante, estimait Kay compte tenu de la situation économique –, il lui incomberait peut-être de trouver une solution financière, un moyen de facturer l'État fédéral ou le Maryland.

En attendant, l'inconnue était le problème de quelqu'un d'autre et Kay se réfugia dans l'univers de Charlotte Brontë. *Jane Eyre,* la sélection du mois de son groupe de lecture. Kay avait intégré ce club de quartier quand son mariage battait de l'aile ; elle ne s'y plaisait pas vraiment, mais cela lui procurait une excuse polie pour être toujours en train de lire. « Club de lecture, pouvait-elle prétexter en montrant le bouquin du moment, je suis en retard, comme d'habitude. » Aux réunions, beaucoup plus de temps était consacré à manger et à échanger des potins qu'à débattre du livre, mais Kay s'en accommodait parfaitement. Elle avait rarement envie de parler de ses lectures. Discuter des personnages d'un roman qu'elle avait aimé lui faisait le même effet que de jaser sur des amis.

Quelques jeunes médecins, beaucoup plus jeunes qu'eux-mêmes n'en avaient conscience, s'installèrent à une table voisine. Kay était en général très douée pour faire abstraction des bruits ambiants, mais la seule femme de la bande avait une de ces voix claires et perçantes qui fendent l'air.

— Un meurtre !

...Une semaine s'écoula, sans recevoir de nouvelles de M. Rochester. Dix jours, et il n'arrivait toujours pas...

— La belle affaire ! Il y a... combien ? Cinq cents meurtres par an à Baltimore ?

Moins de trois cents pour la ville, corrigea Kay dans sa tête. Et un dixième de ça pour le comté. Dans l'univers de Jane Eyre, la jeune gouvernante s'en voulait d'éprouver des sentiments pour son maître... *Je rappelai aussitôt à l'ordre mes sensations ; et je me félicitai de m'être ressaisie après cette méprise temporaire, d'avoir dissipé l'erreur qui m'avait fait supposer que j'avais la moindre raison d'attacher un vif intérêt aux déplacements de M. Rochester...*

— Mes parents ont été terrifiés en apprenant que j'avais obtenu un poste ici. Quitte à travailler à Baltimore, pourquoi ne pas choisir Hopkins ou l'université du Maryland ? J'ai menti, je leur ai raconté que St Agnes était situé dans une banlieue huppée.

Cette remarque déclencha des rires suffisants. St Agnes était un bon hôpital, doté d'un gros budget, le troisième employeur de la ville, mais sa prospérité n'avait pas rejailli sur le quartier environnant. Il avait même baissé d'un cran depuis quelques années, perdant son âme populaire pour devenir minable et marginal. Les proches banlieues, qui avaient connu un énorme succès au début de l'exode des Blancs du centre-ville, apprenaient à leurs dépens que les problèmes urbains ne respectent pas les lignes imaginaires tracées sur les cartes. Drogue et criminalité s'étaient échappées des quartiers difficiles pour franchir allègrement la frontière entre ville et comté.

Ceux qui en avaient les moyens déménageaient de plus en plus loin. Et maintenant, le centre-ville revenait à la mode, attirant les gens qui appréciaient les bons restaurants et la vue sur le port : yuppies, parents n'ayant plus d'enfants à charge, ex-Washingtoniens ayant réalisé une belle plus-value immobilière. Et tant pis si les écoles étaient nulles ! Kay se félicitait d'avoir gardé la maison d'Hunting Ridge, alors qu'à l'époque il semblait peu pratique et très onéreux de rester en ville. Sa valeur avait plus que triplé, lui permettant d'emprunter dans les périodes difficiles. Et son ex réglait les frais de scolarité dans le privé. Il était irréprochable pour les grosses dépenses, mais ne se rendait pas compte qu'un enfant revenait cher au quotidien, en baskets, beurre de cacahuètes et autres cadeaux d'anniversaire.

— Elle a quoi ? La... quarantaine ?

La jeune femme accentua le mot comme un coassement, pour bien marquer à quel point c'était vieux.

— Et elle raconte que c'est arrivé il y a trente ans ? poursuivit-elle. Elle a tué quelqu'un quand elle avait dix ans et ça lui était sorti de la tête jusqu'à maintenant ?

— Je ne crois pas qu'elle s'en soit accusée, objecta un homme à la voix plus lente et profonde. Elle dit juste qu'elle sait quelque chose sur un crime non élucidé. Une affaire célèbre. Enfin... d'après ce qu'elle dit.

— Quoi ? Comme l'enlèvement du fils Lindbergh ?

Kay n'aurait su dire si la jeune femme maniait l'hyperbole ou croyait que l'affaire Lindbergh remontait à une trentaine d'années. Les jeunes médecins, si brillants fussent-ils dans leur domaine, étaient parfois d'une ignorance choquante dans d'autres domaines – cela dépendait de l'étroitesse avec laquelle ils avaient poursuivi leur ambition.

Soudain, avec la fulgurance d'une migraine, Kay comprit que la jeune femme manquait de confiance en elle. Sa voix cassante était là pour masquer qu'elle n'avait aucune aptitude pour le détachement requis par la profession qu'elle s'était choisie. La pauvre se préparait des moments difficiles. Elle ferait mieux d'opter pour une spécialisation comme la médecine légale, où les patients étaient déjà morts ; non qu'elle manquait de compassion mais parce qu'elle en avait trop. Une écorchée vive, sur le plan émotionnel. Kay se sentit épuisée et fourbue, presque malade physiquement. C'était comme si cette jeune inconnue était venue s'asseoir sur ses genoux pour lui demander de la réconforter. Même *Jane Eyre* n'aurait pu la protéger. Elle prit sa tasse et quitta la cafétéria.

De vingt-cinq à trente ans, Kay avait cru que ses intuitions soudaines ne concernaient que ses enfants. Leurs émotions l'enveloppaient et se mêlaient aux siennes, comme si aucune peau ne les séparait. Elle éprouvait leurs moindres joies, frustrations et chagrins. À mesure que Grace et Seth grandissaient, elle s'était aperçue que par moments elle percevait aussi les sentiments d'autres personnes. De très jeunes gens, en général, qui n'avaient pas encore appris à masquer leurs émotions. Mais quand les conditions s'y prêtaient, elle était aussi réceptive aux adultes. Comble de l'ironie, cette empathie débordante était un handicap pour une assistante sociale. Elle avait appris à rester sur ses gardes dans le contexte professionnel. C'était dans des moments de calme, lorsque quelqu'un la prenait au dépourvu, qu'elle perdait pied.

Elle regagna son bureau à temps pour intercepter le docteur Schumeier, du service psychiatrie, qui s'apprêtait à laisser un mot sur sa porte. Il parut gêné d'être surpris ; elle se demanda pourquoi il avait pris le risque de venir la voir en personne plutôt que de lui envoyer un courriel. Schumeier était la preuve incarnée que la psychothérapie attire souvent ceux qui en auraient le plus grand besoin. Il évitait dans la mesure du possible tout contact *de visu,* et même par téléphone. La messagerie électronique avait été pour lui une invention inespérée.

— Il y a une patiente qui est arrivée hier soir... commença-t-il à dire.

— L'inconnue ?

— Exact.

Il n'était pas surpris qu'elle en ait entendu parler, bien au contraire. Il était sans doute venu la trouver précisément parce qu'il aurait moins d'explications à fournir, et donc moins besoin de s'exprimer.

— Elle refuse de se soumettre à l'examen psychologique. Enfin... elle a parlé brièvement au médecin, mais dès que les questions sont devenues précises, elle n'a plus répondu et a demandé l'assistance d'un avocat. Seulement, elle ne veut pas d'un avocat commis d'office et n'en connaît pas d'autre.

Kay soupira.

— Elle a de l'argent ?

— Elle prétend que oui, mais c'est difficile de vérifier alors qu'elle ne veut même pas dire son nom. Elle dit qu'elle ne fera rien sans la présence d'un avocat.

— Et vous voulez que je... ?

— Vous n'avez pas une... euh... une amie avocate ? Celle dont on parle toujours dans les journaux ?

— Gloria Bustamante ? Je la connais vaguement. Ce n'est pas une amie. Nous siégeons ensemble au conseil d'administration de The House of Ruth[1].

1. Association d'aide aux femmes et enfants victimes de violences domestiques.

Et je ne suis pas lesbienne, voulut-elle ajouter, certaine que l'esprit de Schumeier fonctionnait ainsi. Dès lors que Gloria Bustamante, avocate aux penchants sexuels ambigus, côtoyait Kay Sullivan, qui n'était sortie avec personne depuis la fin de son mariage, il en découlait forcément que Kay était elle aussi homosexuelle. Elle était parfois tentée de se fabriquer un badge « Je ne suis pas lesbienne, j'aime juste la lecture ».

— Oui, c'est ça. Vous pourriez peut-être l'appeler.

— Je préfère d'abord rencontrer la patiente. Je ne tiens pas à convoquer Gloria Bustamante si c'est pour qu'elle refuse de lui parler. Avec les honoraires que facture Gloria, son seul déplacement nous coûterait six cents dollars.

Schumeier sourit.

— Vous êtes curieuse, n'est-ce pas ? Vous avez très envie de voir la mystérieuse inconnue de l'hôpital.

Kay baissa la tête et chercha dans son sac un des bonbons à la menthe qu'elle avait pris à la caisse lors de son dernier extra, une sortie au restaurant avec Seth et Grace. Elle n'avait jamais supporté l'habitude qu'avait Schumeier d'affirmer pompeusement ce que vous pensiez ou ressentiez. C'était une des raisons qui l'avaient poussée à quitter son service. *Vous êtes psychiatre, pas médium,* était-elle tentée de lui répondre. Elle se contenta de marmonner :

— Dans quelle chambre est-elle ?

***

Le jeune policier en faction devant la chambre 3030 questionna longuement Kay, ravi d'avoir enfin quelque chose à faire, mais finit par la laisser entrer. Il faisait sombre dans la pièce, les stores ayant été baissés à cause de la luminosité du ciel hivernal. La femme semblait s'être endormie en position assise, la tête penchée de côté comme une enfant dans un siège-auto. Elle avait les cheveux très courts, coupe ingrate pour qui n'avait pas une ossature parfaite. Par choix ou à la suite d'une chimio ?

— Salut, dit l'inconnue en ouvrant brusquement les yeux.

Kay, qui avait eu à s'occuper de victimes d'incendie, d'accidentés de la route et de femmes dont les visages avaient été démolis par des hommes, fut encore plus décontenancée par cette figure relativement indemne. Il y avait une fragilité presque virulente chez cette femme alitée et pas simplement la fébrilité habituelle aux victimes d'accident. Cette femme était meurtrie, sa peau à peine plus efficace qu'une coquille d'œuf pour repousser la douleur du monde. La coupure qu'elle avait au front n'était rien comparée à ses yeux blessés.

— Kay Sullivan, je suis une des assistantes sociales de l'hôpital.

— Pourquoi aurais-je besoin d'une assistante sociale ?

— Vous n'en avez pas besoin, mais le docteur Schumeier pense que je pourrais vous aider à trouver un avocat.

— Pas d'avocat commis d'office. Il me faut quelqu'un de bon, qui puisse se concentrer sur moi.

— C'est vrai qu'ils ont la charge de beaucoup de dossiers, mais ils sont quand même...

— Ce n'est pas que je ne les admire pas, leur dévouement... C'est juste que... je veux quelqu'un d'indépendant. Quelqu'un qui n'ait aucun lien avec le pouvoir. Au bout du compte, les avocats commis d'office sont payés par le gouvernement. Au bout du compte, comme disait mon père, ils n'oublient jamais qui leur permet de mettre du beurre dans les épinards. Ce sont des fonctionnaires. Mon père en était un. Et il les tenait en horreur.

Kay avait du mal à lui donner un âge. Le jeune médecin avait parlé de quarante ans, mais elle pouvait facilement en avoir cinq de plus ou de moins. En tout cas, elle était trop âgée pour parler de son père d'un ton aussi révérencieux, comme si c'était un oracle. La plupart des gens dépassent ce stade à dix-huit ans.

— Oui... dit Kay, qui ne savait pas trop par quel bout prendre la conversation.

— C'était un accident. J'ai paniqué. Enfin... si vous saviez les pensées qui me passaient par la tête, le fait que je n'avais pas revu cette partie d'autoroute depuis... Comment va la fillette ? J'en ai vu une. Je me tuerai si jamais... Je ne veux même pas le dire. Je suis un poison. Rien qu'en existant, je sème la douleur et la mort. C'est ma malédiction. J'ai beau faire, je ne peux pas y échapper.

Kay repensa soudain à la foire de Timonium, à la tente aux monstres, à la manière dont à treize ans elle avait trouvé le courage d'y entrer, pour n'y découvrir que des êtres légèrement bizarres – obèses, tatoués, maigres, grands – assis placidement. Tout compte fait, Schumeier l'avait bien cataloguée : il y avait une part de voyeurisme dans sa mission, l'envie de voir, rien de plus. Mais cette femme lui parlait, l'attirait dans son monde, babillait comme si Kay savait ou aurait dû tout savoir d'elle. Elle avait souvent affaire à ce genre de personnes, qui parlaient comme si elles étaient célèbres, leur vie rapportée dans ses moindres détails par les tabloïds et la télévision.

Au moins celle-ci semblait la voir, contrairement à certains patients trop centrés sur eux-mêmes.

— Vous êtes de la région ? demanda l'inconnue.

— Oui, depuis toujours. J'ai grandi au nord-ouest de Baltimore.

— Vous avez quoi ? Quarante-cinq ans ?

Aïe, ça faisait mal. Kay était habituée à l'image, même assez plaisante, qu'elle apercevait dans les glaces et les vitres, mais là, il lui fallait admettre ce que voyait une étrangère : le petit corps trapu, les cheveux grisonnants mi-longs qui la vieillissaient. Elle était en bonne santé d'après tous les tests de médecine interne, mais il n'était pas facile de mettre en valeur sa pression artérielle, sa densité osseuse et son taux de cholestérol par le truchement de sa garde-robe ou de sa conversation.

— Trente-neuf, en fait.

— Je vais vous dire un nom.

— Le vôtre ?

— Ne pensez pas comme ça, pas tout de suite. Je vais dire un nom...

— Oui ?

— Vous le connaissez peut-être. Ou peut-être pas. Ça dépend comment je vais le dire, comment je vais tout raconter. Il y a une sœur et elle est morte, et ça ne surprendra personne. On en est persuadé depuis des années. Mais il y a une autre sœur et elle, elle n'est pas morte, et c'est plus compliqué à expliquer.

— Êtes-vous... ?

— Les sœurs Bethany. Le week-end de Pâques 1975.

— Les sœurs Bethany... Ah... Ah...

Et tout d'un coup, cela lui revint. Deux sœurs qui s'étaient rendues... où donc ? Au cinéma ? Au centre commercial ? Elle se souvint de leur ressemblance... l'aînée avec ses nattes attachées derrière les oreilles, la benjamine avec ses couettes... et de la panique qui s'était emparée de la ville, les enfants rassemblés dans les écoles pour qu'on leur montre des films aux mises en garde elliptiques. *Filles et garçons, soyez vigilants.* Kay avait mis plusieurs années avant d'en comprendre les euphémismes. *Après avoir accompagné des garçons bizarres à une fête sur la plage, Sally a été retrouvée pieds nus au bord de l'autoroute, l'air hagard... Les parents de Jimmy ont expliqué à leur fils que ce n'était pas de sa faute si Greg était devenu son ami et l'avait emmené à la pêche, mais ils lui ont bien fait comprendre qu'une amitié avec un monsieur n'était pas naturelle... Elle est montée dans la voiture de l'inconnu... et on ne l'a jamais revue.*

Des rumeurs avaient circulé... de faux signalements aussi loin qu'en Géorgie, des demandes de rançon fantaisistes, des craintes à propos des sectes et de la contre-culture. Après tout, Patty Hearst avait été enlevée juste un an auparavant. De nombreux kidnappings avaient marqué les années soixante-dix. Il y avait eu la femme d'un homme d'affaires libérée contre cent mille dollars, ce qui paraissait colossal à l'époque, une fille de bonne famille enterrée dans une boîte avec un tube pour respirer, l'héritier Getty à qui ses ravisseurs avaient coupé l'oreille... Mais les Bethany n'étaient pas riches, pour autant que Kay s'en souvienne, et plus leur histoire s'était prolongée sans trouver de conclusion officielle, moins elle était mémorable. Kay n'y avait sans doute plus repensé depuis la dernière fois qu'elle était allée au cinéma à Security Square, ce qui faisait bien dix ans. C'était bien ça... le centre commercial de Security Square, relativement récent à l'époque, devenu une espèce de ville fantôme à présent.

— Êtes-vous... ?

— Trouvez-moi un avocat, Kay. Un bon.

4

Infante se rendit à l'hôpital par l'itinéraire le plus direct, en traversant la ville plutôt que de la contourner par le Beltway. Nom de Dieu, le centre-ville brillait de plus en plus. Qui l'eût cru ? Il regrettait presque de ne pas avoir acheté dix ans auparavant, mais de toute façon la baraque ne serait déjà plus à lui. Qui plus est, il avait grandi en banlieue – à Massapequa, au bout de Long Island – et son quartier actuel de Parkville lui plaisait bien, avec son enchevêtrement d'artères secondaires et ses modestes résidences. International House of Pancakes, Appleby, Target, Toys'R'Us, stations-service, magasins de fournitures pour travaux manuels – voilà dans quel paysage il se sentait chez lui. Cela dit, il n'avait pas l'intention d'y retourner, c'était devenu quasi inabordable avec un salaire de flic. Il restait loyal aux Yankees et jouait le rôle du New-Yorkais insolent pour amuser ses collègues. Mais dans sa tête il savait qu'il était fait pour la ville de Baltimore et pour le métier de policier. Plutôt doué, il affichait un des meilleurs taux d'élucidation du service. « L'argot de Baltimore est ma deuxième langue », se plaisait-il à répéter. Lenhardt le tannait pour qu'il passe le concours de sergent... mais bon, les gens ont toujours envie qu'on fasse tout comme eux. « Tu devrais devenir pompier, lui disait son père, dans l'île. Sa première épouse lui demandait d'un ton cajoleur : « Allez, viens regarder *Law and Order* avec moi. » Elle voulait qu'il ait la même émission préférée qu'elle, le même plat préféré. Elle avait même essayé de lui faire abandonner la Bud pour la Rolling Rock, le Jameson pour le Bushmill. On aurait dit qu'elle procédait à rebours, qu'elle tentait de transformer en entente raisonnée ce qui avait été dès le départ une attirance charnelle et torride. Ce trait de caractère lui rappelait l'adolescent qu'il avait été. Il avait décidé où il voulait suivre ses études supérieures – Nassau Community College, où il n'aurait pas trop à se creuser les méninges, d'autant que ses parents n'avaient pas les moyens de lui offrir mieux – puis il avait fourni à la conseillère d'orientation les réponses pour que son ordinateur crache précisément ce nom-là. Ainsi, son unique possibilité était devenue un choix plutôt qu'un impératif.

Il traversa la ville sans encombre, atteignant l'hôpital en moins de quarante minutes. Mais ce ne fut pas suffisant. Gloria Bustamante – il ne connaissait pas avocat plus casse-couilles, homme ou femme, homo ou hétéro – l'attendait déjà dans le couloir.

Bordel de merde !

— Vous avez l'air absolument déconfit ! lui lança la vieille vipère alcoolique. Vous savez, je ne crois pas que j'aie jamais eu l'occasion d'employer ce terme,

« déconfit ». Mais c'est tout à fait cela. On dirait un jeune geai avec sa houppe qui lui tombe sur les yeux.

Elle tira son propre toupet, une mèche auburn dont on apercevait deux ou trois centimètres de gris à la racine. L'avocate était dépenaillée comme à son habitude – rouge à lèvres qui débordait du contour naturel des lèvres, tailleur auquel manquait un bouton. Ses chaussures, qui avaient jadis été chères, étaient éraflées et défoncées au bout, comme si elle avait criblé quelque chose de coups de pied. Probablement le tibia d'un inspecteur.

— Elle vous a embauchée ?

— Oui, je pense que nous avons trouvé un arrangement.

— C'est oui ou c'est non, Gloria ? Êtes-vous son avocate ?

— Pour l'instant. Je la crois sur parole quand elle dit pouvoir régler mes honoraires. (Elle cilla.) Vous êtes bien ici pour la brigade des homicides ? Pas pour enquêter sur un accident de la route ?

— Je me tape de ce qu'elle a fichu avec sa bagnole.

— Si elle accepte de vous parler du meurtre, peut-on tirer un trait pour l'accident ? Personne n'est vraiment responsable, elle a paniqué et...

— Putain, Gloria, vous vous prenez pour Monty Hall[1] ou quoi ? Vous me proposez d'échanger l'accident contre ce qui se trouve derrière le rideau ? Aucune transaction ne peut être conclue sans l'accord d'un procureur, vous le savez très bien.

— Dans ce cas, je ne pense pas vous autoriser à la

1. Animateur du jeu télé *Let's make a deal* – ancêtre du *Bigdil* français – dans lequel on propose aux joueurs de troquer des lots contre un cadeau mystère.

voir ce matin. Elle est épuisée, elle a une blessure à la tête. Je ne sais pas trop si elle devrait parler à qui que ce soit avant qu'un médecin puisse déterminer si sa mémoire est affectée.

— Elle a déjà été examinée hier soir.

— On a soigné ses blessures et elle vient de passer un test psychologique. Mais j'aimerais faire appel à un expert, quelqu'un du service de neurochirurgie. Il n'est même pas certain qu'elle se souvienne de la collision, ni qu'elle soit consciente d'avoir fui après l'accident.

— Gardez ces foutaises pour vos conclusions, Gloria, et jouez cartes sur table. Je dois déterminer si cette affaire est de notre ressort.

— Oh, elle est tout à fait de votre ressort, inspecteur.

Gloria y avait mis une connotation salace, genre qu'elle se donnait toujours avec les hommes. Quand il avait fait sa connaissance, il s'était dit que les insinuations faisaient partie de sa couverture, pour dissimuler ses orientations sexuelles. Mais Lenhardt soutenait qu'il s'agissait d'un sens aigu de l'ironie, histoire de vous bouffer la tête, la grande spécialité de Gloria, qu'elle pratiquait à la moindre occasion.

— Alors, je peux lui parler ?

— De l'ancienne affaire, pas de l'accident.

— Merde, Gloria, j'enquête sur des meurtres. Je me fiche complètement d'un cabossage de tôles sur le Beltway. À moins que... Attendez : a-t-elle agi sciemment ? Cherchait-elle à tuer les passagers de l'autre véhicule ? C'est peut-être mon jour de chance, deux élucidations pour le prix d'une, dit-il en faisant claquer ses doigts.

Elle le regarda avec un air de parfait ennui.

— Laissez l'humour à votre sergent, Kevin. Le comique, c'est lui. Vous, vous êtes le beau gosse.

***

La femme dans le lit avait les yeux aussi fermés qu'un gosse qui fait le mort. La lumière soulignait les poils fins qu'elle avait sur les bras et le visage, duvet blond, très discret. Et elle avait les traits creusés, un épuisement longtemps accumulé. Les paupières s'entrouvrirent une seconde, mais se refermèrent aussitôt.

— Je suis très fatiguée, murmura-t-elle. On est vraiment obligés de faire ça maintenant, Gloria ?

— Il ne va pas rester très longtemps, ma biche.

Ma biche ?

— Il lui faut juste la première partie.

La première partie ? Quelle était la seconde ?

— Mais c'est la plus difficile à raconter. Vous ne pourriez pas lui en parler vous-même et me laisser tranquille ?

Infante sentit qu'il devait s'affirmer, sans attendre les présentations que Gloria n'avait pas l'air de vouloir faire.

— Je m'appelle Kevin Infante. Je suis inspecteur à la brigade des homicides du comté de Baltimore.

— Infante ? Comme « bébé », en italien ?

Les yeux toujours fermés. Il se rendit compte qu'il avait besoin qu'elle les ouvre. C'était la première fois qu'il mesurait à quel point c'était important pour son travail. Certes, il avait déjà réfléchi au regard, étudié la manière dont certaines personnes en jouaient, et il savait à quoi s'en tenir quand son interlocuteur était incapable de le regarder droit dans les yeux. Mais il n'avait jamais eu assis en face de lui – allongé, en l'espèce – quelqu'un qui gardait les yeux aussi bien fermés.

— Exact, répondit-il comme si c'était la première fois qu'on lui faisait la remarque, comme si ses deux ex-femmes ne le lui avaient pas balancé à la figure encore et encore.

Elle ouvrit enfin les yeux. Ils étaient d'un bleu très vif, un peu du gâchis sur une blonde. Une brunette aux yeux bleus, tel était son idéal, le clair et l'obscur, une Irlandaise aux yeux troubles.

— Vous n'avez pas l'air d'un bébé, reprit-elle. (La voix n'avait rien d'aguichant, contrairement à celle de Gloria. Elle ne jouait pas cette carte-là.) C'est drôle, vous m'avez fait penser une seconde à un personnage de bande dessinée, le géant qui porte des couches et une petite casquette.

— Baby Huey, dit-il.

— C'est ça. C'était quoi, un canard ? Un poulet ? Ou un bébé... un bébé tout court ?

— Un poulet, je crois.

Après tout, un examen neurologique....

— Vous avez déclaré détenir des informations sur un ancien meurtre commis dans le comté de Baltimore. C'est de ça que j'ai besoin de parler avec vous.

— Commencé dans le comté de Baltimore, mais terminé... en fait, je ne sais pas trop. Je ne sais pas vraiment si c'est terminé.

— Vous voulez dire que quelqu'un a commencé à commettre un meurtre dans le comté de Baltimore et l'a achevé ailleurs ?

— Je ne suis pas sûre... à la fin... enfin, pas la fin, mais le moment où les choses terribles sont arrivées... à ce moment-là, je ne savais plus où on était.

— Pourquoi ne pas me raconter votre histoire et me laisser en démêler le sens ?

Elle se tourna vers Gloria.

— Est-ce que les gens... enfin... nous connaît-on ? Encore aujourd'hui ?

— Ceux qui étaient là s'en souviennent, répondit la vieille vipère d'une voix beaucoup plus aimable qu'à son habitude.

En pinçait-elle pour l'inconnue ? Était-ce pour cela qu'elle avait accepté le risque de prendre une affaire qui pourrait ne rien lui rapporter ? Les goûts des hommes en matière de femmes sont parfois surprenants, mais que dire de ceux d'une femme... et d'après l'expérience d'Infante, Gloria Bustamante n'était pas du genre à donner dans le sentiment.

— Les gens ne se souviennent pas forcément du nom, précisa l'avocate, mais il suffit de leur rappeler les circonstances. L'inspecteur Infante n'est pas d'ici.

— Alors à quoi bon lui parler ?

L'inconnue ferma les yeux et se cala contre son oreiller. Gloria haussa les épaules, carrément embêtée, l'air de dire « Que voulez-vous que j'y fasse ? ». Infante ne l'avait jamais vue si douce avec un client, d'une telle sollicitude. Elle s'occupait très bien des gens qu'elle représentait, mais tenait à être la patronne. Et voilà qu'elle faisait preuve d'une extrême révérence, indiquant à Infante de l'accompagner dans le couloir. Il fit non de la tête et ne bougea pas.

— Racontez-moi ça, vous, dit-il à Gloria.

— En mars 1975, deux sœurs ont quitté le domicile familial pour se rendre au centre commercial de Security Square. Sunny et Heather Bethany. On ne les a jamais revues. Ce n'était pas un problème de preuves, la police n'avait aucune piste sérieuse. Rien à voir avec l'affaire Powers.

Le mot Powers désignait une affaire d'homicide

remontant à dix ans ; celui d'une jeune femme dont tout le monde était persuadé que son ex-mari avait joué un rôle central dans sa disparition. Seulement, on ne parvenait pas à le prouver. La thèse communément admise était qu'il avait engagé quelqu'un et avait eu le bol de tomber sur le tueur à gages le moins bavard et le plus loyal qui ait jamais existé. Un type qui n'avait jamais eu besoin de troquer l'information, qui n'avait jamais été en tôle et ne s'était jamais vanté à sa copine, éméché, « Ouais, j'ai fait ça ».

— Elle sait donc ce qui est arrivé ?

— Je vous entends, dit la femme alitée. Je suis là.

— Écoutez, dit Infante, vous êtes libre de participer à la conversation si vous le souhaitez.

Était-ce possible de lever les yeux au ciel en les gardant fermés ? Elle changea légèrement d'expression, comme une adolescente agacée qui voudrait que ses parents lui fichent la paix, mais elle n'ajouta rien.

— Il y a eu quelques semblants de pistes au début. Une demande de rançon. Plusieurs personnes auxquelles l'enquête s'est intéressée, me semble-t-il. Mais ça n'a rien donné. Il n'y avait quasi aucun indice...

— Sunny était le diminutif de Sunshine, déclara l'inconnue. Elle ne supportait pas son prénom.

Elle se mit à pleurer, mais ne parut pas s'en rendre compte et demeura immobile, les larmes ruisselant sur son visage. Infante essayait toujours de faire le calcul. Une affaire qui remontait à trente ans, deux sœurs. De quel âge ? Gloria ne l'avait pas précisé. Forcément assez jeunes pour que l'hypothèse de la fugue soit écartée et celle du meurtre privilégiée. Deux sœurs ? Qui enlèverait deux gamines ? Ça paraissait follement ambitieux et promis à l'échec. Kidnapper deux sœurs, n'était-ce pas le signe qu'il s'agissait d'une histoire personnelle, d'une vengeance contre la famille ?

— Arthur Goode a kidnappé plusieurs garçons, reprit Gloria comme si elle lisait dans ses pensées. Mais c'était aussi avant votre époque. Il a kidnappé un livreur de journaux ici à Baltimore et l'a obligé à regarder pendant qu'il... Toujours est-il que le livreur de journaux a été relâché indemne. Goode a été exécuté par la suite en Floride, pour des crimes similaires.

— Je m'en souviens, dit l'inconnue. C'était comme nous, mais différent. Parce que nous étions sœurs, et parce que...

Et là, elle craqua. Elle ramena ses genoux contre sa poitrine, les enserra de son bras valide, celui qui n'était pas bandé, et pleura convulsivement, comme si elle vomissait. Les larmes et les sanglots sortaient sans qu'elle puisse s'en empêcher. Infante craignait qu'elle ne se déshydrate.

— Voici Heather Bethany, dit Gloria. Du moins, elle s'appelait comme ça il y a des années. Apparemment, elle ne s'est plus servie de son vrai nom depuis très longtemps.

— Où était-elle passée ? Qu'est-il arrivé à sa sœur ?

— Tuée, répondit la femme en poussant un gémissement. Assassinée. Elle a eu le cou brisé sous mes yeux.

— Qui l'a tuée ? Où ça ?

Debout depuis le début, Infante approcha une chaise, comprenant qu'il en aurait pour plusieurs heures, qu'il lui faudrait installer le magnéto et prendre une déposition. Il se demandait si l'affaire avait eu autant de retentissement que Gloria le prétendait. Cela dit, même si elle en exagérait la notoriété, c'était le genre d'histoire qui susciterait un beau merdier dès que la nouvelle serait connue. Il faudrait procéder lentement, avec prudence.

— Où étiez-vous passée et comment se fait-il que vous ayez mis si longtemps à vous manifester ?

S'appuyant sur son bras droit, Heather se redressa en position assise, puis s'essuya le nez et les yeux du revers de la main, geste enfantin.

— Je suis désolée, mais je ne peux pas vous le dire. Je ne peux pas. J'aurais mieux fait de me taire.

Infante décocha un regard « Qu'est-ce que c'est que ce bordel ? » à l'avocate. Elle haussa encore une fois les épaules d'un air impuissant.

— Elle ne veut pas être Heather Bethany, expliqua-t-elle. Elle veut reprendre la nouvelle vie qu'elle s'est faite et tirer un trait. Sa sœur est morte. Ses parents aussi, selon elle, et cela correspond à mes souvenirs. Bonne ou mauvaise chose, Heather Bethany n'existe plus.

— Peu importe quel nom elle s'est choisi et ce qu'elle a fait. D'après ses propres déclarations, elle a été le témoin du meurtre d'une... quel âge avait votre sœur ?

— Quinze ans. Moi, j'allais fêter mes douze ans.

— Le meurtre d'une gamine de quinze ans. Elle ne peut pas lâcher une bombe pareille et se tirer comme si de rien n'était.

— Il n'y a personne à arrêter, dit la femme. Il n'est plus là depuis longtemps. Ils ont tous disparu. Ça n'a plus aucun intérêt. Je me suis cogné la tête, j'ai dit des choses sans m'en rendre compte. Et si on oubliait tout ?

Infante fit signe à Gloria de l'accompagner dans le couloir.

— C'est qui ?

— Heather Bethany.

— Non, je veux dire, comment s'appelle-t-elle maintenant ? Où habite-t-elle ? Qu'a-t-elle fichu depuis trente ans ? Le flic qui l'a amenée a indiqué que sa voiture était immatriculée au nom de Penelope Jackson. C'est elle ?

— Quand bien même je disposerais de cette information, et je ne dis pas que c'est le cas, je ne serais pas autorisée à vous la divulguer.

— Foutaises. La jurisprudence est très claire sur ce point, Gloria, et ça va jusqu'à la Cour suprême, bordel ! Elle conduisait une voiture, elle a eu un accident de la route, elle doit communiquer son identité. Si elle refuse, elle filera direct en prison dès sa sortie d'hôpital.

Gloria se départit un instant de ses mimiques – sourcil haussé et sourire narquois. Curieusement, cela ne fit que l'enlaidir.

— Je sais, je sais. Mais laissez-moi m'expliquer. Cette femme a vécu un cauchemar et vous propose l'élucidation la plus sensationnelle qui soit, pourvu que vous fassiez preuve d'un peu de patience. Pourquoi ne pas se montrer conciliant un jour ou deux ? À mon avis, elle est sincèrement terrifiée à l'idée de dévoiler son identité actuelle. Elle a besoin de se sentir en confiance avant de pouvoir tout vous raconter.

— Pourquoi ? Qu'est-ce que ça peut lui faire ? À moins qu'elle ne soit recherchée pour un autre crime.

— Elle jure ses grands dieux que non, que sa seule crainte... et je la cite... est de devenir la « cinglée de la semaine » dans les journaux télévisés. Dès qu'on dévoilera qu'elle est Heather Bethany, c'en sera fini de sa vie d'aujourd'hui. Elle voudrait trouver une façon de vous livrer l'affaire sans se livrer elle-même.

— Je ne sais pas, Gloria. Ce n'est pas à moi d'en décider. Un truc comme ça doit être soumis à la hiérarchie, qui pourrait très bien me renvoyer ici pour la coffrer.

— Si vous la coffrez, elle ne vous dira rien de l'affaire Bethany. Elle prétendra qu'elle délirait à cause de l'accident. Écoutez, ses conditions devraient vous réjouir. Elle ne souhaite aucune publicité, et la police déteste faire parler d'elle dans les médias. La perdante, c'est moi. Je n'en tirerai aucune notoriété et je ne suis même pas sûre d'être payée.

Sur ce, elle redevint égale à elle-même, papillonna des cils et contracta les lèvres en une moue monstrueuse. Merde, si quelqu'un ressemblait à Baby Huey, c'était bien Gloria, avec sa bouche de poisson et son nez crochu comme un bec. *Bec*... Mais oui, bien sûr ! L'image lui revint. Un bec de canard. Baby Huey était un canard, un connard de canard !

5

Une radio était allumée quelque part. Ou peut-être la télé dans une chambre voisine. Dans la sienne il régnait un silence de mort et le jour tombait enfin, ce qui la reposait. Elle pensa à son travail. Comment avait-on réagi à son absence ? La veille, elle s'était fait porter pâle, mais elle n'avait pas su quoi faire aujourd'hui. C'était un appel longue distance, mais elle n'avait pas de carte téléphonique sous la main, n'osait pas passer par le standard et ne pouvait pas atteindre la cabine dans le couloir sans être vue du policier posté devant sa porte. De toute façon, une carte garantissait-elle la confidentialité ? Elle ne pouvait pas courir ce risque. Elle devait protéger la seule chose qui lui restait, cette existence de seize ans bâtie sur la mort de quelqu'un, de même qu'un autre décès avait tout rendu possible. C'était sa vraie vie, pour le meilleur ou pour le pire, la plus longue qu'elle avait connue jusque-là. Depuis seize ans, elle était parvenue à mener ce que les autres appelaient une existence normale, et elle n'était pas prête à y renoncer.

Ce n'était pas une vie très drôle, à l'évidence. Elle n'avait pas de vrais amis, seulement quelques collègues sympathiques et d'autres qui la connaissaient assez pour lui sourire. Elle n'avait même pas d'animal de compagnie. Mais elle avait un appartement, petit, simple et ordonné. Elle avait aussi une voiture, sa précieuse Camry, un achat qu'elle s'était permis pour se rendre à son travail, une heure de trajet les bons jours. Récemment, elle s'était mise à écouter des livres sur cassettes, des pavés féminins, comme elle les qualifiait. Maeve Binchy, Gail Godwin, Marian Keyes. Pat Conroy – lui n'était pas une femme, bien évidemment, mais il était dans la même veine, un romancier qui n'avait peur ni des grandes émotions ni des grandes fresques romanesques. Merde ! Elle avait trois cassettes à rendre samedi à la bibliothèque. Pendant seize ans, elle n'avait jamais été en retard pour quoi que ce soit – factures, livres de bibliothèque, rendez-vous. Elle n'aurait jamais osé. Que se passait-il quand on ne rendait pas ses cassettes à la date prévue ? Les amendes s'accumulaient-elles ? Risquait-on d'être dénoncé ?

Comble de l'ironie, pour quelqu'un qui avait travaillé sur le bug de l'an 2000, elle vivait depuis longtemps avec la peur du centralisme, du jour où les machines apprendraient à se parler, à échanger leurs notes. Alors même qu'elle était payée pour en prévenir le risque, elle avait secrètement espéré qu'un crash informatique effacerait tout, ferait disparaître la totalité des données administratives. Tous les morceaux du puzzle existaient quelque part, n'attendant que l'instant où quelqu'un les assemblerait. *Cette femme... elle a le même nom qu'une fillette décédée en 1963 en Floride. Vraiment bizarre... parce que cette autre femme qui lui ressemble porte le même nom qu'une fille décédée en 1962 dans le Nebraska. Pourtant, cette femme est décédée en bas âge, en 1964 dans le Kansas. Et celle-là ? Née en 1962, dans l'Ohio...*

Au moins, maintenant elle se souviendrait facilement de qui elle était : Heather Bethany, née le 3 avril 1963. Domiciliée dans Algonquin Lane de 1966 à 1975. Élève brillante à l'école élémentaire de Dickey Hill. Où la famille avait-elle habité avant ? Dans un appartement de Randallstown, mais on ne lui demanderait pas de se souvenir de cette période. C'était ça le plus compliqué : se souvenir non pas de ce qu'elle était censée savoir, mais de ce qu'elle n'était pas censée savoir.

Quoi d'autre ? L'école n° 201. Dickey Hill. Jeux de mots prévisibles sur le nom[1]. Locaux assez récents. Dans la cour : cage à poules, barres fixes de trois hauteurs différentes, toboggan qui devenait brûlant en juin, tracé jaune vif au sol pour la marelle et le jeu des quatre carrés. Il y avait aussi un manège, pas avec des chevaux de bois, un petit manège de square métallique. Non, en fait il ne se trouvait pas à l'école mais dans le quartier, dans un endroit plus ou moins interdit. Du côté des immeubles

1. *Dick* signifie « bite », en anglais.

Wakefield qui entouraient l'école ? Elle repensa d'abord à la piste en terre, parce qu'elle poussait plus souvent qu'elle ne montait sur le plateau. Tête baissée, comme un cheval harnaché, elle se plaçait derrière les garçons, le bras passé dans la rampe, et elle se mettait à courir, déclenchant des cris enjoués chez ceux qui avaient pris place sur le manège. Elle revoyait le bout de ses... il lui fallut une seconde pour retrouver quelles chaussures. Pas des chaussures de sport, sans quoi elle ne se serait pas fait gronder. Elle portait ses souliers de classe. Marron, toujours marron car c'était plus pratique. Mais même le marron pratique ne résistait pas à la poussière orangée du terrain de jeux, surtout après les pluies d'avril. Ils étaient tout crottés quand elle était rentrée à la maison, à la grande exaspération de sa mère.

Qu'avait-elle d'autre à leur raconter ? Cette année-là, il y avait six classes de septième. Heather était dans celle de Mme Koger, l'institutrice la plus gentille. On leur avait fait passer le test de l'Iowa sur les compétences de base et elle avait obtenu quatre-vingt-dix-neuf pour cent de réussite dans toutes les matières. À l'automne, ils avaient fait des exposés en sciences naturelles. Elle avait pêché des écrevisses à Gwynns Falls, les avait installées dans un bel aquarium, mais toutes les quatre étaient mortes. Son père avait émis l'hypothèse que l'eau pure avait été un trop gros choc pour leur organisme, après le ruisseau glauque et pollué, et elle avait même obtenu un A en développant cette théorie. Trente ans plus tard, elle comprenait un peu mieux ce qu'avaient ressenti les écrevisses. À chacun son monde et à chacun ses désirs, même si ce n'est que de la fange, au sens propre.

Mais, bien sûr, ce n'était pas cela qu'on allait lui demander. Ils ne souhaitaient pas entendre l'histoire d'Heather Bethany avant 1975. Ils voulaient connaître les trente années suivantes, et ne se contenteraient pas de menus détails. Elle ne les apaiserait pas avec de simples anecdotes sur, disons... son petit magnétophone. C'était le premier achat qu'ils l'avaient autorisée à faire, pour la récompenser d'avoir respecté leurs règles pendant six mois, de s'être montrée digne de confiance. Ils n'avaient rien dit pour le magnéto, mais avaient été atterrés par les cassettes qu'elle avait achetées avec. Les Who, Jethro Tull, et même les premiers groupes punks. Allongée sur le dessus-de-lit en chenille, vêtue de son uniforme scolaire, elle écoutait les New York Dolls et plus tard était passée aux Clash. « Moins fort ! » lui ordonnait-on. « Retire tes chaussures du lit ! » Elle obéissait, mais ils n'en restaient pas moins consternés. Peut-être se doutaient-ils qu'elle projetait, comme Holly dans la chanson de Lou Reed, de s'enfuir en bus pour aller s'encanailler.

Comble de l'ironie, ils avaient fini par la mettre dans un bus, la chassant comme si c'était elle la criminelle. Ils l'avaient fait par gentillesse. Lui, du moins. Et elle ? Elle était soulagée de la voir partir. Irene n'avait jamais supporté sa présence dans leur foyer... pas à cause de la comédie qu'il fallait jouer à l'extérieur, mais à cause de la réalité de ce qui se déroulait sous son toit. C'était elle qui râlait pour les chaussures sur le dessus-de-lit et insistait pour que la musique se réduise à un murmure. C'était elle qui n'apportait ni réconfort ni consolation pour les contusions, elle qui n'aidait même pas à concocter une explication plausible quand une résistance occasionnelle laissait quelque trace – lèvre fendue, œil au beurre noir, claudication. *Tu n'as qu'à t'en prendre à toi-même,* semblait insinuer l'attitude placide d'Irene. *Tu t'es mise toi-même dans cette situation, et tu as détruit ma famille par la même occasion.* Dans sa tête, elle lui rétorquait en criant : *Je ne suis qu'une petite fille ! Juste une petite fille !* Mais elle savait qu'elle n'avait pas intérêt à élever la voix devant Irene.

La musique était là pour tout étouffer. Même réduite à un murmure, elle permettait de tout évacuer – les agressions, physiques et psychologiques, l'épuisement de la double vie qui était en fait une triple vie, le masque de tristesse qu'il affichait tous les matins. *Fais que ça s'arrête !* l'implorait-elle en silence au petit déjeuner, assise en face de lui à la grande table, dans ce cadre douillet et chaleureux, en tous points conforme à ce qu'elle avait cru désirer. *Je t'en supplie, fais que ça s'arrête !* Son regard lui répondait : *Je ne peux pas.* Un mensonge, comme ils le savaient tous les deux. C'était lui qui avait commencé et lui seul pouvait y mettre un terme. D'ailleurs, il avait fini par prouver qu'il avait toujours eu le pouvoir de la sauver, mais trop tard. Quand il l'avait enfin laissé partir, elle était plus brisée qu'Humpty Dumpty[1] fracassée en plus de morceaux que les précieuses poupées de porcelaine d'Irene qu'elle avait détruites à coups de tisonnier par un merveilleux après-midi d'automne. Perdant enfin son sang-froid, Irene s'était jetée sur elle en hurlant et même avait fait mine de ne pas comprendre pourquoi elle avait fait ça.

« Elles n'arrêtaient pas de me regarder », avait-elle rétorqué.

Le vrai problème, bien entendu, était que personne ne la regardait, que personne ne remarquait rien. Tous les jours, elle sortait dans le vaste monde, avec son nom et

1. Personnage d'une comptine anglaise, qui se casse en mille morceaux en tombant d'un mur.

ses cheveux teints pour seuls déguisements... et personne ne s'apercevait jamais de rien. Elle arrivait au petit déjeuner en ayant mal à des endroits de son corps dont elle soupçonnait à peine l'existence, et ils ne trouvaient rien de mieux à lui dire que : « Veux-tu de la confiture sur ton toast ? » ou « Il fait froid ce matin, j'ai préparé du chocolat chaud ». *See me,* chantait Roger Daltrey sur son petit magnétophone rouge. *Regarde-moi.* Et Irene qui criait depuis le bas de l'escalier : « Arrête ce boucan ! » Et elle lui renvoyait :

« C'est de l'opéra ! J'écoute un opéra.

— Ne sois pas insolente ! Tu as des corvées à faire ! »

Les corvées. Ça, elles ne manquaient pas et ne s'arrêtaient pas à la nuit tombée. Elle faisait parfois une liste – les gens que je déteste le plus –, et Irene occupait régulièrement la troisième place, parfois même la deuxième.

Mais la première était toujours pour elle, et elle seule.

DEUXIÈME PARTIE

L'Homme à la guitare bleue (1975)

6

— Emmène ta sœur, dit leur père, et à portée d'oreille de toutes les deux, Sunny ne pouvant dès lors agir en douce.

Sinon, Heather en était certaine, son aînée aurait hoché la tête et fait semblant d'accepter, puis l'aurait quand même laissée toute seule à la maison. Ça, Sunny était sournoise. Ou essayait de l'être, mais Heather n'arrêtait pas de déjouer ses manigances.

— Pourquoi ? protesta Sunny machinalement.

Elle devait se douter que c'était perdu d'avance. Cela ne servait à rien de discuter avec leur père, même si lui, au contraire de leur mère, ne se fâchait pas quand on lui répondait. Il aimait engager de longues discussions pour débattre de leurs arguments. Il les aidait même à étayer leurs points de vue, à défendre leur cause comme un avocat, métier qu'elles pourraient choisir, leur rappelait-il souvent. Il leur répétait sans cesse qu'elles pourraient devenir ce qu'elles voulaient. Pourtant, avec lui, elles n'avaient jamais eu le dernier mot. C'était un peu pareil quand il jouait aux dames. Il guidait la main de l'adversaire par de légers hochements de tête, pour éviter à l'une ou l'autre un coup désastreux qui risquait de se solder par une double, voire une triple prise. Malgré tout, il se débrouillait toujours pour arracher la victoire au dernier coup, même quand il ne lui restait plus qu'une seule dame.

— Heather n'a que onze ans, dit-il en prenant ce que les deux sœurs appelaient sa « voix raisonnable ». Elle ne peut pas rester toute seule à la maison. Votre mère est déjà partie au travail et il faut que je sois à la boutique avant 10 heures.

La tête penchée sur son assiette, Heather les regardait derrière ses cils, tel le chat qui étudie l'écureuil. Elle était tiraillée. Généralement, elle ne laissait passer aucune occasion d'étendre ses droits. Elle n'était plus un *bébé.* Elle allait avoir douze ans la semaine suivante. On pouvait bien l'autoriser à rester toute seule le samedi après-midi. Depuis que sa mère s'était mise à travailler à l'automne précédent, Heather se retrouvait seule au moins une heure chaque après-midi, avec pour uniques consignes de ne jamais toucher la cuisinière et de ne pas inviter de copines. Et elle aimait ces instants. Elle pouvait regarder l'émission de son choix – en général *La Grande Vallée* – et manger autant de Graham Crackers qu'elle voulait.

Toutefois, ce petit moment de liberté avait été imposé à ses parents. Ils auraient voulu qu'elle attende à la bibliothèque de l'école après les cours jusqu'à ce que Sunny passe la chercher, comme on faisait quand Heather était en huitième et en neuvième. Mais Dickey Hill libérait ses élèves à 15 heures et Sunny ne rentrait pas avant 16 heures, maintenant qu'elle avait un si long trajet en bus. La directrice de Dickey Hill avait répondu aux parents d'Heather, sans mâcher ses mots – ça lui était resté, cette expression qu'avait employée sa mère, « sans mâcher ses mots » –, que sa bibliothèque n'était pas une garderie. Ses parents, qui ne voulaient surtout pas être catalogués comme le genre de personnes qui réclamait des passe-droits, avaient donc décidé qu'Heather pouvait rester seule à la maison. Et si elle le pouvait une heure par jour du lundi au vendredi, pourquoi ne le pouvait-elle pas trois heures le samedi ? Cinq, c'était plus que trois. Et puis, si elle obtenait le droit de rester aujourd'hui, peut-être ne serait-elle plus jamais obligée de s'ennuyer tout un samedi au magasin de son père, ou pire encore à l'agence immobilière de sa mère.

Mais ces possibilités à long terme ne faisaient pas le poids face à l'attrait d'un samedi au centre commercial de Security Square, endroit d'une grande nouveauté pour elle. Au cours de l'année écoulée, Sunny s'était battue et avait obtenu la permission d'y être déposée un samedi après-midi par mois, l'occasion d'aller au cinéma avec ses amies. Sunny faisait aussi du baby-sitting, payé soixante-quinze cents de l'heure. Heather espérait qu'elle aurait aussi le droit d'en faire dès qu'elle aurait douze ans, soit dans une semaine. Sunny se plaignait d'avoir dû batailler pendant des années pour obtenir ses privilèges alors qu'Heather se les voyait accordés à un plus jeune âge. Et alors ? C'était le prix du progrès. Heather ne savait plus où elle avait entendu cette expression, mais elle l'avait faite sienne. On ne pouvait pas s'opposer au progrès. Sauf pour des choses comme le projet de route à travers le parc, là on pouvait. Parce qu'il y avait des cerfs et de la nature. C'était « l'environnement », quelque chose d'encore plus important que le progrès.

— Tu peux aller au centre commercial si tu emmènes ta sœur, répéta leur père, ou bien rester ici avec elle. À toi de choisir.

— Si je suis obligée de rester avec Heather, on devrait

me payer comme pour un baby-sitting, non ? s'enquit Sunny.

— Dans une famille, répondit-il, on ne se fait pas payer pour rendre service. C'est pour ça que tu reçois de l'argent de poche qui n'est pas lié à des corvées. Nous te le versons parce que ta mère et moi comprenons que tu aies besoin de disposer d'une somme discrétionnaire, même si nous n'approuvons pas toujours tes dépenses. La famille est une entité, réunie pour le bien commun. La réponse est donc non : tu ne seras pas payée pour t'occuper de ta sœur. Mais je veux bien vous offrir le bus si vous voulez aller au centre commercial.

— Chouette alors ! marmonna Sunny en piquant un bout de pancake sans le manger.

— Qu'est-ce que tu dis ? demanda-t-il d'un ton menaçant.

— Rien. J'emmènerai Heather au centre commercial.

Heather jubilait. Les tickets de bus. C'était trente-cinq cents de plus à dépenser comme elle voudrait. Elle ne pouvait pas s'acheter grand-chose avec si peu, mais ça faisait tout de même trente-cinq cents de son argent qu'elle n'aurait pas à dépenser et pourrait donc économiser. Heather était douée pour économiser. Son père disait « thésauriser », ce qui se voulait une critique, mais elle n'en avait que faire. Elle avait trente-neuf dollars dans une boîte métallique fermée par un enchevêtrement compliqué d'élastiques, de façon à savoir si quelqu'un avait essayé de l'ouvrir. Mais elle ne comptait pas emporter son argent aujourd'hui, pour ne pas être tentée de le dépenser. Non, elle comparerait les prix et repérerait les soldes, puis reviendrait une autre fois avec l'argent de son anniversaire, en ayant soigneusement réfléchi à ce qui lui faisait envie. Elle ne le gaspillerait pas sur un coup de tête, comme cela arrivait souvent à Sunny. L'automne dernier, Sunny s'était acheté un tricot blanc cassé à col rouge. Il avait déteint au premier lavage, ressortant avec deux traînées rouges dans le dos. Mais c'était un article soldé, ni repris ni échangé, et Sunny aurait perdu onze dollars si leur mère n'était pas retournée au magasin et n'avait pris à partie la vendeuse, faisant tellement honte à Sunny qu'elle ne l'avait même pas remerciée.

Leur père posa la vaisselle sur l'égouttoir et quitta la cuisine en sifflotant. Ce matin-là, il avait été sympa, beaucoup plus qu'à l'ordinaire. Il leur avait fait des pancakes avec une préparation Bisquick, à laquelle il avait même ajouté des pépites de chocolat, des vraies, pas celles de caroube qu'il utilisait d'habitude. Heather avait aussi eu le droit de choisir la station de radio ; Sunny s'était moquée de son choix, mais Heather savait que sa sœur écoutait souvent cette station le soir dans sa chambre. Heather savait beaucoup de choses sur Sunny et ce qu'elle faisait dans sa chambre. Elle trouvait normal d'espionner sa grande sœur, c'était une raison supplémentaire d'apprécier l'heure en solitaire des jours de semaine. La veille, dans le tiroir du bureau, elle était tombée sur les horaires de bus ; ceux du samedi pour la ligne 15 étaient soigneusement soulignés.

Heather cherchait toujours le journal intime de sa sœur, un carnet relié en cuir marocain avec une vraie serrure. Mais n'importe qui pouvait l'ouvrir sans la clé, en le secouant. Elle ne l'avait trouvé qu'une seule fois, plus de six mois auparavant, et l'avait trouvé tristement ennuyeux. En lisant le journal de sa sœur, elle avait presque eu de la peine pour elle. La vie d'Heather était beaucoup plus intéressante. C'était peut-être toujours comme ça : les gens dont la vie est passionnante n'ont pas le temps de tenir un journal. Mais Sunny lui avait tendu un piège, engageant la discussion sur un passage du journal avant de proclamer qu'Heather l'avait forcément lu pour être au courant de l'incident dans le bus. Heather avait été sévèrement réprimandée, sans vraiment comprendre pourquoi. Si la famille partageait tout, comment se faisait-il que Sunny ait le droit d'enfermer à clé ses pensées ?

« Heather admire beaucoup son aînée, avait dit leur mère à Sunny. Elle veut être comme toi, faire pareil que toi. C'est comme ça que grandissent les petites sœurs. »

Faux, aurait voulu rétorquer Heather. Sunny était la dernière personne qu'elle aurait prise comme modèle. Sunny allait bientôt entrer au lycée et n'avait même pas de petit ami, alors qu'elle-même en avait déjà un, plus ou moins. Jamie Altman s'asseyait toujours à côté d'elle pendant les sorties de classe et faisait équipe avec elle quand la maîtresse exigeait des binômes fille-garçon. Il lui avait aussi offert des chocolats Whitman pour la Saint-Valentin. La petite boîte, seulement quatre chocolats, sans noix, mais elle était la seule fille de septième à avoir reçu un tel présent de la part d'un garçon autre que son père, ce qui avait fait grand bruit. Non, Heather n'avait rien à apprendre de Sunny.

Elle prit le journal et lut son horoscope. Dans cinq jours, elle aurait droit à un horoscope rien que pour elle. Enfin... pour elle et pour les autres personnes nées le 3 avril. Elle était pressée de le lire. Et la semaine prochaine, ils iraient au bowling Westview et elle aurait un gâteau d'anniversaire acheté à la pâtisserie – chocolat, glaçage blanc, roses bleues. Elle devrait peut-être s'acheter une tenue pour l'occasion. Non, plus tard. Mais cet après-midi, elle prendrait son nouveau sac à main, un cadeau choisi en avance dans la boutique de son père. En fait, c'étaient plusieurs sacs interchangeables qui s'accrochaient aux mêmes poignées en bois, ce qui permettait de l'accorder à ses vêtements. Elle en avait pris un en jean avec une tresse de galon rouge, un en madras et un orné de grosses fleurs orange. Son père n'avait pas prévu de stocker cet article, mais sa mère, remarquant combien Heather s'intéressait aux échantillons, avait insisté pour qu'il en prenne dans la commande de février. C'était de loin la nouveauté qui se vendait le mieux, ce qui semblait rendre son père encore plus grincheux. « Un gadget, avait-il grommelé. Dans un an, tu n'en voudras plus. »

Forcément, songeait Heather. L'an prochain, il y aurait un nouveau sac ou un petit haut qu'il faudrait avoir, ce dont son père devrait se féliciter. À onze ans, elle avait déjà compris qu'un magasin ne marche que si les gens achètent toujours de nouveaux trucs, année après année.

***

Sunny, au bord des larmes sous le coup de la frustration, regarda en silence son père sortir de la cuisine. Il était vraiment bizarre ce matin – leur préparer des pancakes, laisser Heather mettre WCBM, fredonner les chansons et même y aller de son petit commentaire.

— J'aime bien, avait-il répété pour chacune. La chanteuse...

— Minnie Riperton, avait dit Heather.

— Vous ne trouvez pas que sa voix fait penser à un chant d'oiseau ?

Il avait tenté d'imiter les notes en cascade et Heather

avait ri du piètre résultat, mais Sunny s'était sentie gênée. Un père n'était pas censé connaître des chansons comme *Lovin You,* sans parler de les chanter. Et puis, ce n'était qu'un gros menteur. Il n'aimait aucune de ces chansons. Le seul fait de figurer au Top 40 – le seul fait d'avoir du succès, qu'il s'agisse de musique, de télévision, de cinéma ou de mode – était rédhibitoire pour être pris en considération dans l'univers de son père. Dans son bureau, il écoutait au casque du jazz, Bob Dylan et les Grateful Dead, un groupe que Sunny trouvait aussi fade et ennuyeux que du jazz. À écouter la radio avec son père et sa sœur, Sunny se sentait mal à l'aise, comme si on lisait son journal intime devant elle, comme s'ils connaissaient ses pensées quand elle se couchait tard le soir et écoutait son transistor par l'oreillette. Ses goûts évoluaient, mais elle s'emballait encore pour certaines chansons d'amour : *You are so Beautiful, Poetry Man, My Eyes Adored You*[1]. Gigotant sur sa chaise, transformant ses pancakes en charpie, elle avait eu très envie de se lever pour éteindre la radio.

Son père s'en était chargé pour elle, quand on avait passé *No no Song* de Ringo.

— Chacun a ses limites ! avait-il dit. Quand je pense que...

— Quoi, papa ? lui avait demandé Heather, complaisante.

— Rien. Qu'ont prévu mes filles pour aujourd'hui ? C'était là qu'Heather avait répondu :

— Sunny va au centre commercial.

Elle l'avait dit avec un léger zozotement, d'une voix de

1. Titres qui pourraient se traduire par : Tu es si jolie, L'homme poète, Mes yeux t'adorent.

bébé qu'elle avait perdue depuis longtemps, et n'avait d'ailleurs jamais vraiment eue. Quand Heather revendiquait une nouvelle liberté pour elle-même – l'autorisation de se rendre en vélo jusqu'au quartier commerçant de Woodlawn, par exemple –, elle s'exprimait de sa voix ordinaire. Mais dès qu'il s'agissait de rivaliser avec Sunny, elle prenait son ton de petite fille. Cela dit, leur mère n'était pas dupe. Sunny l'avait entendue dire au téléphone qu'Heather avait onze ans et fêterait bientôt ses quarante ans. Elle avait tendu l'oreille pour savoir quel était son âge relatif à elle, mais cela n'avait pas été dit.

Elle ajouta son assiette à la pile laissée par son père sur l'égouttoir. Elle chercha une bonne raison de ne pas se mettre à la vaisselle, mais il serait injuste que sa mère doive s'en charger après une longue journée de travail. L'idée de la faire lui-même n'aurait pas effleuré son père, et pourtant il était plutôt moderne, comparé à d'autres. Les enfants du quartier l'avaient surnommé le hippie, à cause de la boutique, de ses cheveux et du minibus Volkswagen, qui n'était pas d'une teinte psychédélique mais seulement bleu œuf de rouge-gorge. Malgré tout, même si leur père faisait parfois la cuisine – quand il en avait envie – et disait soutenir la décision de sa femme de travailler dans une agence immobilière, il y avait certaines corvées ménagères auxquelles il ne participait jamais.

S'il devait faire la vaisselle tous les jours, songea Sunny en jetant les restes de pancakes à la poubelle, *il n'aurait pas opposé un refus catégorique à l'achat d'un lave-vaisselle.* Leur mère lui avait montré des publicités pour des modèles sur roulettes, qu'on aurait pu mettre dans la véranda quand on ne s'en servait pas, mais il avait rétorqué que ces appareils gaspillaient trop d'eau et d'énergie. En attendant, il ne se privait pas pour remplacer les éléments de sa chaîne hi-fi. Quand Sunny s'en était plainte, il lui avait rappelé que son bureau était un lieu de méditation, l'endroit où il célébrait Agnihotra, le lever et le coucher du soleil, un des rites du Chemin des Cinq Voies, ce qui n'était pas une religion mais quelque chose d'encore mieux, à l'entendre.

— Tu ne m'aurais pas espionnée ? demanda Sunny à sa sœur qui, perdue dans quelque jubilation secrète, fredonnait en s'enroulant une mèche autour d'un doigt.

Leur mère disait souvent qu'elles auraient dû s'échanger leurs prénoms, Heather étant toujours heureuse et radieuse, alors que Sunny[1] était aimable comme un chardon.

— Comment savais-tu que je comptais prendre le bus pour aller au centre commercial ?

— Les horaires traînaient sur ton bureau, avec les heures de départ soulignées.

— Qu'est-ce que tu faisais dans ma chambre ? Tu sais que tu n'as pas le droit d'y entrer.

— Je cherchais ma brosse à cheveux. Tu me la prends toujours.

— Pas du tout.

— En tout cas, dit Heather en haussant les épaules avec nonchalance, j'ai deviné en voyant l'horaire.

— Dès qu'on arrive là-bas, tu vas de ton côté et moi du mien. Je ne veux pas t'avoir dans les pattes, pigé ?

— Comme si j'avais envie de te suivre ! Tu es toujours fourrée chez Singer pour regarder les patrons, alors que t'étais nulle en classe d'économie domestique à Rock Glen l'an dernier.

1. Soit « ensoleillée » en anglais.

— On avait des machines à coudre en très mauvais état, à cause de tous les élèves qui s'en servaient. Les aiguilles se cassaient tout le temps.

C'était l'excuse que leur mère avait trouvée pour expliquer les mauvais résultats de Sunny en économie domestique, et l'intéressée l'avait volontiers faite sienne. Elle regrettait seulement de ne pas avoir d'autres excuses pour le reste de ses notes pas géniales. Son côté rêveur était l'explication la plus gentille que ses parents avaient pu avancer. « Efforts en deçà de ses capacités », avait noté en commentaire son professeur principal.

— La robe droite que j'avais confectionnée à la maison avec l'aide de maman, lui rappela Sunny, était tout à fait réussie.

Heather lui décocha un regard entendu. Techniquement, la robe était irréprochable et Sunny avait même réalisé les opérations les plus compliquées – les pinces du corsage, la découpe du tissu en veillant au raccord – avec finesse. Mais Heather semblait être née avec la faculté de percevoir des choses qui échappaient à Sunny. Elle n'aurait jamais choisi cette étoffe lourde, un genre de mousseline, avec son motif d'épis de maïs alignés à la verticale. En y réfléchissant bien, les moqueries dont Sunny avait été l'objet étaient parfaitement prévisibles : pop-corn, enfarinée, élevée au grain. Mais elle s'était sentie très belle en se préparant ce matin-là, avec ses couettes attachées par des rubans verts, rappelant les épis dorés et leurs feuilles vertes. Même leur mère l'avait trouvée ravissante. Mais au moment de monter dans le bus, avant même que ne fusent les plaisanteries, Sunny avait compris que cette robe était une nouvelle erreur de sa part. Pour ne rien arranger, le corsage à pinces moulait sa poitrine qu'elle n'assumait pas encore pleinement.

— Peu importe. Une fois qu'on sera là-bas, pas question que tu me colles aux basques. Papa a dit qu'il passerait nous prendre à 17 h 30, devant l'entrée. On se retrouvera à vingt devant Karmelkorn.

— Tu m'achèteras du pop-corn ?

— Quoi ? D'accord. Ou bien une glace chez Baskin-Robbins, si tu préfères. Tu choisiras. D'ailleurs, je te donnerai cinq dollars si tu promets de me laisser tranquille.

— Cinq dollars ? !

Heather adorait l'argent, l'argent et les objets, mais elle détestait dépenser son argent pour acheter des choses. Ce trait de caractère inquiétait leurs parents, Sunny le savait. Ils faisaient mine d'en plaisanter, l'appelaient leur petite pie voleuse, qui avait l'œil attiré par tout ce qui brillait et le rapportait dans son nid. Mais ce n'était pas un comportement normal chez les Bethany et Sunny voyait qu'ils se faisaient du souci pour Heather. « Elle est trop jeune pour avoir des yeux de verre », disait tristement leur père, paraphrasant un poème sur une duchesse.

— Oui, dit Sunny. Comme ça, tu n'as pas besoin de toucher à tes économies.

Et tu n'ouvriras pas non plus ta boîte métallique, songea-t-elle. *Tu ne verras donc pas que je t'ai emprunté de l'argent et que les cinq dollars sont en fait à toi.*

Heather n'était pas la seule à fouiner dans la chambre des autres et à tripatouiller des trucs qu'elle n'était pas censée toucher. Sunny avait même compris comment elle disposait les élastiques autour de la boîte.

Bien fait pour elle, à vouloir jouer les espionnes.

7

Il y avait un distributeur dans la chambre du motel, dans la chambre, pas dans le couloir ou dans un local annexe. Miriam s'attarda devant la machine, testa les manettes et vérifia le compartiment à monnaie, comme aurait fait un enfant. Les emballages des barres chocolatées avaient l'air un peu fanés. Vu qu'un Zagnut ou un Clark coûtaient soixante-quinze cents, comparé à seulement trente-cinq dans le distributeur à l'accueil et encore moins dans l'épicerie d'en face, les gens ne devaient pas souvent céder à la tentation de s'offrir une friandise sans quitter leur chambre. Heather et Sunny, en voilà deux qui auraient été émerveillées par cette machine, autant de plaisirs proscrits réunis dans une boîte étincelante ! Des sucreries à prix exorbitant, juste en tirant un petit coup sur une poignée. Si elles avaient passé la nuit dans un motel comme celui-ci – peu probable, compte tenu de la prédilection de Dave pour les *motor courts*[1] et les campings, des endroits « authentiques », comme il disait, et qui avaient en plus la vertu d'être bon marché –, les filles auraient quémandé des pièces à mettre dans le distributeur, Dave grommelant que c'était du gaspillage. Miriam aurait cédé, il lui aurait reproché de ne pas présenter un front uni et se serait montré froid et distant le reste de la soirée.

Que serait-il encore arrivé pendant ce voyage imaginaire dans un motel situé à moins de dix kilomètres de chez eux ? Ils auraient regardé la télé, comme à la maison,

1. Un genre de motel bas de gamme.

chaque fille choisissant une émission, puis on aurait éteint le poste et lu jusqu'à l'heure de se coucher. S'il y avait eu une radio, Dave aurait peut-être écouté une station de jazz ou le Harley Show, l'émission de standards du samedi soir. Elle imagina leur famille réfugiée ici pendant une tempête, comme l'ouragan Agnès trois ans auparavant, quand ils s'étaient retrouvés brièvement bloqués dans leur maison d'Algonquin Lane à cause de la crue de la rivière voisine. Les lumières s'étaient éteintes, mais ils avaient vécu ça comme une aventure, lisant à la lampe de poche et écoutant les informations sur le transistor à piles de Dave. Miriam avait été presque déçue que l'eau recule et que le courant revienne.

Elle sursauta en entendant une clé dans la serrure. Mais, bien sûr, c'était Jeff, qui revenait avec le seau à glace.

— Gallo, dit-il.

Elle crut à un jeu de mots sur « hello », avant de comprendre qu'il lui présentait le vin qu'il avait acheté.

— Il faut un peu de temps pour qu'il soit bien frais, ajouta-t-il.

— Parfait, dit-elle.

Elle connaissait pourtant un truc pour accélérer le processus. Placer la bouteille dans le seau, la tourner cent fois dans le sens des aiguilles d'une montre et voilà !... du vin frappé. C'était quand elle s'était retrouvée à faire tourner un col de bouteille entre ses paumes nerveuses à deux heures de l'après-midi qu'elle s'était dit qu'il était temps de trouver du travail. Oui, ils avaient besoin d'argent – ils étaient même aux abois –, mais cette considération était beaucoup moins pressante que la peur de devenir une femme au foyer alcoolique et désœuvrée, soufflant son haleine éthylique sur ses enfants pendant qu'ils goûtaient et lui racontaient leur journée.

Jeff s'approcha d'elle et lui prit le menton. Sa main était encore froide d'avoir porté le seau, mais Miriam ne tressaillit ni ne recula. Leurs dents s'entrechoquèrent douloureusement quand ils s'embrassèrent et leurs bouches durent s'ajuster l'une à l'autre, comme si c'était leur premier baiser ! C'était drôle : ils étaient parvenus à faire l'amour gracieusement dans les endroits les plus exigus et inconfortables – un placard à l'agence, les toilettes d'un restaurant, la banquette arrière du coupé sport de Jeff – et maintenant qu'ils avaient la place et relativement le temps, comparé à d'habitude, ils étaient maladroits au possible.

Elle tenta de faire le vide dans sa tête, de s'abandonner à l'attirance qu'elle éprouvait d'ordinaire pour Jeff, et cela fonctionna. C'était leur... combien ? Septième fois, et elle n'en revenait toujours pas d'y prendre autant de plaisir. Le sexe avec Dave avait toujours un côté lugubre, comme s'il cherchait à prouver son féminisme en rendant l'acte triste, en l'accablant de questions scrupuleuses. Le sexe socratique, comme l'appelait Miriam en secret. « Que ressens-tu là ? Et quand je fais ça ? Ou plutôt comme ça ? » Si elle en avait parlé à ses copines – encore aurait-il fallu qu'elle en ait –, on l'aurait prise pour une grincheuse ingrate. Elle avait la sensation, difficile à exprimer, que Dave l'empêchait insidieusement de passer un bon moment tout en faisant mine de privilégier son plaisir à elle. Il lui donnait toujours l'impression de la prendre en pitié et de se considérer comme un cadeau pour elle, la jeune fille coincée au teint mat.

Jeff la retourna, lui fit poser les pieds par terre et les mains sur le lit encore fait, croisa ses doigts dans les siens et la pénétra par-derrière. Elle était habituée ; Dave était lui aussi un lecteur attentif du *Kama Sutra*. Mais avec Jeff, silencieux et entreprenant, tout semblait inédit. Physiologiquement, d'après Dave – oui, il n'avait de cesse de lui expliquer son corps de femme –, elle ne pouvait pas jouir dans cette position alors que cela lui arrivait souvent avec Jeff. Mais pas trop vite, pas tout de suite. Avec tout l'après-midi devant eux dans une chambre de motel, ils y allaient doucement. Du moins ils essayaient.

Miriam n'était pas entrée dans le monde du travail pour y chercher une relation adultère, ni même un flirt entre collègues. Elle en était sûre. Le sexe n'avait pas beaucoup d'importance pour elle ; en tout cas, c'était le raisonnement qu'elle s'était tenu en décidant d'épouser Dave. Son expérience sexuelle était limitée, conformément aux mœurs de l'époque. Sans parler des risques – les moyens de contraception étaient loin d'être parfaits, et difficiles à se procurer pour une jeune fille. Malgré tout, elle n'était plus vierge quand elle l'avait connu. Loin s'en faut ! Elle avait vingt-deux ans et avait été fiancée six mois à un garçon dont elle était tombée amoureuse à la fac. Avec lui, le sexe était génial – « décoiffant », comme on disait maintenant. Mais Myriam, elle, n'avait été décoiffée que le jour où il l'avait quittée tout d'un coup et sans lui fournir d'explication satisfaisante, réalisant ainsi les sinistres prophéties de sa mère – « Pourquoi s'acheter une vache quand le lait est gratuit ? »

Miriam avait fait une dépression nerveuse. C'était comme si son système nerveux avait cessé de fonctionner. Elle était devenue infirme et déglinguée, ses fonctions corporelles de base – bouffer, dormir, chier – étaient complètement imprévisibles. Une semaine, elle ne dormait pas plus de quatre heures par nuit et ne mangeait presque rien. La suivante, elle ne se levait que pour engloutir les aliments les plus bizarres, comme des envies de femme enceinte – un saladier de pâte à brownie, des œufs mollets à la glace, des carottes à la mélasse. Elle avait arrêté ses études et était rentrée à Ottawa, chez ses parents pour qui ses déboires étaient dus à sa rencontre, non pas avec le jeune étudiant, qu'ils appréciaient, mais avec les États-Unis. Ils avaient désapprouvé qu'elle tienne à y faire ses études. Peut-être craignaient-ils que ça ne soit la première étape avant de quitter le Canada pour toujours, et eux-mêmes par voie de conséquence.

Jeff la fit s'étendre de tout son long sur le lit. Il n'avait pas prononcé une seule parole depuis « Il faut un peu de temps pour qu'il soit bien frais », poussant à peine quelques vagues grognements. Il la retourna comme une crêpe et enfouit son visage entre ses cuisses. Miriam se sentait gênée par cet acte, ce dont elle rendait Dave responsable. La première fois qu'il s'y était essayé, il lui avait sorti :

— Tu es juive, n'est-ce pas ? Enfin, je sais que tu n'es pas pratiquante, mais ce sont bien tes racines ?

Stupéfaite, elle avait simplement hoché la tête.

— Le *mikveh* a du bon. Il y a beaucoup de choses qui me déplaisent dans ta religion, mais un petit nettoyage après les règles n'a jamais fait de mal à personne.

Dave avait quelques relents d'antisémitisme surprenants, même s'il soutenait que ses préjugés étaient affaire de classe et non de religion, réaction au fait d'avoir été le seul pauvre dans un quartier riche. Sans s'adonner aux bains de lait, Miriam était, brièvement, devenue la plus grande consommatrice de produits de toilette intime du monde. Jusqu'au jour où elle était tombée sur un article expliquant que c'étaient des conneries, une industrie de plus qui manufacturait des solutions pour un problème inexistant. Malgré tout, elle ne s'était jamais défaite de l'idée qu'elle avait un goût de sang, rouillé et métallique. Quand bien même, cela ne semblait pas gêner Jeff. Jeff, qui représentait comme par hasard tout ce que Dave détestait – un de ces juifs riches de Pikesville, membre d'un country-club, propriétaire d'une belle maison, père de trois enfants gâtés et mal élevés. Miriam ne caricaturait pas. Elle les avait rencontrés à l'agence, et ils étaient épouvantables. Mais elle n'avait pas choisi Jeff parce qu'il représentait tout ce que Dave tenait en horreur. Elle l'avait choisi, si tant est que l'on puisse parler d'un « choix », parce qu'il était là et avait envie d'elle, et qu'elle était tellement heureuse que quelqu'un puisse la désirer qu'elle n'avait pas envisagé une seconde de refuser.

C'était imprudent de se voir ce jour-là. Leurs conjoints n'étaient pas idiots. Le sien, en tout cas. Demain, en lisant le journal dominical, Dave remarquerait peut-être qu'il y avait très peu de maisons à visiter, week-end de Pâques oblige, et se demanderait pourquoi Miriam avait dû travailler alors qu'il n'y avait pas grand-chose à faire. C'était une liaison dangereuse, car ni Miriam ni Jeff ne souhaitaient rompre leurs mariages ou chambouler leurs vies. Enfin, c'était probablement le cas pour Jeff. Miriam, elle, ne savait plus trop ce qu'elle voulait ni ce qu'elle faisait.

Jeff s'impatientait. D'habitude, elle était très rapide, presque trop, mais aujourd'hui elle n'arrivait pas à évacuer ses pensées. Si elle ne s'y mettait pas, Jeff, d'ordinaire courtois, finirait par la laisser de côté pour s'occuper de son propre plaisir. Elle se concentra sur cette seule partie de son corps, bougea en rythme avec la bouche de Jeff, trouva une meilleure coordination et ne tarda pas à parvenir à jouir. Ses orgasmes avec Jeff étaient comme le coup de la soprano qui fait voler un verre en éclats : c'était la résonance et pas l'aigu qui la brisait. Après, elle n'était plus bonne à rien, à peine capable de bouger, mais Jeff avait l'habitude. Il la disposa sous lui, comme une poupée de chiffons, et la pénétra assez violemment jusqu'à ce que lui aussi en ait terminé.

Et ensuite ? En général, ils se rhabillaient, du moins ils renfilaient les quelques vêtements qu'ils avaient pris le temps de retirer, puis ils retournaient au travail ou rentraient chez eux, ou ailleurs. Jeff sortit la bouteille de vin du seau en plastique.

— Pas de tire-bouchon, dit-il, amusé de son oubli.

Décontracté, comme s'il n'y avait rien de plus naturel au monde, il brisa le col de la bouteille sur le rebord du lavabo, remplit les verres à dents et retira les quelques bouts de verre tombés avec le vin.

— J'aime te sauter dans un lit, dit-il.

— Notre première fois, c'était dans un lit, fit-elle remarquer.

— Ça ne comptait pas.

Pourquoi donc ? s'étonna-t-elle. Mais elle ne lui posa pas la question. Leur première fois s'était déroulée chez un client, la violation du lieu qui leur avait été confié lui paraissant plus choquante que l'adultère en lui-même. Quand Jeff lui avait demandé de l'accompagner pour voir la nouvelle maison, elle s'était doutée qu'ils allaient faire l'amour, mais elle avait joué les innocentes. « C'est toujours la femme qui dicte le rythme », lui avait confié sa mère avec son sens de l'euphémisme, quand elle cherchait à comprendre les raisons de sa dépression. Miriam se plaisait à prétendre que Jeff avait tout maîtrisé, aussi facilement qu'il la manipulait au lit. Avec Jeff, elle se sentait légère comme une plume, presque comme si elle avait retrouvé son corps de jeune fille. Elle n'avait pas pris de poids avec l'âge, mais s'était malgré tout étoffée, réalité qu'elle avait pu ignorer jusqu'à ce qu'elle prête attention au corps de ses filles si incroyablement sveltes et minces des hanches. Elles donnaient l'impression de pouvoir se rompre facilement à la taille.

— Et maintenant ? demanda-t-elle.

— Tu veux dire ce moment précis, ici et maintenant, ou bien demain, dans une semaine ou dans un mois ?

Elle n'était pas sûre.

— Les deux.

— Aujourd'hui, on va encore faire l'amour. Deux fois, avec un peu de chance. Demain, pendant que tu seras à l'église, pour célébrer la prétendue résurrection du Christ...

— Je ne vais pas à l'église.

— Je croyais...

— Il ne m'a pas demandé de me convertir. Il m'a simplement expliqué qu'il ne souhaitait pas que les filles reçoivent d'éducation religieuse, qu'il acceptait tout au plus les rituels laïques, comme le sapin de Noël ou les œufs de Pâques.

Elle venait d'enfreindre une règle tacite, ne pas parler de ses enfants, et un silence gêné s'ensuivit. Elle ne savait pas de quelle façon aborder le sujet qui lui tenait vraiment à cœur : *Comment mettrons-nous fin à cette histoire ? Si nous faisons ça juste pour le sexe, cela nous passera-t-il de manière simple et réciproque ? Ou bien me languirai-je de toi quand tu me délaisseras pour une autre ? Ou vice versa ?*

Comment s'achevaient les liaisons ?

La leur prenait fin à cet instant, comme elle s'en apercevrait par la suite, de manière à la fois banale et cataclysmique. C'était peut-être toujours comme ça. Un champignon atomique apparaissait dans le ciel d'Hiroshima et, parmi les gens qui détalaient dans les rues, brûlés et choqués, il s'en trouvait certains qui avaient été surpris dans un autre lit que le leur, dans des lieux où ils n'étaient pas censés se trouver. Époux volages emportés par un tsunami, femmes adultères embarquées dans un train pour Auschwitz, sans lien de cause à effet.

Voilà ce qu'elle conserverait, son « avant », le moment auquel elle reviendrait sans cesse. Quand elle cherchait à se rappeler la dernière fois qu'elle avait été heureuse, la seule image qui lui venait était celle d'un verre de vin blanc tiédasse avec des bouts de verre dedans et d'une vieille barre chocolatée au goût, de fait, bien rance.

8

L'abribus de Forest Park Avenue était bien connu de Sunny, étape obligée les jours d'école depuis bientôt trois ans, mais cet après-midi-là elle le regarda comme si elle le voyait pour la première fois. Bien que sa fonction soit limitée – protéger les usagers contre la pluie, à défaut du froid –, quelqu'un avait pris la peine d'y ajouter quelques touches décoratives qui lui donnaient de faux airs coquets. Le toit était d'un vert marronnasse – leur mère avait préconisé le même coloris pour les huisseries de la maison, mais leur père le trouvait trop foncé et, plus artiste qu'elle, il obtenait toujours gain de cause sur ces questions. Les briques beiges étaient rugueuses et le banc à lattes du même vert que le toit.

Les garçons du quartier, indifférents à ces efforts, avaient couvert les murs de graffitis obscènes à la craie et à la peinture. Quelqu'un était passé derrière eux et avait tenté d'en effacer la majeure partie, mais il restait quelques insultes et jurons récalcitrants. Heather les examina solennellement.

— Ça arrive qu'ils... ?

— Non, l'interrompit vivement Sunny. Ils me laissent tranquille.

— Ah, dit-elle sur un ton qui donnait presque l'impression qu'elle était déçue pour sa sœur.

— Ils ne m'aiment pas à cause de la dispute. Les autres enfants du car.

— Mais ils n'habitent pas ici. C'est bien des gens d'ici qui mettent des graffitis, non ?

— Je suis la seule qui va à Rock Glen. Les autres enfants du quartier sont beaucoup plus jeunes ou plus âgés. C'était le problème, tu te souviens ? « À nous le bon droit, à eux la force. » La majorité l'emporte.

Ennuyée par cette anecdote familiale dans laquelle elle n'avait joué aucun rôle, Heather s'assit sur le banc, ouvrit son sac et en examina le contenu en fredonnant. Le bus ne devait arriver qu'un quart d'heure plus tard, mais Sunny voulait être certaine de ne pas le rater.

La polémique sur l'itinéraire du car de ramassage scolaire avait été pour Sunny une première expérience d'injustice flagrante, une leçon sur la façon dont l'argent pouvait triompher des principes. La plupart des élèves du car habitaient au bout de Forest Park Avenue, de l'autre côté de Garrison Boulevard. Étant libres de s'inscrire dans le collège de leur choix, ils préféraient éviter celui de leur quartier fréquenté par une majorité de Noirs et venir à Rock Glen au sud-ouest de la ville, où l'on trouvait encore surtout des Blancs. Une société privée était chargée du ramassage scolaire, à la charge des parents. L'arrêt de Sunny, le petit abri dans Forest Park Avenue, était le dernier le matin et le premier l'après-midi. Pendant deux ans, tout le monde s'était parfaitement accommodé de cette organisation. Jusqu'au jour où ça n'avait plus marché.

L'été précédent, les parents des enfants qui habitaient en fin d'itinéraire avaient commencé à se plaindre, soutenant que le trajet durerait moins longtemps si le car n'était pas obligé de s'arrêter au début de Forest Park Avenue pour déposer Sunny. « Juste pour elle », comme ils disaient. « Pourquoi une seule élève occasionnerait-elle une gêne pour tant d'autres ? » Ils avaient menacé de faire appel à une autre entreprise, ne laissant qu'une seule élève à la compagnie actuelle, ce qui n'aurait jamais couvert le coût du trajet. Les parents de Sunny avaient été scandalisés, mais ils ne pouvaient rien faire. S'ils voulaient qu'elle continue à prendre le car – indispensable, puisqu'ils travaillaient tous les deux –, ils étaient contraints d'accepter un compromis. L'itinéraire serait inversé pour le trajet de retour. Chaque après-midi, Sunny voyait donc leur pâté de maisons lui défiler sous les yeux tandis que le car regagnait son point de départ matinal pour déposer les enfants en ordre inverse et rebrousser chemin jusqu'à Forest Park Avenue. Compte tenu de la victoire de leurs familles, les autres élèves auraient dû se montrer bienveillants, mais Sunny avait appris que ça ne marchait pas comme ça. Ils la détestaient plus que jamais parce que ses parents avaient peu ou prou traité les leurs de racistes.

— Gauchiste ! lui avait lancé un garçon assez baraqué. Toi et tes parents, vous n'êtes que des gauchistes !

Elle n'avait aucune idée de ce que cela signifiait, mais ç'avait l'air affreux.

Les transports publics, contrairement aux Transports Mercer, ne se laissaient pas intimider. Si le trajet jusqu'à Security Square prenait vingt-cinq minutes, arrêts compris, il fallait en compter autant pour le trajet de retour. La MTA était « égalitaire », un mot qu'elle avait entendu dans la bouche de son père et qui lui plaisait beaucoup parce qu'il lui rappelait *Les Trois Mousquetaires* avec Michael York. Quand Sunny irait au lycée Western à l'automne, il était prévu qu'elle prenne un bus de la MTA et profite des coupons mensuels distribués gratuitement aux élèves. Afin qu'elle s'y habitue, ses parents l'avaient autorisée à faire des trajets d'entraînement – pour se rendre en ville, aux grands magasins d'Howard Street. C'était ainsi qu'elle avait eu l'idée d'aller jusqu'à Security Square, sans demander la permission à personne. Sunny était quasi blasée à l'idée de prendre le bus.

Heather en revanche, pour qui c'était une première, sautillait d'excitation sur le banc en bois, agrippant d'une main la poignée de son nouveau sac et tenant dans l'autre l'argent pour le billet. Sunny avait, elle aussi, un sac provenant de la boutique de leur père, en macramé, mais contrairement à ce que pensaient leurs camarades, elles n'avaient pas qu'à se servir. À l'exception des cadeaux comme le sac d'Heather, elles devaient payer les articles au prix de gros, leur père ayant expliqué que ses « marges » étaient trop faibles pour qu'elles les aient gratis. Le mot « marge » évoquait pour Sunny les cours de dactylographie, où elle obtenait de mauvaises notes sans que les marges y soient pour quoi que ce soit. En fait, elle perdait tous ses moyens en frappe minutée et commettait tellement d'erreurs que son nombre de mots à la minute était très faible. Sans chronomètre, elle tapait très bien.

Sunny se demandait pourquoi ses parents avaient tenu à ce qu'elle prenne le cours de dactylographie facultatif et s'ils pensaient qu'elle serait obligée d'en faire son métier. Depuis la sixième, quand la plupart de ses amies avaient été placées dans la section « avancés » de Rock Glen et elle seulement en « moyen-fort », elle ne pouvait s'empêcher de s'angoisser à l'idée que l'avenir avait déraillé à son insu, qu'elle avait perdu des choix sans le savoir. Quand elle était petite, grand-papa et grand-maman lui avaient offert une panoplie d'infirmière et une de médecin à Heather. À l'époque, celle d'infirmière faisait plus envie parce qu'il y avait une jolie fille sur le couvercle en plastique, alors que c'était un garçon sur l'autre. Ce que Sunny avait pu pavoiser devant sa sœur !

— Oh, le garçon ! Oh, le garçon !

Mais peut-être valait-il mieux être le docteur ? Du moins, s'entendre dire qu'on pouvait l'être. Leur père leur répétait sans cesse qu'elles pourraient devenir ce qu'elles voulaient, mais Sunny n'était pas certaine qu'il y croyait vraiment.

Heather serait bien entendu placée dans une sixième « avancés » à Rock Glen l'année suivante, même si la composition des classes n'était pas encore connue. Plus tard, elle serait certainement en « A » à Western, ce qui voulait dire qu'elle sauterait une classe pour entrer au lycée. Pour autant, Heather n'était pas plus intelligente que Sunny. D'après leur mère, les tests de QI avaient établi qu'elles étaient toutes les deux très intelligentes, presque des génies. Mais Heather était douée pour l'école, comme d'autres le sont pour le base-ball ou l'athlétisme. Elle comprenait les règles alors que Sunny trébuchait à force de trop vouloir se montrer différente et créative. Ses parents avaient beau professer leur attachement à ces valeurs plus qu'aux bonnes notes et au par cœur, ils avaient revu leurs ambitions à la baisse quand Sunny n'avait pas été admise en sixième « avancés ». Était-ce pour cela qu'elle était tout le temps en colère contre eux ? Sa mère en riait et disait que c'était une phase, alors que son père l'encourageait à discuter – mais « rationnellement », directive qui la rendait encore plus irrationnelle. Récemment, elle s'était mise à contester ses idées politiques, dont il faisait grand cas, mais il restait d'un calme horripilant, la traitant comme une petite fille, comme Heather.

— Libre à toi de soutenir Gerald Ford pour l'élection de l'an prochain, lui avait-il répondu quelques semaines auparavant. Je te demande simplement d'adopter une position raisonnée, de te renseigner sur ses idées.

Sunny n'avait pas l'intention de soutenir qui que ce soit. La politique, c'était stupide. Elle avait honte quand elle repensait à ses discours enflammés en faveur de McGovern en 1972, lors des débats d'actualité que la maîtresse organisait le vendredi après-midi. Parmi les vingt-sept élèves, seuls six avaient voté pour McGovern le jour de l'élection simulée, soit un de moins que dans le sondage qu'ils avaient réalisé à la rentrée.

« Sunny m'a fait changer d'avis », avait répondu Lyle Malone, un garçon beau et prétentieux, quand la maîtresse lui avait demandé s'il souhaitait expliquer son changement d'opinion. « Je me suis dit que si elle était à fond pour lui, il ne devait pas être si bon que ça. »

Pourtant, si Heather s'était exprimée en faveur de McGovern, toute sa classe l'aurait suivie. Elle avait cet effet-là sur les gens. Ils aimaient la regarder, la faire rire, gagner son approbation. Là, par exemple, le conducteur de la MTA, le genre qui d'habitude vous engueule si vous traînassez devant la portière entrouverte, semblait sous le charme de la gamine excitée qui tenait son sac en jean plaqué contre sa poitrine.

— Par ici la monnaie, ma mignonne !

Sunny lui aurait volontiers crié : « Elle n'est pas si mignonne ! » Elle se contenta de monter, les yeux rivés sur ses chaussures, une paire de sandales à talons compensés achetées à peine quinze jours auparavant. Le temps ne s'y prêtait pas vraiment, mais elle était pressée de les porter, et c'était le jour ou jamais.

9

Woodlawn Avenue était plus animée que d'habitude en ce samedi, veille de Pâques. Un flot continu de clients entrait et sortait de la boulangerie et du salon de coiffure pour messieurs. L'imminente résurrection du Christ exigeait apparemment des petits pains Parker House tout frais et une nuque bien dégagée, du moins pour ces hommes d'un autre temps qui croyaient encore à la vertu d'une coupe de cheveux. Il y avait aussi la fête de printemps à l'école élémentaire, une kermesse à l'ancienne avec barbe à papa et poisson rouge pour qui parvenait à lancer une balle de ping-pong dans un aquarium. *Baltimore est une ville où les changements se font très lentement,* songea Dave qui s'était toujours senti étranger dans sa ville natale. Il avait voyagé aux quatre coins du monde, décidé à s'installer ailleurs, n'importe où, et pourtant il avait fini par rentrer. Il avait conçu son magasin comme une ouverture sur le reste du monde, mais Baltimore n'était pas intéressée. Parmi les nombreux passants de ce samedi, pas un seul ne s'était arrêté pour regarder sa vitrine, sans même parler d'entrer.

Il était presque trois heures – d'après l'horloge « C'est l'heure de la coupe ! » qui servait d'enseigne au coiffeur d'en face – et Dave ne savait plus quoi faire pour s'occuper. S'il n'avait pas proposé de récupérer Sunny et Heather au centre commercial, il aurait peut-être fermé plus tôt que prévu. Et si un client se présentait pendant la dernière heure, quelqu'un avec du goût et des moyens, qui avait décidé d'acheter un tas de choses, et que lui perdait à jamais ce client ? Miriam n'arrêtait pas de s'angoisser à cette idée.

« Il suffit d'une seule fois, disait-elle. Une seule fois, une seule personne qui tire vainement sur la poignée alors que le magasin devrait être ouvert, et tu ne perds pas seulement ce client mais aussi tout le bouche à oreille qui aurait pu en résulter. »

Si seulement les choses pouvaient être aussi simples, s'il suffisait d'arriver de bonne heure, de partir tard et de bosser dur entre les deux ! Avec sa faible expérience professionnelle, Miriam ne se rendait pas compte combien son point de vue était d'une naïveté touchante. Elle croyait encore aux clichés du genre « Le monde appartient à ceux qui se lèvent tôt » et « Petit à petit, l'oiseau fait son nid ». Cela dit, si elle n'avait pas eu ces convictions, elle se serait peut-être montrée plus réservée sur son projet d'ouvrir un magasin, ce qui impliquait de quitter son poste de fonctionnaire, quasiment un emploi à vie. Depuis peu, il commençait à se demander si Miriam n'avait pas fait le calcul qu'elle tirerait son épingle du jeu dans tous les cas de figure. Soit la boutique leur rapporterait de l'argent, soit cela lui conférerait une emprise sur lui pour le restant de ses jours. Elle lui avait donné sa chance et il l'avait gâchée. Maintenant, tous leurs désaccords étaient fermement ancrés dans ce non-dit : *J'ai cru en toi. Tu t'es planté.* Avait-elle misé sur son échec dès le départ ?

Non, Miriam n'était pas machiavélique à ce point, de ça il était sûr. Dave n'avait jamais connu quelqu'un de plus honnête que Miriam, toujours prompte à reconnaître le mérite là où il était dû. Elle admettait volontiers ne pas avoir perçu le potentiel de la maison d'Algonquin Lane, une ferme à l'abandon, victime d'outrages architecturaux à répétition – coupole, jardin d'hiver. Dave l'avait restaurée et lui avait rendu son ossature d'origine, recréant un édifice simple et pur qui semblait former un tout avec le grand jardin sauvage. Leurs visiteurs s'extasiaient toujours sur le coup d'œil de Dave, s'émerveillaient de tel ou tel objet rapporté de ses voyages, en demandaient le prix et affirmaient qu'ils seraient prêts à en payer cinq, dix ou vingt fois plus si seulement il ouvrait une boutique.

Dave avait pris, et prenait encore, ces paroles au pied de la lettre. Ces compliments ne pouvaient pas être de simple politesse, vu qu'il n'avait jamais suscité ce genre d'effusions pleines de tact.

Au contraire, il avait toujours attiré les vérités franches et déplaisantes, la méchanceté déguisée en candeur.

La première fois qu'ils étaient sortis ensemble, Miriam lui avait confié :

— Écoute, je suis embêtée de te dire ça, mais...

Bien qu'habitué à ce genre d'entrée en matière, il avait un peu accusé le coup. Il avait cru que cette jeune femme soignée, avec ses manières et son accent de Canadienne, serait différente. Elle était dactylo au service budgétaire de l'État, où Dave était analyste, et il avait mis trois mois avant de l'inviter à sortir avec lui.

— Oui ?

— C'est à propos de ton haleine.

Pur réflexe, il s'était plaqué la main sur la bouche, tel Adam voulant masquer sa nudité après avoir croqué la pomme. Mais elle lui avait tapoté affectueusement l'autre main restée sur la table.

— Non, non, non... mon père est dentiste. C'est tout simple.

Effectivement. Grâce à du fil dentaire, des bains de bouche et plus tard à une opération des gencives, Miriam avait secouru Dave d'une vie où ses interlocuteurs avaient toujours un léger mouvement de recul. Quand cette attitude cessa, Dave comprit enfin ce que cela signifiait quand les gens rentraient le menton et baissaient le nez. Il puait. Ils essayaient de ne pas inhaler. Il se demandait dans quelle mesure ses vingt-cinq premières années – les années fétides, comme il les appelait – ne lui avaient pas causé une fêlure irréparable. Quand on a vu pendant un quart de siècle les gens s'écarter avec dégoût, peut-on jamais espérer être embrassé et accepté ?

Ses filles avaient représenté son unique chance de remettre les compteurs à zéro. Après tout, même Miriam avait connu, quoique brièvement, Dave-qui-pue-du-bec. Adulé par ses filles, Dave avait eu la naïveté de penser qu'elles ne se lasseraient jamais de lui. Mais Sunny semblait maintenant le considérer comme une abjection corporelle, l'incarnation ambulante d'un pet ou d'un rot. Heather, toujours aussi précoce, copiait parfois la froideur de son aînée. Mais ses filles avaient beau prendre leurs distances, elles ne pouvaient l'empêcher de bien les connaître. Il avait l'impression de vivre dans leur tête, de voir le monde à travers leur regard, d'éprouver leurs moindres joies et déceptions.

« Tu ne comprends pas ! » grommelait Sunny de plus en plus fréquemment.

Le vrai problème était qu'il la comprenait très bien.

Par exemple, son engouement récent pour le centre commercial. Sunny s'imaginait que Dave détestait ce genre d'endroits parce qu'on y mettait en avant les plaisirs vulgaires de la consommation de masse, l'opposé esthétique de l'objet d'artisanat unique en son genre qu'il vendait dans son magasin. En fait, il n'aimait pas l'effet que le centre commercial avait sur Sunny. L'attirance n'était pas moins forte que celle du chant des sirènes sur Ulysse. Il savait ce qu'elle y faisait. Ce n'était pas très différent de sa propre adolescence à Pikesville, quand il parcourait sans cesse Reisterstown Road et ses commerces, dans l'espoir que quelqu'un s'intéresse à lui. Il avait toujours été à part, fils unique d'une mère célibataire alors que tout le monde avait ses deux parents, seul enfant d'origine protestante dans un quartier juif aisé. Sa mère était serveuse au Pimlico, un vieux restaurant. La situation financière du foyer dépendait de la générosité des pères de ses camarades de classe, individus qui jugeaient la mère de Dave en fin de repas, augmentaient son pourboire de vingt-cinq cents ou le baissaient de cinquante, alors que le moindre cent comptait. Oh, personne ne raillait sa pauvreté ouvertement. On ne voyait aucun intérêt à le ridiculiser, ce qui était presque pire.

Et voilà que Sunny se retrouvait prisonnière de la même vie. Il pouvait presque flairer l'odeur de ses envies. Le désespoir, triste chez un adolescent, était carrément dangereux chez une fille. Il était terrifié pour Sunny. Quand Miriam cherchait à minimiser ses craintes, il avait envie de lui répondre : *Je sais de quoi je parle ! Tu es loin d'imaginer ce qui traverse l'esprit d'un homme en apercevant une fille dans un pull moulant, la profondeur et la bassesse de ce désir.* Mais s'il confiait cela à Miriam, elle risquait de lui demander à quoi il pensait tous les jours en voyant passer les lycéennes de Woodlawn qui se rendaient chez le glacier High, à la boulangerie ou à la pizzeria Robin's Nest. Non pas qu'il soit tenté par les jeunes filles, loin s'en fallait. Parfois, il avait juste envie de redevenir adolescent, d'avoir à nouveau vingt ans. Il aurait voulu pouvoir déambuler librement dans ce nouveau monde où les filles avaient les cheveux longs et ne portaient pas de soutien-gorge, leurs seins rebondissant sous leurs tee-shirts sexy. Pour se rincer l'œil, rien de plus. Quand il travaillait encore pour l'État, il avait vu quantité de collègues succomber à la tentation. Même au service comptabilité, plutôt plan-plan, on voyait des hommes se laisser soudain pousser des favoris et s'acheter des tenues à la mode. Dix mois plus tard – au jour près : Dave aurait pu réaliser un graphique démontrant que l'apparition des favoris chez un homme précédait de dix mois la fin de son mariage –, le type quittait le domicile conjugal pour s'installer dans un immeuble récent, en expliquant sincèrement que ses gamins ne pouvaient pas être heureux si lui ne l'était pas. N'importe quoi ! comme aurait dit Sunny. Ayant grandi sans père, Dave n'infligerait jamais cela à ses filles.

La grande aiguille de l'horloge « C'est l'heure de la coupe ! » s'approchait lentement du 4. Six heures qu'il était au travail et pas un client n'était entré dans le magasin. Se pouvait-il que l'emplacement soit maudit ? Quelques semaines auparavant, Dave avait bavardé avec une vendeuse de la boulangerie Bauhof pendant qu'elle mettait ses cookies dans un sac en papier paraffiné. Chez Bauhof, on se servait toujours d'une balance à l'ancienne, alors qu'un peu partout elles étaient remplacées par des instruments électroniques précis au centième de livre. Dave préférait l'approximation élégante des vieilles balances, dont il aimait regarder les plateaux doucement s'aligner à chaque nouveau cookie.

— Voyons... avait dit la vendeuse, qui s'appelait Wanda et devait se mettre sur la pointe des pieds pour atteindre la balance. Pendant des années, c'était la quincaillerie Fortunato. En 1968, le vieil homme a mal vécu les émeutes. Il a vendu et s'est retiré en Floride.

— Il n'y a jamais eu d'émeutes à Woodlawn. Les incidents ont eu lieu à des kilomètres d'ici.

— Oui, mais ça l'a tout de même contrarié. Benny a donc vendu à une femme qui a ouvert une boutique de vêtements pour enfants. Mais c'était trop cher.

— Ah bon ?

— Qui est prêt à mettre vingt dollars dans un chandail qu'un bébé ne portera pas plus d'un mois ? Elle a donc vendu à un restaurant, mais qui n'a jamais marché. Un jeune couple qui ne s'y connaissait pas trop, incapable de vous servir une omelette en moins de trois quarts d'heure. Puis il y a eu la librairie. Mais avec

Gordon à Westview et Walden Books au centre commercial de Security Square, qui viendrait à Woodlawn pour s'acheter un livre ? Après, on a eu le loueur de smokings...

— Dart, dit Dave en repensant à l'homme aux épaules arrondies, son mètre autour du cou, et à la femme timide, qui vous regardait derrière un rideau de cheveux prématurément gris. J'ai repris leur bail.

— Un couple sympathique, des gens raisonnables, mais pour louer une tenue de soirée on va là où l'on a ses habitudes. Le smoking est un commerce de tradition, comme les pompes funèbres. On retourne là où son père allait, et son grand-père avant lui, et ainsi de suite. Si on veut ouvrir un magasin, il faut s'installer dans un nouveau quartier où la clientèle n'est pas fidélisée.

— Ça fait donc quatre commerces différents en moins de sept ans.

— Ouais. C'est un trou noir. Chaque pâté de maisons a le sien, le magasin qui ne marche jamais... (Elle avait porté la main à la bouche en tenant toujours son papier sulfurisé.) Je suis désolée, monsieur Bethany. Je suis sûre que vous allez bien vous en sortir avec vos petits...

— Mes *tchotchkes*[1] ?

— Pardon ?

— Peu importe.

Dans une boulangerie allemande où l'on vendait du pain de seigle « juif », sans s'en excuser ni prétendre à la moindre ironie, il ne fallait sûrement pas s'attendre à ce que le yiddish soit compris, encore moins l'autodérision dont Dave faisait preuve en employant ce terme. Des *tchotchkes,* en effet. Il vendait de belles choses, très ori-

1. Mot yiddish signifiant « gadgets ».

ginales. Pourtant, même les familles qu'il avait connues par le biais du Chemin des Cinq Voies ne se ruaient pas sur ses objets malgré leurs affinités spirituelles. À New York, San Francisco ou Chicago, son magasin aurait connu un succès fou. Mais il était à Baltimore, ce qu'il n'avait pas prévu. Cela dit, c'était là qu'il avait rencontré Miriam et fondé une famille. Comment le regretter ?

Le carillon éolien de la porte d'entrée tinta doucement. Dave aperçut une femme d'une cinquantaine d'années et perdit aussitôt espoir, jugeant qu'elle voulait probablement lui demander son chemin. Puis il se rendit compte qu'elle n'était pas beaucoup plus âgée que lui, elle avait plutôt dans les quarante-cinq ans ; ses vêtements – élégant tailleur rose en tricot et grand sac à main – l'avaient induit en erreur.

— J'ai pensé que vous auriez peut-être des objets originaux pour Pâques, dit-elle d'une voix hésitante, comme si elle s'interrogeait quant à l'étiquette à suivre dans une boutique si particulière. Quelque chose qui puisse être conservé en souvenir.

Merde ! Miriam lui avait suggéré de s'achalander en objets saisonniers, mais il n'avait pas suivi son conseil. Il avait joué le jeu à Noël, bien entendu. Il n'avait pas pensé que ça valait le coup pour Pâques.

— Non, je suis désolé.

— Rien du tout ? dit-elle avec un désarroi excessif. Je n'ai pas besoin que ce soit spécifiquement pour Pâques, juste qu'il y ait un lien. Un œuf, un poussin, un lapin. Ce genre-là.

— Des lapins... répéta-t-il. Vous savez, je crois que nous avons des lapins en bois du Mexique. Mais un peu grands pour tenir dans un panier.

Il se dirigea vers les étagères où étaient exposés les

objets d'artisanat sud-américain, prit délicatement un des lapins et le tendit à la femme, comme s'il s'agissait d'un bébé à porter avec une extrême prudence. Elle le tint devant elle, à bout de bras. C'était un objet simple et primitif, une sculpture réalisée en quelques coups de couteau assurés, trop beau pour servir de lot de consolation dans le panier d'un enfant. Ce n'était pas un jouet. C'était de l'art.

— Dix-sept dollars ? dit la femme en lisant le prix noté à la main sur une étiquette. Un objet si quelconque.

— C'est justement la simplicité qui...

Dave ne se donna pas la peine de terminer sa phrase. La vente était manifestement perdue. Mais il pensa à Miriam, si touchante de lui faire confiance, et fit une dernière tentative.

— Vous savez, j'ai peut-être dans ma réserve des œufs à repriser en bois. Je les ai dénichés dans une foire à l'artisanat en Virginie-Occidentale. Ils sont peints dans des couleurs primaires, rouge et bleu vif.

— Vraiment ? dit-elle avec un enthousiasme étonnant. Vous pourriez aller me les chercher ?

— Eh bien...

La demande était délicate car il allait être obligé de la laisser seule dans la boutique. Faute d'avoir les moyens d'embaucher quelqu'un à mi-temps... Dave proposait parfois à des clients de l'accompagner dans la réserve, ce qui leur donnait l'impression d'un traitement de faveur au lieu de les vexer parce qu'il se méfiait des vols. Mais il n'imaginait pas du tout cette femme lui chiper quoi que ce soit ni essayer d'ouvrir la caisse enregistreuse, un vieux modèle dont le tiroir tintait fort en sortant.

— Attendez-moi ici. Je vais voir si je peux les trouver.

Il mit plus de temps qu'il n'aurait dû. Dans sa tête, il

entendait les recommandations de Miriam – d'une voix douce, mais tout de même – sur l'importance des inventaires, des procédures et de la gestion. Mais il avait ouvert cette boutique justement pour échapper à ces contraintes, pour s'affranchir de la rigueur des chiffres. Il avait été très déçu qu'elle ne comprenne pas la signification du nom qu'il avait choisi pour le magasin.

— L'Homme à la guitare bleue ?... On va penser qu'il s'agit d'un magasin de musique, tu ne crois pas ?

— Tu ne comprends pas ?

— Eh bien, je vois que c'est un peu... loufoque, comme l'époque. Dans le genre « Champignon de velours ». Mais ça pourrait induire les gens en erreur.

— C'est une référence à Wallace Stevens, le poète qui vendait des assurances.

— Ah, l'auteur de *L'Empereur des glaces*. Oui.

— Stevens était comme moi : un artiste prisonnier à l'intérieur d'un homme d'affaires. Il vendait des assurances, mais c'était un poète. Moi, j'étais fiscaliste, mais je n'étais pas épanoui. Tu comprends ?

— Stevens n'était pas vice-président d'une compagnie d'assurances ? N'a-t-il pas continué à travailler tout en écrivant de la poésie ?

— Euh... si. Le parallèle n'est pas entièrement exact. Mais le ressenti est le même.

Miriam n'avait pas fait de commentaire.

Ayant enfin mis la main sur les œufs, il les rapporta au comptoir. La boutique était déserte. Il vérifia immédiatement la caisse, constata que les quelques espèces étaient encore là, et recensa rapidement les plus précieux objets – plus exactement semi-précieux, s'agissant d'opales et d'améthystes montées en bijoux – dont aucun n'avait disparu de la vitrine. C'est seulement là qu'il remarqua l'enveloppe sur le comptoir, adressée à Dave Bethany. Le facteur serait-il passé pendant qu'il était dans la réserve ? Non, il n'y avait ni timbre ni adresse.

Il la décacheta et en sortit une lettre manuscrite, à l'écriture tremblante d'émotion, un peu comme la voix de la femme au tailleur rose.

Cher M. Bethany,

Il faut que vous sachiez que votre femme a une liaison avec son patron, Jeff Baumgarten. Qu'attendez-vous pour y mettre un terme ? Des enfants sont concernés. De toute façon, M. Baumgarten est heureux en ménage et ne quittera jamais sa femme. Voilà la preuve qu'une mère de famille n'a rien à faire dans un bureau.

La lettre n'était pas signée, mais Dave ne douta pas que Mme Baumgarten en était l'auteur, l'histoire des cadeaux pour Pâques n'étant qu'une mise en scène. Dave ne savait pas grand-chose du patron de Miriam, seulement qu'il était juif, un notable juif ; il l'avait probablement précédé de quelques années au lycée de Pikesville. Mme Baumgarten comptait peut-être déposer sa lettre discrètement, sans s'imaginer que le magasin serait vide. Ou bien elle l'avait rédigée comme une solution de secours, au cas où elle ne trouverait pas le courage de lui parler directement. La dernière phrase était vraiment bizarre, comme si elle avait besoin de se raccrocher à un débat de société pour conforter sa position d'épouse bafouée. Dans la fraction de seconde qu'il lui fallut pour penser au mot « cocu » et se l'appliquer à lui-même, il éprouva une pointe de pitié pour cette bourgeoise respectable et sa lettre anonyme. Assez récemment, la presse locale avait fait un grand battage autour de l'épouse du gouverneur, laquelle avait appris leur divorce de la bouche de l'attaché de presse de son mari. Elle s'était retranchée dans leur résidence et avait refusé d'en sortir, persuadée que son mari finirait par revenir à la raison. Elle avait des points communs avec Mme Baumgarten – originaire des quartiers nord-ouest de Baltimore, juive, grassouillette et élégante, très impliquée dans la réussite de son mari. Les infidélités conjugales étaient une prérogative masculine, tolérée ou non par l'épouse. Les maîtresses étaient toujours jeunes, belles à croquer, libres de toute attache – secrétaire ou hôtesse de l'air, Goldie Hawn dans *Fleur de cactus*. Miriam ne pouvait pas avoir un amant. C'était une bonne mère de famille. Pauvre Mme Baumgarten. Son mari la trompait, à l'évidence, mais elle avait réagi aveuglément, s'en prenant à Miriam parce que celle-ci constituait une cible idéale.

Il composa le numéro de Miriam et laissa sonner dans le vide, mais personne ne décrocha. Bon. Elle devait être en visite et la secrétaire déjà partie. Il lui en parlerait ce soir, ce qu'il devrait faire plus souvent. Discuter avec Miriam de son métier, car c'était forcément son travail qui lui avait donné confiance en elle ces derniers temps. Les commissions expliquaient son teint rayonnant, son pas léger, ses larmes dans la salle de bains tard le soir.

Les larmes dans la salle de bains... Non, c'était Sunny qui pleurait, cette pauvre Sunny à fleur de peau, qui avait connu une année de troisième épouvantable, mise au ban parce que Dave et Miriam s'étaient battus avec les autres parents à propos de l'itinéraire du car de ramassage scolaire. Du moins l'avait-il supposé quand, enfermé dans son bureau un soir, il avait entendu des sanglots étouffés dans la salle de bains du premier, celle qui servait à toute la famille. Il était resté en bas, faisant mine d'écouter de la musique, pour respecter l'intimité de celle qui pleurait juste au-dessus.

Il déchira la lettre en petits morceaux, prit ses clés, ferma la boutique et se rendit un peu plus loin dans la rue à la taverne Monaghan, autre commerce de Woodlawn où les affaires marchaient fort en ce samedi saint.

10

— T'étais censée me laisser tranquille ! lança Sunny d'un ton cinglant. Tu avais promis !

L'ouvreuse venait de les expulser, elle et sa sœur, en leur interdisant l'accès au cinéma pour le reste de la journée.

— J'étais inquiète que tu ne reviennes pas des toilettes. Je voulais m'assurer qu'il ne t'était rien arrivé.

Ce n'était pas un mensonge, pas tout à fait. Heather s'était effectivement étonnée de voir Sunny s'éclipser un quart d'heure après le début de *La Montagne ensorcelée* et ne pas revenir. Craignant que son aînée ne l'ait laissé tomber, elle était sortie à son tour, avait jeté un coup d'œil dans les toilettes, puis dans l'autre salle où était projeté *Chinatown,* interdit aux moins de dix-sept ans non accompagnés. Sunny devait se livrer à ce petit manège depuis un certain temps, acheter une place pour un film tout public et profiter ensuite d'un passage aux toilettes pour s'introduire dans l'autre salle pendant que personne ne faisait attention.

Elle s'était assise deux rangées derrière Sunny, comme pour *La Montagne ensorcelée.* (« On est dans un pays libre ! » avait-elle rétorqué d'un ton insouciant quand son aînée l'avait fusillée du regard.) Elle avait réussi à ne pas se faire repérer jusqu'à la scène où le gringalet plantait son couteau dans le nez de l'autre. Un cri lui avait échappé, assez fort pour être entendu. Reconnaissant sa voix, Sunny s'était retournée.

Heather avait cru qu'elle l'ignorerait plutôt que d'attirer l'attention. Mais celle-ci l'avait rejointe et lui avait ordonné, d'un murmure pressant, de s'en aller immédiatement. Heather avait refusé et lui avait fait remarquer qu'elle s'en tenait scrupuleusement aux règles fixées par Sunny. Elle n'était pas avec elle, elle se trouvait juste dans le même cinéma. On était dans un pays libre. Une vieille femme avait prévenu l'ouvreuse et les deux sœurs avaient été escortées vers la sortie, faute de pouvoir présenter un billet valable. Fidèle à elle-même, Heather avait menti, prétendant qu'elle l'avait égaré, alors que Sunny, moins rapide d'esprit, avait sorti celui pour *La Montagne ensorcelée*. Dommage, car on lui donnait facilement dix-sept ans, avec sa poitrine. Si les rôles avaient été inversés, si Heather avait été l'aînée, elle aurait su les tirer d'affaire – mentir à l'ouvreuse, certifier qu'elle avait égaré les billets, soutenir qu'elle avait dix-sept ans et qu'une grande sœur pouvait tenir le rôle d'adulte accompagnateur. À quoi bon avoir une grande sœur si elle n'était pas à la hauteur ? Sunny était carrément au bord des larmes rien que pour un film ! Heather ne comprenait pas qu'on puisse perdre un temps précieux à s'ennuyer dans le noir quand il y avait tant de choses à admirer, humer et goûter au centre commercial.

— De toute façon, c'était rasoir, dit-elle. J'ai quand même eu peur quand le mec s'est fait trancher le nez.

— Tu n'y connais rien ! L'homme avec le couteau, c'est le réalisateur du film, Roman Polanski. Sa femme a été assassinée par Charles Manson. Polanski est un génie.

— Si on allait chez Hoschild ? Ou au Pants Corral ? Je veux regarder les Levi Strauss Sta-Prest.

— Les jeans normaux ne se froissent pas tant que ça, objecta Sunny qui reniflait toujours. Les Sta-Prest n'ont aucun intérêt.

— Toutes les filles en portent maintenant qu'on a le droit de venir en pantalon à l'école.

— Ce n'est pas bien d'avoir envie de quelque chose juste parce que tout le monde en a. Il ne faut pas suivre le troupeau.

C'était la voix de leur père qui s'exprimait par la bouche de Sunny, et Heather savait que sa grande sœur n'en pensait pas un mot.

— OK. Et si on faisait un tour chez Harmony Hut, ou à la librairie ?

La dernière fois qu'elle était venue au centre commercial, Heather avait furtivement feuilleté ce qui semblait être un livre pour adultes. Il y avait un tas de descriptions prometteuses des seins de l'héroïne, moulés par le fin tissu de sa robe, signe en général qu'il allait se passer des trucs cochons. Elle espérait trouver l'audace de le lire. Il y avait une fermeture Éclair sur la couverture – pas une braguette, comme sur le disque des Rolling Stones qu'avait Sunny, mais en dessous on voyait tout de même une femme à moitié nue. Il faudrait le cacher dans un livre plus grand, pour pouvoir le lire sans attirer l'attention. Les vendeurs de chez Walden Books vous laissaient lire autant que vous vouliez, à condition de ne pas s'asseoir sur la moquette. Là, on vous chassait.

— Je ne veux pas rester avec toi, dit Sunny. Je me fiche de ce que tu fais. Occupe-toi comme tu veux et sois ici à 17 h 20.

— Tu m'offriras du pop-corn au caramel ?

— Je t'ai déjà donné cinq dollars. Tu n'as qu'à t'en acheter.

— T'avais dit cinq dollars plus du pop-corn au caramel.

— D'accord, d'accord. Qu'est-ce que ça peut faire ? Sois ici à 17 h 20 et tu l'auras, ton pop-corn ! Pas si je te vois traîner autour de moi. C'était le marché, tu te souviens ?

— Pourquoi es-tu fâchée contre moi ?

— Je ne veux pas me trimballer avec un bébé. C'est si dur à comprendre ?

Elle se dirigea vers le Sears en prenant l'allée d'Harmony Hut et de Singer Fashions. Heather fut tentée de la suivre, malgré le pop-corn. Sa grande sœur n'avait pas le droit de la traiter de bébé. C'était Sunny le bébé, toujours à pleurnicher pour un rien. Pas elle.

À une époque, Heather avait aimé être le bébé de la famille, rôle dont elle se délectait. Quand elle avait presque quatre ans, leur mère était tombée enceinte et l'on s'était mis à parler du « bébé », ce qui l'avait contrariée.

« C'est moi le bébé ! s'écriait-elle d'un ton hystérique en s'appuyant l'index sur la poitrine. Le bébé, c'est Heather ! »

Comme s'il ne pouvait y avoir qu'un seul bébé dans leur famille, dans le monde entier.

Ils avaient déménagé pour s'installer dans la maison

d'Algonquin Lane, où chacun aurait sa chambre. Heather savait reconnaître une tentative de chantage – tu auras une chambre rien que pour toi, mais tu ne seras plus le bébé. La maison était gigantesque comparée à leur appartement, avec assez de place pour quatre enfants. Ce qui rassura Heather, d'une certaine manière. Même le nouveau bébé ne le resterait pas toujours. En plus, elle serait la deuxième à choisir sa chambre. Elle estimait qu'elle aurait dû avoir le premier choix, étant donné qu'elle perdait son statut de bébé, mais ses parents lui avaient expliqué que Sunny, en tant qu'aînée, profiterait moins longtemps de la sienne avant de partir à l'université et qu'il était donc normal de la laisser choisir en premier. Si Heather y tenait, elle pourrait récupérer la chambre de Sunny pour trois ans. Du haut de ses quatre ans, elle s'était sentie révoltée par ce raisonnement. Mais elle n'avait pas le vocabulaire pour engager la discussion et ses parents ne cédaient jamais à ses caprices. Chaque fois, sa mère lui disait : « Tu ne m'impressionnes pas, Heather. »

Et son père : « Je ne tiens pas compte de ce genre de comportement. »

Mais Heather n'en voyait aucun dont il tînt compte. Il n'y avait qu'à regarder Sunny. Elle jouait le jeu, s'en tenait à des arguments mesurés et présentés de façon ordonnée, et pourtant elle n'obtenait presque jamais gain de cause. Beaucoup plus sournoise, Heather parvenait généralement à ses fins. Elle avait même pu garder son statut de bébé sans avoir à faire quoi que ce soit. Et il s'était avéré que le bébé était trop faible pour survivre en dehors du ventre de leur mère.

À sa mort, leur père avait tenu à leur expliquer ce qu'était une fausse couche. Il avait commencé par décrire comment le bébé s'était retrouvé dans le ventre de leur mère. À leur grande stupéfaction, il avait employé les termes exacts – pénis, vagin, utérus.

— Pourquoi maman te laisserait faire ça ? avait demandé Sunny, incrédule.

— Parce que c'est comme ça qu'on fabrique les bébés. En plus, c'est agréable. Quand on est grand, avait-il ajouté. Les grandes personnes trouvent ça très agréable, même sans fabriquer de bébé. C'est quelque chose de sacré, une manière de montrer son amour.

— Mais... mais... c'est de là que sort le pipi... Tu aurais pu faire pipi dans maman.

— Ça s'appelle l'urine, Sunny. Le pénis sait s'en empêcher quand il se trouve dans une femme.

— Comment ?

Il leur avait expliqué que le pénis grandissait quand il avait envie de faire un bébé, qu'il y avait à l'intérieur une autre sorte de liquide, appelé le sperme, qui contenait des graines. Sunny s'était plaqué les mains sur les oreilles.

— Beurk, je ne veux pas le savoir ! Il pourrait quand même se tromper. Il pourrait faire pipi dedans.

— Ça devient gros comment ? s'était enquise Heather.

Son père avait écarté les mains, comme un pêcheur décrivant sa prise, mais elle ne l'avait pas cru.

Ayant su comment se fabriquaient les bébés avant même d'arriver en maternelle, Heather avait été surprise d'apprendre en entrant à l'école élémentaire Dickey Hill que l'éducation sexuelle était enseignée seulement en septième et qu'on en faisait tout un plat, les parents devant signer une autorisation. Pour autant, elle ne s'était pas vantée de sa science et n'en avait pas fait étalage.

C'était une autre chose que Sunny ne comprenait pas, qu'il valait mieux en garder sous le coude, ne pas tout dévoiler d'un coup. Personne n'aimait les vantards.

En huitième, cependant, Heather avait une amie dont la mère était tombée enceinte. Les parents de Beth lui avaient expliqué que Dieu avait mis le bébé dans le ventre de sa maman. Comme son père, Heather ne pouvait s'empêcher de corriger la moindre information erronée. Elle avait réuni tout le monde pour une rapide leçon sous la cage à poules dans la cour et avait expliqué ce qu'elle savait de la fabrication des bébés. Suite à une plainte des parents de Beth, l'école avait convoqué les Bethany. Loin de s'excuser, son père avait été fier d'elle.

« Je ne peux pas être tenu responsable pour les parents qui choisissent de mentir à leurs enfants, avait-il déclaré en présence d'Heather. Je ne peux pas demander à ma fille de s'excuser d'avoir dit la vérité sur quelque chose de tout à fait naturel. »

« Naturel » était un point favorable. Le compliment le plus élevé dans la bouche de son père. Étoffes naturelles, aliments naturels, cheveux naturels. Après l'ouverture de la boutique, il s'était laissé pousser les cheveux, adoptant une coiffure afro cotonneuse qui faisait honte à Sunny. Il se coiffait même avec un peigne Black Power, au manche en forme de poing serré. D'ailleurs, il n'approuverait pas les jeans Sta-Prest qui devaient contenir quelque chose de fort peu naturel pour ne pas se froisser. Pourtant, Heather était persuadée qu'elle saurait le convaincre, lui ou sa mère, de l'autoriser à s'en acheter un, pourvu qu'elle utilise l'argent reçu à son anniversaire.

Elle se dirigea vers le Pants Corral. M. Pincharelli, le professeur de musique de Sunny, jouait de l'orgue électrique chez Jordan Kitt. Sa sœur avait été amoureuse de lui – Heather l'avait appris en lisant son journal intime. La dernière fois qu'elles étaient venues ensemble au centre commercial, Sunny avait accéléré le pas en passant devant le magasin d'orgues, comme embarrassée. Aujourd'hui, il jouait *Easter Parade,* debout, avec beaucoup d'énergie. Un petit attroupement s'était formé. M. Pincharelli avait le visage brillant de sueur et sa chemisette était trempée aux aisselles. Heather n'imaginait pas une seconde de tomber amoureuse de lui. Si elle l'avait comme prof, elle n'arrêterait pas de se moquer. Pourtant, le public semblait sincèrement content et admiratif. Elle se laissa gagner par l'ambiance et grimpa sur le rebord d'une fontaine. Elle s'interrogeait sur le sens d'un vers – *tu t'apercevras que tu es sur une photo si pure ?* – quand quelqu'un l'attrapa par le coude.

— Hé ! T'étais censée...

Une voix en colère, juste assez forte pour être entendue par-dessus la musique. Les gens à proximité se retournèrent. L'homme lui relâcha aussitôt le bras et bafouilla :

— Désolé.

Il se fondit dans la foule.

Heather le regarda s'éloigner. Elle était soulagée de ne pas être celle qu'il cherchait. La pauvre fille avait du souci à se faire.

M. Pincharelli enchaîna avec *Superstar,* pas la chanson sur Jésus, celle des Carpenters. Pas plus tard que la semaine précédente, Sunny lui avait donné tous ses disques des Carpenters en décrétant que c'était « mièvre ». La musique était probablement le seul domaine où les goûts de Sunny valaient d'être suivis ; si elle jugeait les Carpenters « mièvres », Heather n'était pas certaine d'en vouloir. Cinq dollars – de quoi s'offrir un 33 tours, et elle n'aurait même pas tout dépensé. Tout compte fait, elle irait peut-être chez Harmony Hut, où elle achèterait un disque de... Jethro Tull. Lui avait l'air bien. Et si elle y croisait Sunny, eh bien... on était dans un pays libre, non ?

TROISIÈME PARTIE

Jeudi

11

— Le problème, confia Infante à Lenhardt, c'est qu'elle n'a pas une tête de Pénélope.

Le sergent mordit à l'hameçon.

— C'est comment, une tête de Pénélope ?

— Je ne sais pas... cheveux blonds, casque rose.

— *Quoi ?*

Étiré en deux syllabes.

— Tu te souviens du vieux dessin animé ? Celui avec une course automobile à chaque épisode, où ils arrivaient à nous faire gober que le résultat n'était pas connu d'avance ? Pénélope Jolicœur, c'était le nom de la belle pilote. Elle ne gagnait presque jamais.

— En fait, c'est grec, non ? Sans vouloir retirer quoi que ce soit à Hanna et Barbera, je crois qu'il existe une histoire célèbre avec une Pénélope, une tapisserie et un clébard.

— Comme Betsy Ross[1] tu veux dire ?

— Légèrement avant. Quelques milliers d'années, Ducon.

Vingt-quatre heures auparavant, quand Infante était

1. Celle qui aurait cousu le premier drapeau américain, pour George Washington, en 1776.

dans le collimateur du sergent, cette conversation aurait pris un tour très différent. Les mêmes mots, peut-être, mais un ton nettement moins sympathique. La veille, Lenhardt se serait aussi prêté à des bavardages, mais ses railleries, ses piques sur l'intelligence d'Infante auraient été de vraies remontrances, et bien acerbes. Aujourd'hui, cependant, Infante était un gentil garçon. Deux heures supplémentaires la veille au soir, au bureau de bonne heure ce matin, malgré un détour par le parking des véhicules mis à la fourrière. Installé à son ordinateur, il avait à l'écran la fiche du permis de conduire de Penelope Jackson, délivré en Caroline du Nord. Il avait déjà eu le temps de contacter la police locale pour qu'on lui faxe la photo.

Lenhardt plissa les yeux en contemplant le portrait, un peu flou d'avoir été agrandi et photocopié.

— Alors, c'est bien elle ?

— Possible. Dans l'absolu. L'âge, trente-huit ans, est assez proche, bien que la nôtre prétende être plus âgée, ce qui n'est pas fréquent. La couleur des yeux et des cheveux correspond. Cheveux longs sur la photo, courts pour la nôtre, qui est aussi plus maigre.

— Les femmes se font souvent couper les cheveux, fit remarquer Lenhardt avec une note de mélancolie, comme attristé par ce constat. Certaines arrivent même à perdre quelques kilos à la quarantaine, enfin... c'est ce qu'on m'a dit.

Mme Lenhardt était un canon, quoique légèrement enrobée.

— Malgré tout, je ne pense pas que ce soit le même visage. Celle-ci a un air particulier. Quelque chose de revêche et sournois. L'inconnue de St Agnes est plus douce. Enfin, je ne doute pas une seconde qu'elle mente...

— Bien entendu.

Dans leur métier, le mensonge allait de soi.

— Mais je ne sais pas sur quoi elle ment, ni dans quel but. Si elle n'est pas Heather Bethany, si c'est Penelope Jackson ou quelqu'un d'autre, comment a-t-elle eu l'idée d'évoquer cette affaire vieille de trente ans au moment de son interpellation ? D'autant qu'elle correspond plus ou moins au signalement...

Infante ouvrit un nouveau dossier à l'écran, récupéré dans une base de données nationale sur les enfants disparus. Ne sachant comment s'y prendre, il avait passé un coup de fil à son ancienne coéquipière, Nancy Porter, qui lui avait indiqué la marche à suivre. Heather et Sunny Bethany apparurent, onze et quatorze ans, leurs dernières photos de classe. En dessous figuraient leurs visages croqués par un dessinateur qui les avait imaginées avec trente ans de plus.

— Ça lui ressemble ? demanda Lenhardt.

Il tapota la photo d'Heather avec son index... qui laissa une petite tache sur l'écran, pile sur le nez de la fillette.

— Un peu. Oui et non.

— As-tu déjà assisté à une réunion d'anciens du lycée ou de la fac ?

— Non. Ce genre de trucs ne m'excite pas. Et puis, Long Island n'est pas la porte à côté et je n'ai plus aucune famille sur place.

— J'ai assisté au trentième anniversaire de ma promo de lycée, il y a quelques années. Les gens vieillissent tous différemment. Certains gardent la même tête, juste en plus âgée. D'autres se laissent complètement aller, hommes et femmes. Tu sais, comme s'ils en avaient assez de faire un effort. Il y avait d'anciennes *pom-pom girls* qui pesaient cent vingt kilos, d'anciens sportifs qui parvenaient à être chauves et à avoir des pellicules. Enfin, ce ne sont plus les mêmes personnes.

— Je parie que ça t'a plu... te pointer là-bas avec une jolie femme de quinze ans plus jeune que toi.

Lenhardt haussa les sourcils, feignant la surprise, comme si cela ne lui avait jamais traversé l'esprit que sa femme était une bombe, alors qu'Infante savait pertinemment combien les regards envieux lui importaient.

— Mais il y a une troisième catégorie, poursuivit Lenhardt. Exclusivement féminine. La nana nouveau modèle amélioré, comme on ne l'avait jamais connue. Parfois grâce à la chirurgie esthétique, mais pas toujours. Elles font du sport. Elles se teignent les cheveux. Elles se sont inventé un nouveau personnage et elles en ont bien conscience. C'est pour ça qu'elles assistent à la réunion, pour qu'on le sache aussi. Il n'y a que leurs coudes pour trahir leur âge.

— Tu connais beaucoup de mecs qui regardent les coudes d'une femme, espèce de cochon ?

— Je dis simplement que c'est le seul endroit où une femme ne peut pas cacher son âge. C'est mon épouse qui me l'a expliqué. Il lui arrive de citronner les siens. Elle coupe un citron en deux, retire la pulpe, met un peu d'huile d'olive et de sel casher dans chaque moitié, puis elle s'installe à sa coiffeuse, les bras devant elle comme un lapin... (Il mima la pose.) Crois-moi, Kevin, j'ai l'impression de coucher avec une salade à la vinaigrette !

Infante rigola. Pas plus tard que la veille, il ne se serait jamais avoué à lui-même à quel point cela l'angoissait d'être mal vu de son patron. Il avait préféré fulminer contre son sort injuste. Mais voilà qu'il était revenu en grâce, inspecteur talentueux chargé d'un dossier passionnant, et il ne pouvait pas nier son soulagement. Si cette femme était vraiment Heather Bethany, elle leur fournirait une élucidation satisfaisante. Sinon, eh bien... l'inconnue savait forcément quelque chose.

— Voici ce qui m'a frappé, reprit-il en se reportant aux notes qu'il avait prises au parking de la fourrière. Nous avons un véhicule immatriculé en Caroline du Nord il y a deux ans. Penelope Jackson a changé d'adresse. J'ai pu contacter son ancien propriétaire, qui m'a confié qu'elle n'était pas tout à fait respectable, pas du genre à laisser une adresse pour faire suivre son courrier. D'après lui, elle suivait tous les types qu'elle arrivait à accrocher. Elle bossait comme serveuse ici ou là. Elle est donc partie il y a environ dix mois et elle n'a pas fait mettre à jour son permis de conduire.

— Quelle perfidie ! dit Lenhardt en poussant un sifflement. Quand tu t'es installé à Baltimore, au bout de combien de temps as-tu demandé une nouvelle immatriculation ?

— Tu n'imagines pas le coup de matraque quand on change d'État, dit Infante. Normal : tu fais partie des couillons de Baltimore qui s'imaginent connaître le monde parce qu'ils sont partis s'installer à trente kilomètres au sud de leur ville. Quoi qu'il en soit, la banquette arrière était un vrai dépotoir : emballages de hamburgers, certains assez récents, mégots de cigarette, alors que la nana de l'hôpital ne fume pas. On l'aurait senti et elle serait en manque. La bagnole semble avoir pas mal roulé. Pas de valise. Un sac à main, mais ni portefeuille ni argent liquide. Juste des babioles et les papiers du véhicule. Comment peut-on rouler cinq ou six cents bornes sans une carte de crédit ou une liasse de billets ?

Lenhardt tendit le bras devant Infante et tapa quelques combinaisons de touches au clavier, affichant à tour de rôle Penelope Jackson, résidant à Asheville en Caroline du Nord, et les Heather Bethany d'hier et d'aujourd'hui.

— Si seulement on avait un ordi comme les flics des séries télé, grommela-t-il.

— Ouais. On n'aurait qu'à taper « Penelope Jackson » et sa dernière adresse connue pour que sa vie entière défile à l'écran. Vivement qu'ils nous inventent ça ! Et aussi le *jet-pack*.

— Rien au NCIC[1] ?

— Rien. Pas de dossier militaire non plus. Et le véhicule n'a pas non plus été signalé comme volé.

— Tu sais, dit Lenhardt en parcourant les renseignements fournis sur le site consacré aux enfants disparus, c'est très détaillé. Il y a largement de quoi potasser le sujet, pour quelqu'un qui serait passionné de faits divers, par exemple.

— Oui, j'y ai pensé. Mais certains trucs ne s'y trouvent pas. Comme leur adresse précise dans Algonquin Lane. Et le type qui l'a arrêtée ? Il dit qu'elle s'est mise à parler d'une vieille pharmacie à l'angle de Windsor Mill et Forest Park. Aujourd'hui, aucune pharmacie ne s'y trouve. Mais j'ai appelé la bibliothèque Pratt et elle existait effectivement à l'époque de la disparition des sœurs Bethany.

— Kevin Infante a appelé la bibliothèque ? Dis-moi, tu vises le titre d'inspecteur du mois ou quoi ? Et le dossier d'enquête ? C'est là que tu trouveras assez d'éléments pour ne pas te faire berner par quelqu'un qui se serait contenté de surfer sur le web.

Infante se contenta de lui couler un regard, un regard

1. National Crime Information Center, fichier de recherches criminelles dépendant du FBI.

lourd de signification comme seuls peuvent en échanger les vieux époux ou les collègues qui ont passé de longues années dans la même bureaucratie.

— Merde ! Ne me dis pas que...

— Je l'ai demandé hier après-midi, dès que je suis rentré de l'hôpital. On ne l'a pas.

— Disparu ? Pour de bon ? Qu'est-ce que c'est que ce bordel ?

— Il y avait un mot où le dossier aurait dû se trouver... laissé par l'enquêteur principal, qui depuis a été promu sergent et muté à Hunt Valley. J'ai pu le joindre. Il était assez penaud. Il m'a avoué l'avoir emprunté pour son prédécesseur et que ça lui était complètement sorti de la tête.

— Penaud ? Il aurait dû chier dans son froc. Comme si ce n'était pas assez grave de sortir un dossier, il le file à un ancien flic et puis il oublie ? (Lenhardt hocha la tête, consterné par tant de bêtise.) Alors, c'est qui ?

Infante consulta son calepin.

— Chester V. Willoughby, quatrième du nom. Tu le connais ?

— J'en ai entendu parler. Il a pris sa retraite avant que j'arrive ici, mais il assistait à certaines réunions d'anciens de la brigade des homicides. Il était... comment dire ?... Atypique.

— Atypique ?

— Eh bien, pour commencer, ce mec est un « quatrième du nom ». Des fois, on croise des flics qui s'appellent Machinchose « junior », mais t'as déjà rencontré un « quatrième du nom », toi ? Ensuite, il venait d'une famille riche, il n'avait même pas besoin de bosser. Quand le dossier est-il sorti ?

— Il y a deux ans.

— Espérons qu'il ne soit pas mort entre-temps. Ce ne serait pas la première fois qu'un vieux toqué aurait emmené un dossier qui l'obsédait, nous obligeant quasiment à saisir la justice pour le récupérer.

— Putain, j'espère que je ne finirai pas comme lui.

Lenhardt s'empara de l'annuaire interne, le feuilleta et composa un numéro, à la recherche des coordonnées personnelles de l'ex-policier.

— Bonjour... Oui, je patiente... (Il leva les yeux au ciel.) Mon propre service qui me fout en attente ! Et si tu t'imagines que je te crois, Infante !

— Pardon ?

— Il y a forcément des dossiers qui te bouffent. Sinon, t'es un gros veinard. Ou un crétin. Ce type a récupéré l'affaire la plus brûlante qui soit, deux gamines angéliques qui disparaissent d'un centre commercial un samedi après-midi, avec des centaines de gens autour. Le flic qui ne porterait pas cette histoire en lui jusqu'à sa mort, ne mériterait même pas que je me torche avec !... (Puis à l'écouteur.) Oui ?... Tout à fait. Chester Willoughby. Vous avez une adresse ? (Une fois de plus, on lui demanda de patienter. Du bras gauche, il mima le geste d'actionner une pompe jusqu'à ce que son correspondant revienne.) Génial. Merci.

Il raccrocha en riant.

— Qu'est-ce qu'il y a de si drôle ?

— Le temps que j'obtienne le renseignement, tu aurais pu t'y rendre à pied ! Il est à Edenwald, derrière le centre commercial Towson Town Center, à même pas deux kilomètres d'ici.

— Edenwald ?

— Une luxueuse maison de retraite, le genre où on paye plus cher pour avoir le privilège de mourir dans son propre lit. Comme je t'ai expliqué, il vient d'une famille aisée.

— À ton avis, les flics riches font-ils plus ou moins d'heures sup ?

— Probablement plus, mais ils ne se les font pas payer. Hé, tu devrais de temps en temps jouer au nanti, pour voir ce que ça fait de travailler une heure juste par amour.

— Tu peux toujours courir.

— Même si je te fais un bisou ?

— Je préfère encore la prendre dans le cul et me faire payer.

— Si je comprends bien, t'es un peu pédé et un peu pute.

Infante prit ses clés et partit en sifflotant. Il s'était rarement senti aussi bien dans sa peau.

12

— *Buenos días, señora Toles.*

Miriam fouilla dans son vieux sac en cuir – si elle avait eu à le vendre, elle aurait employé le terme « défraîchi » –, sortit ses clés et ouvrit la galerie. Elle aimait la prononciation de son nom en espagnol, « tolesse », au lieu d'une seule syllabe plate et laide, « tolls », évocatrice de péages et d'argent[1]. Pourtant installée au

1. En anglais, le *toll* est la taxe ou le droit de péage versé pour traverser un pont, emprunter un tunnel ou une autoroute...

Mexique depuis un certain temps, elle ne se lassait pas de cette transformation orale de son nom de jeune fille.

— *Buenos días, Javier.*

— *Hace frio, señora Toles.*

Javier frotta ses bras nus ; il avait la chair de poule. Une journée de mars comme celle-ci aurait été considérée comme un don du ciel à Baltimore, sans parler du Canada, mais pour San Miguel de Allende, c'était un temps glacial.

— Il va peut-être neiger, dit-elle en espagnol.

Javier rigola. Simple d'esprit, il riait pour un rien, mais Miriam appréciait sa bonne humeur. Autrefois, avant, le sens de l'humour tenait une grande place dans la personnalité de Miriam. Maintenant, il était rare qu'elle fasse rire, ce qui la troublait : elle avait l'impression d'avoir encore de l'esprit. Dans sa tête, elle ne cessait de s'amuser. Elle avait certes l'ironie cruelle, mais elle avait toujours été un rien cynique, même quand ce cynisme n'était pas justifié.

Javier s'était attaché à la galerie et à Miriam peu de temps après qu'elle avait commencé à y travailler. Encore adolescent à l'époque, il arrosait le trottoir devant la boutique, en nettoyait la vitrine sans qu'on lui demande rien et confiait aux *turistas* dans un murmure conspirateur que c'était *el mejor,* le meilleur magasin de San Miguel de Allende. Le propriétaire, Joe Fleming, était d'un avis mitigé.

« Avec son bec-de-lièvre et ses yeux qui louchent, se plaignait-il à Miriam, il doit faire fuir autant de clients qu'il nous en rapporte. »

Mais elle aimait bien le jeune homme dont l'affection lui semblait sincère, indépendamment des billets qu'elle lui glissait de temps à autre.

— *¿Ha visto nieve ?* Avez-vous déjà vu de la neige, *señora* Toles ?

Miriam songea à son enfance au Canada, aux hivers interminables qui lui donnaient l'impression de vivre en exil, loin d'un climat plus enviable. Quant à savoir pourquoi ses parents avaient choisi de quitter l'Angleterre pour venir s'installer au Canada, elle n'avait jamais obtenu d'explication satisfaisante. Son esprit fit un bond dans le temps, jusqu'à la tempête de neige qui avait frappé Baltimore en 1966, anomalie climatique restée dans les annales. C'était arrivé le jour des six ans de Sunny. Ils avaient emmené six fillettes de sa classe voir *La Mélodie du bonheur* au centre-ville. En arrivant au cinéma, il faisait plein soleil et il n'y avait pas un nuage dans le ciel. Deux heures et quelque plus tard, les nazis vaincus et les familles nombreuses à nouveau libres de chanter dans la bonne humeur, ils avaient découvert en ressortant une ville comme passée au correcteur blanc. Dave et Miriam avaient entrepris un périple à travers les rues de Baltimore pour remettre chaque fillette à ses parents – les remettre au sens propre, ayant dû les porter dans les bras pour ne pas abîmer les souliers de fête, jusqu'au seuil où les attendaient leurs parents angoissés. Ils en avaient bien ri après, mais sur le moment ç'avait été terrifiant, le vieux break dérapant sur la chaussée, les enfants hurlant à l'arrière. Pourtant, Heather et Sunny en avaient gardé le souvenir d'une aventure formidable. C'était tout le miracle d'une fin heureuse. On était libre de revivre une expérience effrayante comme un moment simplement palpitant.

— Non, répondit-elle à Javier. Je n'ai jamais vu la neige.

Elle disait souvent ce genre de petits mensonges. C'était plus simple. Au Mexique, elle avait moins besoin de mentir que dans d'autres endroits où elle avait vécu, car il s'y trouvait un tas de gens qui cherchaient à tirer un trait sur leur passé. Elle supposait que tous les expatriés mentaient comme elle.

Miriam était venue passer un week-end à San Miguel de Allende en 1989 et n'était pour ainsi dire jamais repartie. Elle comptait s'installer dans une ville mexicaine moins américanisée – et, détail non négligeable, moins chère afin de pouvoir vivre de ses économies sans être obligée de travailler. Mais deux jours après être descendue du train, elle n'imaginait plus vivre ailleurs. Elle était retournée à Cuernavaca récupérer le reste de ses affaires et avait fait vendre tout ce qu'elle avait laissé en garde-meubles aux États-Unis. Quand elle avait acheté sa petite maison, sa *casita*, elle n'avait qu'un lit et quelques vêtements. Aujourd'hui encore, elle n'avait guère plus. Comme la prononciation de son nom en espagnol, c'était une chose dont elle ne se lassait pas : se réveiller dans un espace dépouillé, murs blanchis à la chaux et voilages blancs agités par un courant d'air. Le mobilier, le peu qu'il y en avait, était en pin. Aucun tapis sur le carrelage Saltillo en terre cuite. Les seules touches de couleur étaient apportées par la vaisselle, dans des tons verts et bleu vif, achetée au rabais à la galerie. Si elle décidait de déménager à nouveau, un ou deux jours lui suffiraient pour se débarrasser du tout. Ce n'était nullement dans ses intentions, mais savoir que c'était possible lui plaisait.

La maison d'Algonquin Lane débordait d'affaires, à en étouffer. Au début, cela ne l'avait pas gênée. Et d'un, beaucoup de choses appartenaient aux filles. Les enfants ne voyageaient pas léger, même avant l'invention du siège-auto. Elles avaient des jouets, des chapeaux, des poupées, des peluches, d'affreux trolls en plastique et Heather avait sa couverture, baptisée « Bud », dont les disparitions occasionnelles provoquaient le branle-bas dans la maisonnée. Sunny, pour ne pas être en reste, s'était inventé un compagnon imaginaire, le chien Fitz. Bizarrement, Fitz n'était pas moins sujet à se perdre que Bud. D'ailleurs, il disparaissait toujours en même temps, voire plus souvent, et il était beaucoup plus difficile à retrouver. Sunny montait et descendait l'escalier, les informant gravement de la progression des recherches.

« Pas à la cave... Pas dans la salle de bains... Pas dans votre lit... Pas sous l'évier... »

Pour un chien imaginaire, Fitz exigeait beaucoup de soins. Sunny avait même pris l'habitude de lui mettre à manger, refusant de comprendre que cela risquait d'attirer les cafards et les rongeurs. Elle laissait la porte de derrière ouverte pour qu'il puisse sortir. Les jours de pluie, Miriam n'était pas loin de s'imaginer qu'elle sentait une odeur de chien mouillé.

Il s'était avéré que la maison d'Algonquin Lane avait ses propres bagages. Achetée aux enchères, l'occasion pour Miriam de découvrir ses talents en matière d'immobilier, elle était à saisir « en l'état ». Miriam et Dave avaient interprété cela comme signifiant que la plomberie et l'électricité n'étaient pas garanties, que c'était à prendre ou à laisser. Ils étaient loin de s'imaginer que personne n'avait fait le ménage. Longtemps habitée par une vieille dame, il y régnait une atmosphère de vie interrompue, comme si des extraterrestres y avaient débarqué et en avaient kidnappé les occupants. Une tasse avec soucoupe et une cuiller étaient posées sur une table, en vue d'un thé qui n'avait jamais infusé. Un livre avait été laissé sur la première marche de l'escalier, comme pour rappeler à quelqu'un de le monter. Les vieux fauteuils étaient munis de têtières, certaines de travers, dans l'attente d'une main bienveillante qui les redresserait. Miriam avait eu l'impression d'entrer dans une version XIXe siècle de la maison automatisée de *Viendront de douces pluies*, la nouvelle de Ray Bradbury. La famille n'était plus là, mais la maison continuait à vivre.

Dans un premier temps, les affaires oubliées leur avaient fait l'effet d'un bonus, d'une manne céleste. Certains meubles pouvaient encore servir et la vaisselle était de valeur – de la porcelaine Lowestoft, trop belle pour être utilisée au quotidien, encore plus raffinée que le service chic de Miriam. Dans le jardin de derrière, les filles avaient découvert des articles de dînette cachés dans des endroits surprenants : entre les racines noueuses des chênes, sous les lilas, où ils avaient un peu rouillé. Mais ces trésors étaient vite devenus oppressants. Ils avaient dû se débarrasser d'autant d'affaires qu'ils en apportaient. Pour quelle raison avait-on laissé tant de trucs partout ? Ils habitaient la maison depuis deux mois lorsqu'une voisine serviable leur avait confié que l'ancienne propriétaire avait été assassinée dans la cuisine, par son neveu et seul héritier.

« C'est pour ça qu'on l'a mise aux enchères, avait expliqué la voisine, Tillie Bingham. Elle était morte, et comme il était en prison, il ne pouvait pas en hériter... »

Elle avait baissé la voix, alors que les filles étaient trop loin pour entendre et ne s'intéressaient même pas à cette conversation de part et d'autre de la clôture, pour ajouter : « Une histoire de drogue. »

Apeurée, Miriam avait tenté de convaincre Dave de remettre la maison en vente, même au risque de perdre de l'argent. Elle avait suggéré qu'ils achètent dans le centre, sachant qu'il serait tenté à l'idée d'habiter une vieille maison de ville à Bolton Hill. C'était avant l'époque de l'immobilier spéculatif, avant le grand renouveau du centre-ville. Miriam avait toujours de bonnes intuitions en la matière. Si Dave avait suivi ses conseils, ils auraient fait une belle affaire, les prix dans leur quartier au nord-ouest de Baltimore ayant longtemps stagné.

Et, bien entendu, les filles seraient toujours vivantes.

Miriam ne pouvait s'empêcher de jouer à ce petit jeu, même si elle avait conscience de se faire du mal inutilement. Revenir en arrière, modifier quelque chose. Pas le jour en question. C'était trop facile, trop peu subtil. Leur sort était scellé avant cette matinée, quand Sunny avait décidé de passer l'après-midi au centre commercial et qu'Heather avait insisté pour qu'on lui permette de l'accompagner. Mais en reculant un peu plus, elle pourrait déjouer la destinée. S'ils avaient mis en vente la maison d'Algonquin Lane, comme Miriam avait insisté pour qu'ils le fassent, s'ils ne l'avaient pas achetée, l'enchaînement des événements aurait été perturbé. Elle se demanda qui l'habitait maintenant. Ces gens étaient-ils au courant que leur demeure avait un certain talent pour la mort ? Un meurtre était déjà un sérieux handicap, et si en plus un acheteur potentiel apprenait toute l'histoire de la maison d'Algonquin Lane... Non, même Miriam n'aurait pas réussi à la vendre, elle qui, à sa grande époque, pouvait vendre quasi n'importe quoi.

Rétrospectivement, on voit toujours très clair, dit-on, mais ce n'est pas tout le temps le cas. Après la disparition des filles, Dave s'était montré encore plus myope vis-à-vis du passé qu'il l'était pour le présent. Leur problème, leur malédiction, expliquait-il à des tiers sans préjugés, était d'avoir connu le bonheur. Leur vie étant parfaite, ils ne pouvaient que chuter. À l'entendre, Algonquin Lane était un véritable éden, avant qu'une force inconnue ne se soit immiscée dans leur vie et ne les ait frappés de ses crimes.

Les médias y avaient cru, eux aussi. Les gens étaient moins cyniques à l'époque, les moyens plus limités. Aujourd'hui, la disparition de deux sœurs aurait fait l'ouverture des journaux télévisés, énigme pour détectives du dimanche et parents qui avaient la chance de savoir où se trouvaient leurs enfants. À l'époque, seule la presse locale s'en était fait l'écho, mis à part un entrefilet dans un article du magazine *Time* sur les disparitions d'enfants. Une plus grande couverture nationale aurait peut-être favorisé la résolution, terme que Miriam veillait à utiliser, même si elle se disait que l'intrusion aurait été pénible. De nos jours, un blogueur amateur mettrait sûrement moins de vingt-quatre heures pour découvrir la vraie nature de l'alibi de Miriam, sans parler des dettes du foyer. Trente ans auparavant, la police avait su garder le secret pendant qu'Equitable Trust soldait discrètement leurs emprunts immobiliers. (Vos enfants ont disparu et sont présumés morts ? Vous avez droit à une maison gratis.)

Cela dit, la version de Dave – sa « thèse », comme on dirait aujourd'hui – s'était avérée bénéfique pour la boutique et même pour la carrière de Miriam. La première année en particulier, elle sentait très bien quand un nouveau client était là avant tout pour son nom. Pendant qu'elle sortait son laïus, une offre faite à un vendeur motivé, des facilités de paiement expliquées à un acheteur, elle surprenait un des clients, l'épouse en général, en train de la regarder gravement. *Comment faites-vous pour tenir* ? était la question muette. *Comment faire autrement* ? répondait Miriam en silence. *Ai-je le choix* ?

Elle regrettait parfois que Dave ne puisse pas la voir maintenant, alors qu'elle travaillait dans un magasin assez semblable au sien. Il en aurait perçu l'ironie – Miriam, qui détestait tellement L'Homme à la guitare bleue, vendait maintenant les poteries d'Oaxaca que Dave avait proposées aux habitants de Baltimore bien avant qu'ils ne se soient découvert un goût pour ce genre d'objets. Mais elle avait besoin d'un boulot et le propriétaire de la galerie lui avait tout de suite plu, même si elle ne partageait pas du tout ses goûts. Joe Fleming était un personnage flamboyant et jovial – avec la clientèle. Miriam avait compris d'emblée qu'il s'agissait d'une apparence, d'un air sous lequel se cachait une personnalité triste et sombre. Elle appelait cela le « faux Joe ».

« Voilà des clients ! lui lançait-elle. Il faut mettre nos masques, ceux qu'on range dans le pot près de la porte d'entrée. »

« J'arrive tout de suite, miss Eleonore Rigby[1] ! » répondait-il en exagérant son accent texan.

Elle n'avait pas du tout les mêmes goûts que lui, mais était très douée pour vendre les articles qu'il choisissait. Son secret était qu'elle s'en foutait. Armée de sa jolie silhouette parfaitement entretenue, de ses cheveux foncés parsemés de fils d'argent et de sa posture élégante, elle

1. Allusion aux paroles de la chanson des Beatles.

adoptait une attitude froide et réservée qui suscitait une folie dépensière chez les clients, comme si cela pouvait leur valoir son approbation et prouver qu'ils avaient autant de goût qu'elle.

C'était calme à la boutique ce matin-là. Les retraités canadiens et américains avaient entamé leur migration estivale vers le nord ; l'animation d'avant Pâques ne commencerait que la semaine suivante. Miriam était venue pour la première fois à San Miguel de Allende en 1989 pendant la semaine sainte, tout à fait par hasard. Avant, Pâques n'était pour elle qu'une fête laïque, qui se résumait aux jolis paniers qu'elle préparait pour les filles et aux œufs que Dave cachait soigneusement dans le jardin. Ni lui ni elle n'avait grandi dans une famille pratiquante ; elle était « juive » et lui « luthérien » au même titre quelle était d'origine allemande et lui écossaise. De nombreuses personnes lui avaient conseillé de se tourner vers la religion pour surmonter sa peine, mais Miriam en voyait encore moins l'utilité qu'avant. « La foi n'explique rien, disait-elle à ses parents. On vous demande juste d'attendre une explication qui viendra ou ne viendra pas après la mort. »

Miriam n'avait jamais côtoyé qu'une foi polie et réservée. Même le Chemin des Cinq Voies, tel que Dave le pratiquait, était sobre et mesuré. Au Mexique, la religion conservait quelque chose de sauvage et de hors la loi. Elle se demandait si cela remontait à l'époque de son interdiction dans les années trente, quand le catholicisme se pratiquait clandestinement, mais cette théorie ne lui viendrait qu'après y avoir séjourné plusieurs années et s'être plongée dans des lectures comme *Voisins éloignés* d'Alan Riding et *Routes sans lois* de Graham Greene. Son premier jour à San Miguel, elle avait ressenti dans la foule une ferveur palpitante digne d'un concert de rock et s'y était attardée par simple curiosité. La procession était enfin apparue, une effigie du Christ au réalisme saisissant, sous un cercueil de verre porté par des femmes vêtues de noir et de violet. Quoique dégoûtée par le Jésus sous verre, elle avait apprécié qu'il soit porté par des femmes. C'était le Vendredi saint. Dès le dimanche suivant, elle décidait de s'installer à San Miguel.

Les anniversaires. Il y avait une date précise, bien entendu, le 29 mars, à laquelle il aurait été logique de pleurer ses filles. Mais Miriam était surtout attachée à la cible mouvante du Samedi saint. Le jour importait plus que la date. Ce n'était pas franchement malin d'avoir prétendu qu'elle travaillait ce jour-là. Tout naïf qu'il était, Dave aurait dû se douter qu'une vendeuse en immobilier, même la plus douée et la plus battante de l'agence Baumgarten, n'était pas tenue de venir travailler le samedi dès lors qu'aucune visite n'aurait lieu le dimanche. Si seulement Dave n'avait pas ignoré tous les signes indiquant que sa femme le trompait, si seulement il l'avait questionnée sur ses agissements une ou deux semaines auparavant. Mais il craignait sans doute qu'elle ne le quitte. Jusqu'à ce jour, elle ne savait pas ce qu'elle aurait fait si les filles avaient vécu.

Joe arriva en retard, privilège du patron.

— Des Texans, dit-il en esquissant un geste par-dessus son épaule.

Un groupe de touristes contemplait la vitrine d'un œil dubitatif. Il avait dit cela en desserrant à peine les dents, comme un cow-boy dans un western dirait : « Des Indiens. »

— Couvre-moi, grommela-t-il.

— Pourtant tu es toi-même texan, lui rappela Miriam.

— C'est pour ça que je ne veux pas avoir affaire à eux. Occupe-t'en. Je m'éclipse.

Elle le regarda disparaître derrière le rideau étincelant qui séparait la galerie de l'atelier. Avec son teint rougeaud et son énorme bedaine sous une chemise Oxford, il n'avait pas l'air en bonne santé, mais elle l'avait toujours connu comme ça. Quand elle l'avait rencontré en 1990, elle s'était dit qu'il avait le sida, mais son embonpoint n'avait fait que croître alors que ses jambes demeuraient malingres et flageolantes. Faux Joe, marchand d'artisanat. Depuis le début, leur relation était fondée sur le respect du quant-à-soi de l'autre, bonhomie superficielle qui tenait depuis quinze ans. *Ne me pose pas de question et je ne te dirai pas de mensonge. Ne me confie aucun secret et j'en ferai autant.* Un soir, au cours d'un dîner très arrosé après que Joe s'était fait rejeter par un jeune homme à qui il faisait la cour depuis des mois, il avait paru sur le point de se confier à Miriam, de lui dévoiler tous ses secrets. Pressentant son élan, Miriam avait évité la confession en passant directement à la bénédiction dont il avait visiblement besoin.

« Entre bons amis, Joe, inutile d'entrer dans les détails, avait-elle dit en lui tapotant la main. Je sais, je *sais*. Quelque chose de terrible t'est arrivé, dont tu ne parles que très rarement. Tu veux que je te dise ? Tu fais bien de le garder pour toi. Tout le monde dit le contraire, mais c'est faux. Il vaut mieux ne pas parler de certaines choses. Peu importe ce que tu as fait ou ce qui t'est arrivé, tu n'as pas besoin de te justifier, ni avec moi ni avec quiconque. Même pas envers toi-même. Garde tout ça bien au fond de toi. »

Le lendemain matin, quand ils s'étaient retrouvés à la galerie, elle avait senti Joe soulagé d'avoir suivi son conseil. Ils étaient de très bons amis qui ne se disaient jamais rien d'important, et c'était parfait.

— C'est en argent ? demanda une Texane en entrant précipitamment et en s'emparant d'un bracelet exposé dans la vitrine. On m'a dit qu'on trouvait beaucoup de toc par ici.

— C'est très facile à vérifier, dit Miriam en retournant le bijou pour lui montrer le poinçon.

Mais elle ne le rendit pas à la femme, une technique bien à elle. Elle le serra dans sa main comme si elle ne voulait pas s'en séparer, comme si elle venait de comprendre qu'elle le voulait pour elle. Un petit truc de rien du tout, mais avec le bon client cela suffisait pour lui donner une folle envie de l'avoir en main.

Les Texans achetèrent beaucoup de bijoux, comme souvent. L'une des femmes, toutefois, avait un goût plus sûr que la moyenne et fut attirée par un retable de la Vierge de Guadalupe. Voyant qu'elle était intéressée, Miriam s'approcha pour le coup de grâce, l'histoire de l'image adorée apparue sur une cape couverte de pétales de roses dont un paysan avait fait don à l'archevêque.

— Comme c'est charmant ! s'extasia la cliente. Tout à fait charmant ! Combien ?

Le quatuor repartit, salué par Javier qui leur souhaita bien des choses, et Joe reparut.

— Tu es vraiment redoutable ! dit-il.

— Merci, dit-elle en humant le courant d'air qui était entré avec les Texans. Dis... tu n'as pas remarqué une odeur bizarre ce matin ?

— Juste l'odeur de moisi qu'on a toujours par temps frais. Pourquoi ? Que sens-tu ?

— Je ne sais pas. Un peu comme... une odeur de chien mouillé.

« Pas dans la chambre, disait Sunny. Pas à la cave. Pas sous le lilas. Pas dans la véranda. » Il existe, bien entendu, une infinité d'endroits où l'on ne se trouve pas et un seul où l'on est. Miriam aimait croire que Fitz avait retrouvé les filles, lui, et qu'il était resté auprès d'elles toutes ces années, fidèle compagnon.

Bud, la couverture malmenée d'Heather, se trouvait, elle, au Mexique avec Miriam, bout de tissu bleu fané, conservé dans un cadre sur sa table de nuit. Personne ne lui avait jamais demandé ce que c'était. De toute façon, elle aurait menti.

13

Infante sentit sa motivation, si forte toute la matinée, fléchir devant l'entrée d'Edenwald. Les maisons de retraite – on avait beau appeler cela « communautés pour le troisième âge » ou « centres de vie assistée », ce n'était jamais que des maisons de retraite – le mettaient toujours mal à l'aise. Au lieu de tourner à droite pour se garer sur le parking d'Edenwald, il prit à gauche et se dirigea vers le TGI Friday's[1] du centre commercial. Il avait faim. À une heure de l'après-midi, c'était bien son droit. Cela faisait quelques années qu'il n'avait pas mis les pieds dans un Friday's, mais le personnel y portait

1. Chaîne de restaurants américaine, dont le nom signifie « *Thank God It's Friday* » (Dieu merci, c'est vendredi !).

toujours la même tenue zébrée, comme les arbitres au football américain, et il n'en avait jamais compris le concept. Un arbitre, chargé du chronomètre et d'appliquer les règles, n'évoquait pas pour lui le plaisir.

Le menu comportait lui aussi des messages contradictoires. Des tas de trucs frits, dégoulinants de fromage, étaient mis en avant tandis que pour certains plats on vous fournissait le décompte précis des hydrates de carbone et autres acides gras insaturés. Son ancienne partenaire analysait la moindre bouchée sous cet angle, en fonction de son régime du moment. En termes de calories, de protides, de lipides et, immanquablement, de vertu. « Je suis raisonnable », disait Nancy. Ou bien : « Péché de gourmandise. » C'était le seul aspect de leur collaboration qu'il ne regrettait pas, la dissection à n'en plus finir de tout ce qu'elle mettait dans sa bouche. Une fois, Infante lui avait sorti qu'elle ne connaissait rien au péché si elle s'imaginait le trouver dans un *doughnut*.

À propos de péché... il sourit à une serveuse, pas la sienne, une autre qui s'occupait d'une table voisine. Simple stratégie défensive, un sourire au-cas-où-on-se-connaîtrait, car la queue-de-cheval relevée lui disait vaguement quelque chose. Elle lui sourit machinalement, sans croiser son regard. Ils ne se connaissaient donc pas, à moins – éventualité qui ne lui avait jamais traversé l'esprit auparavant – que ce ne soit elle qui l'ait oublié.

Il régla l'addition. Il décida de laisser sa voiture garée là et se rendit à pied à Edenwald de l'autre côté de Fairmount Avenue. Vraiment, l'air qu'on respirait dans ce genre d'endroits... Qu'il s'agisse d'établissements haut de gamme comme celui-là ou d'hospices à peine préférables à l'hôpital public, c'était du pareil au même : atmosphère surchauffée où l'on avait pourtant froid, odeur de renfermé, relents de désinfectant et de désodorisant masquant mal ceux des médicaments. La salle d'attente de la mort. Plus on s'en défendait, comme ici avec ses dépliants colorés dans l'entrée – musées, opéra, excursion à New York —, plus ça sautait aux yeux. Le père d'Infante avait passé ses dernières années dans une maison de retraite de Long Island, un établissement dépourvu de luxe où c'était tout juste si l'on ne vous disait pas : « Vous êtes ici pour crever, dépêchez-vous, s'il vous plaît. » Cela avait le mérite de la franchise. Pour qui en avait les moyens, il semblait normal de s'offrir Edenwald. Cela avait au moins l'avantage d'atténuer la culpabilité de la famille.

Il se présenta à l'accueil et sentit que les réceptionnistes le regardaient en se demandant s'il serait un visiteur régulier. Il les reluqua à son tour, mais ne repéra rien de remarquable.

— M. Willoughby est chez lui, l'informa la réceptionniste.

Forcément, songea Infante. *Où veux-tu qu'il soit ? Qu'a-t-il d'autre à faire ?*

***

— Appelez-moi Chet, déclara l'homme au cardigan marron.

Beau vêtement, peut-être bien du cachemire. Infante, qui s'attendait à rencontrer un vieillard affaibli, fut quelque peu décontenancé par cet individu svelte et élégant. Willoughby n'avait pas soixante-dix ans. À peine plus âgé que Lenhardt, il était en bien meilleure santé que lui, et même qu'Infante.

— Merci de me recevoir à l'improviste.

— Vous avez eu de la chance. Le jeudi après-midi, je fais d'habitude un golf à Elkridge. Nous avons dû annuler à cause de cet ultime sursaut hivernal. Je crois déceler une trace d'accent new-yorkais...

— Un petit reste. Depuis douze ans que j'habite ici, j'ai presque tout perdu à force de me faire taper dessus. Dix ans de plus et je prononcerai « *warter* » et « *zinc* »[1].

— Ce que l'on appelle l'accent « *bawlmer* » n'est jamais qu'un accent populaire[2]. C'est très proche du cockney. Croyez-moi, je connais des familles établies à Baltimore depuis quatre cents ans et qui n'en ont aucune trace.

Voilà qui semblait assez con et prétentieux, manière subtile de lui signaler qu'il venait d'une vieille famille de nantis, au cas où l'allusion au country-club d'Elkridge lui aurait échappé. Infante se demanda si Willoughby avait eu ce genre d'attitude quand il était inspecteur, à vouloir le beurre et l'argent du beurre. Jouer les flics en faisant bien comprendre aux collègues qu'on n'y était pas du tout obligé.

Si oui, il devait être très mal vu.

Willoughby s'installa dans un fauteuil, son siège habituel à en juger d'après la marque de transpiration au niveau de ses cheveux soigneusement coiffés. Infante prit place sur le canapé, manifestement un achat féminin – rose et inconfortable comme pas permis. Malgré tout, dès le seuil franchi, il avait su qu'aucune femme ne vivait ici depuis un certain temps. L'appartement était certes ordonné et bien entretenu, mais il y manquait quelque chose. Des bruits, des odeurs. Certains détails ne trompaient pas, comme la trace sur la chauffeuse. Il avait la

1. Pour « *water* » (eau) et « *think* » (penser).
2. Baltimore est prononcé « bawlmer » par les autochtones.

même impression chez lui. Infante était toujours capable de déceler une présence féminine habituelle.

— D'après les archives, c'est vous qui avez le dossier Bethany. J'aurais bien aimé le récupérer.

— C'est moi qui...

Willoughby parut perplexe. Infante espéra qu'il n'était pas guetté par la sénilité. Il avait l'air en pleine forme, mais c'était peut-être pour ça qu'il s'était installé si jeune à Edenwald. Mais une grande sagacité transparut soudain dans ses yeux marron.

— Il y a du nouveau ?

Infante s'attendait à la question et avait préparé sa réponse.

— Probablement pas, mais il y a une femme à St Agnes...

— Qui prétend savoir quelque chose ?

— Oui.

— Qui prétend être quelqu'un ?

Infante fut tenté de mentir. Moins il y avait de gens au courant, mieux c'était. Comment être sûr que ce type n'allait pas en parler à tout Edenwald, profitant de l'occasion pour revivre ses jours de gloire ? Cela dit, Willoughby avait été chargé de l'enquête dès l'origine. Quelle que fût la qualité du dossier, il aurait peut-être des éclaircissements utiles à lui fournir.

— Ça ne sort pas d'ici...

— Bien entendu.

Acquiescement rapide, accompagné d'un hochement de tête.

— Elle prétend être la cadette.

— Heather.

— C'est ça.

— Vous a-t-elle raconté où elle était passée ? Ce qui lui est arrivé ? Et à sa sœur ?

— Elle ne parle plus vraiment. Elle a pris une avocate et toutes les deux refusent de répondre à nos questions. En fait, au moment où elle a balancé ça hier, elle s'imaginait être dans le pétrin. Elle a été impliquée dans un accident sur le Beltway, un blessé grave, probablement aucune faute de sa part, mais elle a pris la fuite. On l'a récupérée en train de marcher sur le bas-côté de la I-70, vers le parking où la route s'interrompt.

— La maison des Bethany est à moins de deux kilomètres, fit remarquer Willoughby en un murmure, comme s'il parlait tout seul. Est-elle folle ?

— Pas officiellement. L'examen psychologique préliminaire n'a rien décelé. Mais à mon humble avis, qui n'a rien d'officiel, elle est complètement barjo. Elle prétend avoir une nouvelle identité, une nouvelle vie qu'elle veut protéger. Elle veut bien nous résoudre l'enquête, mais pas nous dévoiler son identité actuelle. Je ne peux pas m'empêcher de penser qu'elle cache autre chose. Mais si je veux la coincer, il faut que je connaisse l'affaire sur le bout des doigts.

— J'ai effectivement le dossier, reconnut Willoughby d'un air légèrement, très légèrement, penaud. Il y a environ un an...

— Ça fait deux ans que le dossier est sorti.

— Deux ans ? Mon Dieu, le temps n'est plus le même quand on arrête de travailler. J'ai besoin de réfléchir une seconde pour vous dire qu'on est jeudi et si je ne jouais pas régulièrement au golf... Quoi qu'il en soit, j'ai demandé à revoir le dossier après avoir lu dans le journal une nécrologie qui m'avait rappelé quelque chose. Je n'aurais pas dû le garder, j'en suis bien conscient, mais

Evelyn, mon épouse, est tombée gravement malade à la même époque... Enfin, j'ai bientôt eu à me soucier d'un autre avis de décès. Cela m'était sorti de la tête, mais le dossier doit être dans mon bureau.

Il se leva et Infante se représenta la scène qui allait suivre. Willoughby insisterait pour porter le carton. Même si le retraité paraissait robuste et en pleine forme, Infante devait se débrouiller pour le faire à sa place sans le vexer. Il avait connu ça avec son père, qui tenait à sortir la valise du coffre quand Kevin lui rendait visite à Massapequa. Il accompagna l'ancien policier dans le bureau. Comme prévu, Willoughby attrapa lui-même la boîte avant qu'Infante n'ait trouvé comment s'y prendre, et la transporta avec quelques grimaces et grognements dans le salon où il la posa sur le tapis d'Orient.

— L'avis de décès est sur le dessus, dit-il. J'en suis certain.

Infante souleva le couvercle et vit un article découpé dans le *Beacon Light* : « Roy Pincharelli, cinquante-huit ans, enseignant. » Comme c'était souvent le cas pour les nécrologies, la photo datait d'un certain temps, peut-être bien une vingtaine d'années. *Curieuse vanité des morts*, songea Infante. Le type avait les yeux et les cheveux foncés, épais nuage sur le cliché en noir et blanc. Il avait la posture du type qui se croit beau comme un dieu. À première vue, il était pas mal. Mais dès que l'on examinait la photo plus d'une seconde, les défauts devenaient apparents : le menton fuyant, le nez légèrement crochu.

— Des suites d'une pneumonie avec complications, récita Willoughby de mémoire. Souvent, c'est une manière codée de désigner le sida.

— Il était homosexuel ? Quel lien y a-t-il avec la disparition des sœurs Bethany ?

— Comme il est précisé dans l'article, il avait longtemps enseigné la musique dans les écoles de la ville et du comté. En 1975, il était prof au collège Rock Glen où il avait Sunny comme élève. Le week-end, il était vendeur chez Jordan Kitt, un magasin d'orgues. Au centre commercial de Security Square.

— Vraiment, les flics et les profs sont les rois du second boulot. On se tape le gros œuvre pour la société et on est quand même obligés de faire des heures sup ailleurs. Certaines choses ne changeront jamais, hein ?

Willoughby resta coi, l'air interdit, et Infante se souvint qu'il était plein aux as, qu'il n'avait jamais su ce que c'est que d'essayer de joindre les deux bouts avec un salaire de flic. Grand bien lui fasse.

— L'aviez-vous interrogé à l'époque ?

— Bien entendu. D'ailleurs, il avait déclaré avoir aperçu Heather dans l'après-midi, parmi les gens qui l'écoutaient jouer des chants de Pâques.

— Vous m'avez dit qu'il avait Sunny comme élève. Comment connaissait-il Heather ?

— La famille assistait à des concerts et à des fêtes scolaires. Les Bethany étaient très attachés à l'esprit de famille. Enfin, Dave l'était, plus exactement. Bref, Pincharelli affirmait avoir aperçu Heather dans la foule ce jour-là. Et il aurait vu un type d'une vingtaine d'années lui attraper le bras et lui crier dessus, puis s'éloigner vite fait.

— Il a remarqué tout ça pendant qu'il jouait de l'orgue ?

Willoughby sourit et hocha la tête.

— Exactement. Le samedi, les centres commerciaux grouillent de monde et d'activité. Comment se fait-il qu'il ait remarqué cet incident ? À moins que...

— À moins qu'il n'ait été déjà en train d'observer la gamine. Mais il était homosexuel.

— Simple inférence de ma part.

Infante n'en revenait pas de la manière dont ce mec s'exprimait. Il vous sortait des mots dorés à l'or fin sans la moindre trace d'ironie ou d'autodérision. Sous le tralala, il avait dû être doué comme flic, sans quoi les autres l'auraient descendu en flèche en un rien de temps.

— Pourquoi un homosexuel s'intéresserait-il à deux gamines ?

— D'abord, il ne s'agit pas nécessairement d'un crime sexuel. Même si c'est la conclusion la plus logique, ce n'est pas la seule. Quelques années avant l'affaire Bethany, nous avons eu le cas d'un individu qui avait enlevé et tué une fillette parce qu'elle lui rappelait sa mère qu'il abhorrait. Cela dit, je me suis souvent demandé si Heather n'avait pas vu quelque chose ce jour-là, sans s'en rendre compte, mais qui terrifiait le prof. À supposer qu'il ait été effectivement homosexuel, à l'époque il devait s'en cacher et craignait certainement de perdre son poste si on le découvrait.

— Mais comment se fait-il que les deux sœurs aient disparu ?

Willoughby soupira.

— On en revient toujours là. Pourquoi les deux ? D'ailleurs, comment s'y prendre pour en enlever deux ? Mettons que ce soit le prof, qu'il ait d'abord pris Heather et l'ait séquestrée quelque part... à l'arrière de sa camionnette, par exemple... et qu'après il ait trouvé Sunny, il aurait eu un avantage considérable. C'était son professeur, quelqu'un qu'elle connaissait et en qui elle avait confiance. S'il lui avait demandé de le suivre, elle l'aurait fait automatiquement.

— Êtes-vous parvenu à le faire craquer ? À ce qu'il se contredise ?

— Non, il n'a pas varié dans ses déclarations. Comme souvent les menteurs, soit dit en passant. Peut-être un adolescent lui avait-il taillé une pipe cet après-midi-là dans les toilettes du centre commercial et craignait-il d'être démasqué. En tout cas, il s'en est toujours tenu à la même version et maintenant il est mort.

— J'imagine que vous vous êtes penché sur les parents ?

— Les parents, les voisins, les amis. Vous trouverez tout là-dedans. On a aussi reçu des demandes de rançon, des gens qui prétendaient détenir les filles. Aucune piste n'a abouti. Pour peu, on aurait cru au surnaturel ou à un enlèvement par des extraterrestres.

— Étant donné que vous êtes un lecteur assidu de la rubrique nécrologique...

— Vous y viendrez aussi, un jour... (Willoughby avait une façon bien à lui de sourire, sorte de supériorité à double tranchant. Drôlement irritant.) Plus tôt que vous n'imaginez.

— Vous savez certainement si les parents sont toujours en vie ? Je n'ai rien trouvé sur eux.

— Dave est mort en 1989, l'année où j'ai pris ma retraite. Miriam est partie vivre au Texas, puis au Mexique. Elle m'a envoyé ses vœux pendant un certain temps...

Il se leva et se dirigea vers un meuble étincelant qu'Infante jugea être un bureau pour femme parce qu'il était petit et peu pratique, avec une multitude de tiroirs et un plateau incliné trop étroit pour y mettre un ordinateur. Le dossier Bethany lui était peut-être sorti de la tête, mais le vieux flic se rappelait très bien où était rangée la carte de vœux. *Putain!* songea Infante. *Lenhardt peut dire ce qu'il veut, j'espère ne jamais me taper une affaire comme celle-là.*

Il se souvint alors que c'était déjà fait, qu'il avait à ses pieds un legs dans un carton. Il s'imagina trente ans plus tard, transmettant le dossier à un autre inspecteur, lui racontant l'épisode de l'inconnue qui les avait bernés quelques jours, avant que la supercherie ne soit découverte. Quand on était happé par une affaire comme celle des sœurs Bethany, pouvait-on jamais s'en extraire ?

— L'enveloppe a disparu depuis longtemps et je ne sais plus s'il y avait une adresse au dos. Mais je me souviens de la ville, San Miguel de Allende. Tenez, elle y fait allusion...

Infante regarda la carte – une colombe verte découpée façon dentelle, apposée sur du vélin. À l'intérieur, sous FELIZ NAVIDAD imprimé en rouge figuraient quelques mots écrits à la main : *J'espère que vous vous portez bien. Je me sens chez moi à San Miguel de Allende, pour le meilleur et pour le pire.*

— Quand l'avez-vous reçu ?

— Il y a bien cinq ans.

Infante remarqua la date.

— Vingt-cinq ans après leur disparition.

— De la part de Miriam, je ne pense pas que c'était délibéré. Elle était déterminée à enfouir les souvenirs, à aller de l'avant. Dave était tout le contraire. Chaque jour de sa vie, il s'est efforcé de rendre hommage à ses filles.

— Et c'est là qu'elle a déménagé, après sa mort ?

— Pardon ? Non, désolé. Je me suis exprimé à partir du « contexte profond », comme aurait dit mon épouse, en supposant que vous saviez tout ce que je sais. Tout à fait impardonnable, d'autant que j'avais accaparé le contexte. Miriam et Dave se sont séparés un peu plus d'un an après la disparition des filles et elle a repris son nom de jeune fille, Toles. Ils n'étaient pas heureux en ménage, même avant. J'aimais beaucoup Dave. De fait, je le considérais comme un ami. Mais il n'appréciait pas Miriam à sa juste valeur.

Infante tripota la carte de vœux en regardant l'ancien policier. *Contrairement à toi, n'est-ce pas ?* Le sentiment d'un travail inachevé n'était pas la seule raison qui avait poussé Willoughby à conserver soigneusement cette carte. Infante se demanda à quoi ressemblait la mère, si c'était une petite blonde rayonnante, comme ses filles. Certains flics – Willoughby, par exemple – étaient du genre à craquer pour une belle femme en détresse.

— Je suppose que les dossiers médicaux s'y trouvent ?

— Si on veut.

— Qu'entendez-vous par là ?

— Dave avait... euh... un point de vue intéressant sur les médecins. Pour lui, moins on les voyait, mieux ça valait. Ses filles n'ont pas été opérées des amygdales... Là-dessus, je crois savoir qu'il était en avance sur son temps. Aucune radio non plus, car il était persuadé de la dangerosité des rayons, même à faible dose.

— Vous voulez dire que...

Putain !

— Absolument. Le dossier dentaire ne comprend qu'une seule série de radios, prises quand Sunny avait neuf ans et Heather six. C'est tout.

Rien sur leur dentition définitive, aucune analyse de sang, même pas le groupe sanguin. Infante ne disposait d'aucun des éléments auxquels il pouvait s'attendre en 1975, sans parler de 2005.

— Des conseils ? demanda-t-il en remettant le couvercle sur la boîte.

— Si l'histoire de votre inconnue ne s'écroule pas au vu des renseignements contenus dans le dossier, retrouvez Miriam et faites-la venir. Je miserais tout sur son instinct maternel.

Ouais, et ça te dirait bien de la revoir, maintenant que tu es veuf.

— Autre chose ?

Willoughby hocha la tête.

— Non, je dois... Si vous saviez ce que je ressens en voyant ce carton. Ce n'est pas sain. Il m'en coûte beaucoup de vous laisser l'emporter, de ne pas vous supplier de pouvoir vous accompagner à l'hôpital et interroger cette femme. Je sais tant de choses sur les sœurs Bethany, sur leur vie, particulièrement le dernier jour. D'une certaine manière, j'ai une connaissance plus fiable de leur vie que de la mienne. Je les connais peut-être trop bien. Ce serait tout de même extraordinaire qu'un regard neuf repère quelque chose qui aurait dû me sauter aux yeux il y a trente ans.

— Écoutez, je vous tiendrai au courant, si vous voulez. Quel que soit le résultat, je vous appellerai pour vous dire ce qu'il en est.

— OK, dit-il d'un ton peu convaincu.

Infante avait l'impression de forcer la main à un type qui a formé le vœu d'arrêter de boire mais n'y arrive pas tout à fait. Si possible, il ferait peut-être mieux de le laisser tranquille. Il aurait cru que l'ex-inspecteur serait plus intrigué que ça de voir l'ancienne affaire resurgir. Mais Willoughby contemplait déjà le ciel par la fenêtre, apparemment plus intéressé par la météo que par les sœurs Bethany depuis longtemps disparues.

14

— Heather...

— Oui, Kay ?

Le visage d'Heather s'était illuminé en entendant son prénom. Le simple fait de l'entendre devait lui faire l'effet de retrouvailles, d'un retour à la maison. Pourquoi en avait-elle été privée pendant tant d'années ? Où était-elle passée ? Que lui était-il arrivé pour l'empêcher de reprendre sa véritable identité ?

— Je suis désolée, mais il y a tellement de points à régler. Votre sortie, la mutuelle...

— J'ai une couverture médicale. Je vous assure. L'hôpital sera payé. Mais je ne peux pas vous fournir le nom ni le numéro d'assuré.

— Bien sûr, je comprends.

Kay se tut et réfléchit à ce qu'elle venait de dire, une expression qu'elle employait tous les jours, comme tout le monde. Un automatisme. Mais il n'exprimait pas la vérité.

— En fait, non, se reprit-elle. Je ne comprends pas, Heather.

Une fois de plus, le petit rayon de résurrection.

— Quoi qu'il vous soit arrivé, poursuivit Kay, vous êtes la victime. Avez-vous peur ? Cherchez-vous à vous cacher de quelqu'un ? Voulez-vous voir un psychiatre qui s'y connaisse en syndrome du choc post-traumatique ?

— J'en ai déjà vu un, répondit Heather en faisant la grimace. Un petit monsieur bizarre.

Kay ne trouva rien à redire à cette description de Schumeier.

— Il vous a fait passer un examen basique. Mais si vous souhaitez aborder d'autres... d'autres sujets, je pourrais vous arranger ça.

Heather eut un sourire moqueur et désabusé.

— Parfois, vous vous exprimez comme si vous dirigiez l'hôpital, comme si les médecins vous obéissaient.

— Non, ce n'est pas tout à fait cela. C'est juste que je travaille ici depuis si longtemps, presque vingt ans, et je suis passée par tellement de services que...

Kay bégayait comme si on venait de la surprendre à mentir, ou du moins à se donner plus d'importance qu'elle n'en avait, ce qu'insinuait Heather. D'après son évaluation psychologique, Heather était saine d'esprit au sens clinique, mais elle manifestait peu d'empathie et d'intérêt pour autrui. Elle était pourtant perspicace et avait vite fait de repérer certaines subtilités, s'apercevait Kay. *Petit monsieur bizarre*. Voilà qui résumait bien Schumeier. *Vous vous exprimez comme si vous dirigiez l'hôpital*. Heather relevait des choses et s'en servait contre les gens.

Gloria Bustamante entra, dépenaillée comme à son habitude, mais le regard vif et perçant.

— De quoi parlez-vous ? s'enquit-elle en s'installant sur l'unique chaise de la chambre.

Ton sec, un rien acide.

— De sa sortie d'hôpital, répondit Kay.

— De Kay, répondit Heather.

— Sujet intéressant, dit Gloria. La sortie et non Kay, s'entend. Remarquez, Kay est elle-même tout à fait fascinante.

Le sourire de l'avocate était-il vaguement lascif ? S'était-elle méprise quand Kay lui avait demandé ce service ? Qui connaissait vraiment les orientations sexuelles de Gloria ? Les rumeurs sur son compte étaient-elles aussi peu fondées que celles qui circulaient dans le dos de Kay ?

— Je me suis cogné la tête, bougonna Heather en affichant sa mine d'ado boudeuse. J'ai une fracture à l'avant-bras. Pourquoi ne puis-je pas rester à l'hôpital ?

Gloria hocha la tête.

— Ma jolie, quand bien même seriez-vous décapitée qu'ils chercheraient à vous expulser de ce lit très coûteux, facturé au prix d'une suite au Ritz Carlton. Comme vous refusez de nous indiquer quelle est votre couverture médicale, l'hôpital est d'autant plus pressé de se débarrasser de vous, au cas où la facture leur resterait sur les bras.

— Les patients indigents entraînent des coûts de séjour plus élevés pour tout le monde, souligna Kay, consciente de son ton moralisateur. Heather bloque un lit. En temps normal, une patiente comme elle aurait été gardée une nuit en observation, à cause des blessures à la tête. Mais il n'y a aucune justification médicale à ce qu'elle reste davantage et la question doit être réglée.

— Le compteur tourne pour tout le monde, renchérit Gloria. Pour l'hôpital, pour moi. Le seul à ne pas se soucier du coût, c'est l'inspecteur Kevin Infante. Si Heather refuse de témoigner devant un grand jury, il m'a informé ce matin qu'elle risquait d'être incarcérée pour délit de fuite. Au mieux, je ne pourrais qu'obtenir une détention à domicile.

Heather se redressa brusquement en grimaçant de douleur.

— Où ça ?... Pas en prison ! Ni dans une cellule de la police ! J'en mourrais, je vous assure !

— Ne vous en faites pas, lui dit Gloria. J'ai fait remarquer à la police qu'il serait désastreux, en termes de relations publiques, d'enfermer une des sœurs Bethany.

— Mais comme je ne veux aucune publicité, vous ne pouvez pas jouer là-dessus.

— Je le sais aussi bien que vous. (Un regard en coin à Kay.) Et maintenant elle aussi, qu'on le veuille ou non. Je compte sur vous pour ne pas le divulguer, Kay. Je suis ici pour vous rendre service, vous me devez bien ça.

— Jamais je ne...

Imperturbable, Gloria poursuivit sans se soucier de ce que Kay avait à dire. Un examen psychologique de l'avocate serait sûrement riche d'enseignements.

— En fait, le garçon est moins grièvement blessé qu'il n'y paraissait. Ce n'était visiblement pas joli à voir et on craignait que la colonne vertébrale ne soit touchée, mais il a déjà été transféré du service des traumatisés aux soins intensifs.

— Le garçon ? demanda Heather en plissant le front.

— Dans le 4×4 qui s'est renversé après votre accrochage.

— Mais c'était une fille... Je suis sûre d'avoir vu une fille avec des cache-oreilles en fourrure de lapin...

— Il n'y avait pas de fillette dans la voiture, dit Gloria. C'est un petit garçon qui a été hospitalisé.

Heather se redressa dans son lit.

— Je n'ai heurté aucun véhicule. C'est le conducteur du 4×4 qui m'est rentré dedans et a réagi trop brusquement. Ce n'est pas de ma faute.

— Le dossier serait plus simple à plaider, fit sèchement observer Gloria, si vous n'aviez pas pris la fuite et abandonné votre voiture endommagée au bord de la route. Mais nous tenterons une défense à la Halle Berry[1], en mettant tout sur le compte du traumatisme crânien.

— Qui ça ? demanda Kay.

Les deux autres femmes la dévisagèrent comme une bête curieuse.

Gloria vint s'asseoir sur le coin du lit.

— Sujet plus pressant, la police soutient que vous êtes tenue de communiquer l'identité et l'adresse figurant sur votre permis de conduire. Sinon, ils menacent de vous emprisonner pour votre rôle dans l'accident. J'ai réussi jusqu'ici à les convaincre que votre qualité de témoin potentiel a plus de valeur que d'éventuelles poursuites pour un accident de la route dont personne n'est vraiment responsable. Mais ils s'impatientent. Il faut leur donner du grain à moudre. Depuis combien de temps avez-vous cessé d'être Heather, Heather ?

Elle ferma les yeux. Elle avait le teint pâle et les paupières très fines, comme si elle s'était mis un peu de fard rose bleuté.

— Heather a disparu il y a trente ans. La dernière fois que j'ai changé de nom... c'était il y a seize ans. C'est ma plus longue période. Je n'ai jamais été quelqu'un aussi longtemps.

— Penelope Jackson ? demanda Kay en se rappelant le nom indiqué par le flic qui avait escorté Heather mardi soir.

— Non, répondit-elle sèchement en ouvrant les yeux. Je ne suis pas Penelope Jackson. Je ne la connais même pas.

1. Actrice qui a provoqué un accident après avoir brûlé un feu rouge et dont les avocats ont imputé le fait qu'elle ne se soit pas arrêtée au traumatisme crânien subi.

— Alors comment... ?

Gloria leva la main pour couper court aux questions de Kay, qui ne put s'empêcher de remarquer les doigts peu soignés de l'avocate et ses bagues ternes. Il fallait vraiment qu'un bijou soit très sale pour que Kay s'en aperçoive.

— Je vous fais confiance, Kay. Sincèrement. Et j'ai besoin de votre aide. Mais vous devez respecter les frontières. Certaines choses doivent rester, pour l'instant, entre Heather et moi. S'il s'avérait... je dis bien si, comprenez que je m'en tienne à des suppositions... qu'Heather ait obtenu son identité actuelle illégalement, je soutiendrai qu'elle est en droit de ne pas dévoiler cette information en vertu de l'article 5 de la Constitution, pour ne pas s'incriminer elle-même. Elle cherche à défendre sa vie et moi je cherche à défendre ses droits.

— Très bien. Mais c'est plus compliqué de l'aider s'il me manque des renseignements.

Gloria sourit, elle ne marchait pas.

— Je n'ai pas besoin d'une doublure, Kay. Il me faut quelqu'un qui puisse trouver un logement pour Heather, le temps de régler cette histoire. Et peut-être aussi une aide financière à court terme.

Kay ne se donna pas la peine de lui suggérer d'avancer l'argent à sa cliente ni de la loger. C'était impensable pour l'avocate qui avait déjà outrepassé ses principes en acceptant un dossier sans toucher de grasse provision.

— Vous devriez vous tenir un peu mieux informée, Gloria ! Aucune aide financière n'est proposée aux adultes célibataires du Maryland depuis... au moins depuis le début des années quatre-vingt-dix. Et pour prétendre à quoi que ce soit, il faut des papiers. Acte de naissance, numéro de sécurité sociale.

— Et une association d'aide aux victimes ? Vous n'en voyez aucune qui serait susceptible de soutenir Heather ?

— Elles apportent un soutien psychologique, pas financier.

— C'est là-dessus que mise la police. Heather Bethany n'a pas d'argent et nulle part où aller... excepté en prison. Pour y échapper, elle doit dévoiler où elle a vécu, tout ce qu'elle a fait. Mais elle ne le souhaite pas.

Heather hocha la tête.

— À ce stade, je n'ai rien d'autre que la vie que je me suis fabriquée.

— Vous devez comprendre que ce n'est pas tenable, dit Kay.

— Pourquoi donc ?

Question posée d'un ton enfantin.

Ce fut Gloria qui répondit.

— L'affaire Bethany est le genre de truc qui suscite beaucoup d'intérêt.

— Mais je vous ai bien dit que je ne voulais pas être cette fille-là.

Bêtement, Kay pensa à la vieille série télévisée[1], Marlo Thomas avec ses grands yeux et ses boucles brillantes, dans le rôle de la jeune femme originaire d'un petit patelin venue s'installer à New York. Voilà un nom qu'elle connaissait.

— Vous ne voulez pas être qui vous êtes ? demanda Gloria.

— Je ne tiens pas à reprendre la vie que je me suis construite si c'est pour que tout le monde me traite comme une curiosité, comme la célébrité du moment...

1. Série intitulée *That Girl !*, qui peut se traduire par « Cette fille-là ! ».

l'épouse disparue, la joggeuse attaquée dans Central Park ou Dieu sait quoi. Écoutez, il m'a fallu beaucoup d'efforts pour atteindre ne serait-ce qu'une semi-normalité. Je n'étais qu'une gamine quand on m'a enlevée à mes parents. J'ai vu... des choses. Je n'ai pas terminé mes études, j'ai enchaîné les boulots avant d'en trouver un qui me convienne et qui me permette de mener la vie normale que tout le monde estime aller de soi.

— Heather, sans vouloir être abjecte, des occasions financières, il y en aura, si vous choisissez de les saisir. Votre histoire a une valeur marchande. (Gloria eut un sourire ironique.) Enfin, j'imagine. Je vous crois sur parole quand vous affirmez être qui vous êtes.

— Je le suis. Vous pouvez me poser toutes les questions que vous voulez sur ma famille. Dave Bethany, fils de Felicia Bethany, abandonnée très tôt par son mari. Elle était serveuse au Pimlico et tenait à ce qu'on l'appelle Bop-Bop plutôt qu'un petit nom de grand-mère. Elle a pris sa retraite en Floride, dans les environs d'Orlando. Nous lui rendions visite tous les ans, mais nous ne sommes jamais allés à Disney World parce que mon père était contre. Mon père est né en 1934 et je crois qu'il est mort en 1989... En tout cas, c'est à ce moment-là que son téléphone a été coupé.

Elle poursuivit sans ralentir, comme si elle redoutait que quelqu'un d'autre s'exprime ou pose des questions.

— Bien sûr que je me suis tenue au courant. Ma mère, Miriam, doit être morte, elle aussi, car je n'ai trouvé aucune trace d'elle. Mais c'est peut-être parce qu'elle était canadienne. J'ai eu beau chercher, je n'ai obtenu aucun renseignement sur elle, et j'en ai déduit qu'elle était morte.

— Votre mère était canadienne ? dit bêtement Kay au moment même où Gloria lançait :

— Votre mère est vivante, Heather. Du moins, l'inspecteur Infante le croit-il. Elle était au Mexique il y a cinq ans et la police essaye de retrouver sa trace.

— Ma mère est... vivante ?

La collision des émotions sur le visage d'Heather fut quelque chose d'assez magnifique, comme ces coups de tonnerre inattendus dans un ciel d'été ensoleillé qui font dire aux vieilles femmes avec un hochement de tête : « Le diable bat sa femme... » Kay n'avait jamais vu autant de joie et de tristesse cherchant à s'affirmer au même endroit. La joie était compréhensible. Heather Bethany se croyait orpheline, n'ayant rien d'autre à revendiquer que son nom et d'être harcelée par les tabloïds... et sa mère était en vie. Elle n'était pas seule au monde.

Mais il y avait aussi de la colère, la méfiance d'une femme qui ne faisait confiance à personne.

— Vous êtes sûre ? demanda-t-elle. Vous dites qu'elle était au Mexique il y a cinq ans, mais savez-vous si elle est toujours vivante ?

— L'inspecteur qui a mené l'enquête sur votre disparition semble de cet avis, mais c'est vrai qu'ils ne l'ont pas encore localisée.

— Et s'ils la retrouvent... ?

— Ils la feront sans doute venir.

Gloria prit soin de la fixer droit dans les yeux. Avec le regard d'un charmeur de serpents, si tant est qu'on puisse en imaginer un vêtu d'un tailleur en laine et passablement énervé.

— Dès qu'elle sera ici, Heather, la police demandera une analyse d'ADN. Vous comprenez vers quoi on se dirige ?

— Je ne mens pas, dit-elle d'une voix molle et monotone, comme pour indiquer que mentir demandait tout simplement trop d'efforts. Quand arrivera-t-elle ?

— Tout dépend du moment où ils vont la retrouver et de ce qu'ils lui diront. (Gloria se tourna vers Kay.) L'hôpital ne pourrait pas garder Heather mettons... jusqu'à l'arrivée de sa mère ? Je suis sûre qu'elle sera ravie de la prendre en charge.

— C'est impossible, Gloria. Elle doit sortir aujourd'hui. L'administration est très claire sur ce point.

— Vous faites le jeu de la police, vous leur fournissez les atouts pour précipiter les choses et lui forcer la main. Si elle sort sans que rien ne soit prévu, ils vont la mettre en prison...

Heather poussa un gémissement atroce, inhumain.

— Et The House of Ruth ? Ils ne pourraient pas l'héberger ?

— C'est un foyer pour femmes battues et vous savez aussi bien que moi qu'ils n'ont aucune place.

— Mais j'ai subi des sévices, moi, dit Heather. Ça ne compte pour rien ?

— Vous parlez d'il y a trente ans, c'est bien ça ? demanda Kay qui ressentit une curiosité malsaine, l'envie de savoir précisément ce qui était arrivé à cette femme. Je doute fort que...

— OK, OK, OK, OK !

En même temps que ses paroles semblaient promettre un acquiescement, Heather secouait la tête avec tant de véhémence que ses boucles blondes, pourtant courtes, volaient et s'agitaient.

— Je vais vous raconter et vous comprendrez pourquoi je ne veux pas aller en prison, pourquoi j'aurai toujours peur que ces gens-là me fassent du mal.

— Pas en présence de Kay, ordonna Gloria.

Mais Heather était tellement à cran que plus rien ne pouvait l'arrêter. *Elle ne sait plus que je suis là*, songea Kay. *Ou elle le sait mais n'en a rien à faire*. Était-ce de la confiance ou de l'indifférence, une marque d'estime ou bien une nouvelle preuve de son insignifiance ?

— C'était un policier, d'accord ? Un policier est venu me voir et il m'a dit qu'il était arrivé quelque chose à ma sœur, qu'il fallait que je vienne vite. Je l'ai suivi et c'est comme ça qu'il nous a enlevées toutes les deux. D'abord elle et après, moi. Il nous a enfermées à l'arrière de sa camionnette et il nous a emmenées.

— Un homme qui se faisait passer pour un policier, précisa Gloria.

— Pas du tout. C'était un vrai officier de police, d'ici même, à Baltimore, du comté, avec un badge et tout et tout. Il n'avait pas d'uniforme, mais les policiers n'en portent pas toujours. Comme Michael Douglas et Karl Malden dans *Les Rues de San Francisco*... ils n'en portaient pas. C'était un vrai policier, il nous a dit que tout allait bien se passer et je l'ai cru. Croire ce type est la seule véritable erreur que j'aie faite, et ça a bousillé ma vie.

Ce dernier mot, « vie », libéra une émotion longtemps contenue et Heather se mit à pleurer avec une telle violence que Gloria eut un mouvement de recul, ne sachant comment réagir. Que pouvait faire Kay, comme aurait fait quiconque avait un cœur, sinon tendre les bras pour essayer de réconforter Heather en prenant soin d'être très douce à cause de l'attelle à l'avant-bras gauche et des courbatures dues à l'accident ?

— On va trouver une solution, dit-elle. On va vous trouver un endroit. Je connais quelqu'un... des gens dans mon quartier qui sont absents pendant les vacances de printemps. Vous pourriez au moins vous installer chez eux quelques jours.

— Surtout pas la police, bredouilla Heather. Pas la prison.

— Bien sûr que non, dit Kay en jetant un coup d'œil à Gloria pour voir si sa solution lui convenait.

L'avocate était tout sourire, triomphatrice et suffisante.

— Voilà qui nous donne une marge de manœuvre, dit-elle en balayant sa lèvre inférieure d'un petit coup de langue, et avec une gourmandise comme Kay en avait rarement vu.

15

Une nuit de plus. Une nuit de plus. On lui soutenait qu'elle ne pouvait pas rester un jour de plus à l'hôpital et elle leur avait quand même extorqué un sursis, ce qui prouvait ce qu'elle pensait depuis toujours : tout le monde mentait, tout le temps. *Une nuit de plus.* Elle se rappela une chanson minable dont c'était le titre, l'histoire d'un amant éconduit suppliant sa belle de lui accorder une dernière nuit d'amour[1]. À y réfléchir, c'était un thème récurrent dans la musique pop. *Touch Me in the Morning*[2].

1. *One More Night,* chanson de Phil Collins.
2. Une chanson interprétée par Diana Ross.

I Can't Make You Love Me if You Don't[1]. Ça la dépassait complètement. Quand elle était plus jeune, quand elle cherchait encore à se mettre avec quelqu'un – et quelle surprise ! échouait encore et encore –, les hommes finissaient en général par la quitter au bout de quelques mois, comme s'ils sentaient l'odeur de pourri qu'elle dégageait, comme s'ils avaient découvert sa date limite de consommation et s'apercevaient qu'elle était avariée. Toujours est-il que lorsqu'un homme rompait avec elle, elle avait tout sauf envie de passer une dernière nuit avec lui. Parfois elle balançait des objets, parfois elle pleurait. Ou bien elle piquait un fou rire, soulagée. Mais jamais elle ne s'abaissait à quémander une dernière nuit, un petit câlin matinal, un coït magnanime, peu importe la manière de présenter les choses. Chacun met sa fierté où il peut.

Elle s'extirpa doucement du lit, son corps endolori percevant immédiatement qu'il ne devait pas compter sur le bras gauche, pas pendant un certain temps, et que le droit devait compenser. C'était stupéfiant à quel point le corps s'adaptait rapidement, beaucoup plus vite que la tête. Son esprit n'était pas très fiable ces derniers temps. *Ai-je pris un garçon pour une fille ? Y avait-il vraiment un visage derrière la vitre ?* Elle s'approcha de la fenêtre, écarta le rideau et regarda dehors – le parking, le paysage urbain à l'horizon, l'embouteillage de fin d'après-midi sur la I-95. *Viens à la fenêtre, doux est l'air de la nuit !* Un vers qui lui trottait dans la tête, legs des bonnes sœurs qui étaient persuadées que le par cœur rend intelligent. La voie express était proche, pas même à deux kilomètres.

1. Deux chansons portent ce titre, interprétées l'une par Bonnie Raitt, l'autre par George Michael.

Pourrait-elle l'atteindre, faire du stop et rentrer chez elle ? Non, cela ferait d'elle une fuyarde récidiviste. Il fallait faire face. Mais comment ?

Ce n'étaient pas les mensonges qui l'embêtaient. Les mensonges, elle pouvait s'y retrouver. C'étaient les bouts de vérité qui la mettaient en danger. Un bon menteur s'en sort en recourant le moins possible à la vérité, car c'est elle qui vous piège la plupart du temps. À l'époque où elle avait l'habitude de changer de nom, elle avait appris à créer chaque nouvelle identité de toutes pièces, sans rien conserver. Mais là, cet après-midi, elle avait complètement paniqué devant la menace d'aller en prison, comme le premier soir quand elle avait craint d'être arrêtée. Il fallait bien dire quelque chose. Elle avait été bien inspirée de leur parler du flic, et de mentionner Karl Malden pour faire bonne mesure. C'était le genre d'allusion inattendue qui donne une plus grande authenticité au reste. Mais ils ne se contenteraient pas de Karl Malden. Ils réclamaient un vrai nom et elle devrait leur donner quelque chose, quelqu'un.

« Je suis désolée », murmura-t-elle au ciel nocturne.

Elle ne savait pas qui était le plus à craindre, les morts ou les vivants, qui présentait le plus grand risque. Cela dit, vous pouviez leurrer les vivants. Alors que les morts n'étaient jamais dupes.

QUATRIÈME PARTIE

Prajapataye Svaha.
Prajapataye Idam Na Mama.
(1976)

Les mantras agnihotra doivent être déclamés sous leur forme originelle en sanscrit.

Ils ne peuvent être traduits dans aucune langue...

Les mantras agnihotra doivent être déclamés sur un ton et un rythme réguliers, de sorte que les sons résonnent dans toute la maison. Le ton ne doit être ni trop fort ni trop bas, et l'on évitera toute précipitation... Le sentiment d'abandon total se travaille par la déclamation des mantras.

Inspiré de *Comment pratiquer l'Agnihotra,*
le rite du lever et du coucher de soleil
au cœur du Chemin des Cinq Voies

16

À l'approche du coucher de soleil, Dave prit le beurre clarifié dans le réfrigérateur et se dirigea vers son bureau, abandonnant Chet et Miriam dans la cuisine. Personne ne faisait l'effort de parler, chacun se contentant de siroter sa tasse de tisane, le regard absent. Ils étaient tous épuisés et avaient la voix cassée après une longue journée d'interviews, même si c'était surtout Dave qui avait parlé. Miriam s'en remettait à lui, et l'inspecteur n'était jamais très bavard. Par moments, Dave trouvait les silences de Willoughby rassurants. Un homme d'action se devait d'être laconique. D'autres fois, il se disait que ces eaux qui dormaient n'étaient pas très profondes. Mais Chet faisait désormais partie de leur quotidien, comme un chien errant à l'allure digne qu'ils auraient fini par adopter après avoir longtemps proclamé qu'ils ne voulaient pas s'encombrer d'un animal.

Dans son bureau, Dave s'assit en tailleur sur le tapis, qui n'était pas un vrai tapis de prière – sauf la coupe en cuivre pour les offrandes, aucun objet rituel n'était requis pour l'Agnihotra, ce qui était l'un de ses attraits principaux – mais un dhurrie qu'il avait déniché dans un marché en Inde, au cours d'un voyage après ses études. À l'époque, sa mère habitait encore à Baltimore et il lui avait envoyé ses trouvailles pour qu'elle les stocke dans son appartement malgré ses récriminations et ses soupçons.

« Qu'est-ce qu'il y a dans ces cartons ? lui avait-elle demandé à son retour sur le ton de la réprimande. De la drogue ? Si les flics se présentent à la porte, je ne mentirai pas pour toi. »

Il plaça une galette de bouse dans la coupe, ajouta du camphre imbibé de beurre clarifié, puis le reste de bouse et les grains de riz, et consulta sa montre pour vérifier si l'heure précise du coucher de soleil était arrivée.

— *Agnaye Svaha,* déclama-t-il en offrant une première portion de riz au beurre clarifié. *Agnaye Idam Na Mama.*

Les gens pensaient souvent que le Chemin des Cinq Voies était aussi un souvenir rapporté de ses voyages, mais Dave était déjà employé du Maryland et marié à Miriam quand il en avait entendu parler pour la première fois, pendant une soirée dans le nord-ouest de Baltimore. Il s'était avéré que le Chemin des Cinq Voies était le point commun entre la plupart des gens présents à cette fête qui se tenait dans une superbe demeure victorienne au cœur du vieux Sudbrook. Pendant son enfance à Pikesville, Dave n'imaginait pas que de telles maisons existaient, et encore moins des gens comme Herb et Estelle Turner, qui habitaient pourtant à moins de trois kilomètres de l'ancien appartement de sa mère. Les Turner étaient à la fois chaleureux et réservés, empreints d'une dignité grave que Dave avait d'abord attribuée au Chemin des Cinq Voies. Plus tard, il apprendrait qu'ils avaient des soucis avec leur fille et qu'Estelle était d'une santé fragile. Bien qu'ils n'aient jamais inspiré confiance à Miriam, qui les soupçonnait d'avoir organisé cette soirée pour recruter de nouveaux adeptes, ils n'avaient évoqué le Chemin des Cinq Voies que lorsque Dave les avait interrogés sur l'odeur agréable et fumée, tellement inhabituelle par une chaude soirée de printemps, qui régnait chez eux. Il s'attendait, espérait même, qu'on lui réponde que c'était de l'herbe, Miriam et lui ayant très envie d'essayer. Mais ce n'était que l'odeur du rituel de l'Agnihotra observé au lever et au coucher du soleil, parfum dont la maison semblait s'être imprégnée jusque dans son squelette. Pendant qu'Estelle lui en expliquait l'origine et le rapport avec le Chemin des Cinq Voies, Dave y avait vu le moyen de s'identifier aux Turner – des gens affables et posés qui habitaient une maison superbe mais absolument pas ostentatoire.

Miriam, elle, trouvait que l'Agnihotra donnait à la maison une odeur de merde, au sens propre. Après qu'ils s'étaient installés dans Algonquin Lane, elle avait insisté pour que Dave se livre à ses pratiques exclusivement dans son bureau, et porte close. Quand bien même, elle se désolait des traces de gras que le beurre clarifié laissait sur les murs, dépôt brillant que rien n'arrivait à faire partir. Maintenant, se disait-il, il aurait pu accomplir le rituel sur la table de la salle à manger sans que Miriam ne bronche. Elle ne lui faisait plus le moindre reproche. Cela lui manquait presque. Presque.

Fais le vide dans ton esprit, s'exhorta-t-il. *Concentre-toi sur ton mantra.*

La pratique n'avait de sens que s'il parvenait à s'oublier.

« *Prajapataye Svaha,* déclama-t-il en faisant la deuxième offrande. *Prajapataye Idam Na Mama.* »

Il ne lui restait plus qu'à méditer jusqu'à ce que le feu s'éteigne.

***

Les reporters s'étaient présentés par groupes de trois : trois quotidiens, trois chaînes de télévision, trois stations de radio, trois agences de presse. Dans chaque groupe il s'était trouvé quelqu'un pour demander l'exclusivité avec insistance, un entretien seul à seul avec Dave et Miriam, mais ces jeunes battants avaient tous affecté la plus grande compréhension quand Chet leur avait expliqué que les Bethany préféraient s'exprimer une seule fois par média, pour ne pas avoir à répéter leur histoire un trop grand nombre de fois. Polis et attentionnés, les journalistes s'étaient essuyé les pieds sur le paillasson et extasiés devant la ferme rénovée, alors que les travaux n'avaient pas avancé depuis un an. Leur ton était prévenant, leurs questions circonspectes. Une jeune femme de Channel 13 avait versé coquettement quelques larmes en regardant les photos des filles. Il ne s'agissait pas des clichés pris à l'école, les portraits sur fond de ciel bleu azur. Les gens de la télé avaient expliqué à Dave et Miriam que ces photos avaient « perdu de leur impact » à force d'être diffusées et qu'il serait utile d'en proposer de nouvelles. Ils avaient choisi les instantanés exposés dans le bureau de Dave, souvenirs d'une sortie à La Forêt enchantée sur la Route 40. Heather assise en tailleur sur un champignon géant, Sunny les poings sur les hanches, feignant de ne pas s'amuser. Mais Dave gardait le souvenir d'une journée merveilleuse – Sunny avait très peu fait son mauvais caractère d'adolescente et ils s'étaient tous montrés gentils et attentionnés les uns envers les autres.

Les journalistes de la presse écrite, le dernier groupe à se présenter ce jour-là, ne voyaient aucun inconvénient à reprendre les photos qui circulaient depuis la disparition des filles. Mais ils tinrent absolument à prendre un nouveau cliché de Dave et Miriam assis devant la table basse, sur laquelle reposaient les photos de classe encadrées. Dave redoutait de voir ce tableau dans le journal du lendemain – son bras gauchement posé sur les épaules de Miriam, la distance entre eux, leurs visages détournés l'un de l'autre.

— Je sais qu'il y a eu une demande de rançon la première semaine, dit le reporter du *Beacon,* le quotidien du matin. Il s'est avéré qu'il s'agissait d'un canular. Y a-t-il eu d'autres fausses pistes depuis un an ?

— Je ne sais pas.

Dave regarda Miriam, mais celle-ci ne s'exprimait que si l'on s'adressait directement à elle.

— Je ne vous demande pas de révéler quoi que ce soit de préjudiciable à l'enquête.

— Il y a eu d'autres appels. Pas des demandes de rançon. Plutôt... des provocations. Des coups de fil obscènes, mais pas au sens habituel. (Il se caressa le menton – il se faisait pousser la barbe – et jeta un coup d'œil à Chet qui fronçait les sourcils.) En fait, vous feriez peut-être mieux de ne pas en parler. La police a pu établir qu'il s'agissait d'un sale gosse. Il ne nous connaissait pas, ni nous ni les filles. Ça ne voulait rien dire.

— Bien sûr, acquiesça le reporter du *Beacon* avec un hochement de tête compréhensif.

La quarantaine, il avait été correspondant de guerre au Vietnam et avait occupé plusieurs postes à l'étranger – Londres, Tokyo, Sâo Paulo. Arrivé le premier, il leur avait glissé ces quelques renseignements sur lui-même au moment des présentations. Ses états de service étaient censés les réconforter, songea Dave, l'assurance que le sujet avait été confié à un professionnel chevronné. Mais il ne pouvait s'empêcher de penser que l'homme cherchait aussi à se faire une raison. La disparition de deux sœurs n'avait pas le même prestige que la guerre ou la diplomatie. Il avait une tête d'alcoolique, nez rougeaud et teint couperosé.

— La seule demande de rançon, celle qui a été faite de la War Memorial Plaza... a-t-on identifié l'auteur du coup de fil ?

Question posée par la journaliste du *Light,* petite jeune femme énergique. Avec ses cheveux courts et sa mini-jupe, on aurait dit qu'elle sortait à peine de l'université. Une adepte du jogging, songea Dave en remarquant ses mollets fermes repliés contre le barreau de la chaise. Lui-même s'était mis à courir depuis le jour de l'an, sans qu'il s'agisse d'une bonne résolution. Comme s'il avait entendu des voix le lui commandant, il s'était réveillé un matin, avait enfilé ses baskets et avait couru dans Leakin Park autour des courts de tennis et du circuit du mini-train. Passant devant la vieille église que ses filles s'imaginaient être hantée, il était allé jusqu'à Crimée, la résidence d'été construite par la famille du fondateur de la ligne de chemin de fer B&O. Il accomplissait à présent ses huit kilomètres quotidiens, mais cela lui plaisait moins qu'au début, quand il peinait et devait se concentrer sur chaque respiration pantelante. À présent qu'il atteignait l'ivresse du coureur en quelques minutes, son esprit était à nouveau libre de vagabonder et le ramenait toujours au même endroit.

— Non... je... Écoutez, il n'y a rien de nouveau. Je suis désolé. Un an s'est écoulé et il n'y a toujours rien de neuf.

Désolé. Nous vous recevons dans l'espoir que vos articles déclenchent un souvenir, ou atteignent la personne qui sait quelque chose. Désolé.

Miriam lui décocha un regard que seul un conjoint pouvait interpréter : *Arrête de t'excuser.* Des yeux, il répondit : *J'arrêterai quand tu commenceras.*

Les journalistes ne parurent pas s'en apercevoir. Étaient-ils au courant ? Chet leur avait-il confié – en off, bien entendu – tous les secrets de la famille, en les persuadant que cela n'avait aucun lien avec la disparition des filles ? Dave regrettait presque que l'histoire n'ait pas été rendue publique. Les bons jours, il savait bien que Miriam n'était en rien responsable. Où qu'elle se soit trouvée ce jour-là – une maison à visiter, ici, un motel, un *putain de motel* –, elle n'aurait pas pu sauver les filles. Et puis, lui-même avait passé une bonne partie de l'après-midi dans un bar, même s'il s'était ressaisi à temps pour aller les chercher et n'était arrivé au centre commercial qu'avec cinq minutes de retard. Quand il repensait à ce qu'il avait ressenti sur le moment, il en avait mal à la poitrine. De la colère – il s'était dit que ces petites ingrates étaient en retard. De la panique, mais le genre panique-vite-oubliée-pour-pouvoir-se-remettre-en-colère. Au bout de trois quarts d'heure, il s'était renseigné auprès de la sécurité du centre commercial. Il se souvenait encore avec beaucoup d'affection du vigile obèse qui l'avait accompagné dans les allées, énumérant de sa voix caverneuse des éventualités sans gravité.

— Elles sont peut-être rentrées en bus. Peut-être ont-elles répondu à un sondage de clients, dans les bureaux. Peut-être sont-elles rentrées avec le père ou la mère d'une amie en s'imaginant avoir le temps de vous prévenir à votre travail.

Dave s'était accroché à ces paroles comme à une promesse, filant chez lui au volant de son minibus, certain que les filles seraient là, mais n'y trouvant que Miriam. Quelle situation bizarre, voir Miriam, avec l'envie d'exiger une explication, mais être obligé de mettre de côté son infidélité soudain devenue insignifiante ! Elle avait fait preuve d'un calme époustouflant, prévenant la police, tombant d'accord avec lui pour qu'il retourne au centre commercial afin de poursuivre les recherches pendant qu'elle restait à la maison au cas où les filles rentreraient. À sept heures du soir, ils pensaient encore qu'elles finiraient par réapparaître. Il était difficile de décrire comment cette attente, cet espoir, ce qui avait paru un temps leur être dû, s'étaient lentement envolés. Malgré tout, les émotions ne suivaient pas un cours linéaire, et en l'absence de réponse définitive, l'imagination de Dave s'emballait parfois et concoctait des scénarios abracadabrants. Pourquoi cette histoire digne d'un soap-opéra n'aurait-elle pas eu un dénouement du même acabit ? Des crises d'amnésie simultanées, un milliardaire grec excentrique qui aurait enlevé ses filles sans violence et les aurait emmenées dans son château en Bavière. Pourquoi pas ?

Quels que soient les péchés de Miriam, c'était lui qui avait autorisé la sortie au centre commercial et bien qu'elle lui ait répété à maintes reprises qu'il n'avait rien à se reprocher, c'était, oui, à elle qu'il en voulait. Il était tendu et préoccupé. À l'époque, il pensait être inquiet pour la boutique, mais il comprenait avec le recul qu'il avait pressenti les problèmes de son couple, que son inconscient avait repéré des signaux sans savoir les interpréter. S'il avait été plus présent ce jour-là, s'il avait fait plus attention à ses filles, il se serait peut-être rendu compte qu'elles étaient trop jeunes pour qu'on leur laisse autant de liberté. C'était Miriam qui l'avait poussé à la faute.

Il n'éprouvait aucun remords pour Jeff Baumgarten et sa femme, qui avaient été plusieurs fois interrogés par la police après que Miriam avait volontairement avoué la vérité. Après tout, Thelma Baumgarten se trouvait dans la boutique de Dave à trois heures de l'après-midi et le centre commercial n'était qu'à cinq kilomètres. Le motel était encore plus proche, s'était-il avéré. Mais Dave haïssait Mme Baumgarten plus que son mari. Jeff avait sauté sa femme, alors que Mme Baumgarten... Eh bien, avec son petit mot crétin, elle avait tenté de tout rejeter sur Dave. Espèce de grosse *hausfrau*. Si elle avait su contenter son mari, peut-être aurait-il laissé Miriam tranquille.

— Y a-t-il eu des suspects sérieux ?

Dave se tourna vers Chet – il voulait sa permission, ses encouragements, pour tout dire des Baumgarten. Chet fit non de la tête, très discrètement. « Cela ne ferait qu'embrouiller les choses », disait-il à Dave chaque fois que celui-ci militait pour que tout, absolument tout, soit rendu public au motif que toute vérité avait son importance, que c'était sain en soi et surtout essentiel pour découvrir ce qu'étaient devenues ses filles. Plus le grand public en saurait et mieux il serait en mesure de les aider. Mme Baumgarten avait peut-être payé quelqu'un. Peut-être que Jeff Baumgarten avait fait kidnapper les filles pour contraindre Miriam à demeurer sa maîtresse. Le plan avait peut-être mal tourné. La candeur avait un effet libérateur, soutenait Dave, et elle serait récompensée. Il fallait tout déballer et voir ce que ça donnerait.

C'était peut-être pour cela que Chet avait choisi d'assister aux interviews. Dave ne voyait aucune autre raison valable. Au cours des premières semaines, les enquêteurs avaient gardé sous le coude très peu d'éléments – la découverte du sac à main d'Heather, les coups de fil signalant la présence des filles dans divers États (Caroline du Sud, Virginie-Occidentale, Virginie, Vermont) et dans divers contextes (piquant un fou rire, jouant et nageant, mangeant des hamburgers, ligotées et bâillonnées). Curieusement, à leur manière, les mythomanes étaient pires que les plaisantins. Ils s'imaginaient rendre service avec leurs fantasmes, mais ils n'apportaient que de la douleur.

— Est-ce que vous... ? Enfin...

Le journaliste du *Star,* sorti d'une autre époque avec son chapeau ramené en arrière et sa petite cravate, cherchait ses mots d'une façon qui ne laissait aucun doute à Dave quant au sujet qu'il souhaitait aborder.

— Continuez-vous d'espérer que vos filles seront retrouvées vivantes ?

— Bien sûr. L'espoir est essentiel.

Des amnésies simultanées, un château en Bavière, un aimable excentrique qui voulait deux filles blondes mais ne leur ferait jamais, jamais aucun mal.

— Non, dit Miriam.

Dans son coin, Chet se tendit, comme s'il pensait devoir intervenir. L'inspecteur avait-il enfin fait preuve d'un peu de flair ? Se pouvait-il qu'il ait senti que Dave avait envie, à ce moment précis, de gifler sa femme ? Au cours de l'année écoulée, il avait plusieurs fois dû résister à la tentation. Les journalistes parurent choqués eux aussi, comme si Miriam venait d'enfreindre quelque règle non écrite du protocole des parents d'enfants disparus.

— Je vous prie d'excuser ma femme. Elle est très émotive et dans cette période particulièrement difficile...

— Je ne suis pas une enfant qui n'a pas fait sa sieste aujourd'hui, l'interrompit Miriam. Et je ne suis pas plus émotive aujourd'hui que je l'étais hier et que je le serai demain. J'aimerais avoir tort. Mais si je n'accepte pas la forte probabilité qu'elles soient mortes à ce stade, comment ferais-je pour continuer à vivre ? Comment aller de l'avant ?

Dave remarqua que les journalistes n'avaient pris aucune note pendant cette sortie. Comme tout le monde, leur réflexe était de protéger Miriam, d'attribuer ses propos inconvenants à sa douleur. Les journalistes avaient la réputation d'être cyniques, et peut-être l'étaient-ils effectivement quand il s'agissait d'enquêter sur des intrigues et des conspirations comme celle du Watergate. Mais dans son expérience, Dave avait rarement rencontré gens aussi naïfs et optimistes.

— Je suis désolé, dit-il, et même lui ne savait pas pourquoi il s'excusait.

Au bout d'un moment, Miriam hocha la tête à son tour et se voûta d'une manière qui incita Dave à passer le bras autour de ses épaules.

— C'est dur, dit-elle. Garder espoir alors qu'on ressent le besoin de faire son deuil. Quoi que je fasse ou dise, j'ai le sentiment de trahir mes filles. Nous voulons juste savoir.

— Y a-t-il des moments dans une journée où vous n'y pensez pas ? demanda le reporter du *Light*.

La question prit Dave au dépourvu, en partie parce qu'elle était nouvelle. « Comment faites-vous pour tenir le coup ? Comment faites-vous pour ne pas y penser ? » Voilà les questions auxquelles il était habitué. Mais... lui arrivait-il de ne pas penser à ses filles ? Logiquement, il devait bien y avoir certains moments, mais il avait beau chercher, aucun ne lui venait à l'esprit. Quand il préparait le dîner, il continuait à tenir compte de leurs goûts. « Encore du pain de viande ? » Arrêté à un feu rouge en milieu d'après-midi, il repensait à une conversation sur les bureaux voisins de la sécurité sociale et leurs nombreux employés qui encombraient les trottoirs chaque jour à 16 heures. « Ils nous donneront de l'argent quand on sera vieilles ? Génial ! » Et quand il se mettait à penser à Jeff Baumgarten, à quel point il le haïssait et avait envie d'aller le guetter devant sa belle baraque de Pikesville, pour lui foncer dessus avec son minibus Volkswagen quand il sortirait récupérer son journal dans l'allée circulaire... même ça, c'était aussi penser aux filles, non ? Quand il ouvrait la boîte aux lettres et y trouvait son exemplaire du *New York Magazine,* il n'avait qu'à voir la publicité pour le rhum Ronrico en quatrième de couverture pour se souvenir combien Heather était fascinée par ces illustrations naïves, alors que Sunny s'amusait chaque semaine avec les mots croisés et autres jeux de langage. Tout ce qu'il avait autour de lui – l'appentis en ruine que les filles avaient construit dans le jardin, une canette verte de bière Genesee dans le caniveau, le vieux peignoir bleu de Miriam – le ramenait à ses filles. Il était communément admis qu'une telle intensité ne dure pas éternellement, que toute douleur finit par s'estomper, mais lui tenait à l'entretenir. La fureur sourde qu'il éprouvait était comme une lampe toujours allumée à la fenêtre dans l'attente du retour des filles.

Même en ce moment, les pensées continuaient de fuser dans sa tête, ce qui allait à l'encontre de l'Agnihotra. Il avait essayé, délicatement, d'aborder le sujet avec d'autres adeptes du Chemin des Cinq Voies. Estelle Turner était morte depuis longtemps, bien sûr, et après son décès Herb était parti vivre en Californie, déclarant qu'il avait besoin de couper les ponts pour s'en remettre. Dave l'avait appelé à propos des filles, mais Herb avait paru vaguement mécontent qu'on lui rappelle son passé à Baltimore et il s'était débrouillé pour inverser les rôles, ramenant la conversation sur lui-même, les désillusions et les épreuves de sa vie. « Je n'arrive tout simplement pas à trouver la voie, mon pote », répétait-il à tout bout de champ. Cela dit, Herb avait toujours vécu dans l'abstraction, sauf avec Estelle. Il avait même pris la mort de sa propre fille comme une sorte d'épreuve spirituelle, une étape de son fichu « parcours ».

Il y avait des personnes à Baltimore qui continuaient de pratiquer le Chemin des Cinq Voies et elles s'étaient montrées d'une gentillesse exceptionnelle avec lui au cours des douze mois écoulés, lui prodiguant des « poêlées de soja à volonté », comme disait Miriam d'un ton pince-sans-rire. Pourtant, ces amis-là prenaient eux aussi ombrage quand Dave suggérait que leurs croyances communes manquaient peut-être d'envergure pour l'aider à surmonter cette épreuve. Comment expliquer qu'il ne parvenait pas à vider son esprit pour sa méditation quotidienne ? Fallait-il laisser tomber jusqu'à ce qu'il trouve la concentration nécessaire, ou bien devait-il continuer d'essayer, à chaque lever et coucher de soleil, de chasser toutes les pensées de sa tête pour embrasser l'instant présent ? Et voilà, le rituel du soir touchait à sa fin et il ne se souvenait de rien, n'en avait retiré ni paix ni contentement. Au contraire, il en venait à considérer l'Agnihotra comme Miriam l'avait toujours fait – une odeur de merde et une fumée graisseuse qui se déposait sur les murs du bureau.

Le feu était éteint. Il mit les cendres dans un sac – il s'en servait comme engrais – et retourna dans la cuisine, où il se servit un verre de vin et versa un whisky pour Chet. Comme pour réparer un oubli, il proposa aussi du vin à Miriam.

— Franchement, Chet... les choses ont-elles avancé ? Un an après, peut-on dire qu'on ait appris quoi que ce soit ?

Dave s'estimait généreux d'employer ce « on ». Personnellement, il trouvait que les flics, certes sympathiques et bienveillants, s'étaient montrés parfaitement incompétents.

— Nous avons éliminé bon nombre de scénarios. Le professeur de musique de Rock Glen. Heu... et d'autres.

Même en privé, Chet ne reprochait jamais à Miriam l'épisode Baumgarten. C'était tout juste si les flics ne l'avaient pas félicitée d'évoquer elle-même leur liaison. Dave avait été écœuré en les voyant hocher la tête d'un air approbateur, le dimanche soir où elle leur avait tout raconté. Miriam l'honnête, Miriam la spontanée, qui ne cédait pas au réflexe de se protéger et de se préserver, prête à tout pour retrouver ses filles. Mais si elle n'avait pas eu un certain talent pour la duplicité, si elle n'avait pas entretenu cette maudite liaison, elle n'aurait rien eu à cacher. Dave, lui, n'avait rien à dissimuler.

Pourtant, c'était lui qui avait menti au début en omettant de mentionner la visite de Mme Baumgarten, en bégayant maladroitement quand il avait dû expliquer pourquoi il avait fermé le magasin de bonne heure et était allé boire une bière à la taverne au bout de la rue. Au cours des premiers interrogatoires, il s'était montré nerveux et hésitant, le regard agité. Le problème était-il venu de là ? Intriguée par son comportement bizarre, la police avait-elle présumé qu'il était le coupable ? Les flics avaient beau le nier, Dave était certain d'être un suspect à leurs yeux.

— Vous avez psalmodié ?

Chet connaissait bien la routine de Dave.

— Oui. Un jour de plus, un coucher de soleil de plus. Dans trois cent soixante-cinq couchers de soleil, serons-nous encore ici à raconter l'histoire pour la énième fois dans l'espoir que quelqu'un se manifeste ? Ou bien les anniversaires s'espacent-ils après la première année ? Cinq ans, puis dix, vingt et cinquante ?

— Trois cent soixante-six, dit Miriam.

— Quoi ?

— 1976 est une année bissextile. Avec un jour de plus. Il y a trois cent soixante-six ans que les filles ont disparu... Jours, je voulais dire... trois cent soixante-six jours.

— Eh bien, félicitations de savoir le nombre exact de jours, Miriam ! Faut croire que tu les aimais plus que moi, tout compte fait. Sauf qu'on n'est pas le 29 mais le 27. Les journalistes avaient besoin d'un délai pour que leur sujet soit prêt lundi, la vraie date anniversaire. Ça ne fait donc que trois cent soixante-quatre jours.

— Dave...

Tel était le véritable rôle de Chet dans leurs vies, conciliateur plus que policier. Mais Dave se sentait déjà penaud. Un an auparavant, enfin... trois cent soixante-quatre jours... il avait cru que perdre sa femme serait la grande tragédie de sa vie. Assis au comptoir chez Monaghan, les épaules voûtées, il était passé par les stades habituels du cocu – colère, vengeance, apitoiement sur soi, peur. Il avait caressé l'idée d'un divorce, confiant dans ses chances d'obtenir la garde des enfants malgré sa qualité de père, compte tenu des circonstances. Au lieu de quoi il avait perdu ses filles et gardé sa femme.

S'il avait eu le choix... mais il ne l'avait pas eu. Avait-on jamais le choix pour ce qui était vraiment important ? Mais si on lui avait demandé de choisir, il aurait sacrifié Miriam sans hésiter une seconde, si cela lui avait permis de récupérer Heather et Sunny, et elle-même en aurait fait autant. Leur mariage était un monument fragile à la mémoire de leurs filles perdues, ce qui était bien la moindre des choses.

Il salua Chet et emporta son verre dans la véranda à l'arrière de la maison, d'où il observa le pneu qui faisait office de balançoire, accroché au seul arbre robuste du jardin, et le tas de bois près de la clôture. Quand elles étaient petites, les filles aimaient bien construire des forts et des cabanes avec des branches, des bâtons et des tapis de mousse prélevés à d'autres endroits du jardin, et comme provisions, elles arrachaient quantité d'oignons sauvages et de pissenlits. Cela leur avait passé depuis longtemps, mais leur dernier fort avait survécu jusqu'à l'hiver précédent, quand il s'était enfin écroulé sous le poids de la neige. Dave avait l'impression d'habiter une maison faite de bâtons cassés, et même d'être empalé sur leur extrémité pointue, la mousse depuis longtemps desséchée, les réserves d'oignons sauvages depuis longtemps épuisées.

17

Enfin seule... à nouveau seule, *naturellement,* comme disait la chanson[1], celle que Sunny écoutait en boucle à onze ans, jusqu'à ce qu'ils en aient tous ras le bol... Miriam se dirigea vers l'évier et y vida son verre de vin. Elle n'avait plus guère de goût pour l'alcool, le genre de détails auquel Dave ne prêtait pas attention. Pour s'apercevoir qu'elle ne buvait presque plus, il lui aurait fallu prendre conscience que lui-même buvait beaucoup plus, forme d'introspection qui n'était pas son fort.

L'évier se trouvait sous une large fenêtre donnant sur le jardin de derrière, unique aménagement exigé par Miriam quand ils avaient rénové la maison. « Une femme a besoin d'une fenêtre au-dessus de l'évier », avait-elle objecté en voyant les plans originaux de Dave qui prévoyaient un mur en carrelage mexicain. C'était un précepte de sa mère et Miriam l'avait elle-même inculqué à ses filles. Elle se souvenait d'Heather jouant avec sa maison de poupées, un modèle modulable, rectangle de bois bleu sans toit très différent de l'élégante demeure victorienne à fanfreluches qu'Heather aurait préférée. Il y avait même du mobilier danois moderne, en bois dur. « L'évier doit se trouver devant la femme », avait dit la maman-caoutchouc au papa-caoutchouc la première fois qu'Heather avait joué avec, et Miriam n'avait pas corrigé sa maxime détournée. Seules les poupées n'étaient pas de bonne qualité dans la panoplie, comme

1. *Alone again (naturally),* chanson qui a révélé Gilbert O'Sullivan aux États-Unis.

toujours le caoutchouc avait fini par sécher et s'effriter, et la peinture des visages s'était écaillée. Mais la maison et les meubles étaient toujours dans le placard d'Heather à attendre... quoi ? Qui ?

En gros, les chambres des filles demeuraient à peu près en l'état, même si Miriam avait fini par craquer et laver les draps puis refaire les lits – celui d'Heather laissé sens dessus dessous et celui de Sunny à peine froissé. Chacune prenait prétexte de son genre de sommeil pour ne pas faire son lit. « De toute façon je vais encore le défaire », disait Heather. « On voit à peine que j'y ai dormi », soutenait Sunny. On était parvenu à un compromis : chacun était tenu de faire son lit du lundi au vendredi, mais pas le week-end. Pendant des semaines, Miriam avait tiré un grand réconfort de ces lits défaits, y voyant la preuve que ses filles comptaient y dormir à nouveau, que la semaine reviendrait, et ses filles avec.

Après coup... non, « après coup » n'était pas l'expression qui convenait car elle suggérait qu'il s'était produit un événement tangible, quelque chose de définitif... Où était l'« après » dans leur situation et de quel « coup » s'agissait-il ? Au cours des premières quarante-huit heures, quand on ne savait rien et que tout restait possible, Miriam avait eu la sensation d'avoir été plongée dans un torrent glacial, et sa seule réaction instinctive avait été de survivre au choc. Elle n'avait rien mangé, avait très peu dormi et s'était gavée de caféine pour se tenir prête, en éveil. S'il y avait bien une chose qu'elle avait présumée, au début, c'était qu'une réponse ne tarderait pas à leur parvenir. Le téléphone sonnerait, on frapperait à la porte, et tout leur serait dévoilé.

Espoir qui s'était avéré, ô combien ! démesuré.

L'inspecteur Willoughby – elle n'en était pas encore à

l'appeler Chet, il n'était que l'inspecteur de police – l'avait trouvée très courageuse et pleine d'abnégation de leur avoir dévoilé avant la fin du week-end ce qu'elle avait fait le samedi après-midi.

« Le réflexe naturel est de mentir, lui avait-il confié. Pour des bêtises. Vous n'imaginez pas ce que les gens peuvent mentir facilement et machinalement à la police.

— Peu importe si ça aide à retrouver mes filles ! Et si ça n'aide pas... qu'importe ? »

La scène s'était déroulée le dimanche, le lendemain de la disparition des filles. Les premières vingt-quatre heures, les premières quarante-huit heures... chacun y allait de son précepte sur la fenêtre cruciale. Et ils avaient tous tort. Il n'y avait pas de règle, avait appris Miriam. Par exemple, ils n'avaient pas besoin d'attendre pour signaler la disparition. La police les avait pris au sérieux dès le premier appel. On avait envoyé des agents chez eux, puis au centre commercial, dont ils avaient parcouru les allées en compagnie de Dave et Miriam, dans la foule clairsemée du samedi soir. D'autres personnes avaient apporté leur aide. L'ouvreuse du cinéma se souvenait très bien des filles – et aussi qu'elles avaient pris des places pour *La Montagne ensorcelée,* mais avaient tenté de s'introduire dans la salle où était projeté *Chinatown.* En entendant cela, Miriam avait ressenti une curieuse bouffée d'admiration pour Sunny. Sunny la docile, la petite fille modèle, qui tentait de voir en cachette un film interdit... et pas le plus mauvais ! Miriam ne l'en aurait pas crue capable. Quand elle la reverrait, elle ne la gronderait pas. Au contraire, elle éplucherait avec elle les programmes de cinéma et lui demanderait quels autres films elle souhaitait voir. Coppola, Fellini, Herzog... elles écumeraient ensemble les salles d'art et d'essai.

Quelles autres promesses s'était-elle faites ce samedi soir ? Elle renouerait avec une certaine forme de vie spirituelle. Pas le Chemin des Cinq Voies de Dave, peut-être le judaïsme, ou, à la rigueur, l'Église unitarienne. Et elle cesserait de taquiner Dave à propos du Chemin, de lui sortir qu'il avait adopté cette pratique spirituelle uniquement parce qu'il enviait le confort matériel des gens qui l'y avaient initié. Même si elle était reconnaissante envers les Turner, elle ne partageait pas l'admiration béate que leur vouait Dave. Si contradictoire que cela puisse paraître, leur générosité envers les Bethany était largement motivée par l'égoïsme.

Autres promesses. Elle serait une meilleure mère et cuisinerait de bons repas, en recourant moins aux plats chinois à emporter et aux pizzas Marino's. Les habits des filles seraient lavés avec un soin méticuleux. Le moment était peut-être venu de refaire la déco dans la chambre de Sunny, pour marquer le rite de passage qu'était l'entrée au lycée. Et Heather ne tarderait pas à trouver un peu bébé la frise *Max et les Maximonstres,* si réussie soit-elle. Miriam avait acheté le livre en deux exemplaires, cassé les reliures et laqué les pages avant de les coller au mur, reconstituant l'histoire en entier. Elles iraient toutes les trois à la brocante du Westview Drive-in et au Purple Heart, où elles dénicheraient des meubles d'occasion qu'elles repeindraient dans des coloris à la mode. Le beau linge ne pouvant se contrefaire, elle devrait attendre les soldes du blanc dans les grands magasins, en janvier prochain...

Ces pensées se bousculaient dans la tête de Miriam ce soir-là, quand la vue du sac en jean, qui avait l'air d'une tache dans le parking mal éclairé, l'avait brusquement ramenée au temps présent, avec une violence épouvantable. Un petit cri lui avait échappé et elle était tombée à genoux, mais le jeune policier l'avait retenue.

« N'y touchez pas, madame. Nous devons... S'il vous plaît, madame. Il y a une façon de procéder. »

Les petites filles égarent souvent leurs affaires. Porte-monnaie, clés, barrettes, manuels scolaires, blousons, gilets, chapeaux, moufles. Perdre des choses fait partie de l'enfance. Être séparée de son sac était une raison suffisante pour qu'Heather, têtue et matérialiste comme elle l'était, refuse de rentrer à la maison avant de l'avoir cherché partout où elle était passée – encore, encore et encore. Quelques semaines auparavant, Miriam lui avait dit : « T'es-tu déjà demandé pourquoi, quand on perd quelque chose, on le retrouve toujours au dernier endroit où l'on cherche ? »

Une fois qu'elle l'avait comprise, Heather s'était beaucoup amusée de cette pirouette verbale. Alors que Sunny, qui prenait tout au pied de la lettre, s'était contentée de dire : « Forcément. »

À genoux dans le parking, Miriam avait eu envie de se jeter sur le sac comme si c'était sa fille, mais le jeune policier la retenait. Il y avait une marque dessus – une trace de pas ou de pneu. Heather serait très déçue. Elle en avait deux autres pouvant s'accrocher aux mêmes poignées, mais celui en jean était son préféré. On le lui remplacerait, sans la sermonner sur l'importance de prendre soin de ses affaires. Et demain ils chercheraient les œufs de Pâques, bien que les filles aient décrété avoir passé l'âge. Enfin... Sunny avait dit qu'elle avait passé l'âge, que ce n'était pas la peine, et Heather s'était empressée d'abonder dans son sens. En plus du chocolat, on cacherait de vrais trésors. Miriam trouverait des œufs chez

High's mais où acheter des cadeaux à cette heure tardive ? Le centre commercial était encore ouvert pour une vingtaine de minutes. Elle pouvait aussi passer à L'Homme à la guitare bleue et se servir parmi les objets de Dave, et tant pis si les comptes étaient dans le rouge ! Elle prendrait des bijoux, des jouets et des vases en céramique qui pourraient servir pour les jonquilles et les crocus qui commençaient à poindre.

La vie avait eu en cet instant une intensité comme elle n'en avait jamais retrouvé par la suite. Au fil des jours, à mesure que s'éloignait l'éventualité d'une réponse, les sens de Miriam s'étaient émoussés. Les filles ne seraient pas retrouvées saines et sauves. Les filles ne seraient pas retrouvées vivantes. Les filles ne seraient pas retrouvées... intactes, l'euphémisme passe-partout que Miriam employait pour décrire aussi bien une agression sexuelle qu'un véritable démembrement. Mais il s'était écoulé beaucoup de temps avant que quiconque envisage de ne jamais les retrouver.

Miriam avait pris conscience qu'elle attendait leur découverte non seulement pour savoir ce qu'il leur était arrivé mais aussi parce qu'elle comptait quitter Dave dès que l'histoire serait réglée. La tragédie de leurs filles, pesante et culpabilisante, faisait partie de leur patrimoine commun au même titre que la maison, le mobilier et le magasin. Elle avait besoin de connaître le fin mot de l'histoire pour pouvoir diviser ça entre eux, cinquante-cinquante, à parts égales. Et si la fin n'était jamais connue ? Serait-elle obligée de rester avec Dave ? Même si elle était responsable de la mort de ses filles – et dans ses moments les plus sombres, Miriam ne pouvait pas croire qu'il existe un Dieu, dans quelque croyance que ce soit, capable de tuer deux enfants pour punir une mère adultère, et même s'il existait, elle n'en voulait pas –, devait-elle subir ce mariage à perpétuité ? C'était déjà étouffant avant, seules les filles leur apportant joie et vie. Combien de temps fallait-il qu'elle reste ? Que devait-elle à Dave ?

Elle étudia son reflet sur la vitre. « Une femme a besoin d'une fenêtre au-dessus de l'évier, disait sa mère. C'est si ennuyeux de faire la vaisselle qu'il faut une vue. » À sa connaissance, c'était l'unique exigence que sa mère avait jamais formulée. En tout cas, elle n'avait jamais contesté que c'était à la femme de faire la vaisselle, la cuisine et le ménage, et n'avait jamais prétendu à aucun rôle en dehors du foyer. Les femmes de la génération de Miriam se montraient de plus en plus exigeantes, mais sa mère, pourtant malheureuse à Ottawa, n'avait demandé qu'une fenêtre, et sa fille en avait fait autant. De là, quand il faisait jour, elle pouvait voir le grand jardin envahi par la végétation, presque une jungle. L'aspect sauvage n'était qu'une illusion soigneusement entretenue. Miriam s'était occupée de son jardin comme elle avait élevé ses enfants, laissant libre cours aux instincts de la nature, respectant ce qui se trouvait là – chèvrefeuille, menthe, petit-prêcheur – sans chercher à imposer ce qui n'y serait pas à sa place, comme des roses ou des hortensias. Elle n'avait ajouté que des touches discrètes et compatibles, des plantes vivaces qui poussaient très bien à l'ombre.

Mais une fois le soleil couché, la vitre ne vous renvoyait plus que votre visage. Miriam voyait alors une femme aux traits épuisés, mais tout de même séduisante. Elle n'aurait aucune peine à se trouver quelqu'un. D'ailleurs, depuis un an elle semblait attirer les hommes comme jamais auparavant. Chet en pinçait visiblement pour elle, et pas simplement parce qu'elle était la belle en détresse. Il était émoustillé par le secret qu'il avait su garder, la relation extraconjugale de Miriam. C'était une garce. Et bien qu'inspecteur, Willoughby n'avait pas l'air d'avoir une très grande expérience en la matière.

D'autres hommes, sans être dans la confidence, étaient attirés par le malheur et la blessure quasi palpables, par les yeux épuisés qui disaient clairement : « Je ne suis plus de la partie. » C'était effrayant, vraiment, à quel point les hommes étaient captivés par une femme meurtrie. Oui, elle pourrait facilement se trouver un autre homme. Mais elle n'en voulait pas. Ce qu'elle voulait, c'était une excuse pour s'en aller, une raison valable de monter faire sa valise et partir, sans passer pour une femme froide et anormale qui avait abandonné son mari au moment où il avait le plus besoin d'elle. Le mari qui lui avait pardonné sans réserve, avec tant de générosité. Cela dit, un geste dont la magnanimité vous était constamment présente à l'esprit était-il si magnanime que cela ?

Elle s'accorderait encore six mois. Jusqu'en octobre. Sauf que, à l'automne précédent, Dave avait salement accusé le coup en octobre... l'été indien, Halloween, les enfants du quartier avec leurs déguisements. Novembre ou décembre ? Les fêtes étaient une période encore plus douloureuse. En janvier, il y avait l'anniversaire de Sunny et ensuite on reviendrait à mars, le deuxième anniversaire, et l'anniversaire d'Heather la semaine suivante. Ce ne serait jamais le bon moment pour le quitter, songeait-elle. Mais le moment viendrait. Bientôt.

Elle s'imagina sur l'autoroute, filant en direction de... du Texas. Une ancienne copine de fac s'était installée à Austin et lui en avait vanté le style de vie libre et décontracté. Elle se voyait déjà au volant, roulant vers l'ouest, puis vers le sud pour traverser la Virginie et la vallée de la Shenandoah, dépassant les endroits qu'ils avaient visités avec les filles... les cavernes de Luray, le Skyline Drive, Monticello[1]... de plus en plus loin dans le Sud profond, jusqu'à Abingdon où elle passerait dans le Tennessee. Son sang se glaça. Mais oui. Quelqu'un avait cru les apercevoir à Abingdon. Une personne qui pensait bien faire, mais les lubies sincères l'affectaient encore plus que les vrais canulars.

Parmi tout ce qui lui pesait, la chose la plus insupportable était que son drame personnel soit devenu une affaire publique par laquelle d'autres personnes imaginaient être affectées. Comme ces reporters qui prétendaient comprendre ce qu'elle ressentait. Les témoins qui s'illusionnaient en étaient une variante, des gens qui voulaient s'approprier leur histoire, comme si les « sœurs Bethany » étaient une ressource naturelle ou un trésor trop considérable pour n'appartenir qu'à une seule famille, comme le diamant Hope exposé au Smithsonian. Sauf que, bien sûr, on disait que cette pierre précieuse était maudite.

Cela lui fit penser à l'énorme diamant que Richard Burton avait offert à Elizabeth Taylor. Elle se remémora un épisode de *Here's Lucy* qu'elle avait vu avec Sunny et Heather, dans lequel le couple mythique faisait une apparition. Miriam était toujours un peu agacée par Lucille Ball ; une aussi belle femme ne devrait pas s'abaisser à

1. Sites touristiques de Virginie. Le Skyline Drive est une route qui traverse le parc national de la Shenandoah, où sont situées les cavernes de Luray. Monticello est la propriété où vécut le président Thomas Jefferson.

faire des pitreries pour attirer l'attention. La beauté se suffisait à elle-même – pour qui en aurait douté, il n'y avait qu'à voir Elizabeth Taylor. Mais les filles aimaient Lucy comme une tante adorée et la comédienne les avait en quelque sorte élevées en les divertissant bien des après-midi, images de mauvaise qualité captées sur une chaîne de Washington. Même elles reconnaissaient que la nouvelle série, diffusée en soirée, n'avait pas la même magie que l'originale, mais elles la regardaient par fidélité. Dans l'épisode en question, Miriam se rappela que Lucille Ball essayait la bague de Liz Taylor et n'arrivait pas à la retirer. S'ensuivait un festival de cabrioles et de pirouettes, avec force yeux écarquillés et bouches bées.

Les gens essayaient la douleur de Miriam dans le même esprit, pour voir comment ça leur allait, presque comme s'ils s'attendaient à ce qu'elle soit flattée de leur intérêt, mais ils n'avaient jamais aucune difficulté à s'en défaire le moment venu. Ils la retiraient et la lui rendaient, puis reprenaient leurs vies d'une banalité réconfortante.

18

Il avait fallu beaucoup supplier, promettre et négocier, mais elle avait enfin eu l'autorisation d'aller à une fête. Elle avait soutenu – sans monter le ton ni s'emporter, comportement jugé inacceptable – que cela finirait par sembler louche de toujours refuser les invitations de ses camarades de classe. Elle était censée être une enfant comme les autres, et les enfants allaient à des anniversaires. Tonton et Tatie, comme elle devait les appeler en public, tenaient à ne pas passer pour des gens insolites. C'était compréhensible, compte tenu de leurs nombreux secrets et mensonges, mais ça la dépassait qu'ils arrivent à se voiler la face. Comment faisaient-ils pour ne pas se rendre compte qu'ils étaient très bizarres, décalés à tout point de vue ? Dehors, on était en 1976, l'année du bicentenaire, au milieu d'une décennie qui avait prouvé que tout était possible, même dans une petite ville comme la leur. Une guerre avait pris fin et un président avait été renversé parce que les gens exigeaient du changement. En s'exprimant, en manifestant, parfois même en sacrifiant leur vie. Elle ne pensait pas aux soldats qui avaient combattu au Vietnam. Elle ne pensait jamais à eux. Elle pensait aux morts de Kent State[1], événement auquel elle regrettait de ne pas avoir prêté plus d'attention quand il s'était produit, mais elle était très jeune à l'époque. Ce n'était pas le genre de chose qu'une petite fille pouvait comprendre, quant à se sentir concernée...

Mais maintenant, elle s'y intéressait. À la bibliothèque, elle était tombée sur un numéro de *Time* avec la photo de la jeune fille agenouillée à côté du garçon. C'était une fugueuse, une déracinée qui se trouvait là où elle n'aurait pas dû être, et elle était entrée par hasard dans l'Histoire. Cette photo était devenue pour elle comme une promesse : elle aussi pourrait s'enfuir et croiser l'Histoire.

1. Le 4 mai 1970, quatre étudiants de l'université de la ville de Kent (Ohio) furent tués et neuf blessés par des tirs de la Garde nationale, lors d'une manifestation pacifique contre l'invasion du Cambodge.

Et si elle parvenait à accomplir quelque chose de grandiose et d'important, peut-être lui pardonnerait-on.

En attendant, elle était contente de participer à une fête au sous-sol de cette maison située en ville et elle espérait être appelée pour le jeu « cinq minutes au paradis ». La partie avait commencé dans la controverse, non pas que certaines filles se faisaient prier pour jouer – au contraire, tout le monde était partant – mais parce que les avis étaient très partagés sur la durée que les couples devaient passer dans le placard. Certains préconisaient deux minutes, s'en remettant à l'autorité infaillible de *Dieu tu es là ? C'est moi, Margaret,* alors que d'autres penchaient pour sept à cause du septième ciel. « On va couper la poire en deux », avait décidé Kathy, chez qui la fête avait lieu. Très populaire, mais gentille, elle usait de son pouvoir avec grâce. Si Kathy disait qu'on pouvait jouer à cinq minutes au paradis, il n'y avait pas à se poser de questions.

Voilà autre chose que Tonton et Tatie ignoraient sur le monde de l'autre côté de leur porte : le sexe était partout, même ici, même chez les très jeunes, surtout chez les très jeunes. Jouer au docteur, à la bouteille[1], à deux minutes (ou cinq ou sept) au paradis. Le sexe venait en premier, bien avant l'alcool et la drogue. Cela dit, la drogue était dédaignée par ici. Trop hippie. Ses camarades de classe traversaient l'adolescence à tâtons, au sens propre comme au figuré.

Malgré tout, elle était la seule à avoir de vrais rapports sexuels sous un édredon à plumes. Elle en était à peu

1. Jeu de société où l'on fait tourner une bouteille par terre. Lorsqu'elle s'arrête, le goulot pointe sur quelqu'un qui doit aussitôt embrasser un garçon ou une fille sur la bouche.

près certaine, même si ce n'était pas un sujet à aborder entre copines. Si elle racontait à quiconque ce qui se passait à la maison, elle serait placée ailleurs, ce qui risquait d'être encore pire.

Elle n'était pas très tentée d'embrasser quelqu'un en plein jour, un samedi après-midi. Le sexe était une activité nocturne, triste et silencieuse, dans une maison où tout le monde faisait semblant de ne pas entendre le grincement des ressorts et le bruit sourd du lit martelant le mur, comme le ressac contre la jetée. Les vagues contre la jetée... La fête de la palourde, à Annapolis. Elle avait huit ans. Elle portait une jupe-culotte orange et rose. Elle n'aimait pas les palourdes, mais la fête lui plaisait. Tout le monde était heureux, quand elle avait huit ans.

Le jour, elle était une cousine éloignée originaire de l'Ohio et affublée d'un prénom qu'elle détestait, Ruth. Tellement quelconque, tellement fade ! Ruth. Quitte à changer de prénom, pourquoi pas Cordelia ou Géraldine, l'un de ceux que s'était choisis Anne dans *La Maison aux pignons verts*[1] ? Mais Tonton lui avait expliqué que les choix étaient limités et qu'il ne pouvait pas faire mieux. La petite Ruth avait vraiment existé, jadis, fillette qui n'avait vécu que jusqu'à l'âge de trois ou quatre ans et avait péri dans un incendie avec toute sa famille, à Bexley. Comme Ruth n'avait pas la même date de naissance qu'elle, on l'avait inscrite dans la classe inférieure et elle avait craint de s'ennuyer, obligée de refaire le même programme. Mais sa nouvelle école, Notre-Dame-

1. *Anne... la maison aux pignons verts,* publié en 1908 par la Canadienne Lucy Maud Montgomery, est un classique de la littérature pour adolescentes, adapté pour la télévision dans les années soixante-dix.

des-Fleurs, était plus difficile que celle d'avant. Elle ne savait pas si c'était dû aux bonnes sœurs ou au petit nombre d'élèves par classe, peut-être les deux. On leur donnait tellement de devoirs qu'elle n'avait pas le temps d'apprendre tout ce qu'elle devait connaître sur sa nouvelle identité et craignait qu'on ne lui pose des questions sur l'Ohio auxquelles elle serait incapable de répondre – quels en étaient la capitale, la fleur et l'oiseau emblématiques... mais cela ne lui était jamais arrivé. Ses nouvelles camarades se connaissaient depuis toujours et avaient rarement affaire à des inconnus. Et elles avaient la consigne expresse de ne pas évoquer l'horrible drame qui avait frappé la famille de Ruth dans l'Ohio.

Une fille – à Baltimore on l'aurait traitée de mongolienne, mais le terme ne semblait pas usité par ici – lui avait demandé un jour :

« T'as des sécatrices ?

— Sécatrices ?

— Ben à cause que t'as été brûlée.

— Ah, des cicatrices... »

Une seconde de réflexion lui avait suffi. Mentir devenait une seconde nature.

— Elles sont à des endroits qui ne se voient pas.

Elle l'avait regretté par la suite quand les garçons de l'école l'avaient appris et s'étaient mis à jaser : qui serait le premier à voir les cicatrices cachées de Ruth ? Aujourd'hui, au moment où l'on avait proposé de jouer à cinq minutes au paradis, elle avait vu Jeffrey la montrer du doigt, donner un coup de coude à Bill et lui dire en aparté : « Tu verras peut-être les cicatrices de Ruth. »

Elle savait qu'elle plaisait à Jeffrey, que ses taquineries étaient une manière de flirter, mais elle était trop fatiguée pour s'en soucier. Si les filles à Notre-Dame-des-

Fleurs ne savaient pas comment s'y prendre avec la nouvelle, les garçons, eux, savaient, du moins le pensaient-ils. Ils étaient attirés par elle, mystérieuse et inaccessible Ruth au passé tragique dont personne n'était censé parler. Elle craignait qu'ils ne sentent sur elle l'odeur du sexe malgré les longues douches qu'elle prenait matin et soir, s'attirant des sermons sur la rareté de l'eau du puits et le prix du gaz naturel.

— Quarante-sept ! annonça Bill.

C'était son numéro. Les autres poussèrent des « Hou » et des « Ha », comme à chaque fois. Elle se dirigea vers le placard aussi dignement que possible, certaine que Bill faisait le clown dans son dos pour amuser les copains. Tous les garçons sûrs d'eux en faisaient autant, pensa-t-elle pour se rassurer.

Le placard était en fait un garde-manger où la mère de Kathy stockait les conserves qu'elle faisait l'été. Ils se retrouvèrent entourés de pêches, de poivrons et de tomates. On aurait dit les bocaux d'un film d'horreur, comme les cervelles conservées dans la saumure dans *Frankenstein Junior.* Abbie. Abbie Normal[1] ! Voilà qui ferait un bon nom d'emprunt. Tatie aussi faisait ses conserves et de délicieuses confitures. Pommes, pêches, prunes, cerises... Surtout, ne pas penser au cerisier. Il y avait une grosse glacière par terre, ils s'assirent dessus, côte à côte, timides et embarrassés.

— Qu'est-ce que tu veux faire ? lui demanda-t-il.

— Et toi ? le contra-t-elle.

Il haussa les épaules, comme si la situation le rasait, comme s'il avait tout vu et tout fait.

— Tu veux m'embrasser ? proposa-t-elle.

1. Jeu de mots sur « *a-b-normal* », « anormal » en anglais.

— J'veux bien.

Son haleine sentait les chips et le gâteau, ce qui n'était pas désagréable. Il entrouvrit les lèvres, mais n'essaya pas de lui mettre la langue dans la bouche. Et il garda les mains le long de ses jambes, presque comme s'il avait peur de la toucher.

— J'aime bien, dit-elle, par politesse mais c'était sincère.

— Tu veux recommencer ?

— D'accord.

Ils avaient cinq minutes.

Cette fois, il inséra un minuscule bout de langue entre ses lèvres et l'y laissa, respirant à peine, comme s'il s'attendait à être repoussé. Au lieu de quoi, elle dut se retenir pour ne pas ouvrir la bouche en grand et attirer par réflexe le reste de sa langue. Forte d'une grande pratique, elle était devenue experte dans les techniques qui permettaient d'accélérer la transaction nocturne. Comment aurait réagi la vraie Ruth, si elle n'avait pas été brûlée vive à quatre ans ? Qu'aurait-elle su et fait ? Elle sentait le bout de la langue de Bill posé sur sa lèvre inférieure, comme une miette de nourriture ou un cheveu qu'elle aurait voulu retirer. Mais elle l'y laissa.

— Qu'est-ce qu'on peut faire d'autre ? demanda-t-il en s'écartant pour reprendre son souffle.

Elle comprit qu'il ne savait rien. Il n'avait pas idée de tout ce que l'on pouvait faire, même en cinq minutes. Elle envisagea un instant de lui montrer, mais elle savait que ce serait désastreux. Quand leurs cinq minutes furent écoulées, les autres se mirent à tambouriner sur la porte et à leur crier de remettre les vêtements qu'ils n'avaient même pas froissés, mais Bill était toujours aussi innocent qu'elle-même eût souhaité l'être. Puis la mère de

Kathy leur lança du haut de l'escalier que c'était l'heure de partir et elle n'eut pas à choisir le numéro d'un garçon.

***

— Comment s'est passée la fête ? lui demanda Tonton.

— Je me suis ennuyée, répondit-elle en disant la vérité, mais une vérité qui, elle le savait, lui ferait plaisir.

Si elle ne s'était pas amusée, peut-être n'aurait-elle pas envie d'aller à une autre fête. Il était inquiet dès qu'elle se trouvait à l'extérieur, sans un membre de la famille pour la surveiller. Il ne lui faisait pas entièrement confiance en dehors de la maison. Et puis, elle aimait lui faire plaisir. À son étrange manière, il était de son côté, alors que personne d'autre dans la famille ne l'était vraiment, même pas les chiens, violents et méchants, tout juste bons à lui salir son manteau et lui déchirer ses collants.

— Je vais faire un tour dehors, dit-elle.

— Par ce froid ?

— Pas loin. Juste dans la propriété.

Elle marcha jusqu'au verger et s'arrêta devant le cerisier. À cette époque de l'année, on pouvait très bien se leurrer en croyant apercevoir des bourgeons, trompé par le crépuscule de mars dont les ombres d'un gris verdâtre ressemblaient à la promesse d'une nouvelle vie.

— Aujourd'hui, j'ai embrassé un garçon, dit-elle à l'arbre, au sol, au crépuscule.

Personne n'en fut impressionné, mais cet événement si banal lui donnait l'espoir qu'elle pourrait redevenir normale, rebrousser chemin et s'en sortir. Un jour.

Elle s'appelait Ruth, et était originaire de Bexley, dans l'Ohio. Toute sa famille avait été brûlée vive dans un incendie quand elle avait trois ou quatre ans. Elle s'était cassé la cheville en sautant par la fenêtre du premier étage. C'est pour ça qu'elle avait redoublé une classe, à cause de tout le temps qu'elle avait passé à l'hôpital. Non, elle n'avait pas eu de difficultés scolaires. C'était juste qu'elle n'avait pas pu travailler toute cette année-là. Et puis, l'école, ce n'était pas pareil dans l'Ohio. C'était pour ça qu'elle ignorait des choses qu'elle aurait dû savoir.

Oui, elle avait des cicatrices, mais à des endroits qui ne se voyaient pas, même quand elle était en maillot de bain.

CINQUIÈME PARTIE

Vendredi

19

— Je ne peux pas, dit-elle. Je ne peux vraiment pas.

Étonnant, les trucs qui vous restaient de l'école. Infante n'avait jamais été très bon élève, mais il aimait bien l'histoire. Dans la chambre d'hôpital de l'inconnue ce vendredi matin – et cette femme demeurait pour lui, plus que jamais, une inconnue –, il se rappela une anecdote sur Louis XIV, ou peut-être était-ce Louis XVI. Certains rois obligeaient leurs serviteurs à les regarder s'habiller, soi-disant pour affermir leur pouvoir. L'habillage, la toilette et Dieu sait quoi encore. L'adolescent de quatorze ans qu'il était n'y avait pas cru une seconde. Un mec à poil ou en train de chier avait l'air tout sauf puissant. Mais en observant l'inconnue faire des manières ce matin-là, cette leçon d'histoire lui était revenue.

Cela dit, elle n'était pas sur le point de se déshabiller devant lui – tout au contraire. Elle portait toujours sa blouse d'hôpital et un châle coloré sur ses épaules menues. Toutefois, elle donnait ses ordres à Gloria et à l'assistante sociale – comment s'appelait-elle, déjà ? – avec des airs de reine, comme s'il n'était pas là. S'il n'avait rien su d'elle – encore une fois, il s'en tenait à cette idée –, il l'aurait cataloguée comme une connasse friquée ou tout du moins une fille à papa, habituée à ce que tout le monde lui obéisse. Les hommes aussi bien que les femmes. Et ces deux-là réagissaient au quart de tour, se disputant le droit de la servir.

— Mes habits..., dit-elle en jetant un coup d'œil à la tenue qu'elle portait à son admission et même Infante comprit qu'elle n'ait pas envie de les remettre.

Un genre de sweat, haut ample et pantalon de yoga, de la marque Under Armor très à la mode ces derniers temps. Ils ne sentaient pas très bon – ce n'était pas l'odeur âcre d'une tenue de sport mais celle de vêtements portés trop longtemps, dans lesquels on a dormi. Il se demanda combien de kilomètres elle avait roulé sans se changer avant d'avoir son accident. *Depuis Asheville ? Comment as-tu fait pour régler l'essence sans portefeuille ni argent liquide ?* Aurait-elle jeté son portefeuille par la fenêtre ? Gloria tentait de voir dans les événements d'après l'accident une réaction de pure panique, de mauvaises décisions prises sous l'influence de l'adrénaline. Mais on pouvait prétendre le contraire et dire que tout cela avait été réfléchi, qu'elle avait pris la fuite pour se donner le temps d'inventer une histoire.

Une histoire qu'elle avait agrandie en y ajoutant un coupable flic quand elle avait appris que le State attorney était partisan de la déférer devant un grand jury ou de la placer en détention préventive. Et bien sûr, le State attorney avait cillé et accepté de la laisser en liberté, dès lors que Gloria s'engageait à ce qu'elle ne quitte pas Baltimore. Infante devait reconnaître qu'il aurait fallu avoir de sacrées couilles pour fausser compagnie à Gloria. L'avocate l'aurait traquée partout dans le seul but de récupérer ses honoraires.

— Il y a l'Armée du Salut dans Patapsco Avenue,

suggéra l'assistante sociale. (Kay, voilà.) Ils ont de jolis vêtements.

— Patapsco Avenue, se remémora Lady X d'un ton songeur, un peu trop condescendant aux oreilles d'Infante. Je crois qu'il y avait une poissonnerie bon marché par là-bas, jadis. Mes parents y achetaient des crabes.

Le policier réagit au quart de tour.

— Vous veniez jusqu'ici pour acheter des fruits de mer alors que vous habitiez au nord-ouest de Baltimore ?

— Mon père était très porté sur les aubaines... et il avait ses petites manies. Par exemple, pourquoi acheter ses crabes à dix minutes de chez soi quand on peut se rendre à l'autre bout de la ville, économiser un dollar la douzaine et avoir quelque chose à raconter à son retour ? D'ailleurs, n'y avait-il pas dans les environs une bonne adresse pour les beignets de poivron vert enrobés de sucre en poudre ?

Kay fit non de la tête.

— J'ai entendu parler de cette spécialité, mais j'ai passé toute ma vie à Baltimore et je n'ai jamais vu ça sur aucun menu.

— Ce n'est pas parce qu'on ne voit pas quelque chose qu'elle n'existe pas... (Elle avait retrouvé ses airs de reine, le menton relevé.) Moi, je suis restée bien en évidence pendant des années et personne ne m'a jamais remarquée.

Parfait. Elle ramenait enfin la conversation dans la direction qui aurait dû être la sienne depuis le début.

— Votre allure n'était pas du tout modifiée ?

— Grâce à Nice and Easy, j'avais les cheveux deux tons plus foncés. J'aurais voulu être rousse, comme Anne dans *La Maison aux pignons verts,* mais on tenait rarement compte de mes souhaits. (Elle croisa son regard.)

À mon avis, vous ne deviez pas être un grand fan de L.M. Montgomery.

— Qui était-ce ? demanda-t-il obligeamment, en sachant qu'il était en train de se faire piéger et que les trois femmes allaient se payer sa tête.

Il pouvait se le permettre, voire en tirer parti. Qu'elle le prenne donc pour un crétin. L'idéal aurait été que Gloria accompagne Kay pour acheter les vêtements. Mais non, jamais il n'aurait cette chance.

— Sérieusement...

— Je me suis mise à grandir, dit-elle, comme si elle anticipait où il voulait en venir. Tout le monde l'avait prévu, dans l'hypothèse où j'étais toujours en vie, mais ça peut expliquer pourquoi personne ne m'a jamais reconnue. Ça, plus le fait d'être seule.

— Oui, votre sœur. Que lui est-il arrivé ? Ce serait un bon point de départ.

— Non, dit-elle. Pas du tout.

— D'après Gloria, vous avez un tas de choses à raconter. Notamment à propos d'un flic. On m'a demandé de venir ici ce matin en me faisant comprendre que vous étiez prête à tout dire.

— Je veux bien pour les généralités. Mais je ne suis pas sûre de vouloir entrer dans les détails, pas encore. Je n'ai pas le sentiment que vous soyez de mon côté.

— Vous prétendez être une victime, avoir été retenue contre votre gré, et vous laissez entendre que votre sœur a été tuée. Pourquoi ne serais-je pas de votre côté ?

— Regardez, c'est vous qui le dites : vous « prétendez ». Vous ne dites pas que je suis une victime, mais que je prétends en être une. Votre scepticisme ne m'incite pas à vous faire confiance. Ça, et la probabilité que vous chercherez par tous les moyens à jeter le discrédit sur une histoire qui présente l'un des vôtres sous un jour peu flatteur.

Elle venait de toucher un point sensible, mais il n'allait pas lui donner la satisfaction de savoir combien cet élément l'embêtait et avait déclenché l'alarme dans la police.

— C'est juste une façon de parler. N'y voyez rien de plus.

Elle se passa la main droite, celle qui n'était pas bandée, dans les cheveux et soutint son regard. Ce petit jeu dura jusqu'à ce qu'elle cille, qu'elle batte des cils comme si elle était épuisée. Pourtant, il eut le sentiment qu'elle lui avait accordé une victoire purement illusoire, qu'elle aurait pu tenir beaucoup plus longtemps. Un vrai numéro, celle-là. Un sacré numéro.

— J'ai connu une fille... commença-t-elle, les paupières closes.

— Heather Bethany ? Penelope Jackson ?

— C'était au lycée. Quand j'étais encore avec lui.

— Où... ?

— Plus tard. En temps voulu. (Les yeux ouverts mais le regard sur le mur, à sa gauche.) J'ai connu une fille très populaire. *Cheerleader,* bonne élève. Et aussi très sympa. Le genre de fille que les adultes admirent. Elle sortait souvent avec des garçons. Plus âgés qu'elle, des étudiants. À... enfin, là où ça se passait, il y avait un lac où les jeunes aimaient traîner, pour boire et se peloter. Ses parents ne voulaient pas qu'elle soit en voiture tard le soir, sur ces routes où roulaient un tas de gamins inexpérimentés. Ils lui avaient donc proposé un marché. Si elle acceptait d'amener ses copains à la maison, ils respecteraient son intimité. Ils lui laisseraient la pièce télé. Et il n'y aurait pas d'heure limite. La bière serait autorisée, en quantité raisonnable. Après tout, il suffisait d'aller dans l'État voisin où la consommation d'alcool était permise à dix-huit ans. Ils pourraient regarder un film et boire en paix, avec la certitude que les parents ne viendraient pas les déranger, à moins qu'elle ne crie « Au feu ! » ou « Au viol ! ». Ses parents resteraient dans leur chambre, deux étages au-dessus, et respecteraient sa vie privée. Qu'est-il advenu, selon vous ?

— Je ne sais pas.

Pour tout dire, je m'en tape ! Mais il était obligé de faire semblant. Elle avait soif d'attention.

— Elle a tout essayé. Tout. Elle est devenue experte pour tailler des pipes. Elle s'est fait dépuceler. Ses parents pensaient avoir trouvé la bonne solution, pouvoir lui laisser une grande liberté en se disant qu'elle serait trop inhibée pour en profiter. Ils s'imaginaient qu'elle ne prendrait pas leur engagement au pied de la lettre, qu'elle redouterait de les voir franchir le seuil. Voilà donc une fille gentille et populaire, à deux doigts de jouer les stars du porno dans la pièce télé de ses parents et cela n'a absolument pas nui à sa réputation.

— C'est une histoire sur vous ?

— Non, c'est une histoire sur la perception, sur le personnage qu'on est en public et ce qu'on est en privé. Pour l'instant, je ne suis qu'une personne privée. Anonyme, inconnue, ordinaire. Dès que je commencerai à vous raconter ce qui m'est arrivé, vous allez me trouver malsaine, méchante. Vous ne pourrez pas vous en empêcher. La *cheerleader* peut tailler autant de pipes qu'elle veut au sous-sol. Alors que la petite fille qui n'essaye pas d'échapper à son ravisseur, qui se fait violer tous les soirs, est plus difficile à comprendre. Si elle ne s'est pas enfuie, c'est qu'elle aimait ça. N'est-ce pas ? Si en plus le type était flic, je ne vous dis pas !

— Je suis policier, dit Infante. Je ne suis pas là pour accuser les victimes.

— Mais vous devez bien faire des distinguos, non ? Vous ne réagissez pas de la même façon pour une femme battue à mort par son mari ou pour un dealer descendu par un rival. C'est la nature humaine. Et vous êtes bien humain... non ?

Kevin jeta un coup d'œil à Gloria. Dans son expérience, elle tenait la bride haute à ses clients, n'hésitant pas à les interrompre pour conduire l'interrogatoire. Mais elle laissait celle-là mener la danse. Elle semblait même un rien fascinée.

— Je suis prête à vous aider, mais je tiens à préserver le peu de normalité que j'ai conquis. Je ne veux pas devenir l'attraction de la semaine sur toutes les chaînes d'info. Je ne veux pas que les policiers mettent leur nez dans ma vie actuelle, qu'ils aillent interroger mes voisins, mes patrons et mes collègues.

— Et les amis ? La famille ?

— Je n'en ai pas.

— Vous savez bien que nous cherchons à joindre votre mère, Miriam. Au Mexique.

— Vous êtes sûr qu'elle est vivante ? Parce que...

Elle se tut.

— Parce que quoi ? Parce que vous croyez qu'elle est morte ? Parce que vous misiez là-dessus ?

— Pourquoi ne m'appelez-vous jamais par mon prénom quand vous me parlez ?

— Pardon ?

— Gloria le fait, elle. Et Kay aussi. Vous, jamais.

Vous venez de prononcer le prénom de ma mère, mais vous ne dites jamais le mien. Vous ne me croyez pas ?

Elle écoutait bien, mieux que la plupart des gens. Il fallait être très attentif pour repérer les omissions dans le discours de quelqu'un, et elle avait raison – il n'était pas question pour lui de l'appeler Heather. Il ne la croyait pas, voilà tout. Il l'avait cataloguée comme menteuse dès leur première rencontre.

— Écoutez, ce n'est pas une question de croyance, de confiance ou de sympathie. J'aime travailler sur la base de faits établis. D'éléments susceptibles d'être vérifiés et vous ne m'en avez pas vraiment donné. Pourquoi êtes-vous persuadée que votre mère est morte ?

— À l'époque où j'ai eu dix-huit ans...

— En quelle année ?

— Le 3 avril 1981, inspecteur. Je connais mon anniversaire. Un petit miracle, compte tenu de toutes les différentes dates d'anniversaire que j'ai eues dans ma vie.

— La date de naissance d'Heather Bethany figure sur Internet. Elle est mentionnée dans les articles de presse. Tout le monde sait qu'Heather Bethany a disparu quelques jours avant ses douze ans.

Elle ne se donna pas la peine de répondre sur un sujet qu'elle ne souhaitait pas aborder, signe supplémentaire de son habileté.

— Quoi qu'il en soit, quand j'ai eu dix-huit ans, je me suis retrouvée seule. Dehors, mise dans un car, avec quelques jolis cadeaux d'adieu et *sayonara*.

— Il vous a libérée, juste comme ça ? Il vous garde six ans et bye-bye, sans s'inquiéter de ce que vous alliez faire ou raconter ?

— Il me répétait tous les jours que mes parents ne voulaient plus de moi, que personne ne me cherchait, que je n'avais plus aucune famille, que mon père et ma mère s'étaient séparés et avaient déménagé. J'ai fini par le croire.

— Tout de même, qu'est-il arrivé quand vous avez eu dix-huit ans ? Pourquoi vous a-t-il laissé partir ?

Elle haussa les épaules.

— Je ne l'intéressais plus. Au fil du temps, j'étais devenue... moins malléable. J'étais toujours sous sa coupe, mais je commençais à m'affirmer, à avoir des exigences. Le moment était venu de me débrouiller seule. J'ai pris le car...

— Où ça ?

— Pas maintenant. Je ne veux pas vous dire où je l'ai pris. Mais je suis descendue à Chicago. En avril. Je n'avais jamais imaginé qu'avril puisse être aussi froid. Il y avait un grand défilé en ville, pour fêter le retour des astronautes de la navette spatiale. Je me souviens d'être sortie de la gare routière et de m'être promenée dans le Loop[1], juste après cette fête gigantesque. J'avais raté le meilleur moment. Il ne restait que les ordures.

— Jolie histoire. Est-ce la vérité ou une simple métaphore ?

— Vous êtes intelligent.

Admiratif et blessant à la fois.

— Pourquoi ne le serais-je pas ? Parce que je suis flic ?

— Parce que vous êtes beau.

Ce n'était pas la première fois qu'une femme lui faisait des compliments sur son physique mais il rougit et en fut agacé.

— Ça marche dans les deux sens, vous savez,

1. Quartier de Chicago.

poursuivit-elle. Les hommes prennent les jolies filles pour des idiotes, mais les femmes ont le même préjugé sur un certain type d'hommes. Une des pires choses pour une femme est d'avoir un petit ami plus mignon qu'elle. Vous ne pourriez jamais être le mien, inspecteur Infante.

Gloria Bustamante, qui était restée figée comme un roc, gargouille au regard ahuri, se racla la gorge et rompit le silence gêné. Cette conversation la déstabilisait peut-être encore plus qu'Infante.

— Heather a effectivement quelque chose à vous dévoiler, dit l'avocate. Une indication que vous pourrez vérifier et qui devrait asseoir sérieusement l'authenticité de ses allégations.

— Pourquoi n'accepte-t-elle pas simplement de faire une déposition ? Les dates, les heures, les lieux. Le nom du type qui l'a kidnappée et qui a tué sa sœur. Elle a vécu six ans avec lui. Bordel, elle devrait connaître son nom ! Ça suffit de nous prendre pour des idiots !

La femme allongée sur le lit d'hôpital – il ne savait plus comment l'appeler – s'exprima soudain, le regard brillant.

— Savez-vous qu'à l'origine le terme d'idiot désignait un simple particulier ? Le sens a évolué au fil des siècles. Je trouve que c'est dommage. La langue devrait tenir bon et ne pas tolérer sa propre corruption.

— Je ne suis pas ici pour discuter de linguistique.

— D'accord, voici ce que vous voulez. Sur la I-83, la première sortie après la frontière de la Pennsylvanie, vers Shrewsbury. C'était peu construit à l'époque, les noms de rues ont pu changer. Mais il y avait une ferme dans Old Town Road, la route entre Glen Rock et Shrewsbury, qui va même jusqu'à York. Les propriétaires se faisaient adresser leur courrier en poste restante, mais il y avait une boîte aux lettres au bout de l'allée, avec le numéro 13350. L'allée fait un kilomètre et demi, quasiment au mètre près. La maison était en pierre, avec une porte rouge vif. Il y avait une grange. Et non loin de la grange, un verger. Vous y trouverez la tombe de ma sœur, au pied d'un cerisier.

— Combien de cerisiers y a-t-il ?

— Plusieurs et il y avait aussi d'autres arbres. Des pommiers, des poiriers et quelques cornouillers pour ajouter une touche de couleur. Au fil des ans, j'ai pu graver des choses sur le tronc, quand je n'étais pas surveillée. Pas les initiales de ma sœur. On l'aurait remarqué. Juste une ligne de X, tout autour.

— C'était il y a trente ans. L'arbre a peut-être disparu. La maison aussi. Les choses évoluent.

— Mais il reste les registres fonciers. Si vous faites des recherches pour l'adresse que je vous ai indiquée, je suis certaine que vous obtiendrez un nom à soumettre au service du personnel de la police du comté de Baltimore.

— Bon sang, vous ne pourriez pas juste me filer le nom du type qui vous a fait ça ?

— Je veux être crue. Je veux que vous voyiez la ferme, son nom sur les registres et que vous compariez avec vos archives. Je veux que vous retrouviez les ossements de ma sœur. Ensuite, quand vous le retrouverez... si vous le retrouvez, il pourrait être mort... vous saurez déjà que tout ça est vrai.

— Pourquoi ne pas nous accompagner pour nous indiquer l'endroit ? Ce serait plus simple et plus rapide, non ?

À moins que tu ne tiennes pas du tout à faire simple et rapide, ma cocotte. Pourquoi cherches-tu à gagner du temps ? Quel est ton but ?

— Ça, c'est la seule chose que je ne ferai jamais, dit-elle. Même pas après quasi vingt-cinq ans. Je ne veux jamais revoir cet endroit.

Il voulait bien la croire, mais sur ce point uniquement. La peur sur son visage était authentique, le tremblement de ses épaules apparent même sous le châle. L'idée de ce voyage lui était insupportable. Mardi soir, elle ne se rendait certainement pas en Pennsylvanie.

Ce qui ne voulait pas dire pour autant qu'elle était Heather Bethany.

20

À peine eut-elle franchi le seuil de la maison des Forrest qu'Heather fronça le nez.

— Je suis allergique aux chats, dit-elle à Kay, comme on s'adresserait à un agent immobilier pas très futé. Ça ne va pas être possible.

— Je pensais que vous aviez compris... Je vous ai expliqué que mon fils Seth gagnait un peu d'argent de poche en s'occupant des plantes et des animaux.

— Je n'ai pas dû entendre pour les animaux. Je suis désolée, mais...

Elle tourna la tête et éternua. Un petit éternuement délicat, comme celui d'un chat, de fait.

— Je deviendrais toute rouge et bouffie en quelques minutes. Je ne peux vraiment pas rester ici.

En effet, elle avait les joues un peu colorées et des

larmes aux yeux. Kay la suivit dans la véranda de devant en pierres brutes. Une Noire passait dans la rue, accompagnée de sa fille perchée sur un tricycle et pourtant habillée d'une tenue très coquette, tablier jaune pâle et chaussures assorties. Le vert d'eau porté par la mère s'accordait bien avec. Elle se tourna pour observer les deux femmes, d'un air soupçonneux. Une voisine, Cynthia quelque chose. Mme Forrest avait confié à Kay qu'elle aurait pu partir en vacances l'esprit tranquille – s'il n'y avait eu les plantes et le chat Félix – grâce à cette voisine qui surveillait le quartier aussi efficacement qu'une société de gardiennage. Kay lui adressa un geste de la main, dans l'espoir de la rassurer, mais la femme n'en fit pas autant et n'eut même pas un sourire. Elle fronça les sourcils et se contenta d'un léger hochement de tête, comme un avertissement. *Je vous ai vue. Je me souviendrai de vous s'il arrive quoi que ce soit.*

— Je ne vois aucune solution, dit Kay. Vous ne pouvez pas vous installer ici, mais je ne peux pas non plus vous ramener à l'hôpital. Et faute d'une autre possibilité...

— Pas la prison, protesta Heather d'une voix rauque et enrouée, peut-être due à son allergie aux chats. Kay, vous devez bien comprendre qu'une femme portant des accusations contre un policier ne s'y sentirait pas en sécurité. C'est déjà bien assez angoissant d'avoir un flic posté partout où je vais. Je ne veux pas non plus aller dans un foyer, ajouta-t-elle comme si elle anticipait la question suivante. Je ne pourrais pas. Trop de règles. Je ne suis pas douée pour les règles, je n'aime pas qu'on me dise ce que je dois faire.

— C'est surtout vrai pour les foyers d'urgence où les lits sont attribués au jour le jour, par ordre d'arrivée. Il existe aussi des solutions à moyen terme. Les places sont rares, mais si je passais quelques coups de fil...

— Non, ça ne marcherait pas pour moi. J'ai trop l'habitude d'être seule.

— Vous n'avez jamais vécu avec quelqu'un ? Je veux dire, depuis...

— Depuis que j'ai quitté la ferme ? J'ai habité une ou deux fois avec un petit ami, mais ce n'est pas pour moi. (Elle eut un sourire bancal.) L'intimité me pose des problèmes. Allez comprendre !

— Vous avez suivi une thérapie ?

— Non. (Farouche. Vexée.) Qu'est-ce qui vous fait croire ça ?

— Je pensais... À cause de certaines expressions que vous employez. Et après ce que vous avez vécu. Il semblerait...

Heather s'assit par terre dans la véranda et bien qu'elle sente l'humidité et le froid à travers les semelles de ses chaussures, Kay trouva normal d'en faire autant, de se mettre à son niveau plutôt que de la dominer de toute sa stature.

— Qu'aurais-je à raconter à un psy ? Et que pourrait-il me dire ? On s'est emparé de ma vie quand j'étais à peine adolescente. Ma sœur a été assassinée devant moi. En fait, je trouve que je m'en suis plutôt bien sortie. Jusqu'à il y a trois jours, je vivais bien.

— C'est-à-dire ?

— J'avais un travail. Rien d'extraordinaire ou de passionnant, mais je le faisais bien et ça permettait de payer les factures. Le week-end, j'allais faire un tour en vélo quand le temps s'y prêtait. Quand il faisait mauvais, je choisissais une recette dans un livre de cuisine, quelque chose d'assez compliqué, et je tentais de la réaliser. J'en ratais autant que j'en réussissais, mais ça fait partie de l'apprentissage. Je louais des films. Je lisais des livres. J'étais... je ne dirais pas « heureuse ». Il y a longtemps que j'ai fait une croix sur le bonheur.

— Contente ?

Kay se rappela à quel point elle s'était apitoyée sur elle-même après son divorce, usant à tort et à travers de qualificatifs comme « malheureuse », « triste » et « déprimée ».

— C'est presque ça. Pas malheureuse. Voilà ce à quoi j'aspirais.

— C'est affreusement triste.

— Je suis vivante. Ma sœur n'a pas eu cette chance.

— Et vos parents ? Vous ne pensiez jamais à ce qu'ils devaient ressentir ?

Heather pinça les lèvres et se les tapota avec deux doigts. Ce n'était pas la première fois que Kay la voyait faire ce geste. Un peu comme si la réponse se trouvait là, dans sa bouche, prête à surgir, mais qu'elle tenait à en peser d'abord toutes les conséquences.

— Vous pouvez garder un secret ?

— Légalement ? Je n'ai aucune...

— Non, pas légalement. Je sais que devant un tribunal vous seriez tenue de tout dire. Mais je ne compte pas y mettre les pieds. Gloria m'a même dit que je n'aurais pas besoin de comparaître devant un grand jury. En tant que personne, qu'être humain, pouvez-vous garder un secret ?

— Pouvez-vous me faire confiance, c'est ça ?

— Je n'irais pas jusque-là...

Heather s'aperçut aussitôt qu'elle venait de dire quelque chose de dur et blessant.

— Kay, reprit-elle, je ne fais confiance à personne.

Comment pourrais-je ? Mais, sincèrement, vous ne trouvez pas que je m'en suis remarquablement bien sortie, à ma manière ? Le simple fait que je me lève tous les matins, que je respire, que je me nourrisse, que j'aille au travail, que je fasse mon boulot, que je rentre chez moi le soir, que je regarde des conneries à la télé, que le lendemain matin je recommence et que je ne fasse jamais de mal à personne (et là ses lèvres se mirent à trembler)... jamais volontairement.

— L'enfant blessé dans l'accident s'en sortira. Ni le cerveau ni la moelle épinière ne sont touchés.

— Rien au cerveau, répéta amèrement Heather. Juste la jambe cassée. Eh ben !

— Son père aussi était fautif, peut-être même plus que vous. Songez à sa douleur.

— Pour être franche, ça m'est difficile. La douleur des autres. Au travail, quand j'entends les collègues parler de ce qu'ils pensent être douloureux ou pénible, j'ai envie d'exploser, envie qu'un machin gluant et immonde jaillisse de mes entrailles, comme dans un film de science-fiction. Les gens parlent de douleur pour un rien. Le père du garçon, bon, d'accord, je veux bien qu'il s'en veuille énormément. Mais il n'a fait que réagir à mon erreur...

— Une erreur provoquée par l'état de la chaussée dont vous n'étiez pas responsable, lui rappela Kay.

— Oui, mais... Croyez-vous que la personne responsable du premier accident, sans parler du crétin d'employé qui a oublié d'arroser convenablement la route, a fait le rapprochement ? Bien sûr que non et ce ne sera jamais fait. La responsabilité tombe là où elle tombe, que ce soit juste ou non.

Elles s'étaient éloignées de la confidence qu'Heather s'apprêtait à lui faire. Kay se demanda comment l'y ramener. Sa curiosité n'avait rien de malsain, cette fois elle en était certaine. Elle avait le sentiment d'être la seule alliée désintéressée sur qui Heather pouvait compter. La police, Gloria – pour eux, cette femme était presque secondaire par rapport à leurs objectifs. Kay se moquait désormais de savoir qui elle était, se moquait d'élucider le mystère de sa disparition.

— Je peux garder un secret, dit-elle, se rappelant les mots d'Heather. Vous pouvez me faire des confidences, je ne les répéterai à personne, pourvu qu'il ne soit pas question de vous faire du mal, ni à quelqu'un d'autre.

Nouveau demi-sourire de travers.

— Chacun ses failles.

— C'est une question d'éthique.

— Bien. Voici mon secret. Après avoir quitté la ferme, je me suis régulièrement renseignée sur mes parents. Je n'ai pas eu de difficulté pour retrouver mon père, puisqu'il habitait toujours dans notre maison. On m'avait raconté qu'il n'y était plus, mais c'était faux. Mais je ne sais pas ce qu'est devenue ma mère. Enfin... si, je l'avais retrouvée, mais je l'ai reperdue il y a seize ans. J'ai supposé qu'elle était morte, mais je n'ai pas beaucoup cherché, je n'ai pas employé tous les moyens à ma disposition. J'étais étrangement soulagée de penser qu'elle était morte, parce que j'en étais venue à croire ce qu'on m'avait répété, qu'elle se moquait bien de moi et ne voudrait pas me revoir.

— Comment pouviez-vous croire une chose pareille ?

Un haussement d'épaules très adolescent, comme en avait Grace, la fille de Kay.

— Quant à mon père, enchaîna-t-elle sans se donner la peine de répondre. Quant à mon père, un jour est venu... Enfin, je préfère ne pas entrer dans les détails. Un jour est venu où j'ai su qu'il n'habitait plus à la même adresse et je n'imaginais pas qu'il ait pu déménager. Ça devait être vers 1990. Il devait avoir la cinquantaine. Je me suis dit qu'il avait dû avoir un cancer ou un truc au cœur... Ça m'a fichu un coup. Depuis, je vis avec l'idée que je ne dépasserai pas moi non plus les cinquante ans de beaucoup. Et voilà qu'on me dit que ma mère est vivante mais je n'arrive pas à y croire. J'avais fait mon deuil depuis longtemps. Elle aussi doit penser que je suis morte. À vrai dire, même si j'ai très envie de la revoir, je le redoute un peu. Parce qu'elle ne sera plus la même personne que celle dont je me suis souvenue toutes ces années, ni moi l'enfant dont elle a gardé le souvenir.

— Vous n'avez jamais... ? Excusez-moi, c'est peut-être déplacé.

— Allez-y.

— Avez-vous jamais regardé les croquis sur Internet ? Ceux où on essaie d'imaginer à quoi vous ressembleriez plus âgée ?

Cette fois, elle sourit franchement, sans ironie.

— Ça donne le frisson, hein ? Qu'est-ce que c'est ressemblant ! Mais ça ne doit pas marcher avec tout le monde. Les gens qui grossissent... Oh, désolée !

Si elle ne s'était pas excusée, Kay ne se serait jamais sentie visée. Ce n'était pas la première fois qu'elle remarquait ce manque de tact puéril chez Heather.

— Écoutez, reprit-elle, son impair déjà oublié. Je sais que vous ne gagnez pas beaucoup d'argent, mais vous ne pourriez pas me mettre à l'hôtel, dans un motel bon marché ? Le Quality Inn de la Route 40 n'existe peut-être plus, mais quelque chose du genre. Vous pourriez payer avec une carte de crédit et à condition que cette affaire soit réglée avant longtemps, je pourrai vous rembourser. Hé, peut-être que ma mère pourrait le faire !

Cette idée parut l'amuser.

— Je suis désolée, Heather, mais moi et mes enfants devons nous serrer la ceinture. Et ce n'est pas bien. Je suis assistante sociale. Il y a certaines lignes que je ne dois pas franchir.

— Mais vous ne vous occupez pas de moi, pas vraiment. Vous vous êtes contentée de me trouver Gloria. On verra bien ce que ça donnera.

— Elle ne vous plaît pas ?

— Ce n'est pas une question de plaire. Simplement, je ne suis pas sûre que ses intérêts soient alignés sur les miens. Si elle doit faire un choix, pour qui se battra-t-elle, selon vous ?

— Elle défendra les intérêts de sa cliente. Gloria est bizarre, je vous l'accorde, et elle adore faire parler d'elle. Mais elle fera ce que vous souhaitez. À condition de ne pas lui mentir.

Encore une fois le tapotement des deux doigts sur la lèvre. Kay pensa aux enfants qui jouent aux Indiens et poussent des cris de guerre en se tapotant la bouche d'une manière similaire. Elle se demanda si les enfants d'aujourd'hui y jouaient encore ou si certains jeux tombaient en désuétude à cause des susceptibilités sociales. Certaines figures emblématiques de la culture populaire disparaissaient bien. Par exemple, dans la bande dessinée *Alley Oop*, plus aucun homme des cavernes ne tirait sa femme par les cheveux, et qui aurait pu en éprouver de la nostalgie ? Andy Capp et Flo poursuivaient-ils leurs scènes de ménage ? Il y avait des années qu'elle n'avait pas lu les bandes dessinées dans le journal.

— Allez, Kay. Il doit bien y avoir une solution.

— Je pourrais peut-être emmener Félix chez moi.

— Non, cette maison est infestée de poils de chat et

de phanères. Et si vous vous installiez ici avec vos enfants, et moi chez vous ?

Kay fut estomaquée du ton parfaitement raisonnable avec lequel Heather venait d'énoncer cette suggestion. Elle n'avait pas le sentiment de s'imposer ni de proposer quelque chose d'extravagant. Kay n'était pas du genre à abuser du jargon médical, mais il y avait une part de narcissisme chez Heather. D'un autre côté, cela avait peut-être été essentiel pour sa survie.

— Non, Seth et Grace ne seraient pas d'accord. Comme la plupart des enfants, ce sont des créatures attachées à leur routine. Mais...

Elle avait conscience de s'engager sur une voie périlleuse. Un tel manquement à la déontologie pourrait lui attirer de gros ennuis au travail. Malgré tout, elle franchit le pas.

— Nous avons une pièce au-dessus du garage. Ni chauffée ni climatisée, mais ce ne devrait pas être un problème à cette époque-ci de l'année, surtout avec un chauffage d'appoint. Elle est aménagée en bureau, mais il y a un canapé et un petit cabinet de toilette avec douche. Vous pourriez peut-être vous y installer, au moins jusqu'à l'arrivée de votre mère.

L'affaire d'un ou deux jours, se raisonna Kay. Et puis, elle n'était pas l'assistante sociale d'Heather, pas officiellement. Ce ne serait rien de plus qu'un service rendu à Gloria. Qui plus est, elle ne pouvait pas permettre à la police d'enfermer Heather. Les effets en seraient dévastateurs pour une femme qui avait été séquestrée une bonne partie de sa jeunesse.

— Vous pensez qu'elle est riche ? s'enquit Heather.

— Pardon ?

— Ma mère. Nous ne l'étions pas, et c'était même tout

le contraire. L'inspecteur dit qu'elle vit au Mexique, ce qui fait plutôt riche. Je suis peut-être l'héritière d'une fortune. Je me suis toujours demandé ce qu'étaient devenues la boutique et la maison à la mort de mon père. Il m'est arrivé de parcourir les petites annonces légales. Vous savez, les comptes bancaires et les coffres-forts dont on recherche les ayants droit ? Mais je n'ai jamais vu mon nom. J'imagine qu'il ne m'a pas mise dans son testament, vu que tout le monde me croyait morte. Je ne sais pas ce que sont devenus les comptes épargne pour nos études, mais il ne devait pas y avoir grand-chose dessus.

Kay sentait l'humidité de la pierre à travers sa jupe et pourtant elle avait les paumes tièdes et moites.

— Et maintenant, vous parlez comme si elle allait rentrer. Je vais appeler Gloria pour voir ce qu'elle en pense. Tout compte fait, je ferais peut-être bien d'aller à la police demain pour tout leur raconter. D'ici là, je vous parie qu'ils seront disposés à me croire.

21

Des bébés défilaient à l'écran. Non, pas des bébés au pluriel, juste un, *le* bébé, le seul qui comptait à l'aube de ce nouveau millénaire. *Dégage, Jésus,* songea Kevin, *Andrew Porter Junior est arrivé !* Et sa mère, maintenant très douée en informatique, avait enregistré quantité de photos du bambin sur son disque dur. Dès que son ordinateur se mettait en veille, le diaporama s'enclenchait.

Andy tout bébé, bercé dans les bras de son géant de père. Andy en train de manger, Andy avec un livre d'images, Andy en train de regarder un sapin de Noël en fronçant les sourcils. Le visage du garçonnet et son physique impressionnant portaient la marque des gènes paternels, mais Kevin aimait se dire qu'il voyait le scepticisme amusé de Nancy Porter dans ce froncement de sourcils. *Tu veux dire que ce type m'apporte des cadeaux ? Qu'est-ce qu'il y gagne ? Et puis, c'est quoi le rapport avec le sapin ?*

— Les archives de Pennsylvanie sont merdiques, grommela Nancy en déplaçant le curseur, ce qui fit disparaître Andy au profit d'une page web archivée. Ou alors, c'est que je n'ai pas pigé comment ils bossent. Pour le Maryland, il me suffit de l'adresse et du comté pour lancer une recherche historique sur n'importe quelle propriété. Je n'ai pas réussi à trouver l'équivalent pour la Pennsylvanie. Il n'y avait qu'une seule réponse pour ton adresse. Une LLC qui a revendu il y a quelques années.

— Une LLC ?

— Une *Limited Liability Corporation*[1]. Une petite boîte, quoi. La Mercer Inc. Ça peut correspondre à tout et n'importe quoi, un stand de vente de produits fermiers aussi bien qu'une entreprise de ménage. Mais aucun Mercer ne figure dans les archives du personnel. C'est probablement le propriétaire précédent qui nous intéresse.

Blonde et joliment enrobée avant sa grossesse, Nancy se plaisait à dire qu'elle était maintenant franchement grosse, mais le problème du poids ne semblait pas l'inquiéter pour autant. À son retour après l'accouchement, elle avait demandé sa mutation au service des enquêtes

1. L'équivalent d'une SARL.

non élucidées, requête qu'Infante avait secrètement méprisée. Pour lui, ce n'était qu'un boulot fastidieux, éplucher de vieux dossiers et miser sur un coup de bol – le témoin enfin disposé à dire la vérité après des années, le conjoint qui en avait assez de garder le secret. Il comprenait que la mère d'un jeune enfant soit attirée par les horaires réguliers, mais n'était pas convaincu qu'il s'agissait là d'un vrai travail de police. Cela dit, Nancy maîtrisait parfaitement son ordinateur et possédait un véritable don pour récolter des renseignements sans quitter son bureau. Surnommée « la déesse des petits riens » par Lenhardt, elle traquait désormais d'infimes renseignements comme elle repérait autrefois une douille à cent pas. Elle n'était pas habituée à se casser les dents, mais les archives informatiques de Pennsylvanie lui avaient résisté.

Elle cliqua sur la carte pour lui montrer où était située la propriété.

— Elle nous mène sans doute en bateau, dit-il. Je vais quand même me rendre sur place, pour voir ce qu'il en est et interroger les voisins.

— Ça remonte à trente ans. Vingt-quatre si elle est partie en 1981, comme elle le prétend. Il y aurait encore des gens qui restent aussi longtemps au même endroit ?

— Un seul suffirait. De préférence une vieille mégère avec une mémoire d'éléphant et un album photo.

***

Kevin prit vers le nord et s'étonna du flot ininterrompu de voitures qui filaient vers le sud à la mi-journée. Lenhardt habitait dans le coin et se plaignait sans cesse de la fatigue des trajets. Il en parlait comme d'une guerre, une bataille livrée quotidiennement. Dans ce cas, pourquoi tu ne déménages pas ? lui sortait Infante quand il en avait assez de l'entendre râler. Lenhardt lui faisait les réponses habituelles : les gosses, l'école, des problèmes que ne pouvait pas comprendre un célibataire sans enfants.

Pourtant, Infante avait failli être père lui aussi. Ils avaient eu une frayeur avec sa première femme. Du moins avaient-ils présenté l'incident ainsi après coup, quand il était devenu clair qu'elle n'était pas enceinte. Une frayeur, un danger évité. Sur le moment, il n'avait pas envisagé la situation sous cet angle, bien qu'il se soit rangé à cet avis par la suite, quand leur couple avait lâché. À être franc, il avait pris la chose plutôt sereinement et s'était projeté dans son futur rôle de père avec une certaine aisance. C'était Tabitha qui s'était angoissée parce qu'elle venait de commencer un nouveau travail chez un courtier en emprunts hypothécaires et craignait que la grossesse ne remette en cause son plan de carrière. Ils avaient donc appelé cela une « frayeur » et elle était devenue plus vigilante sur la contraception. Puis elle avait cessé de faire l'amour avec lui et il s'était mis à la tromper. La question de savoir ce qui était venu en premier, comme pour la poule et l'œuf, avait été au cœur de leur divorce. Une chose avait particulièrement écœuré Infante : bien que Tabby ait reconnu qu'il disait la vérité, à savoir qu'il n'avait pas baisé à droite et à gauche avant qu'elle cesse de baiser avec lui, elle n'avait pas voulu admettre le lien de cause à effet.

« Il faut se battre pour son couple ! lui avait-elle hurlé. Tu aurais dû m'en parler ou voir un spécialiste ou faire quelque chose pour que je me sente... à nouveau femme ! »

Il n'avait jamais bien compris cette dernière remarque,

mais c'était sûrement une histoire de massage des pieds, de bain moussant et de petits cadeaux surprise.

« Je suis en train de me battre ! lui avait-il hurlé en retour. Je discute avec toi devant ce conseiller matrimonial, séances qui ne sont pas remboursées par la sécu, soit dit en passant ! »

Mais c'était déjà terminé, elle avait décidé. Partout où il allait, c'était la même histoire dans les divorces. C'était surtout la femme qui voulait vraiment divorcer. Certes, il existait de vrais salopards, des mecs qui ne pensaient qu'à eux et larguaient leur femme pour prendre un nouveau modèle. Mais dans l'expérience d'Infante, les connards de cette espèce n'étaient pas légion. La majorité des divorcés lui ressemblaient, des types qui avaient fait des erreurs, mais avaient la ferme intention de rester mariés. Lenhardt, un peu donneur de leçons en matière de félicité conjugale depuis son deuxième mariage, aimait dire qu'une visite chez le conseiller matrimonial était le premier signe que votre femme s'apprêtait à vous quitter.

« Les femmes envisagent la relation comme une partie d'échecs, disait-il. Elles ont une vision qui englobe tout l'échiquier et prévoient plusieurs coups à l'avance. Après tout, elles sont les reines. Nous ne sommes que les rois, limités pour nos déplacements à une seule case dans n'importe quelle direction, condamnés à rester sur la défensive pendant toute la partie. »

Infante et sa deuxième femme, Patty, n'avaient pas perdu leur temps chez le conseiller conjugal. Ils avaient tout de suite déterré la hache de guerre et engagé des avocats au-dessus de leurs moyens pour se disputer leurs maigres possessions. Une fois encore, il s'était félicité de ne pas avoir d'enfants. Sans avoir lu la Bible, ni grand-chose d'autre d'ailleurs, Patty aurait tranché le marmot en deux avant même que Salomon ne le propose. Seulement, au lieu de trancher de la tête aux pieds, elle l'aurait fait à la taille et aurait laissé à Infante la partie inférieure, celle qui chiait et pissait. Le pire, c'est qu'il le savait. Dès l'église – bien qu'elle en fût à son troisième mariage, Patty adorait qu'on la fête – il avait compris qu'il faisait une grosse erreur. Quand il l'avait vue avancer dans l'allée centrale, il avait eu l'impression qu'un poids lourd lui fonçait dessus.

Par contre, au plumard, c'était le pied.

À peine franchie la frontière de la Pennsylvanie, l'Interstate 83 devenait merdique et la limitation de vitesse baissait de vingt kilomètres-heure. Malgré tout, il comprenait ceux qui travaillaient à Baltimore mais choisissaient de vivre par ici, à près de soixante-dix kilomètres, et pas seulement pour payer moins d'impôts. Le paysage était coquet, dans le genre « champs vallonnés et vagues ambrées des épis[1] ». Il prit la première sortie et suivit les instructions que Nancy lui avait imprimées, d'abord une route sinueuse vers l'ouest, puis une autre vers le nord-est. Un McDo, un Kmart, un Wal-Mart – l'urbanisation avait gagné les environs. Ses pneus semblaient bourdonner d'appréhension. Quelle chance y avait-il pour que seize hectares aient survécu au milieu de toutes ces constructions ?

Très exactement aucune. Bien que manifestement arrivé à l'endroit où aurait dû se trouver le 13350, il parcourut encore quelques kilomètres au-delà de Glen Rock Estates dans l'espoir de se tromper, mais finit par faire

1. Allusion aux paroles d'*America the Beautiful,* grand classique de la chanson populaire, hommage aux paysages américains.

demi-tour. L'adresse était à présent occupée par un lotissement qui proposait des « maisons spacieuses sur de vastes parcelles, au sein d'une résidence de grand standing ». En l'espèce, le terme de « vaste » semblait signifier entre cinq mille et dix mille mètres carrés, et les maisons devaient avoir deux ou trois ans, à en juger d'après la petite taille des arbres et les ébauches de jardins. Les voitures garées dans les allées – Subaru, Camry et Jeep Cherokee – indiquaient plutôt une population de cadres moyens. Si le niveau avait été plus élevé, il y aurait eu quelques Lexus, peut-être même une Mercedes. Les gens riches n'avaient pas besoin de s'installer si loin pour jouir d'une pièce supplémentaire et d'un deuxième garage.

Et les vergers ? Depuis longtemps disparus. À supposer qu'ils se soient jamais trouvés à cet endroit.

« Ça tombe bien, hein ? » dit-il à voix haute en reprenant l'intonation de l'émission *Saturday Night Live*.

Il l'avait trouvée convaincante quand elle avait paniqué à l'idée de revenir là, mais il se demandait à présent si elle ne craignait pas tout simplement de devoir jouer la comédie à nouveau. Il nota le nom du promoteur. Il vérifierait auprès de la police locale si l'on avait retrouvé des ossements au cours de l'excavation et Nancy ferait une recherche sur Nexis[1]. Bien que les comtés de Baltimore et de York soient voisins, il était tout à fait plausible qu'on n'ait pas fait le rapprochement entre un squelette découvert par ici et une affaire survenue à Baltimore, surtout si cela impliquait un enlèvement de deux fillettes remontant à trente ans. Il n'existait aucune base de données nationale, pas de Squelette.com, où il suffirait de taper

1. Fichier d'informations sur les entreprises de tous secteurs.

quelques renseignements pour obtenir la liste de toutes les personnes disparues juste en un clic.

Il appela Nancy sur son portable.

— Alors ? lui demanda-t-elle. Moi, j'ai...

— Un promoteur a racheté la propriété. Mais j'ai eu une idée. Pourrais-tu faire une recherche sur le comté de York... ? Je ne sais pas trop comment formuler ça... quelque chose du genre « comté de York » et « ossements ». Ajoute aussi le nom de la rue. S'il y avait une tombe, ils ont dû la malmener pendant les travaux, non ?

— Ah, tu veux dire une recherche booléenne ?

— Boo-quoi ?

— T'occupe. J'ai compris ce que tu voulais. Maintenant, écoute un peu ce que j'ai récolté sans quitter mon fauteuil confortable.

Infante n'eut pas la goujaterie de lui faire remarquer qu'en restant confortablement assise à son bureau elle avait aussi récolté quelque chose d'autre. Que son cul était bien plus large maintenant.

— Je t'écoute.

— J'ai enfin déniché les archives foncières. Mercer Inc. a acquis le terrain en 1987 et le précédent propriétaire était un certain Stan Dunham. Et Dunham est bien un ancien de la police du comté, sergent à la brigade des cambriolages. Il a pris sa retraite en 1974.

Un ex-policier au moment de la disparition des sœurs, donc, mais une enfant n'aurait pas fait le distinguo. Il n'empêche, cela rendrait la situation plus facile à avaler par la police. Tout juste.

— Il est toujours en vie ?

— Façon de parler. Sa retraite est versée à une adresse dans le comté de Carroll, près de Sykesville. C'est un centre de vie assistée. D'après les gens à qui j'ai pu parler, il est plus assisté que vivant.

— C'est-à-dire ?

— On lui a diagnostiqué un Alzheimer il y a trois ans. Il sait à peine qui il est. D'après l'hôpital, il n'a pas de famille, personne à prévenir quand il disparaîtra. Ses affaires sont entre les mains d'un avocat.

— T'as le nom ?

— Raymond Hertzbach. Son cabinet est à York, autant que tu y passes avant de rentrer. Désolée.

— Hé, j'adore sortir du bureau ! Je ne suis pas devenu flic pour rester planté sur mon cul à longueur de journée.

— Ni moi. Mais on évolue.

Son ton était un rien suffisant, chose tout à fait inhabituelle chez Nancy. Peut-être avait-elle deviné ses pensées sur les effets de ses habitudes de travail sur la taille de son arrière-train. Auquel cas, c'était mérité.

***

Vers York, la chaussée était encore en plus mauvais état et Kevin se félicita de ne pas soumettre sa propre voiture aux nids-de-poule de Pennsylvanie. L'avocat, Hertzbach, avait tout l'air du gros poisson dans un petit étang, avec panneau publicitaire sur l'autoroute et cabinet installé dans une belle demeure victorienne rénovée. Le visage bouffi et brillant, il portait une chemise rose et une cravate à fleurs, parfaitement assorties à son teint rosé.

— Stan Dunham m'a consulté à l'époque où il a vendu la propriété.

— Quand ça ?

— Il y a cinq ans, je crois.

L'acquéreur n'avait pas perdu de temps pour revendre, probablement avec une belle plus-value.

— M. Dunham s'est retrouvé avec une jolie cagnotte, mais il a eu la prévoyance de se prémunir pour le long terme. Sa femme était décédée... J'ai eu l'impression qu'il n'aurait pas vendu si elle avait toujours été en vie... et il m'a confié qu'il n'avait ni enfants ni héritiers. Sur mes conseils, il a investi dans quelques produits d'assurance, une garantie médicale et des rentes. Pour ces questions, je l'ai adressé à Donald Leonard, un ami du Rotary.

Et tu t'es empoché une jolie petite commission, songea Infante.

— M. Dunham vous a-t-il consulté pour des affaires pénales ?

Hertzbach trouva la question amusante.

— Si tel était le cas, vous savez que je ne peux pas vous en parler. Confidentialité oblige.

— Mais je crois savoir qu'il n'est plus apte...

— Oui, son état s'est beaucoup détérioré.

— Et s'il meurt, vous n'avez personne à prévenir ? Ni parents ni amis ?

— Pas à ma connaissance. Mais une femme m'a contacté récemment, pour me questionner sur sa situation financière.

Infante dut se retenir de siffloter comme une bouilloire en entendant cela... Une femme intéressée par l'argent.

— Vous a-t-elle donné son nom ?

— Je suis sûr qu'elle l'a fait, mais il faudrait que je demande à ma secrétaire de consulter le registre pour retrouver le nom et la date. Elle était... plutôt grossière. Elle voulait savoir qui figurait dans son testament et combien d'argent il avait. Naturellement, je n'aurais pas pu le lui dire. Je lui ai demandé quel était son lien avec

M. Dunham et elle a raccroché. J'ai pensé qu'il pouvait s'agir d'une personne de la maison de retraite qui aurait manœuvré pour s'attirer ses bonnes grâces quand il avait encore toute sa tête. Vu le timing...

— Le timing ?

— M. Dunham a été transféré en soins palliatifs au mois de février, ce qui signifie qu'on ne lui donne pas plus de six mois.

— Il est en train de mourir de démence ? Est-ce possible ?

— Cancer du poumon. Pourtant, il avait arrêté de fumer à quarante ans. Je dois dire que j'ai rarement connu quelqu'un d'aussi malchanceux. Sa santé le trahit juste après qu'il a vendu sa propriété pour une jolie somme. C'est une belle leçon.

— Une leçon de quoi, au juste ?

Kevin ne cherchait pas à faire le malin, mais Hertzbach resta sans voix un instant.

— Eh bien... Je ne sais pas... Profiter de chaque jour, vivre pleinement sa vie.

Merci du conseil, l'ami !

Infante quitta le bureau, reprit la route cahoteuse en direction du Maryland, intrigué par le coup de fil de cette femme qui, d'après les registres de la secrétaire, avait donné le nom, ô combien ! inventif de Jane Jones. Elle avait appelé le 1er mars, moins de trois semaines auparavant. Une femme mystérieuse qui s'intéressait au fric d'un ancien flic. Savait-elle qu'il était en train de mourir ? Comment ? Envisageait-elle des poursuites au civil ? Elle devait savoir qu'il n'y avait aucun délai de prescription pour le meurtre de sa sœur.

Oui, mais aussi rien à gagner dans un procès au pénal.

Une fois de plus, il constata combien tout cela était commode... La ferme avait disparu, et impossible de savoir ce qu'était devenue la prétendue tombe. Et le vieillard était pour ainsi dire déjà mort.

En franchissant la frontière du Maryland, il prit son portable et appela Willoughby pour lui demander s'il avait entendu parler de Dunham. Pas de réponse. Il décida de rappeler Nancy, histoire de voir ce qu'elle avait appris.

— Infante, dit-elle.

Il en était encore à se faire à l'idée qu'un coup de téléphone n'avait plus rien de mystérieux, que son nom s'affichait à l'écran, identification instantanée.

— L'avocat avait quelques pépites intéressantes, mais Dunham n'est qu'une impasse à ce stade. Alors, es-tu devenue une grande spécialiste des Bethany ?

— C'est en bonne voie. J'ai réussi à localiser la mère... Elle a bossé dans une agence immobilière à Austin et ils savaient où la contacter. Ça sonne dans le vide et elle n'a pas de répondeur, mais Lenhardt va appeler régulièrement. Mais j'ai encore mieux...

— On ferait bien de la tenir à l'écart, tant que rien n'est certain.

— Oui, Infante, mais...

— Enfin, elle aura très envie d'y croire, ce dont il faudra se méfier. Et puis, autant ne pas lui faire perdre son temps si on peut discréditer notre inconnue.

— Infante...

— Surtout, qu'elle comprenne bien que rien n'est garanti, que...

— Ferme-la une seconde et écoute-moi ! J'ai eu l'idée de faire une recherche sur le nom de Penelope Jackson dans la base de données Nexis des articles de presse, à tout hasard. Tu n'y avais pas pensé, n'est-ce pas ?

Merde ! Il ne supportait pas que Nancy lui dame le pion.

— J'ai consulté les fichiers criminels, ce genre-là. J'ai aussi essayé avec Google, mais il y avait des centaines de réponses. Ce nom est trop répandu. De toute façon, quel intérêt y avait-il à savoir si elle avait fait parler d'elle pour d'autres raisons ?

— Son nom figure dans un article paru quelque part en Géorgie... (un silence pendant que Nancy cliquait pour afficher l'information sauvegardée)... le *Brunswick Times*. Noël dernier. Un homme est mort brûlé vif. Les enquêteurs ont conclu à un incendie accidentel. Sa petite amie était une certaine Penelope Jackson.

— Peut-être une coïncidence.

— Peut-être, acquiesça Nancy, sa suffisance perceptible malgré la réception médiocre. Mais le type qui est mort ? Il s'appelait Tony Dunham.

— L'avocat du type affirme que Stan Dunham n'avait aucun héritier il y a cinq ans.

— Et la copine a déclaré aux flics qu'il n'y avait pas de famille à prévenir, que les parents de Tony étaient morts. Pourtant, l'âge correspond : il avait cinquante-trois ans quand il est mort. Et son numéro de sécurité sociale commençait par 21, ce qui correspond au Maryland.

— Les Dunham devaient habiter dans le Maryland avant de s'installer en Pennsylvanie.

— Mais il y a trente ans de ça, il en avait vingt-trois. Il n'habitait peut-être même plus chez ses parents.

Et maintenant, voilà qu'il était décédé, de mort accidentelle. Incroyable, comme on aboutissait toujours à des impasses avec cette femme ! La famille dont elle avait heurté le 4×4 avait de la chance de s'en être aussi bien tirée, compte tenu de son palmarès.

— Il a peut-être fait son service militaire. As-tu vérifié auprès de l'armée ?

— Pas encore, reconnut-elle.

Et il en éprouva une pointe de satisfaction, même si c'était mesquin. *Voilà une archive à laquelle tu n'avais pas pensé.*

— Ça se trouve où, Brunswick ? On y va comment ?

— Le sergent t'a réservé une place sur un vol Southwest pour Jacksonville, départ à 19 heures. Brunswick est à une heure de voiture vers le nord. Penelope Jackson était serveuse dans un restaurant, le Mullet Bay, sur l'île voisine de St Simons. Elle a donné sa démission il y a un mois. Elle habite peut-être toujours dans les environs, mais plus à la même adresse.

Ou bien elle était à Baltimore, à leur jouer un tour des plus macabres.

22

— Vous êtes sûre que ça va aller ? demanda Kay.

— Oui.

Dans sa tête, elle pensa : *Partez ! Allez-vous-en !* Elle ajouta :

— Je pourrais même m'occuper de Seth, s'il préfère rester.

— Génial ! lança le gamin alors même que Kay lançait :

— Non, non, je ne veux surtout pas vous déranger.

Dis plutôt que tu ne veux pas prendre le risque. Mais ce n'est rien, Kay. Moi non plus, je ne me confierais jamais un enfant. Je te l'ai proposé seulement pour ne pas te sembler suspecte.

— Vous permettez que je reste dans la maison, pour regarder la télé ?

Elle sentit que Kay n'avait pas envie de lui accorder tant d'hospitalité. L'assistante sociale ne lui faisait pas confiance et elle avait raison, même si elle ne pouvait pas le savoir. Le conflit intérieur dura quelques instants, mais le côté charitable de Kay finit par l'emporter. Elle aimait beaucoup Kay, sur qui l'on pouvait toujours compter pour faire ce qui était juste et convenable. Elle aurait aimé lui ressembler, mais la gentillesse et la bonté étaient un luxe qu'elle ne pouvait pas se permettre.

— Bien sûr. Et prenez tout ce que vous voulez dans...

— Après ce merveilleux dîner ? dit-elle en se tapotant l'estomac. Je ne pourrais plus avaler une bouchée !

— Il faut avoir passé deux jours à l'hôpital pour s'extasier sur la cuisine de Wung Fu.

— Mes parents y achetaient des plats à emporter. Je me doute bien que l'endroit a changé et qu'il n'est plus tenu par la même famille. Mais ça m'est revenu quand nous y sommes passées tout à l'heure.

Regard sceptique de Kay. En mettait-elle une trop grosse couche ? En faisait-elle trop ? Pourtant, c'était la vérité, en partie. Elle en était peut-être arrivée au stade où elle était plus crédible quand elle mentait. Était-ce la conséquence d'avoir vécu si longtemps dans le mensonge ?

— La soupe de canard, dit-elle, consciente de brider le ton et le débit de sa voix. Je croyais qu'elle venait du canard comme le lait vient de la vache. J'étais persuadée qu'en allant de très bonne heure au parc de Woodlawn, près de Gwynns Falls, j'y verrais des Chinois en train de traire les canards. Je les imaginais avec leurs grands chapeaux de paille... Vous vous rendez compte qu'on appelait ça des chapeaux de coolies ! Mon Dieu, ce qu'on pouvait être racistes à l'époque !

— Pourquoi ? demanda Seth.

Ce garçon lui était sympathique, presque à son corps défendant, et aussi sa sœur Grace. Elle méprisait la plupart des enfants, de fait elle leur en voulait. Mais ceux de Kay étaient gentils, d'une bonté héritée de leur mère ou inculquée par elle. Ils lui manifestaient aussi une grande sollicitude, peut-être un effet du divorce.

— On ne se rendait pas compte. Dans trente ans, tu diras probablement la même chose à un jeune qui n'en reviendra pas que tu aies pu penser, agir et t'habiller comme ci ou comme ça.

Elle sentit à son expression qu'il n'était pas convaincu, mais il était trop bien élevé pour la contredire. Sa génération s'en sortirait mieux que les précédentes, serait parfaite à tout point de vue et éluciderait tous les mystères. Après tout, eux avaient l'iPod. Ça semblait leur faire croire que tout était possible, qu'ils sauraient gérer et contrôler la vie comme la musique, au moyen d'une simple molette. *Bien sûr, mon ange. La vie n'était qu'une super-playlist en attente d'être constituée, le meilleur des mondes version Tivo*[1]. *Ce que je veux, quand je veux, à tout moment.*

1. Système d'enregistrement des émissions de télévision sur un disque dur.

— Ça ne devrait pas nous prendre plus d'une heure, dit Kay.

— Ne vous en faites pas pour moi.

Ou, comme disait Tonton : « Ne pars pas fâchée, mais va-t'en. »

Une fois seule dans la maison, elle alluma la télévision dans le salon et s'obligea pendant dix minutes à regarder une émission d'une bêtise confondante. Les enfants oubliaient toujours quelque chose, estimait-elle, mais quand on était parti depuis dix minutes, il fallait vraiment que ce soit une affaire indispensable pour qu'un parent fasse demi-tour. À la deuxième pause publicitaire, elle alluma l'ordinateur familial. *Pourvu qu'il n'y ait pas de mot de passe*, implora-t-elle en silence. *Pas de mot de passe, pas de mot de passe...* Et bien sûr, il n'y en avait pas. Le Dell, certes un peu lent, était entièrement à sa disposition. Elle laisserait des traces, c'était inévitable, mais qui songerait à venir les chercher ici ? Procédant rapidement, elle consulta sa messagerie électronique, au cas où elle aurait reçu quelque chose d'urgent. Puis elle envoya un courriel à son chef pour expliquer qu'il y avait eu un accident et une urgence familiale – c'était presque vrai, vu qu'elle était sa seule famille... –, et qu'elle avait dû partir précipitamment. Elle l'envoya, puis elle referma aussitôt sa boîte électronique, au cas où son chef serait en ligne et lui répondrait immédiatement. Puis, bien que consciente de prendre un risque, elle se connecta à Google pour y rechercher « Heather Bethany ».

H-e. Au bout de deux lettres, Google lui proposa sa propre recherche. Tiens donc, cette petite fouineuse de Kay ! Elle avait bien employé son temps libre depuis quelques jours. Elle se sentit moins gênée en découvrant que Kay n'était pas si noble et désintéressée, qu'elle était capable de curiosité malsaine. Elle parcourut l'historique, pour voir où sa recherche l'avait emmenée, mais ce n'était que les trucs de base, les sites habituels. Elle avait consulté les archives du *Beacon Light* mais n'avait pas voulu payer l'abonnement. Peu importe, elle connaissait les articles presque par cœur. Il y avait aussi un site sur les enfants disparus, avec ces étranges portraits retouchés et vieillis, et quelques faits basiques. Et un blog vraiment abominable, tenu par un type dans l'Ohio qui prétendait avoir résolu l'affaire Bethany. Bon, bien.

Elle regretta que Kay, en tant qu'assistante sociale, n'ait pas accès à certaines archives administratives où étaient conservées des données confidentielles. Mais bien sûr cela n'existait pas. Sinon, elle l'aurait déjà repéré par elle-même et s'y serait introduite avec des techniques de hacker. Elle avait depuis longtemps épuisé les ressources informatiques disponibles.

À contrecœur, elle se déconnecta d'Internet et éteignit l'écran. Son ordinateur lui manquait. Jusque-là, elle n'avait jamais réfléchi à son rapport avec cette machine, n'avait jamais pris conscience du nombre d'heures qu'elle passait chaque jour devant son écran. Mais cette vérité sur elle-même, qu'elle percevait maintenant, ne lui semblait pas pitoyable. Bien au contraire. Elle aimait les ordinateurs, leur logique et leur rigueur. Ces dernières années, elle s'esclaffait des inquiétudes à propos d'Internet, de la façon dont il pouvait être utilisé pour avoir accès à de jeunes enfants, dont il accroissait la diffusion de la pornographie enfantine, comme si le monde avait été beaucoup plus sûr avant l'informatique. Si son premier faux pas avait été une conversation sur MSN, ses parents auraient eu une chance de s'en apercevoir. Au lieu de quoi, quelqu'un lui avait adressé la parole un jour où elle s'était aventurée en dehors de chez elle, et c'était là que les ennuis avaient commencé, par une simple conversation et la plus innocente qu'on puisse imaginer.

« Tu aimes cette chanson ?

— Quoi ?

— Tu aimes cette chanson ?

— Oui. »

En fait, elle ne l'aimait pas. Ce n'était pas du tout son genre de chansons, mais la conversation... la conversation, c'était autre chose, quelque chose qu'elle espérait ne jamais voir s'arrêter. *Oui, elle me plaît.*

23

Le téléphone avait enfin sonné.

C'est ainsi que Miriam devait se rappeler cet instant. Elle se mit à façonner le souvenir en même temps qu'elle le vivait, révision instantanée du présent. Plus tard, elle se raconta qu'elle avait pressenti l'importance de l'appel dès la première sonnerie monotone, qui avait retenti pendant qu'elle mettait le couvert du dîner. C'était en fait quelques secondes plus tard, après avoir entendu un homme s'éclaircir la gorge et commencer à parler avec l'accent de Baltimore – tout en voyelles bizarres et discordantes qui lui étaient pourtant restées familières après toutes ces années –, qu'elle avait compris.

On les avait retrouvées.

On avait retrouvé des cadavres, peut-être les leurs.

Un autre fêlé s'était mis à bavasser en prison, prêt à tout pour obtenir une libération anticipée ou simplement attirer l'attention.

On les avait retrouvées.

Cadavres retrouvés, les leurs peut-être.

Fêlé qui bavasse en prison peu probable mais l'écouter quand même obligée.

Retrouvées on avait les.

Sunny. Heather. Dave, pauvre Dave qui était mort, pas là pour avoir la fin de l'histoire. Ou bien était-ce lui qui avait de la chance, à qui on avait épargné de ne pas entendre une vérité qu'il n'avait jamais voulu admettre ?

On les avait retrouvées.

— Miriam Bethany ?

C'était ce « Bethany » qui disait tout. Miriam Bethany n'existait plus que dans un seul contexte.

— Oui ?

— Je m'appelle Harold Lenhardt, et je suis sergent de police du comté de Baltimore.

Retrouvées, retrouvées, retrouvées.

— Il y a quelques jours, une femme a été impliquée dans un accident de la route. Et quand la police est arrivée sur place, elle a dit qu'elle...

Une fêlée, une fêlée, encore une connasse de fêlée indifférente au mal et à la douleur qu'elle inflige.

— ... qu'elle était votre fille. La cadette, Heather. Elle prétend être votre fille.

Et Miriam avait senti sa tête exploser.

SIXIÈME PARTIE

Relations téléphoniques (1983)

24

Le téléphone sonna à 6h30 et Dave décrocha machinalement. Mauvaise idée. La semaine précédente, en prévision de ce coup de fil annuel, il avait acheté un répondeur PhoneMate chez Wilson, le magasin de vente sur catalogue de Security Boulevard. Les prix y étaient soi-disant plus intéressants, mais Dave n'en était jamais sûr n'ayant pas la patience de comparer avant d'acheter. En tant que commerçant, certes à une échelle beaucoup plus modeste, il notait avec intérêt que ce genre d'enseignes réduisait les frais fixes en limitant le nombre de vendeurs et en conservant le stock ailleurs qu'en rayon. Les clients devaient relever le code des articles, faire la queue pour les retirer et à nouveau pour payer. C'était peut-être ça leur tour de force, un système tellement compliqué que les gens étaient convaincus de faire de bonnes affaires. Tout ce temps perdu dans des files d'attente, ça devait bien être rentable, non ? Les Russes faisaient la queue pour du papier-toilette, les Américains pour des répondeurs, des jets dentaires et des colliers en or à quatorze carats.

Invention récente, le répondeur avait connu un succès foudroyant après le démantèlement d'AT&T et maintenant tout le monde s'équipait – on enregistrait des messages d'accueil ridicules, genre petits sketchs, parfois même une chansonnette. Preuve que le peuple américain souffrait d'une immense solitude, chacun vivant dans la crainte de rater le coup de fil qui pourrait faire basculer sa destinée. L'ancien Dave, le Dave d'avant, aurait résisté le plus longtemps possible à ce genre de gadget, et n'aurait peut-être jamais succombé. Mais il y avait le risque que quelqu'un appelle une seule fois et ne rappelle jamais. Et les appels auxquels vous ne souhaitiez pas répondre – la machine permettait d'écouter avant de décider si on voulait parler de vive voix avec le correspondant. Dave se posait encore quelques questions sur les usages en la matière – dès lors qu'on admettait avoir écouté un message en cours d'enregistrement, comment ne pas prendre la personne concernée chaque fois qu'elle appellerait ? Était-il préférable de prétendre avoir été absent ? Le mieux était peut-être de ne jamais répondre. Il lui avait fallu presque trois heures pour mettre au point son annonce. « *Vous êtes chez Dave Bethany. Je suis absent mais...* » Non, ce n'était pas toujours vrai et il n'aimait pas mentir, même à des inconnus, sans parler d'encourager les cambrioleurs. « *Vous êtes bien chez la famille Bethany...* » Mais il n'y avait plus de famille Bethany, juste un seul Bethany dans une maison de moins en moins entretenue, où rien n'était cassé mais où rien ne fonctionnait vraiment comme il aurait fallu. « *Dave à l'appareil. Laissez votre message après le bip.* » Pas très original, mais fonctionnel.

Le PhoneMate ne s'enclenchait qu'au bout de la quatrième sonnerie et Dave, qui émergeait à peine du sommeil sans rêves dont il se contentait désormais, tendit le bras à l'aveuglette et décrocha le combiné. À la seconde où il le portait à son oreille, il se souvint de la date et de la raison pour laquelle il avait acheté le PhoneMate.

— Je sais où elles sont, déclara la voix masculine, rauque et ténue.

— Va te faire foutre ! lança Dave en raccrochant à toute volée, mais en ayant quand même le temps d'entendre la main de son interlocuteur en pleine action.

Les appels avaient commencé quatre ans auparavant et se répétaient à l'identique, du moins dans leur formulation. La voix changeait d'année en année et Dave en avait déduit que l'individu était atteint d'allergies qui affectaient son timbre. Le pervers n'avait-il pas la voix très enrouée cette année ? Sans doute un printemps précoce, déjà du pollen dans l'air. Ce type était son hirondelle personnelle, son démon téléphonique.

Dave retranscrivit consciencieusement la date, l'heure et le contenu de l'appel dans le carnet qu'il gardait près du téléphone. L'inspecteur Willoughby lui avait conseillé de tout lui signaler, y compris les appels où la personne raccrochait sans rien dire, mais bien qu'il en conserve la trace, Dave ne l'avait jamais informé de ce rituel printanier bien particulier. « Laissez-nous le soin de décider ce qui est important », lui avait souvent répété l'inspecteur depuis huit ans, mais Dave ne pouvait pas vivre de cette manière. Il avait besoin d'établir des distinctions, ne serait-ce que pour préserver sa santé mentale. L'espoir est un sentiment très difficile à vivre, avait-il appris, un compagnon exigeant et abusif. Emily Dickinson appelait l'espoir « la chose à plumes », mais celui de la poétesse était une petite chose délicate, une présence amicale nichée dans la cage thoracique. L'espoir de Dave Bethany avait lui aussi des plumes, mais il s'agissait plutôt d'un griffon, avec des yeux étincelants et des serres acérées.

Des griffes, se reprit-il. Un griffon avait une tête d'aigle, mais un corps de lion. L'espoir de Dave Bethany était une créature qui se perchait sur son torse et y plantait sans arrêt ses griffes pour déchiqueter la chair de son cœur.

Il aurait pu paresser au lit une heure de plus, mais le sommeil ne reviendrait pas. Il se leva, sortit récupérer le journal en traînant les pieds et mit de l'eau à chauffer pour le café. Il avait toujours tenu à garder la cafetière Chemex, alors que Miriam l'aurait volontiers remplacée par un modèle électrique, la grande mode depuis les publicités avec Joe DiMaggio[1]. Les obsédés de la nourriture, espèce décadente aux yeux de Dave, revenaient aujourd'hui aux anciennes méthodes pour préparer leur café, même s'ils se servaient de moulins électriques pour moudre les grains, de petites machines coniques au ronronnement cérémonieux, vibromasseurs démesurés pour fétichistes gourmets.

— Tu vois ? dit-il en versant l'eau bouillante sur la mouture et s'adressant à son interlocuteur invisible. Comme je te l'ai dit, tout finit par revenir.

Il ne s'était jamais défait de l'habitude de parler à Miriam pendant son petit déjeuner. De fait, il y prenait plus plaisir depuis qu'elle était partie, n'ayant plus à subir ni contradiction, ni moquerie, ni scepticisme. Il dissertait et Miriam abondait silencieusement dans son sens. La situation le satisfaisait pleinement.

Il feuilleta les pages locales du *Beacon*. Aucune allusion à cette date anniversaire, mais il fallait s'y attendre. Il y avait eu un article un an après, et l'année suivante,

1. Célébrissime joueur de base-ball (1914-1999), qui a prêté son image à la marque M. Coffee en 1970.

mais plus rien ensuite. Le cinquième anniversaire était arrivé, toujours sans la moindre allusion, et il s'en était étonné. Quand se soucierait-on à nouveau de ses filles ? Au bout de dix ans ? De vingt ? Pour leur jubilé d'argent ou d'or ?

« Les médias ont fait ce qu'ils pouvaient », lui avait dit Willoughby le mois précédent alors qu'ils assistaient à des fouilles dans une vieille ferme près de Finksburg.

« Malgré tout, d'un point de vue historique, le fait que cela soit arrivé en... »

La campagne environnante était magnifique. Pourquoi n'était-il jamais venu par ici, découvrir un coin superbe malgré son nom minable[1] ? Mais le prolongement de l'autoroute jusqu'à cette partie du comté n'avait été réalisé que récemment. Avant les travaux, il n'aurait pas été possible d'habiter par ici et de travailler à Baltimore.

On avait creusé de nombreux trous au fil de la journée et Willoughby avait fini par comprendre que ces recherches étaient vouées à l'échec.

« À ce stade, avait-il dit, il faudra miser sur une arrestation. Quelqu'un qui saurait quelque chose et voudra s'en servir comme monnaie d'échange. Et pourquoi pas le coupable lui-même ? Je ne serais pas surpris qu'il soit en prison pour d'autres crimes. Il existe de nombreuses affaires qui ne sont toujours pas élucidées malgré une grosse couverture médiatique : Etan Patz, Adam Walsh.

— Elles sont postérieures, avait souligné Dave comme s'il était question de primogéniture. Les parents d'Adam Walsh ont au moins son cadavre, eux.

— Ils n'ont que la tête, avait précisé Willoughby, sa

1. *Fink* signifie « traître ».

pédanterie reprenant le dessus. Le corps n'a jamais été retrouvé.

— Vous savez quoi ? Au point où j'en suis, je serais prêt à tuer pour avoir une tête. »

L'appel à propos de la ferme de Finksburg avait paru très prometteur. D'abord, c'était une femme qui avait téléphoné, et bien que les femmes ne soient pas moins folles que les hommes, leur folie n'était pas de celles qui s'expriment en narguant les parents d'enfants présumés assassinés. Et puis, il s'agissait d'une voisine et elle avait décliné son identité. Un certain Lyman Tanner s'était installé dans les environs au printemps 1975, juste avant la disparition des filles. Elle se souvenait de l'avoir vu laver sa voiture de bonne heure le dimanche de Pâques, soit le lendemain de la disparition des sœurs, et de s'en être étonnée, vu que la météo annonçait de la pluie.

On lui avait demandé, avait rapporté Willoughby à Dave, comment elle pouvait se rappeler ce détail huit ans plus tard.

« C'est simple, avait expliqué Yvonne Yepletsky. Je suis orthodoxe de rite roumain, mais comme la plupart des orthodoxes roumains, je fréquente l'église grecque du centre-ville. Pâques ne tombe pas à la même date chez nous et ma mère disait qu'il pleuvait toujours pour leur Pâques. Et c'est souvent vrai. »

Quoi qu'il en soit, l'étrangeté de ce lavage de voiture ne lui était revenue que quelques mois auparavant, lorsque Lyman Tanner était mort en léguant sa ferme à des parents éloignés. Yvonne Yepletsky s'était alors rappelé que son voisin avait travaillé à la sécurité sociale, près du centre commercial de Security Square, et qu'il s'était beaucoup intéressé à ses filles, jeunes adolescentes à l'époque où il s'était installé à côté de chez eux. Il n'était même pas gêné d'avoir un vieux cimetière en bordure de sa propriété, alors que beaucoup d'acheteurs avaient renoncé pour cette raison.

« Il avait fait toute une histoire de cultiver le champ, avait loué un tracteur et tout et tout pour retourner la terre, et ça s'est arrêté là », avait précisé Mme Yepletsky.

La police du comté de Baltimore avait fait venir un bull.

On en était au douzième trou quand une voisine prévenante les avait informés que Mme Yepletsky nourrissait une rancune parce que les héritiers de Tanner refusaient de vendre le terrain à son mari. Les Yepletsky n'étaient pas des menteurs, pas tout à fait. Ils avaient juste fini par croire les histoires qu'ils racontaient sur Tanner. Un type dont les héritiers ne voulaient pas vendre à bon prix... forcément quelqu'un de louche. *Il avait lavé sa voiture un jour où on annonçait de la pluie. N'était-ce pas à l'époque où les deux sœurs avaient disparu ? C'était sûrement lui qui avait fait le coup.*

L'espoir, après s'être posé sur ses épaules l'espace d'une semaine, était revenu sur sa poitrine pour y planter à nouveau ses griffes.

Le petit déjeuner se limitant à du café noir, Dave ne prit qu'une vingtaine de minutes pour le finir et lire son journal, laver sa tasse et monter s'habiller. Il était à peine sept heures. Les chambres de ses filles demeuraient fermées trois cent soixante-quatre jours par an, mais il les ouvrait toujours en ce jour anniversaire et s'autorisait une petite visite. Il se sentait un peu comme Barbe-bleue. Si une femme venait s'installer avec lui dans cette maison – cela lui paraissait impensable, mais c'était théoriquement possible –, il lui interdirait de pénétrer dans ces pièces. Bien entendu, elle lui désobéirait et s'y introduirait en cachette. Mais au lieu d'y découvrir les cadavres de ses épouses précédentes, elle ferait un voyage dans l'univers de deux enfants, préservé tel qu'il était en avril 1975.

Dans la chambre rose et blanche d'Heather, Max – le héros de *Max et les Maximonstres* – faisait le tour du monde, découvrait l'île aux Maximonstres et rentrait chez lui à temps pour dîner. Quelques idoles pour midinettes avaient fait leur apparition sur les murs, en dessous de Max, jeunes gens aux sourires étincelants que Dave n'aurait su distinguer les uns des autres. La chambre voisine, celle de Sunny, était clairement le domaine d'une adolescente, avec un seul et unique vestige de l'enfance : une scène marine entièrement au point de croix, réalisée pour un exposé de biologie en septième. Elle avait obtenu un A, mais seulement après que la maîtresse avait longuement questionné Miriam car elle doutait que Sunny ait pu faire ça toute seule. Dave avait été outré qu'on puisse douter du talent de sa fille, et de sa parole.

On aurait pu s'attendre à ce que des chambres closes et figées deviennent sales et poussiéreuses, mais Dave les trouva d'une étonnante fraîcheur et pleines de vitalité. Il lui sembla parfaitement raisonnable, assis sur le lit – et ce matin-là il se livra à l'exercice dans les deux chambres, intrépide comme Boucle d'or –, d'imaginer que leurs occupantes seraient de retour à la nuit tombée. Même la police, après avoir brièvement envisagé l'hypothèse d'une fugue, avait dû admettre que l'état de leurs chambres prouvait que les deux sœurs comptaient rentrer. Certes, il était étrange qu'Heather ait emporté tout son argent au centre commercial, mais c'était peut-être justement la cause de leurs ennuis. Certaines personnes n'hésiteraient pas à s'en prendre à des enfants pour quarante dollars et le sac d'Heather avait été retrouvé entièrement vide.

Naturellement, à partir du moment où la police avait écarté la piste d'une disparition volontaire, Dave était devenu suspect. Jusqu'à ce jour, Willoughby n'avait jamais reconnu le caractère injuste et maladroit de cette phase de l'enquête, ni le gaspillage d'heures précieuses, sans parler de s'en excuser. Dave avait appris par la suite que la famille était toujours soupçonnée dans ce genre d'affaire, mais les circonstances propres à sa vie – son couple en crise, sa boutique moribonde, le compte épargne ouvert par les parents de Miriam pour les études des filles – avaient rendu ces accusations particulièrement abjectes.

« Vous pensez que j'ai tué mes filles pour de l'argent ? » avait-il demandé à Willoughby, en se retenant de lui sauter à la gorge.

L'inspecteur ne l'avait pas pris pour lui.

« Je ne pense rien du tout pour l'instant, avait-il répondu en haussant les épaules. Je me pose des questions et j'obtiens des réponses. C'est tout. »

Aujourd'hui encore, Dave ne savait pas ce qui avait été le pire : être soupçonné d'avoir tué ses filles pour un mobile financier ou pour se venger d'une épouse infidèle. Miriam s'était donné le beau rôle en avouant son secret aussi vite à la police, mais ce secret lui avait fourni un parfait alibi, pour elle et pour son amant.

« Et si c'étaient eux les coupables ? avait-il suggéré à Willoughby. Et si j'étais victime d'un coup monté pour qu'ils puissent s'enfuir ensemble ? »

Mais même lui ne croyait pas à ce scénario.

Il n'en voulait pas trop à Miriam de l'avoir quitté, mais il avait perdu toute estime pour elle quand elle était partie de Baltimore. Elle avait abandonné la vigie. Elle n'avait pas la force de supporter l'espoir insistant, obsédant, qui ne cessait de souffler des possibilités impossibles à l'oreille de Dave.

« Elles sont mortes, Dave, lui avait-elle dit la dernière fois qu'ils s'étaient parlé, il y avait plus de deux ans. Il ne nous reste plus qu'à attendre la découverte officielle de ce que nous savons être vrai. La seule chose à quoi se raccrocher est que cela ait été moins horrible que nous n'avons osé l'imaginer. Que quelqu'un les ait enlevées et abattues, ou tuées sans souffrance. Qu'elles n'aient pas subi de sévices sexuels, qu'elles...

— Tais-toi, tais-toi, tais-toi, tais-toi ! »

C'était quasi les dernières paroles qu'il avait adressées à Miriam. Mais ni elle ni lui ne pouvaient s'en satisfaire. Il s'était excusé et elle aussi, et tels avaient été leurs derniers mots. Miriam, qui avait toujours aimé les gadgets, s'était acheté un répondeur l'année précédente. Dave l'appelait parfois pour écouter son annonce, mais ne laissait jamais de message. Il se demandait s'il lui arrivait d'être là, en train d'écouter, si elle aurait décroché en entendant sa voix. Probablement pas.

La loi du Maryland lui aurait permis d'engager dès 1981 une procédure pour faire reconnaître la mort civile de ses filles, décision judiciaire qui aurait eu pour conséquence de rendre disponibles les fonds du compte épargne. Mais il ne voulait pas de cet argent, encore moins d'un document attestant ses pires craintes. Il avait laissé l'argent dépérir. Histoire de leur montrer à tous.

Peut-être ont-elles été enlevées par une famille sympathique, murmura le griffon-espoir à son oreille. *Une famille engagée dans le Peace Corps, qui les a emme-*

nées en Afrique. À moins qu'elles n'aient rencontré une bande de libres-penseurs, de jeunes disciples de Kesey[1], *et ne les aient suivis sur les routes, comme tu aurais pu le faire si tu n'avais pas eu d'enfants.*

Dans ce cas, pourquoi n'appellent-elles pas ?

Parce qu'elles te détestent.

Pourquoi ?

Parce que les enfants détestent leurs parents. Tu haïssais les tiens. C'est quand la dernière fois que tu as parlé à ta mère ? Ça ne coûte pas grand-chose de passer un coup de fil longue distance.

Et ce sont mes deux seuls choix ? Vivantes mais me haïssant au point de ne pas vouloir appeler ? Ou bien débordant d'amour pour moi mais mortes ?

Non, ce ne sont pas les seuls choix. Il y a aussi la possibilité qu'elles soient enchaînées dans la cave d'un cinglé, cave où il...

Tais-toi, tais-toi, tais-toi, tais-toi !

L'heure était enfin arrivée d'aller à L'Homme à la guitare bleue. La boutique n'ouvrait que dans trois heures, mais il y avait largement de quoi s'occuper. De toutes les ironies qui avaient marqué sa vie, celle-ci était la plus douloureuse. Le magasin avait connu un grand succès après la publicité faite autour de la disparition de ses filles. Au début, les gens venaient pour voir le père éploré, mais ils tombaient sur Mlle Wanda, la vendeuse efficace et empathique de la boulangerie. Elle lui avait proposé son aide bénévole, soutenant que non seulement il voudrait finir par reprendre le travail, mais qu'il en

1. À côté de son activité d'écrivain, Ken Kesey, avec son groupe communautaire les Merry Pranksters, est l'un des inspirateurs du mouvement psychédélique des années soixante.

aurait besoin. Les curieux s'étaient transformés en clients et le bouche à oreille lui avait apporté une réussite bien au-delà de ses modestes ambitions. Il s'était diversifié, avait ajouté une ligne de vêtements et des articles ménagers – boutons de tiroir, assiettes décoratives. Les objets qu'il importait du Mexique faisaient justement un vrai tabac. Le lapin sculpté que Mme Baumgarten avait dédaigné, celui pour lequel elle n'aurait jamais déboursé dix-sept dollars ? Un musée de San Francisco, qui venait d'ouvrir une aile consacrée à l'art populaire, en avait proposé mille dollars, conscient qu'il s'agissait d'un véritable chef-d'œuvre, réalisation de jeunesse pleine de spontanéité d'un maître d'Oaxaca. Dave s'était contenté de le prêter pour l'exposition inaugurale.

Il s'attarda un instant dans la véranda de devant pour jouir de la luminosité. Le feuillage des arbres relativement clairsemé et l'heure d'hiver, encore en vigueur pour quelques semaines, conféraient aux matins une clarté douce-amère. La plupart des gens se félicitaient du retour à l'heure d'été, mais Dave y avait toujours vu un maigre échange – sacrifier l'aube pour quelques heures de jour en fin de journée ? C'était par une matinée de printemps qu'il avait été heureux pour la dernière fois. Si l'on veut. Le matin en question, il avait essayé d'être heureux en se concentrant sur les filles parce qu'il savait que Miriam manigançait quelque chose – simplement, il n'était pas prêt à y faire face. Il jouait les pères attentifs pour tenter de se changer les idées, et Heather n'y avait vu que du feu, elle y avait cru. Sunny... Sunny, elle, ne s'était pas laissée abuser. Elle sentait qu'il n'était pas vraiment présent, qu'il était perdu dans ses pensées. Si seulement il était resté à la maison, si seulement il ne s'était pas braqué en insistant pour que Sunny emmène Heather... Si seulement... Mais que cherchait-il ? À n'avoir qu'une seule fille morte au lieu de deux ? Ça, c'était *Le Choix de Sophie...* Cela dit, Dave n'avait pas eu le courage de lire le livre, alors que *Les Confessions de Nat Turner,* autre roman de Styron, étaient un de ses bouquins préférés. L'auteur avait eu recours à l'holocauste pour illustrer ce qui pouvait arriver de pire à un parent. Sauf que... ce n'était même pas assez. Six millions de morts ne signifient rien quand on a perdu son enfant.

Il monta dans le vieux minivan Volkswagen, autre relique dont il ne parvenait pas à se défaire, autre objet de son univers à la Miss Havisham[1]. L'espoir sauta sur le siège passager et planta ses griffes dans le skaï craquelé et déchiré. Le griffon tourna ses yeux bilieux vers Dave et lui rappela d'attacher sa ceinture.

Qui se soucie de savoir si je suis mort ou vivant ?

Personne, reconnut l'espoir. *Mais quand tu seras mort, qui se souviendra d'elles ? Miriam ? Willoughby ? Leurs camarades de classe, dont certaines doivent être de jeunes diplômées d'université ? Elles n'ont plus que toi, Dave. Sans toi, elles disparaîtront pour de bon.*

1. Personnage du roman de Charles Dickens, *Les Grandes Espérances,* qui vit dans un univers figé dans le passé.

25

Miriam avait une passion secrète – le yaourt aux noix de pécan de chez I Can't Believe It's Yogurt[1]. Elle arrivait tout à fait à croire que c'était du yaourt. Mais contrairement à la plupart des gens, elle ne croyait pas que ce soit une nourriture parfaitement saine dont les calories compteraient moins que d'autres. Miriam n'était pas dupe des promesses, réelles ou sous-entendues, de I Can't Believe It's Yogurt. Mais elle en raffolait et était tentée de faire un petit détour pour s'en acheter. Il faisait très bon, une chaleur modérée pour le Texas mais qu'elle-même aurait qualifiée d'estivale, une température qui donnait très envie d'aller à Barton Springs. Elle envisagea de prendre son après-midi pour le faire, et peut-être même d'aller jusqu'au lac, mais elle avait deux rendez-vous avec des vendeurs potentiels à Clarksville.

Tout de même, ça l'embêtait d'avoir envisagé, même un court instant, de succomber à la tentation de la baignade. Elle avait vraiment fait son trou au Texas. Si elle n'y prenait pas garde, elle se joindrait bientôt au chœur des autochtones. « Ah ! Si seulement vous aviez connu l'époque où... » Les sempiternelles lamentations sur l'Austin d'avant, quand c'était une ville branchée, heureuse et abordable. Venait ensuite l'inventaire des lieux qui n'existaient plus – l'Armadillo, le Liberty Lunch. Dans Guadalupe Street, au cœur du Drag[2], il n'y avait

1. Littéralement : Je n'arrive pas à croire que c'est du yaourt.
2. Quartier étudiant très animé de la ville d'Austin.

pas la moindre place où se garer. Tant pis pour le yaourt, elle filerait directement à son rendez-vous.

Prise d'un frisson, elle remonta le fil de ses pensées pour identifier ce qui l'angoissait. Se garer... Austin... Barton Springs... *le lac*... Il y avait eu un meurtre au lac l'automne précédent, deux filles dont les cadavres avaient été retrouvés sur le terrain d'une luxueuse villa en construction. Deux filles – pas des sœurs, mais cette configuration méritait son attention à elle seule – et aucun mobile apparent. Plus expérimentée qu'une autre pour lire entre les lignes de la couverture médiatique, elle avait compris que la police ne disposait vraiment d'aucun indice, mais ses amis avaient imaginé toutes sortes de complots sur la base des faits les plus ténus. Formés à l'école de la télévision, ils s'attendaient à ce que le fait divers devienne récit, quelque chose d'explicable et, terme que ses amis pondérés d'Austin n'auraient jamais utilisé, de satisfaisant. Pour eux qui étaient obnubilés par les transformations de leur ville – les vieux de la vieille parlaient de « mutation », les habitants récemment installés de « progrès » et de « croissance », ils avaient tout misé sur cette ville en pleine expansion –, les meurtres devaient être liés au phénomène d'essor urbain. Les victimes étaient originaires de la région, de vagues filles à motards issues de familles arrivées longtemps avant que la ville ne soit à la mode. D'après la presse, elles venaient souvent faire la fête avec une bande de copains dans cette crique du lac Travis et ne voyaient aucune raison de changer leurs habitudes parce qu'une maison était en construction. Miriam pensait qu'elles avaient probablement été victimes de leurs mauvaises fréquentations, mais la police avait aussi interrogé le propriétaire du terrain et les ouvriers du chantier.

En se focalisant sur l'affrontement entre l'ancien et le nouveau, entre le progrès et le *statu quo*, ses amis d'Austin ne se rendaient pas compte qu'ils s'efforçaient en fait d'établir un lien entre eux et ce crime, qu'ils cherchaient à rendre « concevable » – quel terme odieux ! – un acte horrible et isolé. Alors que cela était hautement improbable dans une ville aussi progressiste. Austin était si délicieusement et fidèlement progressiste que Miriam en venait parfois à douter de ses propres convictions de gauche.

La question de la peine de mort, par exemple, rétablie au Texas l'année précédente. Ses collègues et ses voisins en discutaient souvent, jugeant honteux et minable l'empressement du Texas à exécuter des êtres humains, comme en Utah, même si une seule exécution avait eu lieu à ce jour. Elle n'y prenait jamais part car elle avait trop peur de s'enflammer en faveur de la peine capitale, avec le risque de sortir l'atout de l'expérience personnelle, carte qu'elle ne voulait jamais mettre sur la table. Depuis sept ans qu'elle vivait au Texas, elle avait le luxe de ne plus être la mère martyre, cette pauvre et malheureuse Miriam Bethany. D'ailleurs, elle n'était plus Miriam Bethany. Elle était Miriam Toles. Même si quelqu'un avait entendu parler des sœurs Bethany, même si leur nom apparaissait dans les incessantes spéculations autour du double meurtre du lac Travis, personne ne ferait le lien. Elle avait même retouché l'épisode Baltimore. *Mauvais mariage, séparation, pas d'enfants, Dieu merci, originaire d'Ottawa, climat bien plus agréable ici.* Voilà ce que les gens savaient d'elle.

Il y avait eu des moments – de camaraderie avinée ou enfumée, en général tard le soir – où elle avait caressé l'idée de se confier à quelqu'un. Jamais à un homme parce que si elle trouvait remarquablement facile d'en rencontrer et de les mettre dans son lit, elle ne voulait surtout pas d'un petit ami, et ce genre de révélation aurait pu en conduire un à s'attacher. Mais elle avait quelques amies, dont une certaine Rose qui avait fait allusion à ses propres secrets. Âgée de trente-sept ans, étudiante en anthropologie – Austin était plein de gens qui semblaient bien décidés à passer leurs vies à faire des études –, elle était restée un soir après une fête et avait accepté d'accompagner Miriam dans le sauna du jardin. Alors qu'elles partageaient une bouteille de vin, Rose avait commencé à lui parler d'un village reculé du Belize où elle avait passé plusieurs années.

« C'était surréaliste ! avait-elle dit. Après avoir vécu là-bas, je ne suis plus certaine que le réalisme magique soit un style littéraire. Je pense que ces auteurs décrivent la réalité. »

Il avait été vaguement question de viol, mais les pronoms personnels avaient comme disparu du langage de Rose, empêchant de savoir si elle avait été victime ou simple témoin qui n'avait pas réussi à agir. Elles avaient dansé autour des flammes de leurs passés respectifs, chacune projetant de belles ombres dont l'autre était libre de tirer les conclusions qu'elle voulait. Mais elles n'avaient jamais retrouvé la même intimité, pour le plus grand soulagement de Miriam, et peut-être bien de Rose. D'ailleurs, elles s'étaient rarement revues.

Au feu suivant, Miriam ouvrit son Filofax sur le siège passager et jeta un coup d'œil à l'adresse du premier rendez-vous. Un passant la regarda fixement et elle eut conscience d'être une *self-made-woman* mais pas au sens habituel de l'expression. Certes, elle avait réussi financièrement alors qu'elle n'avait pas grand-chose en arrivant.

Agenda Filofax, chaussures et vêtements Joan Vass, Saab climatisée – tous signes extérieurs de richesse parfaitement acceptables pour Austin. Mais elle était surtout intéressée par la création d'une nouvelle personne, cette Miriam Toles, dont les journées pouvaient s'écouler sans que la tragédie pèse ouvertement sur chacun de ses gestes. C'était déjà bien assez dur d'être Miriam Bethany à l'intérieur. Miriam Toles était l'enrobage sucré, la fine couche qui retenait le poisseux, de justesse.

« Ça fond dans la main, s'était plainte Heather en montrant à sa mère une paume tachée de rouge, de vert, de jaune et d'orange. Pourquoi est-ce qu'ils mentent ?

— Toutes les publicités mentent, lui avait fait remarquer Sunny, déjà pleine de sagesse à onze ans. Tu te souviens quand on a commandé les cent poupées avec le bon découpé dans *Millie the Model*[1] et qu'elles étaient minuscules ? »

Écartant le pouce et l'index, elle avait montré combien étaient petites les poupées et grand le mensonge.

Toujours arrêtée au feu rouge, Miriam remarqua la date – 29 mars. Le jour. Ce jour-là. C'était la première fois qu'elle parvenait à aborder cette journée en douceur, sans en avoir démesurément conscience, la première fois qu'elle ne s'était pas couchée en redoutant l'anniversaire, la première fois qu'elle ne s'était pas réveillée en nage après d'horribles cauchemars. Ça aidait que le printemps soit si différent à Austin, qu'il fasse déjà presque chaud à la fin mars. Ça aidait que Pâques soit déjà passé, tôt encore une fois. Pâques marquait en général la transition vers ce qu'elle appelait la « saison inoffensive ». Si elles

1. Publiée par Marvel Comics de 1944 à 1973, l'histoire de Millie la top-modèle battit des records de longévité.

étaient vivantes... doux Seigneur, si elles étaient vivantes, Sunny aurait vingt-trois ans et Heather presque vingt.

Mais elles n'étaient pas vivantes. S'il y avait une chose dont elle était certaine, c'était bien celle-là.

Un coup de klaxon, suivi d'un deuxième et d'un troisième, et Miriam démarra comme à l'aveugle. Elle cherchait ce que Sunny et Heather auraient été contentes de ne pas avoir connu. La présidence de Reagan ? Elle doutait fort que l'une ou l'autre de ses filles ait sacrifié sa vie pour y échapper. La musique était meilleure aujourd'hui, à ses oreilles de quadragénaire, et elle aimait aussi l'évolution de la mode, le compromis entre confort et élégance, au moins dans ce que proposaient certains créateurs. Austin aurait plu à ses filles, même si les gens du cru se lamentaient que leur ville ait été détruite, détruite, complètement détruite. Elles auraient pu y faire leurs études pour trois fois rien, sortir en boîte, manger des hamburgers chez Mad Dog & Beans, goûter les *migas*[1] à Las Mañanitas, siroter des margaritas frappées chez Jorge, faire leurs courses chez Whole Foods, où l'on donnait aussi bien dans le bio (millet en gros) que dans le décadent (cinq variétés de brie). Miriam décida qu'avec l'âge elles auraient partagé son sens de l'humour, percevant comme elle ce qu'Austin avait d'absurde et de précieux. Elles auraient pu vivre dans cette ville.

Et y mourir. Ici aussi, les gens mouraient. Assassinés sur un chantier. Fauchés par un chauffard ivre dans les collines, sur les petites routes sinueuses entre fermes et marchés. Noyés le week-end de Memorial Day en 1981,

1. Plat tex-mex traditionnel composé d'un mélange d'œufs brouillés, d'oignons, de poivrons, de tomates... habituellement servi dans des tacos.

quand une crue subite avait transformé les rues de la ville en torrents meurtriers.

Au fond d'elle, Miriam était convaincue – ou s'en était-elle persuadée ? – que le destin de ses filles était d'être assassinées, que même si elle avait pu revenir en arrière et modifier le déroulement de cette journée, elle n'aurait fait que retarder le drame et lui donner une autre configuration. Ses filles avaient été marquées à la naissance, promises à une destinée qui échappait à son contrôle. C'était le plus troublant pour un parent adoptif, l'idée qu'il existait des facteurs génétiques auxquels on ne pouvait rien. À l'époque, elle trouvait cela sain et avait le sentiment d'accepter une réalité que les parents biologiques – surtout pas « naturels », bien que l'on entende parfois cette expression malheureuse même à Austin la bien intentionnée – avaient plus de mal à admettre. Elle ne pouvait pas contrôler tout ce qui arrivait à ses enfants.

Bien sûr, elle avait l'avantage de connaître une partie de la famille de ses filles, leurs grands-parents maternels, Estelle et Herb Turner. Comme elle s'en était voulu de sa première impression mitigée quand elle avait su le fin mot de l'histoire ! Sally, leur fille ravissante, s'était enfuie à dix-sept ans pour épouser un homme qui leur déplaisait, et elle avait refusé leur aide jusqu'à ce qu'il soit beaucoup trop tard. Ç'avait dû se passer en 1959, époque où la fugue amoureuse prêtait encore à rire : l'échelle à la fenêtre, les jeunes amoureux qui se faisaient toujours surprendre, mais finissaient par obtenir la bénédiction parentale. En ce temps-là, maris et femmes des séries télévisées faisaient lit à part et le sexe était tellement caché que les jeunes devaient avoir l'impression d'exploser à force de contenir des sentiments et des sensations dont personne ne parlait jamais. Miriam en savait quelque chose. Elle s'en souvenait. Elle n'était pas tellement plus âgée que Sally Turner.

Elle avait complété le puzzle toute seule – le galant brutal et violent, issu d'un autre milieu social, les objections des Turner, que Sally avait prises pour du snobisme alors que c'était l'infaillible instinct parental. Après s'être enfuie pour épouser son mauvais garçon, Sally avait dû être fière, trop fière pour appeler ses parents au secours quand son mariage avait sombré dans la violence. Sunny venait d'avoir trois ans et Heather n'était encore qu'un nourrisson quand leur père avait tué Sally, puis retourné l'arme contre lui. Les Turner avaient découvert presque en même temps que leur fille était morte et qu'ils avaient deux petites-filles en bas âge qui avaient besoin qu'on s'occupe d'elles.

Malheureusement, on venait de diagnostiquer un mois auparavant qu'Estelle était atteinte d'un cancer du foie.

C'était Dave qui avait eu l'idée d'adopter les deux filles, et bien qu'elle ait des doutes sur les mobiles de son mari, le soupçonnant d'être moins intéressé par les deux fillettes que de nouer une relation avec Estelle. Âgée seulement de vingt-cinq ans, Miriam en était déjà à trois fausses couches. Et voilà que deux adorables sœurs se présentaient à eux, deux filles qui pouvaient devenir les leurs sans devoir engager une longue procédure d'adoption. Les Turner étant tuteurs de leurs petites-filles – et certainement leurs seuls parents, fait que l'inspecteur Willoughby établirait par la suite quand il vérifierait si leur défunt père avait de la famille –, ils étaient habilités à en confier la garde aux Bethany. Cela s'était fait simplement. Et si cruel que cela puisse paraître, Miriam avait été soulagée quand Estelle avait fini par mourir et qu'Herb s'était éloigné, comme tout le monde s'y attendait. Les fillettes lui rappelaient trop sa fille et son épouse défuntes. Même si elle lui était reconnaissante d'avoir décampé, Miriam le méprisait aussi de l'avoir fait. Quel genre d'homme se désintéresserait complètement de ses petites-filles ? Même maintenant qu'elle connaissait toute l'histoire, elle ne pouvait toujours pas surmonter ses préventions initiales contre les Turner, la dévotion d'Herb pour Estelle, son incapacité à aimer quelqu'un d'autre. Sally s'était probablement enfuie parce qu'il n'y avait aucune place pour elle dans la belle demeure de Sudbrook, entièrement remplie de l'amour excessif d'Herb pour Estelle.

Les filles n'avaient jamais su toute l'histoire. Elles savaient qu'elles avaient été adoptées, naturellement, mais Heather avait toujours refusé d'y croire malgré les souvenirs, trop nombreux pour être vrais, que Sunny alléguait. (« On avait une maison dans le Nevada, déclarait-elle à sa sœur. Avec une clôture et un poney ! ») Dave lui-même, pourtant grand adepte du on-n'a-rien-à-cacher, n'avait pu se résoudre à tout leur dire – la fuite des jeunes amoureux, la rage meurtrière de leur père biologique, la perte de deux vies parce que Sally n'avait pu se résigner à décrocher son téléphone pour demander à ses parents de l'aider à quitter le mari qui n'avait pas eu leur approbation dès le début. Miriam était d'avis de ne jamais le dire aux filles, alors que Dave pensait que cela pourrait marquer leur passage à l'âge adulte, vers dix-huit ans.

En attendant, il leur avait inventé une fable gentillette qui mettait Miriam encore plus mal à l'aise.

« Parle-moi de mon autre maman, lui demandaient Heather ou Sunny au moment du coucher.

— Eh bien, elle était très belle.

— Est-ce que je lui ressemble ?

— Tu es tout son portrait. »

C'était vrai. Miriam avait vu des photos de Sally chez les Turner. Elles avaient ses longs cheveux blonds, sa petite carrure.

« Elle était belle, elle s'est mariée et elle est partie vivre avec son amoureux. Mais ils ont eu un accident...

— Un accident de voiture ?

— Si on veut.

— Quoi, alors ?

— Oui, un accident de voiture. Ils sont morts dans un accident de voiture.

— Et nous, on y était ?

— Non. »

Sauf que si. Miriam s'en inquiétait. Les filles avaient été retrouvées dans la maison, Heather dans son berceau et Sunny dans son parc. Certes, elles n'étaient pas dans la même pièce, mais qu'avaient-elles vu, qu'avaient-elles entendu ? Se pouvait-il que Sunny ait conservé des souvenirs plus réels que la maison et le poney du Nevada ?

« Où on était ?

— À la maison, avec une baby-sitter.

— Comment s'appelait-elle ? »

Et Dave de broder en inventant de nouveaux détails, jusqu'à obtenir le plus gros mensonge que Miriam avait jamais entendu.

« On leur dira la vérité à dix-huit ans », déclarait-il.

Comme si la vérité était affaire d'âge, comme le droit de boire une bière ou de voter. Pauvres Dave et Miriam, castors besogneux mais naïfs, à fabriquer des barrages de fortune pour retenir leurs secrets, contenir un mince filet d'eau, quand c'était un tremblement de terre qui les attendait ! Au bout du compte, tous leurs mensonges étaient sortis au grand jour, mais personne ne s'était aperçu de rien, car qui se soucierait de ces mesquineries dans un monde d'après l'Apocalypse, où les débris gisaient partout ? Le jour où Herb et Estelle Turner leur avaient demandé de les aider, Miriam s'était imaginée offrir un nouveau départ à deux êtres innocents. Pour finir, c'étaient ses filles qui lui avaient donné la chance de se réinventer. Et quand elles avaient disparu, Miriam avait aussi perdu cette partie d'elle-même.

Et puis merde ! songea-t-elle en prenant brusquement à gauche alors que c'était interdit, *je vais à Barton Springs !*

Mais elle reprit son itinéraire initial dès le premier croisement. L'immobilier commençait à se tasser à Austin. Elle ne pouvait pas se permettre de perdre un seul client.

26

— Tu es plus rapide que la caisse enregistreuse, dit Randy, le gérant de Swiss Colony.

— Pardon ?

— La nouvelle caisse calcule la monnaie et réfléchit à ta place. Mais j'ai remarqué que tu ne t'en sers pas. Tu as toujours un temps d'avance, Sylvia.

— Syl. Je m'appelle Syl, pas Sylvia, dit-elle en remontant les manches de l'uniforme de Swiss Miss qu'elle était forcée de porter, robe folklorique et manches bouffantes.

Toutes les vendeuses détestaient le décolleté plongeant qui exhibait leur poitrine dès qu'elles se penchaient pour prendre du fromage ou des saucisses dans une vitrine. L'hiver, elles portaient un col roulé sous la robe, mais maintenant, avec avril presque là, c'était difficilement justifiable.

— Mais tu es nulle pour l'emballage, reprit-il. Je n'ai jamais connu quelqu'un qui gaspille autant de plastique. Et tu n'incites pas assez à l'achat. Quand un client demande la saucisse d'été, conseille-lui la moutarde. Si quelqu'un veut le petit panier cadeau, propose le grand.

On n'est pas payées à la commission, avait-elle envie de répondre, mais elle savait que ce n'était pas la chose à dire. Elle remonta la manche droite sur son épaule et la gauche glissa, remonta la gauche et ce fut la droite qui glissa. Tant pis. Randy n'avait qu'à se rincer l'œil.

— Tu n'as donc pas besoin de ce boulot, Sylvia ?

— Syl. C'est le diminutif de Priscilla, pas de Sylvia.

Elle cherchait à s'habituer à son nouveau nom. Elle était à présent Priscilla Browne, vingt-deux ans, d'après ses nouveaux papiers – acte de naissance, carte de sécurité sociale, carte d'identité, mais pas de permis.

— Tu ne serais pas un peu enfant gâtée ?

— Pardon ?

— Tu n'avais pas beaucoup d'expérience. Tu m'as expliqué que tu n'avais pas le droit de faire des petits boulots quand tu étais lycéenne. Et maintenant tu es inscrite à... où déjà ? (Il consulta sa fiche.) Fairfax Community College ? T'es une fille à papa, en gros ?

— Quoi ?

— Il était généreux pour l'argent de poche, tu n'avais pas besoin de bosser. Tu étais gâtée.

— Oui, peut-être.

Oh, que oui, il m'a bien gâtée !

— Ouais. C'est calme en ce moment. Depuis Noël, si tu veux savoir. Il faut que je dégraisse...

Il la regarda d'un air interrogatif, un de ces moments qu'elle redoutait. Depuis qu'elle devait se débrouiller toute seule, elle s'était retrouvée dans ce genre de situations à maintes reprises, où il lui fallait converser dans ce qu'elle appelait le dialecte du « normal ». Les mots étaient à peu près les mêmes que dans le langage qu'elle parlait, mais elle avait du mal à suivre les implications. Quand quelqu'un laissait une phrase en l'air en s'attendant à ce qu'elle la complète, elle craignait de sortir une réponse tellement à côté de la plaque qu'on la soupçonnerait automatiquement. Là, par exemple, elle avait envie de dire : « ... pour introduire une gamme de produits diététiques ? » Mais ce n'était manifestement pas ce que Randy avait en tête quand il parlait de « dégraisser ». Il voulait dire que... Et merde ! Elle allait se faire virer. Une fois de plus.

— Tu n'as pas le sens du contact. Tu es intelligente, mais tu n'as rien à faire dans la vente.

— Je ne savais même pas que j'étais dans la vente, dit-elle, au bord des larmes.

— Tu es vendeuse. C'est le nom du poste. Vendeuse.

— Je pourrais m'améliorer, pour l'emballage et la vente... Je pourrais...

Elle regarda Randy à travers ses cils humides et laissa tomber la supplique. Il n'était pas du genre à se laisser influencer. Pour ça elle avait un instinct infaillible.

— Ça prend effet aujourd'hui ? Ou bien faut-il que je termine ma semaine ?

— À toi de voir. Si tu veux pointer les quatre heures

qu'il te reste, pas de problème. Sinon elles ne te seront pas payées.

Elle envisagea, l'espace d'une seconde, de retirer son uniforme et de s'en aller en sous-vêtements. Elle avait vu une actrice le faire dans un film, avec beaucoup d'effet. Mais personne n'était présent pour applaudir sa libération. Le centre commercial était désert à ce moment de la journée, ce qui était une partie du problème. Même la vendeuse la plus consciencieuse et motivée n'aurait pas pu vendre du fromage à des clients qui n'étaient pas là. Il devait se séparer de quelqu'un et elle était le choix logique – la dernière embauchée, la moins compétente, la plus renfrognée. Elle n'incitait pas à l'achat. Il lui arrivait même de déconseiller certains produits, surtout les fromages vraiment puants parce qu'elle arrivait à peine à les emballer sans avoir envie de vomir.

C'était le deuxième boulot qu'elle perdait en huit mois, et pour les mêmes motifs. Mauvais sens du contact. Faible motivation. Absence d'initiative. Elle voulait répondre qu'un emploi au salaire minimum ne devrait pas requérir le sens de l'initiative. Elle savait vivre au rythme des heures, supporter le lent passage du temps. Elle supportait l'ennui bien mieux que quiconque. N'était-ce pas suffisant ? Non, apparemment pas.

Dès son entretien d'embauche, au mois de novembre dernier quand on recrutait en vue des fêtes, elle avait compris que Randy ne lui témoignerait aucune sympathie particulière. Elle n'éveillait chez lui aucune fibre protectrice. Il était homosexuel, mais ça n'était pas la raison. Elle n'utilisait le sexe qu'en dernier recours. Non, il y avait des gens qui réagissaient bien à son contact et d'autres pas du tout, et il y avait longtemps qu'elle avait renoncé à comprendre pourquoi. Seul lui importait d'identifier qui elle pouvait manipuler, si besoin était. À sa façon, Tonton voulait veiller sur elle, alors que Tatie la détestait. Les gens semblaient se faire une opinion sur elle dès la première minute et plus rien ne pouvait les faire changer d'avis.

— Tu sais quoi ? dit-elle à Randy. Si je suis virée, je n'ai pas envie de bosser aujourd'hui. Je passerai toucher ma paye vendredi et je te rendrai la tenue à ce moment-là.

— Tu ne toucheras rien pour aujourd'hui.

— Je sais. Tu l'as déjà dit.

Elle lui tourna le dos et rajusta le jupon rouge bouffant.

— Nettoyage à sec ! lui lança-t-il. Ces robes ne passent pas en machine.

Elle sortit dans la galerie marchande, triste lieu qui avait beaucoup souffert de la concurrence de Tysons Corner, le centre commercial flambant neuf récemment ouvert à l'ouest. Mais celui-ci était proche du métro, raison pour laquelle elle avait choisi d'y travailler. Elle n'avait pas de voiture. En fait, elle ne savait même pas conduire. C'était une des choses que Tonton avait refusé de lui apprendre. Et quand ils étaient enfin convenus que la seule solution pour elle était de partir, il n'y avait plus eu le temps. Même en travaillant, elle n'avait pas les moyens de se payer l'auto-école. Elle devrait seulement continuer à vivre dans des endroits desservis par les transports en commun, ou trouver quelqu'un qui lui apprenne. Elle imagina le genre de relations que cela impliquerait et grimaça. Ce n'était pas comme si elle n'avait jamais de pulsions sexuelles. Elle avait trouvé Mel Gibson séduisant, dans *Mad Max 2*. De fait, elle avait trouvé que c'était là un univers auquel elle aurait pu s'adapter assez bien, si ç'avait été nécessaire, un endroit où il n'y avait qu'une marchandise et où tout était du chacun pour soi. Le problème venait de ce que le sexe était quelque chose dont elle s'était servie pour se protéger, une posture défensive. *OK, OK, je veux bien, mais ne me fais plus mal.* C'était devenu pour elle une monnaie d'échange et elle ne savait pas comment revenir en arrière. Si Randy avait été hétéro, par exemple, elle aurait été probablement agenouillée devant lui en ce moment même, solution de dernier recours. Pour jouer finement, il fallait beaucoup promettre mais rarement donner. Cela avait très bien marché avec son patron à la pizzeria de Chicago. Jusqu'au jour où sa femme les avait surpris.

Quand Tonton lui avait donné cinq mille dollars et une nouvelle identité, elle avait cru qu'elle s'installerait en ville. Les villes permettaient plus d'anonymat, la foule et les immeubles la rassureraient. Elle avait choisi San Francisco – plus précisément Oakland –, mais elle ne s'y était jamais sentie bien. Progressivement, presque à son insu, elle était revenue vers l'est par étapes : Phœnix, Albuquerque, Wichita, retour à Chicago. Elle avait fini par atterrir à Arlington dans le nord de la Virginie, où elle avait trouvé la densité et l'énergie d'une grande ville, avec l'avantage supplémentaire du lieu de passage où les gens déménagent si souvent qu'on ne vous force jamais la main pour nouer une amitié. Elle habitait à Crystal City, nom qu'elle trouvait hilarant. Ce que ça sonnait faux, comme une cité dans un film de science-fiction ! Baltimore était à quatre-vingts kilomètres à peine, et Glen Rock cinquante kilomètres plus loin, mais la rivière Potomac lui semblait aussi immense et infranchissable qu'un océan, un continent, une galaxie. Elle n'osait même pas s'aventurer dans le District of Columbia.

Elle s'assit sur un banc dans une allée déserte, ramena la jupe volumineuse autour de ses hanches et l'aplatit soigneusement, mais l'étoffe se déploya à nouveau. Les centres commerciaux... – voilà un univers qui lui était familier. Partout où vous alliez, ils étaient d'une ressemblance réconfortante. Certains étaient luxueux et haut de gamme, parcourus d'énergie, alors que d'autres, comme celui-ci, étaient un peu tristes, gagnés par l'abandon. Mais certains traits étaient universels : odeurs de cannelle, de cookies trop sucrés, de vêtements neufs, de parfumerie.

Elle entra dans la salle de jeux vidéo où elle avait l'habitude de venir pendant ses pauses. Elle aimait les jeux enfantins – Ms Pac-Man et Frogger[1] – et était devenue très habile, capable de tenir une heure en ne dépensant qu'un ou deux dollars. Elle percevait les constantes, le nombre fini de possibilités. À ce moment de la journée, quelques heures avant la sortie des classes, elle était quasi seule à jouer et se rendait compte du curieux tableau qu'elle offrait, jeune femme en uniforme Swiss Miss agrippée à sa manette pour permettre à un bidule jaune de gober des points noirs. Elle arriva assez loin dans la partie, jusqu'à la rencontre et la poursuite, mais elle perdit sa dernière vie avant de voir le bébé Pac-Man dans son landau. Il était rare qu'elle atteigne le bébé sur cette machine. Programmée un poil trop rapide, elle vous embobinait pendant la période d'invincibilité où chaque millième de seconde comptait.

Elle utilisa son dernier *quarter* pour acheter le *Washington Star* et lut les petites annonces dans le métro, en grignotant des M&M's qu'elle sortait subrepticement

1. Deux classiques des jeux d'arcade, créés en 1981.

de son sac. Boire et manger étaient strictement interdits à bord du métro et elle aimait enfreindre les règles idiotes. Elle se disait que c'était un bon entraînement pour les fois où elle avait vraiment besoin de tricher. Dommage qu'elle ne sache pas comment resquiller. Le tarif variait en fonction de l'itinéraire et on devait introduire son billet à la sortie. Sauter par-dessus un portillon n'était pas son style, mais il devait bien exister une façon pour ne pas payer des billets qui n'étaient pas donnés.

Elle n'avait pas prévu de devenir comme ça. C'est-à-dire sournoise. Elle n'avait pourtant plus besoin de l'être. Elle avait une nouvelle identité et donc une nouvelle vie.

« Les compteurs à zéro, avait promis Tonton. Un nouveau départ, avec personne pour t'embêter. Tu peux être qui tu veux. Et je serai toujours là pour toi si tu as vraiment, vraiment besoin de moi. »

Avoir besoin de Tonton lui semblait impensable. Elle espérait ne jamais le revoir. Elle porta les mains à son visage, mais les retira aussitôt. Elles sentaient le plastique et le fromage. Elle n'avait pas fait son service et elle sentait quand même le plastique et le fromage !

De retour à son studio, elle descendit la robe à la laverie. Randy pouvait raconter ce qu'il voulait, on n'était pas du tout obligé de la nettoyer à sec. Pauvre con ! Mais elle la mit à la température maximum pendant une heure, oubliant que ces machines d'immeuble étaient souvent plus puissantes, et la robe ressortit complètement rétrécie – une gamine de douze ans pourrait la mettre, ou une naine. Randy saisirait certainement ce prétexte pour ne pas lui faire son dernier chèque, puis il obligerait une pauvre fille à la porter pour émoustiller les clients venus acheter leur fromage à la con. Qu'il aille se faire foutre !

Elle jeta la robe dans la poubelle et monta travailler. Elle avait un devoir en retard pour le cours de statistiques, mais le professeur était un vieillard qui se mettait à trembler des mains dès qu'elle lui adressait la parole. Il se montrerait indulgent.

SEPTIÈME PARTIE

Samedi

27

Brunswick, Géorgie, sentait mauvais. Au début, Infante voulut croire que son imagination lui jouait un tour, influencée par son dégoût pour le Sud profond, terre de friture. Il avait déjà subi un gros choc culturel quand il s'était installé à Baltimore. Âgé d'une petite vingtaine d'années à l'époque, il s'était acclimaté et avait même fini par s'y sentir bien. Un policier y avait les moyens de vivre avec son salaire et les heures sup, contrairement à Long Island. La vie était peut-être encore moins chère par ici, mais il ne se voyait pas franchir ce pas-là. Inutile de chercher à le nier, ça puait vraiment à Brunswick.

La serveuse du Waffle House remarqua sûrement qu'il pinçait le nez en entrant.

— L'usine à pôpier, lui confia-t-elle à voix basse, comme s'il s'agissait du mot de passe pour un club secret.

— L'usine à pôpier ?

Il avait beaucoup de mal à comprendre les gens du cru, qui s'exprimaient pourtant très lentement.

— L'u-sine-à-pâ-pier, répéta-t-elle. C'est ça l'odeur que vous sentez. Ne vous en faites pas, vous vous y habituerez vite.

— Je ne vais pas avoir le temps de m'habituer à quoi que ce soit ici, dit-il en affichant son plus beau sourire.

Il adorait les femmes qui lui servaient à manger. Même quand elles étaient ordinaires et peu séduisantes comme cette petite grassouillette au visage boutonneux, il les adorait.

Il était presque 10 heures lorsqu'il était arrivé à Brunswick la veille au soir, trop tard et trop sombre pour faire un tour dans le quartier où Penelope Jackson et son copain avaient habité. Mais il y était passé ce matin, avant son rendez-vous avec l'inspecteur des pompiers spécialisé dans les incendies. Reynolds Street lui avait paru plutôt hétéroclite, du moins la partie où avait vécu et péri Tony Dunham. Sur le déclin ou en plein essor, on ne savait pas. Cela dit, Kevin avait la même impression un peu partout à Brunswick, comme si la ville sombrait dans le désespoir ou se relevait après une longue dépression. *Ce n'est pas pour moi,* s'était-il dit en contemplant le paysage depuis la bulle de la Chevrolet Charisma louée chez Alamo Rent-A-Car. Mais il se ravisa quand il sentit une agréable brise à l'approche de l'océan et se rappela que le printemps n'était pas encore arrivé à Baltimore. Le climat était plus doux par ici, et les gens aussi. Ça avait du bon... côté climat.

— Oh, c'était sûrement un accident, dit l'inspecteur des pompiers, un certain Wayne Tolliver, qui l'avait rejoint pour une tasse de café au moment où il terminait son petit déjeuner, exactement comme Infante l'avait programmé.

Il n'aimait pas travailler en mangeant et était satisfait d'avoir pu se consacrer exclusivement à son repas, délicieuse platée d'œufs, de saucisses et de *grits*[1].

1. Gruau à base de maïs, traditionnel du sud des États-Unis.

— Elle regardait la télé dans le salon et lui était dans la chambre, à boire et à fumer. Il s'est assoupi, a renversé le cendrier sur le petit tapis à côté du lit et la maison... (il leva les mains en l'air comme s'il jetait des confettis invisibles) ... s'est embrasée !

— Qu'a fait la fille ?

— Les détecteurs de fumée ne marchaient pas, dit Tolliver en faisant la grimace.

Avec son visage rond, ses joues roses et sa bouille sympathique, il était probablement plus jeune que son crâne dégarni et parsemé de taches de rousseur ne portait à croire.

— Les gens trouvent qu'on exagère de préconiser le remplacement des piles tous les six mois, quand on fait le changement d'heure, mais ça vaut mieux que d'oublier. Toujours est-il que c'était la veille de Noël, et il fait froid par ici, et elle avait un radiateur électrique. La télé se trouvait dans une vieille pièce, où il n'y avait pas de chauffage. Quand elle a remarqué la fumée, c'était trop tard. Elle nous a expliqué qu'elle s'est dirigée vers la chambre et qu'elle a d'abord tâté la porte, comme on est censé le faire, et elle a senti qu'elle était chaude au toucher. Elle a tambouriné dessus en hurlant son nom, puis elle a appelé le 911. Les fenêtres étaient clouées, une infraction de la part du propriétaire, mais bourré comme il l'était, le pauvre type n'avait de toute façon aucune chance de s'en sortir. À mon avis, il était mort intoxiqué par la fumée, ou tout comme, avant même qu'elle comprenne ce qui se passait.

— Affaire réglée.

Tolliver perçut le ton critique d'Infante.

— Pas d'accélérants. Un seul point de départ, le tapis. On s'est intéressé à elle, de très près. Voilà ce qui a achevé de me convaincre : elle n'a sauvé quasiment aucune affaire. Ses fringues et ses bijoux se trouvaient dans la chambre qui a cramé. Et il ne lui a pas laissé grand-chose. Au contraire : il touchait une rente qui prenait fin à sa mort. Elle a donc perdu tout ce qu'il lui donnait.

— Une rente ?

L'avocat de York avait parlé d'une rente souscrite par Stan Dunham après la vente de la ferme, et ça collait. Mais il avait aussi affirmé qu'il n'avait pas de famille.

— Un contrat qui prévoyait le versement d'une somme mensuelle sur une période de dix ans maximum. Vous savez, les gros contrats que signent les joueurs de baseball ? Le montage financier s'apparente à une rente. Bien plus élevée que la sienne, bien entendu. Ce n'était pas un gros montant... à en juger d'après leur mode de vie, juste de quoi se pinter régulièrement. De sacrés fêtards, ces deux-là. On aurait pu croire qu'ils avaient passé l'âge... lui avait la cinquantaine... mais il y a des gens qui n'arrêtent jamais.

Un constat teinté de tristesse, comme si Tolliver avait une expérience personnelle en la matière, un proche qui n'aurait jamais mûri et lui aurait occasionné des soucis. Mais Infante n'était pas là pour confesser Tolliver.

— Qu'avez-vous appris d'autre sur eux ?

— L'adresse était, euh... bien connue de nos confrères en bleu marine. Tapage nocturne. Soupçons de violences conjugales, mais c'étaient les voisins qui appelaient, jamais elle, et à les entendre on ne savait pas vraiment qui se prenait les raclées. C'était une sacrée harpie, une vraie péquenaude des collines de Caroline du Nord.

Tout était relatif. Pour que ce type la traite de péque-

naude, elle devait être une vraie cul-terreuse, façon Daisy Dukes[1] *et Elly May Clampett*[2].

— Depuis combien de temps habitait-elle dans la maison de Reynolds Street ?

— Je ne sais pas trop. Elle n'apparaît sur aucun document officiel... contrat de location, factures. Tout était au nom de Dunham. Lui, ça faisait environ cinq ans. Il conduisait des camions, mais pas de manière régulière pour une seule société. À en croire les voisins, il l'avait rencontrée sur la route et l'avait ramenée. Il ne payait pas de mine, mais il se débrouillait pour toujours avoir une nana. Apparemment, c'était la troisième.

— Vous lui avez fait subir des analyses toxicologiques ?

Nouveau regard vexé.

— Bien sûr. Et les résultats ont confirmé qu'il était ivre mort, et il avait aussi pris un somnifère. Rien de plus. Il était comme beaucoup de routiers : des cachets pour tenir le coup la journée, et d'autres pour se détendre le soir à la maison. Il venait de rentrer d'un boulot la veille.

— Oui, mais...

— Écoutez, je vois où vous voulez en venir. Mais je m'y connais en incendies. Vous pouvez me reconnaître ça, non ? Un cendrier renversé sur un tapis en coton bon marché. Si c'était elle qui avait mis le feu, vous vous rendez compte l'esprit calculateur que ça supposerait, et le sang-froid ? Évidemment, il n'y a rien de plus simple que de balancer un mégot sur le tapis, mais il faut s'as-

1. Personnage un peu naïf de la série *The Dukes of Hazord*, caricature d'une fille du sud des États-Unis.

2. Personnage de la série *The Beverly Hillbillies,* fille de la campagne blonde et sexy.

surer que le bonhomme ne se réveille pas, hein ? Elle doit donc rester, regarder le feu démarrer, attendre que ce soit un vrai brasier avant d'appeler. Si ça ne prend pas, elle ne peut pas lancer une autre cigarette car on le détecterait. Non ? Elle doit aussi espérer que les voisins ne s'apercevront de rien...

— C'était la veille de Noël. Combien de gens étaient chez eux ?

Tolliver ne se laissa pas démonter.

— Je l'ai rencontrée. Elle n'est pas assez rusée pour monter un coup pareil. Les pompiers ont dû la retenir pour l'empêcher de retourner à l'intérieur.

Mais elle a eu la présence d'esprit de ne pas entrer dans la chambre quand la porte était chaude au toucher...

Une fois de plus, Tolliver lut dans les pensées d'Infante.

— Les gens font parfois preuve d'une grande maîtrise de soi dans l'urgence. L'instinct de survie entre en jeu. Elle a sauvé sa peau, mais quand elle a compris qu'il était toujours à l'intérieur, qu'il était perdu, elle est devenue folle. J'ai écouté son appel au 911. Elle était paniquée.

Pôniquée ! Dire qu'on se moquait d'Infante et de son prétendu accent new-yorkais vraiment très léger, nettement moins prononcé que le vrai.

— Où est-elle maintenant ?

— Je n'en sais rien. La maison a été condamnée, donc elle n'y habite pas. Elle a peut-être trouvé autre chose en ville, ou bien elle est partie. Elle a le droit de faire ce qu'elle veut. Elle est libre, blanche et majeure.

Si Infante avait jamais entendu cette expression, c'était dans un film ou une série télé, et pas très récents. Prononcé aujourd'hui sur son lieu de travail, c'était le genre de remarque imprudente qui vous valait d'être convoqué pour un entretien au service du personnel. Pourtant, Tolliver ne semblait pas conscient d'avoir tenu des propos douteux. Et pour être tout à fait honnête, les propres père et oncle d'Infante avaient lâché bien pire, et en toute conscience.

En quittant le Waffle House, il se demanda ce qui avait attiré Tony Dunham dans le Sud, pourquoi il avait choisi de s'installer ici. Le climat était peut-être un motif suffisant. Routier au long cours, Dunham n'avait pas l'air de brûler d'ambition. Né au début des années cinquante, il était d'une époque où les études supérieures n'avaient rien d'indispensable. Dans les années soixante, même un type qui avait lâché le lycée pouvait encore gagner sa vie, à condition d'adhérer au bon syndicat. D'après les recherches de Nancy Porter, Tony Dunham n'avait pas fait l'armée. Difficile de savoir s'il vivait toujours chez ses parents pendant les années où s'y serait trouvée la prétendue Heather Bethany. Elle n'avait fait allusion à personne d'autre. Cela étant, elle ne leur avait pas dit grand-chose, sinon l'adresse et le nom de Stan Dunham. Espérait-elle vraiment qu'ils feraient le lien avec Tony Dunham ? Et que venait faire Penelope Jackson dans cette histoire ?

Les photos ne mentaient pas : l'inconnue de Baltimore n'était pas Penelope Jackson, du moins pas celle dont la photo figurait sur le permis. Qui était Penelope Jackson, alors ? Et si c'était elle la vraie Heather Bethany, celle de Baltimore lui ayant piqué l'histoire de sa vie en même temps que sa voiture ? Dans ce cas, où était passée la vraie Penelope ? Avec un peu de chance, les riverains de

Reynolds Street reconnaîtraient peut-être l'inconnue et sauraient lui dire quels étaient ses liens avec Tony et Penelope.

***

L'hospitalité sudiste laissa remarquablement à désirer lorsque Infante regagna Reynolds Street et commença à poser des questions sur Penelope Jackson et Tony Dunham. D'accord, le premier individu qu'il rencontra voulait peut-être se montrer coopératif, mais il parlait plus espagnol qu'anglais et devint complètement muet à la vue du badge d'Infante. Malgré tout, il hocha la tête devant la photocopie du permis de conduire de Penelope Jackson et dit :

— *Sí. Sí.* Est miss Penelope.

Puis il haussa les épaules en regardant la photo de l'autre femme et ne sembla pas l'avoir reconnue.

La voisine côté est, une Noire corpulente qui semblait avoir cinq ou six gamins, soupira comme pour lui signifier qu'elle en avait vu tellement qu'elle n'avait plus le temps d'en voir d'autres.

« Je m'occupais de mes oignons et eux s'occupaient des leurs », répondit-elle quand il lui demanda si elle savait où se trouvait Penelope Jackson.

De l'autre côté du pavillon bleu endommagé, un vieil homme passait un râteau en bambou sur la pelouse jaunie et y éparpillait les débris de l'hiver. Froid et sec au début, Aaron Parrish se montra plus courtois dès qu'il comprit qu'il avait affaire à quelqu'un d'officiel.

— Désolé de le dire, mais je préfère encore avoir ces ruines calcinées que ces deux-là comme voisins ! dit-il. Ce n'est pas gentil de ma part... et je ne leur aurais jamais souhaité un tel malheur. Mais ils étaient vraiment épouvantables. Les disputes, les cris... Et puis, dit-il en baissant la voix comme pour aborder un sujet vraiment honteux, il garait son pick-up sur la pelouse de devant. Je m'en suis plaint au propriétaire mais il m'a répondu qu'ils réglaient leur loyer, contrairement aux Mexicains. Moi, je trouve les Mexicains plus agréables comme voisins, dès lors qu'on leur explique quelques petites choses sur la vie en Amérique.

— Les disputes et les cris... c'était entre eux ?

— Souvent.

— Vous avez appelé la police ?

Il jeta un coup d'œil nerveux à la ronde, comme si quelqu'un pouvait écouter.

— Anonymement. Plusieurs fois. Ma femme a même essayé d'en parler à Penelope, mais elle lui a répondu de se mêler de ses affaires, sauf qu'elle n'a pas dit ça aussi gentiment.

— C'est elle ?

Parrish regarda la photo du permis de conduire, agrandie par Nancy.

— On dirait. Mais elle était plus mignonne en vrai. Petite, très jolie silhouette, comme une poupée.

— Reconnaissez-vous cette femme ?

Infante avait pris une photo numérique de la soi-disant Heather Bethany au cours de leur deuxième entretien.

— Non, je ne l'ai jamais vue. Dites, elles se ressemblent assez, hein ?

Vraiment ? Infante examina les deux clichés, mais n'y vit que la plus superficielle des ressemblances – les cheveux, les yeux, la carrure à la rigueur. Il avait beau se méfier d'Heather Bethany, qui ne lui était franchement pas sympathique, il sentait chez elle une fragilité dont

Penelope Jackson était dépourvue. Au contraire, cette dernière avait l'air d'une sacrée dure à cuire.

— Vous a-t-elle parlé d'elle ? Penelope Jackson, s'entend. D'où elle venait ? Et d'où venait Tony ? Comment ils s'étaient connus ?

— Elle n'était pas encline à bavarder. Je sais qu'elle travaillait dans St Simons, au Mullet Bay. Tony bossait lui aussi sur l'île de temps en temps, quand il n'avait rien comme routier. Il faisait des petits boulots pour un paysagiste. Mais ils ne pouvaient pas s'installer sur l'île, bien entendu.

— Pourquoi pas ?

Aaron Parrish rigola de la naïveté d'Infante.

— Les prix, fiston ! La plupart des gens qui y bossent n'ont pas les moyens d'y vivre. Pour ça, dit-il en indiquant les décombres calcinés du pavillon trois chambres style ranch, il faudrait compter deux cent cinquante mille dollars en l'état, si vous pouviez la faire transporter par les airs dix kilomètres à l'est. St Simons est une île pour millionnaires, et c'est encore plus cher à Sea Island.

Infante remercia Aaron Parrish et s'introduisit dans la maison incendiée où l'on sentait toujours le brûlé. Il ne voyait pas pourquoi il fallait condamner le bâtiment, les dégâts étant très largement restreints à la chambre à coucher. Le propriétaire espérait sans doute toucher plus de l'assurance.

La porte de la chambre était gondolée et coincée, mais il parvint à l'ouvrir d'un coup d'épaule en y mettant tout son poids. D'après Tolliver, Tony Dunham était décédé avant de cramer, empoisonné par la fumée, mais il était difficile d'oublier que ses chairs avaient grésillé et crépité comme la viande d'un barbecue. Et l'odeur était encore présente. Infante resta sur le seuil et essaya d'imaginer la scène. Il fallait avoir de sacrées couilles pour tenter d'assassiner quelqu'un comme ça – renverser le cendrier sur le tapis, attendre que le feu prenne. Comme l'avait souligné Tolliver, il n'était pas possible de lancer un second mégot si le premier ne marchait pas. Et si jamais le mec se réveillait, il valait mieux être capable de le convaincre qu'il s'agissait d'un accident et que vous veniez juste d'entrer, pari plutôt risqué si le type avait la main leste. Il fallait aussi beaucoup d'emprise sur soi pour ne sauver aucune affaire à laquelle vous teniez, pour accepter de tout perdre. Vous deviez rester là jusqu'à ce que la fumée devienne suffocante, puis fermer la porte, vous rincer le visage pour effacer les larmes provoquées par l'incendie, revenir et attendre d'être certaine que personne ne pourrait plus sauver l'homme enfermé dans la chambre.

Quel que soit son nom, l'inconnue de Baltimore en était capable. Infante en était convaincu. Mais il savait aussi qu'elle n'était pas Penelope Jackson. C'était le seul fait qu'il avait. « Je ne connais pas Penelope Jackson », avait-elle affirmé. Mais si elle n'avait vraiment aucun lien avec elle, n'aurait-elle pas plutôt dit : « Je ne connais pas de Penelope Jackson... Je ne connais aucune Penelope Jackson. » *Alors comment se fait-il que tu aies sa bagnole ?* Elle s'était débrouillée pour ne pas répondre à cette question en leur apportant la solution d'un crime odieux, puis en désignant un policier comme coupable. Elle leur avait balancé pas mal de trucs... À quelle fin ? Que voulait-elle qu'ils voient ?

Il quitta la maison, puis Reynolds Street. C'était une maison triste, même avant l'incendie. Une maison où avaient cohabité deux personnes malheureuses avec leurs frustrations et leurs déceptions. Une maison vouée aux disputes et aux insultes. Il le savait pour avoir lui-même vécu dans ce genre d'endroit, à deux reprises. Enfin... une fois, pendant son deuxième mariage. Le premier s'était plutôt bien passé, jusqu'à ce que ça aille mal. Tabby était une fille sympa. S'il la croisait aujourd'hui... mais il ne croiserait plus jamais la Tabby qu'il avait aperçue au Wharf Rat douze ans auparavant. Elle s'était envolée à jamais, remplacée par une femme qui avait connu un Kevin Infante menteur et volage. Quand il croisait Tabby de temps en temps – Baltimore était par certains côtés une petite ville –, elle se montrait toujours courtoise et polie, tout comme lui. Leur ton était amical et ils plaisantaient même de leur mariage comme si ce n'avait été qu'un voyage gâché par une succession d'incidents, une joyeuse mésaventure. Dix ans après, ils pouvaient être généreux envers les êtres qu'ils avaient été jadis.

Mais elle avait dans les yeux un voile qui ne disparaîtrait jamais, une fine pellicule de déception. Il aurait tout donné pour revoir une seule fois le regard de Tabby ce soir-là au Wharf Rat, quand il était encore pour elle un type digne de respect et d'admiration.

***

Sur un dépliant récupéré à son hôtel Best Western, il lut qu'il y avait un fort à St Simons et décida d'aller y faire un tour pour tuer le temps, avant de passer en fin d'après-midi au Mullet Bay, le bar-restaurant où avait travaillé Penelope Jackson. Il était habitué aux monuments décevants – il avait vu l'Alamo à dix ans –, mais, là, il ne restait carrément rien à l'endroit où s'était dressé le fort

Frederica. Il contemplait une étendue de mauvaises herbes connue sous le nom de Marais sanglant quand son portable sonna.

— Salut, Nancy.

— Salut, Infante.

Il connaissait ce ton. Les intonations de Nancy lui étaient encore plus familières que celles de ses deux ex. Elle avait une mauvaise nouvelle à lui annoncer.

— Crache le morceau, Nancy.

— La dame a décidé de parler. Aujourd'hui.

— Je rentre ce soir. Ça ne peut pas attendre ?

— J'étais du même avis, mais Lenhardt dit qu'il ne faut pas la contrarier. Il m'a chargée de l'interroger. Je pense qu'il redoute la réaction des médias une fois que la mère sera là. Personne ne s'attendait à ce qu'elle quitte le Mexique si rapidement et puis... la mère sera moins facile à contrôler. Aucune charge ne pèse sur elle. Elle peut parler à qui elle veut.

Libre, blanche et majeure, aurait dit Tolliver.

— Oui, ça pourrait vite devenir un sacré merdier.

C'était miraculeux qu'ils eussent échappé si longtemps au radar médiatique, leur unique coup de chance.

— Merde ! grommela-t-il. À quelle heure arrive la mère ?

— 22 heures, juste après toi. Justement...

— Oh allez ! Il faut que je la prenne ? On m'a rétrogradé en mon absence ?

— Le sergent a pensé que ce serait sympathique de l'accueillir, et on ne sait pas combien de temps ça durera. Plus sympathique et bon... plus prudent. Le but est de la tenir à l'œil, tu comprends ?

— Oui.

Infante referma avec dépit le clapet de son portable et

contempla à nouveau le marais. Apparemment, la bataille n'avait pas été si sanglante que ça. Les forces britanniques avaient repoussé une tentative d'invasion espagnole au cours de la guerre de l'Oreille[1]. Modeste enjeu pour une guerre. Cela dit, lui-même était engagé dans un combat insignifiant, à crapahuter en Géorgie pendant que son ancienne coéquipière prenait les rênes de l'enquête et conduisait un interrogatoire dont il aurait dû être chargé. *La guerre du testicule gauche d'Infante.* D'une certaine manière, c'était encore pire de savoir que Nancy ne l'avait pas poignardé dans le dos et n'avait rien manigancé. Elle n'était pas du genre intrigante. Il se demanda si Heather n'avait pas eu vent de son déplacement en Géorgie, d'où le soudain empressement à tout raconter.

Bordel, Brunswick était vraiment un patelin de merde !

28

— À dire vrai, nous aurions grandement besoin de votre aide.

Willoughby entendit ces paroles, en comprit le sens, et fut pourtant incapable de trouver quelque chose à répondre. Il était trop fasciné par celle qui les avait pro-

1. Guerre qui opposa, en 1739, l'Angleterre et l'Espagne à la suite de querelles frontalières en Floride. Ce conflit prit le surnom de « guerre de l'Oreille » lorsque le capitaine Jenkins exhiba au Parlement l'oreille que lui auraient coupée les Espagnols.

noncées, charmé et subjugué par sa seule présence. *Une fille d'antan.* Il ne pouvait s'empêcher de penser à la jeune inspectrice en ces termes, malgré leur sexisme sous-jacent. Elle avait de si jolies rondeurs, un physique du XIXe siècle à l'aube du XXIe, de ravissantes joues roses et de belles mèches blondes échappées d'un chignon. Il avait eu des collègues femmes. À la fin des années quatre-vingt, il s'en trouvait même quelques-unes à la brigade des homicides. Mais elles ne ressemblaient certainement pas à celle-là.

— J'ai travaillé jusqu'à 4 heures, lui confia l'inspectrice, Nancy, pour faire le tri entre ce qui avait filtré et les éléments restés confidentiels. Mais ça fait une sacrée quantité à ingurgiter d'un seul coup... J'espérais que vous pourriez m'aider à me concentrer sur les faits essentiels.

Elle poussa deux sorties d'imprimante vers lui. Non seulement imprimées mais avec un code couleurs – rouge et bleu. Rouge pour ce qui avait été rendu public, bleu pour les informations non divulguées. Cela lui parut des manières de fille, mais c'était peut-être pratique courante dans la police maintenant que tout le monde disposait d'un ordinateur. Lui-même n'aurait jamais osé recourir à ce procédé à son époque, ses collègues étaient toujours à l'affût du moindre signe de faiblesse ou de fragilité chez lui. « Déliquescence » était le terme exact, mais s'il l'avait prononcé, ils y auraient vu la preuve de sa déliquescence.

— 4 heures ? murmura-t-il. Il n'est que midi. Vous devez être épuisée.

— J'ai un bébé de six mois. Être épuisée est mon état normal. En fait, j'ai dormi quatre heures d'affilée et je me sens plutôt reposée.

Willoughby fit mine de parcourir les documents, mais il ne voulait pas se concentrer dessus, il redoutait de céder aux sirènes rouges et bleues. Cet inventaire anodin de faits anciens cachait un tourbillon. Il n'avait aucune envie d'être à nouveau happé, de repenser à toutes les façons dont il avait échoué. On ne lui avait fait ni remontrance ni reproche. Ses supérieurs, quoique très désireux d'obtenir une résolution pour la question Bethany – c'était le terme qui avait fini par s'imposer, la question – comprenaient que c'était la faute à pas de chance, une affaire digne de *La Quatrième Dimension*. Au bout du compte, même Dave ne l'avait pas tenu pour responsable. Et quand Willoughby avait pris sa retraite, l'image qu'il s'était forgée correspondait en grande partie à ses aspirations. Un vrai mec. Coriace. Tenace. Jamais mou, encore moins déliquescent.

Pourtant, il était depuis longtemps rongé par le regret de n'avoir jamais avancé dans l'enquête sur ce qui était arrivé aux sœurs Bethany. Et voilà que cette jeune femme – Dieu, qu'elle était mignonne, et jeune mère avec ça, vous vous rendez compte ? – lui apprenait qu'un policier était mis en cause, un des leurs. Un des siens, quasi un contemporain. Il ne se souvenait pas de Stan Dunham, et cette Nancy disait qu'il avait pris sa retraite de la brigade des vols en 1974, mais bon : ce serait très embarrassant. Il voyait d'ici les commentaires si l'inconnue... cette femme... disait vrai. *Sous leur nez, depuis tout ce temps !* On évoquerait peut-être l'hypothèse d'un camouflage, d'une conspiration. Les gens raffolaient des complots.

— Cela, dit-il en indiquant une ligne bleue, également surlignée et en lettres capitales. Bien vu. Voilà ce que vous cherchez. Très peu de gens pouvaient en parler de façon détaillée : moi, Miriam, Dave, le jeune flic qui était avec nous ce soir-là, toutes les personnes qui avaient accès au local des pièces à conviction.

— Ça fait beaucoup de monde. Et puis, le suspect est un policier, quelqu'un qui avait peut-être une source proche de l'enquête.

— Vous pensez qu'elle n'est pas celle qu'elle dit être, mais que Stan pourrait quand même être impliqué.

— Tout est envisageable. L'information est... (Elle marqua une pause et rassembla ses idées.) ... une chose vivante, en quelque sorte. Elle se développe, elle évolue. Depuis que je m'occupe d'affaires non résolues et passe de plus en plus de temps à l'ordinateur et aux archives, je perçois l'information différemment. C'est un peu comme des Lego, vous voyez ? Il existe un tas de façons de les assembler, mais certains morceaux ne pourront jamais s'attacher, même en tapant de toutes ses forces.

Le thé n'était plus très chaud, mais il en but quand même une gorgée. Il avait tenu à leur en préparer deux *mugs*, avec un cérémonial excessif pour des sachets de Lipton, et elle s'était pliée à sa volonté, s'imaginant sûrement qu'il se sentait seul et voulait prolonger sa visite. Il ne se sentait pas seul, loin de là, et ne voulait pas qu'elle reste une minute de plus que nécessaire. Il porta le regard vers le vieux secrétaire de sa femme et entendit le roucoulement mélancolique d'un oiseau, sous un avant-toit quelque part dans Edenwald. *Trop tard. Trop tard.*

— L'intérêt, dit-il, c'est que le ravisseur l'a certainement oublié et n'était peut-être même pas au courant. Il ne s'en serait pas préoccupé. Une fille, en revanche... une fille s'en souviendrait. Vous, par exemple. À cet âge-là ?

— Enfin, j'étais plutôt du genre garçon manqué,

comme vous pouvez vous en douter, mais oui, je pense que je m'en serais souvenue.

— Vous devez donc l'amener sur ce terrain-là. Faites-la parler, qu'elle devienne ivre de ses propres paroles. C'est tout ce qu'il y a à faire. Mais vous devez vous y connaître, n'est-ce pas ? Vous étiez à la brigade des homicides avant votre congé maternité. (Il se prit à rougir, comme s'il était inconvenant de rappeler à cette jeune femme qu'elle avait des fonctions corporelles, qu'elle s'était livrée à la reproduction.) Vous savez mener un interrogatoire. D'ailleurs, je parie que vous êtes drôlement douée.

Ce fut au tour de Nancy de siroter son thé froid à des fins dilatoires. Dans sa jeunesse, il n'aurait probablement pas ressenti la même attirance. À vingt ans, il aimait les femmes de sa classe sociale, comme aurait dit sa snob de mère, les minces au point de s'en briser, à la Katharine Hepburn, celles qui se déplacent en pointant le bassin, avec des hanches comme des rasoirs. Evelyn était de ce genre-là, d'une élégance tout anguleuse. Mais la douceur avait des vertus et cette Nancy Porter avait un vrai visage de poupée, avec ses joues roses et ses yeux bleu pâle. *De souche paysanne*, aurait dit sa mère, mais quelques gènes plus robustes n'auraient pas fait de mal à leur arbre généalogique.

— Nous avons pensé... enfin, ils ont pensé, le sergent Lenhardt, qui est le supérieur d'Infante, et le grand patron lui-même... que votre présence serait souhaitable.

— En tant qu'observateur, vous voulez dire ?

— Peut-être même pour... l'interroger.

— Est-ce légal ?

— Il arrive que des policiers en retraite reprennent du

service. Des sortes de consultants non assermentés. Nous pourrions arranger cela.

— Ma chère...

— Nancy.

— Ne me prenez pas pour un sexiste... J'avais oublié votre prénom et je cherchais à le masquer. Tel est notre lot, voyez-vous ? J'ai la soixantaine. J'ai des trous de mémoire. Mon esprit est moins aiguisé. J'oublie certains détails. Pour le moment, vous connaissez le dossier mieux que moi. Je n'ai rien à vous apporter.

— Votre seule présence pourrait faire qu'elle hésite à nous berner. Infante étant en Géorgie et la mère arrivant ce soir...

— Miriam vient ? Vous l'avez retrouvée ?

— Au Mexique, exactement comme vous disiez. Elle avait gardé un compte bancaire au Texas, ce qui nous a permis d'obtenir ses coordonnées. Lenhardt l'a contactée hier soir, mais nous ne nous attendions pas à ce qu'elle vienne si vite. Il a tenté de l'en dissuader. Le voyage va lui prendre la journée, mais dès qu'elle sera ici, je ne vois pas comment on pourrait la tenir à l'écart. Ce n'est pas nous qui avons pris l'initiative de l'interrogatoire, mais mon patron y voit une chance à saisir.

— S'il s'agit d'une usurpatrice, vous pensez qu'elle pourrait tromper Miriam et lui soutirer des renseignements, presque à son insu. (Il fit non de la tête.) Elle ne la bernera pas. Miriam n'est jamais dupe de personne.

— On ne s'inquiète pas trop pour ça. Si besoin est, il y a toujours les cellules épithéliales. Mais si nous pouvions la discréditer définitivement, la prendre en tort sur des faits précis, ce ne serait pas une mauvaise chose.

— Epithé... ?

— L'ADN. Je fais la maligne en utilisant le terme scientifique, à mauvais escient qui plus est.

— L'ADN. Bien sûr. Le nouveau meilleur ami du policier.

Il but encore une gorgée de thé froid. Miriam ne leur avait donc rien dit et ils ne lui avaient pas posé la question. Chacun s'en était tenu à des suppositions, et pourquoi en serait-il autrement ? Il y avait eu des non-dits, des inférences. Par sa faute, supposait-il, une faute qu'il avait souvent envisagé de réparer au fil des ans. Mais il devait bien cela à Dave.

Il repoussa les documents, si fort que certains glissèrent et tombèrent de la table basse en acajou. Une table, il le remarqua maintenant qu'il était en présence de cette jeune femme pleine de vie, bien poussiéreuse et trop cirée.

— Vous imaginez sans doute qu'on n'en a jamais terminé avec ce genre d'affaire, n'est-ce pas ? Vous pensez que la flamme ne demande qu'à être ranimée. Comme dit l'adage, le destrier réagit à l'odeur de la poudre. Mais faut-il en déduire qu'il veut retourner au combat ou y échapper ? J'ai toujours penché pour la deuxième solution. J'ai fait du bon boulot en tant qu'inspecteur. Quand j'ai pris ma retraite, je me suis résigné au fait que ce dossier ne serait jamais bouclé, que certains secrets ne sont jamais percés. J'ai même envisagé... ne souriez pas... des explications surnaturelles. Un enlèvement par des extraterrestres. Pourquoi pas ?

— Mais si on peut obtenir des réponses...

— Au fond de moi, j'ai le sentiment qu'il s'agit d'une supercherie, d'un épouvantable gâchis de temps et d'énergie pour tout le monde. Je compatis avec Miriam, obligée de revenir ici en avion et d'envisager la seule éventualité à laquelle elle ne s'est presque jamais permis de croire. Dave s'accrochait à l'espoir, et ça l'a tué. C'était Miriam qui acceptait la réalité, qui s'est débrouillée pour survivre et aller de l'avant, même si sa vie était amputée.

— Votre intuition, voilà ce qu'il nous faut. Que vous soyez dans la salle avec moi, qu'il y ait contact oculaire entre vous et elle. Le grand chef dit qu'il vous en parlera plus en détail, si ça peut faire pencher la balance.

Willoughby gagna la fenêtre. Il faisait un temps froid et couvert, au-delà même des habituels caprices de mars. Il pourrait quand même jouer au golf, s'il voulait. Le golf, le sport de l'inaccessible perfection, qui vous rappelle chaque fois que vous n'êtes qu'humain, et faillible. Il avait toujours soutenu qu'il ne s'y mettrait jamais, qu'il ne mènerait jamais l'existence de country-club à laquelle lui donnaient pratiquement droit ses origines, mais l'oisiveté l'avait conduit à succomber et il ne pouvait plus s'en extirper. Il avait pris sa retraite à quarante-cinq ans. Qui arrête de travailler si jeune ?

Un raté.

Il ne comptait pas faire carrière dans la police. À l'origine, il prévoyait d'y rester cinq ou six ans, puis de faire un passage par les services du State attorney et de se présenter à l'élection au poste d'attorney général en se positionnant comme le candidat qui connaissait l'univers pénal à tous les niveaux, et pourquoi pas un jour briguer la place de gouverneur. Jeune homme fraîchement diplômé en droit de l'université de Virginie, il avait programmé son avenir avec ce genre de confiance : plans à cinq ans, à dix ans, à vingt ans... Puis il avait intégré la brigade des homicides à trente ans et avait décidé d'y rester un peu plus longtemps, l'occasion de participer à une ou deux enquêtes médiatisées pour étoffer le CV.

Dès la première année, il avait hérité du dossier Bethany. Il était resté cinq ans de plus, puis dix.

Ce n'était pas simplement à cause de l'affaire Bethany, pas tout à fait. Mais la Justice l'attirait de moins en moins. Le tribunal n'était pas le lieu des réponses. C'était le domaine de l'épilogue, une mise en scène dans laquelle les acteurs assemblaient exactement les mêmes faits, les combinaient comme... quelle image avait employée la jeune femme, déjà ? Oui, comme des Lego. *Voici ma version, voilà la sienne. Laquelle vous séduit le plus ?* Des Lego. Il existait d'infinies possibilités pour les assembler. Il songea à la bibliothèque du centre-ville à Noël, dont les vitrines étaient pleines de superbes constructions en Lego réalisées par des cabinets d'architectes de la région. Il songea avec quelle insouciance il s'était dit qu'il y emmènerait un jour ses enfants, et plus tard ses petits-enfants. Mais sa femme n'avait pas pu en avoir.

« Vous pourriez en adopter », lui avait suggéré Dave.

Sans réfléchir, Willoughby lui avait répondu : « On ne sait pas sur quoi on tombe. »

Dave s'était contenté d'ajouter, avec un certain mérite : « Ça vaut pour tous les parents, Chet. »

Sa dette morale envers Dave lui pesait toujours, il ne s'en était pas acquitté et ne pourrait jamais la solder. L'unique tentative pour la régler avait conduit à ce fiasco – Miriam dans un avion, les inspecteurs s'imaginant avoir la science avec eux, persuadés qu'en dernier recours ils pourraient citer l'inconnue à comparaître et prouver qu'elle mentait, grâce à son groupe sanguin, sa dentition... ou l'ADN de sa mère. Oui, il serait préférable pour tout le monde que la supercherie soit découverte avant l'arrivée de Miriam.

— Je vous accompagnerai, finit-il par dire. Je ne serai pas dans la salle avec vous, mais j'observerai et j'écouterai, et vous pourrez me consulter à votre guise. Mais j'ai besoin de mon déjeuner et il faudra m'injecter une bonne dose de caféine. L'après-midi promet d'être long et j'ai coutume de faire un petit somme post-sustentatoire.

Il savait qu'il lui donnait de quoi le ridiculiser avec son « somme post-sustentatoire ». L'expression ferait certainement le tour des services. Monsieur ne fait pas la sieste, mais un petit somme post-sustentatoire ! Mais cela avait toujours fait partie de son personnage de policier. Il fournissait de temps en temps et délibérément à ses collègues l'occasion de se payer sa tête, de ridiculiser ses manières et sa grandiloquence.

Il n'avait jamais compris leur hostilité, leur méfiance quant à ses motivations de policier. Les meilleurs inspecteurs adoraient leur métier et le faisaient avec fierté. Eux aussi auraient pu gagner plus d'argent dans d'autres professions, mais ils avaient choisi le travail de policier. Chet faisait tout simplement la même chose, et son amour du métier était encore plus authentique. Mais ils ne l'avaient jamais compris. En fait, ils ne pouvaient pas faire confiance à un type qui n'avait pas besoin d'un salaire. La demoiselle aux joues roses n'était pas différente. Là, elle lui demandait son aide, ou croyait le faire. Mais dès que ce serait terminé, elle se moquerait de lui dans son dos. Peu importait. Il le ferait pour Dave – et pour Miriam.

Il se demanda comment elle avait vieilli, si ses cheveux foncés avaient beaucoup grisonné et si le soleil mexicain avait abîmé son adorable peau d'olive.

29

Son passeport vierge rappela à Miriam combien elle était sédentaire depuis seize ans, quittant rarement San Miguel, sans parler de franchir les frontières du Mexique. De fait, la dernière fois qu'elle avait pris l'avion datait de bien avant le 11 septembre, mais elle n'aurait peut-être pas remarqué les changements si on n'en avait pas tant parlé. Le passage de la douane à Dallas-Fort Worth n'avait jamais dû être une partie de plaisir, même en des temps plus optimistes. Elle ne s'étonna ni de la grossièreté avec laquelle on la traitait, ni de la façon dont on la dévisageait, puis la comparait à la photo de son passeport qui expirait dans un an. Elle avait adopté la nationalité américaine en 1963 parce que ça simplifiait les choses. Contrairement à ce que les gens imaginaient, la naturalisation n'était pas automatique en cas de mariage. N'avaient été les filles, elle n'aurait peut-être pas changé de nationalité. Déjà en 1963, elle ne se sentait pas l'âme d'une « Américaine », le terme que s'arrogeaient les habitants des États-Unis comme s'il n'y avait pas d'autre pays dans ce continent. Mais elle avait adopté cette nationalité pour sa famille.

— Quelle est la nature de votre séjour aux États-Unis ? s'enquit l'agent des services d'immigration d'une voix rapide et monotone.

Noire et âgée d'une quarantaine d'années, elle s'ennuyait tellement dans son boulot que le simple fait de maintenir sa personne corpulente sur le tabouret surélevé et rembourré semblait lui demander un effort prodigieux.

— Euh...

Son hésitation ne dura qu'une fraction de seconde, mais c'était le moment palpitant que semblait attendre désespérément cette fonctionnaire, la réponse insolite que ses oreilles étaient entraînées à relever. Le regard soudain perçant, elle se redressa.

— Quelle est la nature de votre visite ? répéta-t-elle d'un ton appuyé. Vi-si-te.

— Eh bien, je...

Miriam se rappela à temps qu'elle n'était pas tenue de raconter sa vie devant ce guichet. Elle n'avait pas besoin d'expliquer à cette femme que ses filles avaient disparu et qu'elles étaient présumées mortes depuis trente ans, et encore moins que maintenant, contre tout espoir, l'une d'elles était peut-être vivante. Pas besoin d'évoquer sa liaison avec Baumgarten, le divorce, le déménagement au Texas puis au Mexique, le décès de Dave. Pas besoin d'expliquer pourquoi elle était devenue américaine, ni pourquoi elle avait repris son nom de jeune fille après le divorce, ni même pourquoi elle avait choisi de s'installer à San Miguel de Allende. Sa vie lui appartenait encore, du moins pour l'instant. Cela risquait de changer au cours des vingt-quatre heures à venir, auquel cas elle se retrouverait à nouveau dans le domaine public.

Elle n'eut qu'à répondre :

— Personnelle. Affaire de famille. Un parent qui a eu un accident de voiture.

— Je suis désolée, dit l'employée. C'est affreux.

— Rien de très grave, la rassura Miriam en reprenant ses bagages et se dirigeant vers le terminal des vols intérieurs où elle avait quatre heures pénibles à tuer avant sa correspondance pour Baltimore.

***

— Il n'y a rien de grave, lui avait confié le sergent la veille au téléphone, une fois surmonté le choc initial.

Comme une personne précipitée dans une eau glaciale et profonde, Miriam s'était sentie sonnée et désorientée, tous ses repères brouillés. Il lui avait fallu un long moment pour se ressaisir et avoir la réaction naturelle, remonter à la surface et ressortir là où elle pourrait respirer.

— Je parle de l'accident de voiture, avait-il précisé. Bien évidemment, les allégations de cette femme sont très graves.

— Ça me prendra la journée de vol, mais je pourrais être là-bas demain soir, à condition de partir de bonne heure, dit-elle.

Elle pleurait, mais ce n'était pas le genre de larmes qui étouffent la voix et les pensées. Elle passait en revue dans sa tête ses relations à San Miguel, ceux qui pourraient et voudraient bien lui rendre service. Il y avait notamment un hôtel haut de gamme, où le personnel était habitué à s'occuper des clients fortunés et de leurs lubies soudaines. Il devrait pouvoir lui trouver un vol. Le fric n'était pas un problème.

— Il serait vraiment préférable d'attendre... En fait, nous ne sommes pas sûrs de...

— Non, non, je ne peux pas attendre... (Puis elle comprit.) Vous pensez qu'elle ment ?

— Nous pensons qu'elle est sacrement bizarre, mais elle sait certaines choses qui supposent une connaissance intime de l'affaire, et nous explorons de nouvelles pistes, mais tout ça reste très incertain.

— Donc, même s'il ne s'agit pas de ma fille, elle sait

très probablement quelque chose sur elle. Et Sunny ? Que dit Heather sur sa sœur ?

Silence, le genre de silence empreint de gravité, dont elle déduisit que l'homme à l'autre bout du fil était père de famille.

— Elle aurait été tuée peu de temps après leur enlèvement, d'après elle.

Depuis seize ans qu'elle vivait au Mexique, Miriam n'avait jamais souffert du moindre trouble digestif. Mais, à cet instant, elle ressentit une vive douleur à l'estomac, symptôme caractéristique de la *turista*. Parmi toutes les hypothèses qu'elle avait envisagées depuis trente ans – la découverte de leur tombe, une arrestation, le fin mot de l'histoire et même, dans un recoin secret de son cœur, d'impossibles retrouvailles –, celle-ci ne l'avait jamais effleurée. L'une mais pas l'autre ? Elle eut l'impression que son corps allait succomber à la tension intérieure provoquée par des émotions si contradictoires. Heather vivante et la promesse de réponses après tant d'années. Sunny morte, et l'horreur de ces réponses après tant d'années. Elle se regarda dans le miroir au cadre en étain accroché au-dessus du buffet rustique en pin, certaine d'y voir une expression dédoublée, un seul visage partagé entre le masque de la tragédie et celui de la comédie. Mais elle avait sa tête habituelle.

— J'y serai. Dès qu'humainement possible.

— Cela ne regarde que vous, bien entendu. Mais vous pourriez attendre qu'on se penche sur quelques-unes de ces nouvelles pistes. J'ai un inspecteur qui vérifie certaines choses en Géorgie. Ça m'embêterait que vous veniez jusqu'ici pour...

— Écoutez, il n'y a que deux possibilités. La première est qu'elle soit effectivement ma fille, auquel cas je ne pourrai jamais arriver assez tôt. La deuxième est qu'elle soit quelqu'un qui sait quelque chose sur ma fille et s'en sert pour une raison quelconque. Si c'est le cas, je veux lui parler. Et puis, je saurai. Dès que je la verrai, je saurai.

— Il n'empêche, une journée ne changera pas grand-chose et si nous parvenions à la discréditer...

Pour une raison ou une autre, il ne souhaitait pas qu'elle vienne, pas tout de suite, et cela ne fit que renforcer la détermination de Miriam de se rendre à Baltimore au plus vite. Dave était mort, c'était à elle de décider. Elle agirait comme il l'aurait fait s'il avait été encore là. Elle lui devait bien ça.

Sauf que là, moins de vingt-quatre heures plus tard, à déambuler avec sa valise à roulettes devant les horribles boutiques de l'aéroport, elle était moins sûre de son fait. Et si elle ne savait pas ? Et si le désir de revoir sa fille vivante faussait son instinct maternel ? Et si l'instinct maternel n'était qu'une foutaise ? Il s'était toujours trouvé des gens pour contester sa fibre parentale, des personnes sans tact ni jugeote qui la rabaissaient parce qu'elle n'avait pas de lien biologique avec les filles qu'elle élevait. Et s'ils avaient raison et qu'il lui manquait un instinct essentiel ? Avoir su établir un lien si fort avec des enfants qui n'étaient pas sa progéniture n'était-il pas le signe d'une nature influençable ? Elle se souvint d'une chatte qu'ils avaient eue, une superbe attrapeuse de souris toute tachetée. Opérée, elle n'avait jamais eu de portée. Un jour, elle était tombée sur un petit phoque appartenant à Heather, jouet hideux en véritable peau de phoque offert par la mère de Dave, jamais bien inspirée. Si cela n'avait pas été un cadeau de sa mère, Dave n'aurait jamais permis à Heather de le garder. Il avait forcé Miriam à se débarrasser du manteau en castor hérité de sa grand-mère, souvenir de sa vie au Canada beaucoup plus défendable que le phoque. Mais on faisait toutes sortes d'exceptions pour Florence Bethany. La chatte Eleanor avait donc découvert le petit phoque et l'avait adopté. Elle le portait par le cou comme un chaton, lui faisait longuement sa toilette et crachait si quiconque essayait de le lui reprendre. À force, bien entendu, elle l'avait complètement abîmé, sa langue râpeuse et humide en ôtant tous les poils jusqu'à ce qu'il ne reste plus qu'une horrible loque, bout de tissu fœtal.

Et si les instincts de Miriam ne valaient pas mieux que ceux de la chatte ? Ayant appris à aimer les fillettes d'une autre femme comme si c'étaient les siennes, serait-elle capable de revendiquer n'importe quel enfant, si elle avait très envie d'y croire ? Allait-elle trimballer un petit phoque par la peau du cou en prétendant que c'était son chaton ?

L'année qui avait précédé sa disparition, Sunny s'était mise à poser beaucoup de questions sur sa « vraie » mère. Adolescente typique à l'époque, ses sautes d'humeur lui avaient valu le surnom de Stormy[1] dans la famille. Elle s'approchait à pas feutrés de la vérité sur ses origines, puis reculait. Elle avait envie de savoir. Mais elle n'était pas prête.

« Il n'y avait pas d'autre voiture dans l'accident ? demandait-elle. Comment c'est arrivé ? Qui conduisait ? »

Les histoires gentilles et convenables qu'ils lui racontaient depuis si longtemps étaient devenues des mensonges, ni plus ni moins, et Miriam pas plus que Dave ne savait comment négocier ce tournant. Aux yeux d'une adolescente, mentir était le péché capital, l'excuse toute trouvée pour s'affranchir des règles et des préceptes

1. Stormy signifie « orageuse ».

parentaux. S'ils lui avaient fourni une arme comme la preuve de leur duplicité et de leur hypocrisie, elle serait devenue infernale. Mais il faudrait bien la mettre au courant un jour, ne serait-ce que pour tirer la leçon des erreurs de sa mère, illustration des dangers qu'il y avait à ne pas se confier à ses parents, à écouter sa fierté quand on s'était trompé. Si Sally Turner avait su se tourner vers eux quand elle en avait besoin, Sunny et Heather ne seraient peut-être jamais devenues les sœurs Bethany. Et aussi fort que cette idée lui déplaise, Miriam savait que ç'aurait été préférable. Non pas pour des raisons biologiques, mais parce que si leur mère avait vécu, elles aussi seraient peut-être encore vivantes.

La police s'était longuement penchée sur la famille du père biologique, mais les rares parents qui lui restaient semblaient ne pas s'intéresser ou ne pas savoir ce qui était arrivé aux descendants de ce violent jeune homme. Orphelin, il avait été élevé par une tante à qui Sally avait autant déplu que lui à Estelle et Herb Turner. Il s'appelait Leonard ou Leo. Quelque chose comme ça. Miriam mettait dans le même sac toutes les indignités subies après la disparition des filles, mais l'intérêt porté à leur ascendance lui avait vraiment déplu, plus encore que les questions sur son infidélité. Et Dave, qui d'habitude tenait pourtant à ce qu'on explore toutes les pistes, même les plus farfelues, n'avait pas supporté qu'on enquête de ce côté-là.

« Ce sont nos filles, répétait-il sans cesse à Chet. Cela n'a rien à voir avec les Turner, ni avec ce crétin qui s'est conduit comme un chien errant. Vous perdez votre temps. »

Le sujet le rendait quasi hystérique.

Plusieurs années auparavant, quelqu'un – une amie

avant cet épisode qui avait dévoilé qu'elle n'en était pas une et ne l'avait jamais été – avait demandé à Miriam si Dave n'était pas en fait leur vrai père, s'il n'avait pas mis enceinte la fille des Turner lors d'une longue liaison clandestine, s'ils n'avaient pas tous concocté cette histoire rocambolesque quand Sally était morte pour une raison ou une autre. Miriam s'était faite à l'idée que personne ne verrait jamais la moindre ressemblance entre elle et ses filles, mais elle avait été stupéfaite que cette femme puisse leur trouver un air de famille avec Dave. Oui, il avait les cheveux clairs, mais hirsutes et bouclés. Oui, il avait la peau blanche, mais les yeux marron et une carrure très différente. Pourtant, les gens disaient souvent : « Ce sont vraiment les filles de leur père ! », remarque qui provoquait une gêne plus que profonde chez elle car elle ne voulait pas se retrouver dans la position de renier leurs filles devant elles, mais supportait mal que cette contre-vérité ne soit pas corrigée. *Elles me ressemblent,* avait-elle envie de dire. *Elles me ressemblent beaucoup. Ce sont mes filles et je les ai façonnées. Elles seront comme moi, mais mieux armées, plus fortes et décomplexées, capables d'obtenir ce qu'elles veulent sans se sentir égoïstes, contrairement aux femmes de ma génération.*

Quatre heures. Quatre heures à tuer dans un aéroport, puis presque trois heures de vol et elle était partie depuis bientôt huit heures – debout à 6 heures pour prendre le taxi, réservé par Joe, jusqu'à l'aéroport local, puis un long retard à Mexico. Il y avait de bons livres à la librairie, mais elle ne se voyait pas se concentrer sur l'un quelconque d'entre eux, et les magazines lui paraissaient trop triviaux, étrangers à sa vie. N'ayant pas d'antenne satellite, elle ne savait même qui étaient la plupart des actrices. De visage comme de corps, Miriam était sidérée de voir à quel point elles se ressemblaient, interchangeables comme des poupées Madame Alexander. La vie privée s'étalait en gros titres – fiançailles, mariages, naissances. *On peut remercier Chet,* songea-t-elle. Il avait caché beaucoup de choses à la presse locale. Les journalistes s'étaient montrés très dociles et circonspects. Aujourd'hui, tout aurait été déballé – l'adoption, sa liaison, leurs problèmes financiers. Tout.

Ça pourrait encore arriver, pensa-t-elle. Ça pourrait encore arriver. Le monde d'aujourd'hui ne se contenterait jamais de retrouvailles, s'il s'agissait bien de cela, dans l'intimité. Elle en aurait presque souhaité que la femme de Baltimore soit une menteuse. Mais ce souhait ne fit que l'effleurer. Elle aurait tout donné – la vérité sur elle-même, si moche et désagréable soit-elle, la vérité sur Dave et la manière dont elle l'avait traité –, elle aurait tout échangé, et sans y réfléchir à deux fois, contre la possibilité de revoir une de ses filles.

Elle choisit plusieurs tabloïds, bien décidée à les potasser comme le script de sa vie future.

30

— Vous pensez que ça y mettra fin ? demanda Heather en regardant par la vitre de la voiture.

Elle fredonnait depuis le départ, bourdonnement qui était devenu aigu à partir du moment où Kay avait pris la bretelle du Beltway. Kay ne savait pas si elle avait conscience de ce qu'elle faisait.

— Y mettra fin ?

— Que ce sera fini une fois que j'aurai tout raconté ? Kay n'était jamais désinvolte, même pour les sujets les plus anodins, et cette question lui paraissait particulièrement grave. *Y mettra fin ?* Gloria n'en avait rien dit quand elle avait appelé et demandé à Kay – lui avait ordonné en fait, s'adressant à elle comme à une employée, comme si elle lui devait bien ça – d'amener sa cliente au bâtiment de la sécurité publique avant 16 heures. Et maintenant elles étaient en retard parce que Heather avait fait des manières pour sa tenue. Elle s'était montrée aussi capricieuse que Grace quand elle s'habillait pour l'école, et presque aussi difficile à satisfaire. Pour finir, elle avait choisi un chemisier bleu pâle et une jupe en tweed stretch qui allaient étonnamment bien avec ses vieilles chaussures noires, seul article de sa garde-robe qu'elle avait bien voulu garder. Tous ces atermoiements lui avaient paru drôles car Heather ne donnait pas l'impression de se soucier de son apparence. C'était dommage, d'ailleurs, de la part d'une femme aussi belle et dotée de qualités comme seule la nature peut en conférer – pommettes hautes, silhouette délicate qui ne s'empâtait pas avec l'âge, jolie carnation.

— Aucun changement pour le petit garçon, si c'est à ça que vous pensez. Son état ne cesse de s'améliorer. Gloria pense qu'il n'y aura pas de poursuites sérieuses pour l'accident.

— Je ne pensais pas vraiment à lui.

— Ah...

Kay était agacée qu'Heather pense si peu aux autres. Mais cela paraissait logique après ce qu'elle avait subi...

si les supputations de Kay étaient fondées. À partir des rares détails fournis par Heather, elle avait décidé que Stan Dunham avait effectivement enlevé les deux sœurs, mais qu'il avait tué Sunny parce que, à quinze ans, elle était déjà trop vieille pour l'intéresser. Il avait gardé Heather jusqu'à ce qu'elle aussi cesse d'être utile à un pédophile, puis il l'avait encore retenue quelques années, jusqu'à ce qu'elle soit suffisamment traumatisée pour garder le secret. Comment ? Kay préférait ne pas y penser. Dunham s'était manifestement débrouillé pour faire d'elle sa complice, pour qu'elle aussi se sente criminelle. Ou bien il l'avait tellement terrorisée que jamais elle n'oserait en parler à quiconque. Contrairement aux inspecteurs, Kay ne trouvait pas curieux qu'Heather n'ait pas tenté de s'enfuir ni de se confier à quelqu'un pendant ces cinq ou six années. Dunham lui avait peut-être raconté que ses parents étaient morts, voire qu'ils avaient monté l'enlèvement avec lui. Les enfants sont tellement crédules et influençables. Pour Kay, il semblait même logique qu'Heather soit très réticente à raconter toute l'histoire. Sa nouvelle identité, quelle qu'elle soit, avait été cruciale pour sa survie. Pourquoi mettre quiconque dans la confidence – surtout des hommes et des femmes qui travaillaient dans le même service que son ravisseur ?

— Vous pensez qu'ils ont du nouveau ? s'enquit Heather.

— Du nouveau ?

— Ils ont peut-être retrouvé le cadavre de ma sœur. Je leur ai dit où il était.

— Même si c'était le cas... et je pense que les médias en auraient parlé car l'exhumation d'un vieux cadavre passe difficilement inaperçue... il leur faudrait plusieurs semaines pour l'identifier.

— Vraiment ? Vous ne pensez pas que ce serait un dossier prioritaire, quelque chose qu'ils pourraient traiter en urgence ?

Elle paraissait un peu vexée de ne pas recevoir les égards auxquels elle estimait avoir droit.

— Seulement dans les séries télé.

Grâce à son travail pour The House of Ruth, soit par les mêmes canaux qui lui avaient permis de faire la connaissance de Gloria, Kay avait rencontré une légiste anthropologue de College Park qui lui détaillait d'un ton désabusé les contraintes mesquines, principalement budgétaires, qui l'empêchaient d'accomplir les miracles réclamés par le public.

— Il y a certains détails qui se repèrent tout de suite...

— Comme quoi ?

Kay se rendit compte qu'elle n'en était pas sûre.

— Eh bien, euh... certaines blessures. Les traumatismes infligés par un objet contondant ou par une arme à feu. Mais aussi l'appartenance sexuelle, je crois, et l'âge approximatif.

— Comment s'y prennent-ils ?

— Je ne sais pas exactement. Mais, de toute évidence, le squelette se modifie à la puberté. Cela dit, si votre dentiste est toujours vivant, il devrait être capable d'identifier votre sœur rapidement. Je crois que les dentistes reconnaissent assez bien leur propre travail.

— John Martielli, diplômé en chirurgie dentaire, dit Heather d'un ton presque rêveur. Il avait son cabinet au premier étage, au-dessus du drugstore. Il y avait des revues *Highlights,* bien entendu. Avec Goofus et

Gallant[1]. S'il ne repérait aucune carie, et nous n'en avions jamais, nous avions le droit de choisir n'importe quoi à la boulangerie du coin, même un gâteau bourré de sucre.

— Vous n'avez jamais eu de caries ?

Kay pensa à sa pauvre bouche martyrisée. Rien que cette année, elle venait de faire remplacer tous ses plombages, opération pénible, et maintenant elle avait aussi quelques couronnes qui vieillissaient, résultat de dents qui s'étaient fendues, ce qu'elle imputait à son divorce. À force de grincer des dents, elle s'en était cassé deux, les morceaux se mêlant à la barre Granola qu'elle grignotait. Les couronnes lui avaient provoqué une infection et il avait fallu traiter les racines. Son dentiste envisageait même d'autres soins. Elle était consciente que ses ennuis dentaires n'étaient pas de sa faute, mais ses problèmes de bouche lui donnaient l'impression d'être quelqu'un de vaguement sale, avec une mauvaise hygiène.

— Non. Même à l'époque où je n'allais plus chez le dentiste depuis des années... parce que je n'avais pas de sécurité sociale quand j'avais une vingtaine d'années... mes dents étaient parfaites. Maintenant, j'y vais tous les six mois.

Elle les exhiba fièrement. Superbe dentition, belle constitution, minceur naturelle, peau ravissante – si elle n'avait pas su l'histoire d'Heather, Kay l'aurait un peu détestée.

— On peut s'arrêter ? demanda Heather en se prenant le ventre comme si elle souffrait d'une crampe.

— Nous sommes déjà en retard, mais si vous avez mal au cœur ou besoin de manger quelque chose...

1. Personnages de bande dessinée dont les aventures paraissaient dans le magazine pour enfants *Highlights*.

— Je pensais qu'on pourrait passer au centre commercial.

— Le centre commercial ?

— Celui de Security Square.

Kay jeta un coup d'œil à Heather. Ce n'était pas simple en conduisant, surtout quand la circulation était chargée. De toute façon, elle avait appris avec Grace que le contact visuel était surfait. Elle soutirait plus d'informations à sa fille quand elles regardaient toutes les deux droit devant, par le même pare-brise. La sortie pour le centre commercial n'était pas loin de l'endroit où la police avait interpellé Heather le mardi soir précédent.

— C'est là que vous tentiez d'aller ?

— Pas consciemment. Mais peut-être bien. Quoi qu'il en soit, j'ai besoin d'y passer maintenant, avant ce qui m'attend. S'il vous plaît, Kay ? Ce n'est pas si grave d'arriver en retard.

— J'ai plus peur de Gloria que des inspecteurs. Son temps est le seul qui lui importe.

— Je vais l'appeler avec votre portable. Je lui dirai qu'on est en retard.

Sans attendre l'assentiment de Kay, elle prit l'appareil dans le vide-poches entre les sièges et trouva le numéro de Gloria en consultant la liste des appels reçus. Elle savait très bien comment se servir du téléphone, aussi à l'aise avec les gadgets technologiques que l'étaient Seth et Grace.

— Gloria ? C'est Heather. Nous partons à l'instant. L'ex-mari de Kay est arrivé en retard pour prendre les enfants et nous pouvions difficilement les abandonner. (Elle ne lui laissa pas le temps de répondre.) À tout de suite.

Excuse très ingénieuse, songea Kay. *Elle met ça sur le*

dos de quelqu'un que personne ne connaît, et que personne n'aura l'idée d'interroger.

Une fraction de seconde plus tard, les implications profondes de sa réflexion lui apparurent, comme une vibration sous les roues de sa voiture alors qu'elle s'engageait dans la longue sortie en courbe vers Security Boulevard.

***

— Je pensais qu'on voyait tout plus petit avec l'âge, dit Heather. Mais là, ça semble plus vaste. Le centre a été agrandi ?

Elles se tenaient dans une allée où, selon Heather, s'était trouvé le cinéma, deux écrans en tout et pour tout. Pour un samedi, le centre commercial était sévèrement sous-peuplé et s'il y avait bien quelques-unes des enseignes habituelles – Old Navy, un disquaire, Sears, Hecht –, Kay ne connaissait pas la plupart des boutiques, et l'ensemble donnait une impression générale d'abandon. Dans une des ailes, on avait supprimé un grand magasin – Hoschild, affirmait Heather, les cloisons ayant été abattues de façon qu'il ne reste plus que les escalators. Ils permettaient d'accéder à des restaurants asiatiques. Il devait y avoir une forte population d'Extrême-Orient dans les environs, car une enseigne Seoul Plaza avait fait son apparition sur la façade sud. Pour Kay, c'était un changement positif, le signe d'une adaptation et d'une évolution. Quelque part, ça la rendait optimiste que ce genre de commerces spécialisés s'installe dans cette partie du comté de Baltimore. Mais elle n'aimait pas trop les centres commerciaux, et celui-ci était particulièrement déprimant, minable et délaissé.

Elle se demanda quelle était l'impression d'Heather.

— On sentait le pop-corn au caramel jusqu'ici, disait celle-ci. Ça embaumait partout. C'est là qu'on était censées se retrouver ce jour-là.

Elle se mit à marcher, tête baissée comme pour suivre des indices. Arrivée au carrefour central, elle prit à droite.

— Le magasin d'orgues était par ici, près de la librairie. Les articles de couture... Singer, pas Jo-Ann... étaient de l'autre côté, avec Harmony Hut. Nous devions retrouver notre père à 17 h 30 devant le GNC, le magasin bio. Il y achetait de la levure de bière et des bonbons au sésame. C'était joli à l'époque. Il y avait toujours du monde, une ambiance festive.

Heather donnait l'impression de réviser, de bûcher pour un examen. Mais si elle était vraiment Heather Bethany, pourquoi se serait-elle inquiétée d'avoir les bonnes réponses ? Et si elle mentait, elle devait bien constater que l'endroit avait tellement changé que personne ne pourrait vérifier ses souvenirs ni la contredire.

— Voici la sécurité, dit-elle en s'arrêtant devant un local vitré où des hommes en uniforme surveillaient une série d'écrans, et Kay se demanda si elle ne se disait pas qu'ils auraient pu la sauver trente ans auparavant. Ici il y avait Karmelkorn... mais non, pas du tout, bien sûr que non ! J'ai tout inversé. C'est la nouvelle aile, celle du Hecht, qui m'a induite en erreur. J'étais désorientée par le plan modifié et j'ai inversé les deux allées.

Elle accéléra tellement le pas que Kay dut presque courir pour la suivre.

— Le cinéma devait donc être là, dit-elle en s'arrêtant brusquement dans un crissement de semelles et repartant dans l'autre sens, en accélérant à nouveau. Et par ici...

oui, maintenant je comprends mieux. L'endroit où se trouvent les escalators, ce n'était pas Hoschild mais J.C. Penney, qui était toujours en construction à l'époque. Ici... il y avait le magasin d'orgues où M. Pincharelli travaillait le week-end.

L'emplacement était maintenant occupé par Kid-Go-Round, une boutique de tenues de soirée pour enfants. Kay eut un frisson en découvrant le nom du magasin d'à côté : Au temps passé. On y vendait très cher des articles de sport aux couleurs des anciennes équipes de la Negro League[1], comme les Homestead Grays ou les Atlanta Black Crackers.

— M. Pincharelli ? demanda Kay.

— Le professeur de musique au collège de Rock Glen. Sunny était folle amoureuse de lui.

Le regard dans le vide, Heather se remit à fredonner comme dans la voiture et serra les bras contre sa poitrine comme si elle avait froid.

— Regardez-moi ces robes, dit-elle. Pour des demoiselles d'honneur ! Vous avez eu ce genre de mariage ?

— Pas vraiment, répondit Kay en y repensant avec un sourire. Nous avons fait ça dans le jardin d'amis qui avaient une maison au bord de la rivière Severn et j'avais des fleurs dans les cheveux. C'était les années quatre-vingt, ajouta-t-elle d'un ton légèrement penaud. Je n'avais que vingt-trois ans.

— Moi, je ne me marierai jamais, pas pour de vrai.

Aucune note de regret ni d'apitoiement sur soi dans le ton d'Heather. Simple constat.

1. Ligue professionnelle de base-ball réservée aux Noirs américains lors de la période de ségrégation, de la fin du XIXe siècle à 1948.

— Eh bien, comme ça vous n'aurez pas besoin de divorcer.

— Mes parents ont divorcé, n'est-ce pas ? Je n'ai pas compris, au début. Ils se sont séparés. Vous pensez que c'est de ma faute ?

— De votre faute ?

— Enfin, pas de ma faute, évidemment. Mais est-ce arrivé à cause de... enfin, à cause de ce qui s'est passé ? Vous croyez que le chagrin les a éloignés l'un de l'autre ?

— Je pense, répondit Kay en pesant ses mots aussi soigneusement que possible, que la douleur, qu'un drame tendent à amplifier ce qui préexistait, à exposer les fissures déjà présentes. Un mariage solide en sort renforcé. Un couple qui bat de l'aile en pâtit et, sans aide, risque même de se désagréger. D'après mon expérience.

— Vous êtes en train de me dire que mes parents ne s'entendaient pas bien avant ?

Ton farouche, tout droit sorti de la cour de récréation où l'on défend ses parents dès la moindre insinuation.

— Je n'en sais rien. Je ne vois pas comment je serais au courant. Je disais ça en général, Heather.

Encore un sourire, récompense pour l'avoir appelée par son prénom, pour être celle qui la croyait, peut-être même plus que Gloria, dont le dévouement était facturé à l'heure.

— Je pensais qu'ils étaient morts. J'ai supposé que tout le monde était mort. Sauf moi.

Kay admira les robes délicates, de vraies tenues de petite fille modèle comme Grace avait toujours refusé d'en porter. *J'ai supposé que tout le monde était mort.* Si tel était le cas, le mensonge s'en trouvait facilité. Mais qui se livrerait à une tromperie aussi énorme par crainte d'être poursuivi pour un banal accident de la route ?

Quand bien même, maintenant qu'elle savait le garçonnet tiré d'affaire, ne pouvait-elle pas se rétracter, tout simplement ? Elle paraissait tellement crédible, mais le simple fait que Kay pense ce genre de choses pouvait être la preuve que tout cela était planifié.

Le regard fixé droit devant elle, Kay aperçut le reflet d'Heather dans la vitrine qui avait remplacé celle du magasin d'orgues. Des larmes lui couraient sur les joues et elle était secouée de tels sanglots que ses dents blanches et parfaites, sans caries, claquaient violemment.

— Ça a commencé ici, dit-elle. D'une certaine manière, c'est ici que tout a commencé.

31

Le quartier commerçant de St Simons – le « village », disait l'îlien qui indiqua à Infante comment s'y rendre – dégoulinait de charme. La rue principale était bordée de boutiques raffinées, le genre où l'on vend des objets inutiles à une clientèle pour qui le shopping est un loisir. Ce n'était pas le haut de gamme, les grandes marques qu'Infante avait vues dans les Hamptons[1] où il avait bossé comme jardinier quand il était adolescent, mais c'était nettement plus chic que Brunswick. Il comprenait mieux pourquoi Penelope Jackson habitait sur le continent plutôt

1. Partie orientale de l'île de Long Island, réputée pour être une zone de villégiature très prisée de l'élite américaine.

qu'ici où l'immobilier devait être inabordable pour ceux qui servaient les boules de glace, remplissaient les verres de bière et vendaient les robes roses et vertes exposées dans la plupart des vitrines.

Il s'était arrangé pour arriver au Mullet Bay en fin d'après-midi, avant le coup de feu du dîner. Le bar-restaurant était un établissement typique de villégiature, variante du rêve américain version Jimmy Buffet[1]. Perroquets, cocktails tropicaux, t'en-fais-pas-patron. On avait peine à imaginer une femme d'une quarantaine d'années à sa place dans cet endroit branché où tout le personnel de salle, hommes ou femmes, était en short et polo. La responsable, très mignonne avec ses jolis yeux foncés et son teint éclatant, élucida ce point en lui expliquant que Penelope travaillait en cuisine.

— Elle était super ! dit-elle avec un enthousiasme qui semblait être un paramètre par défaut, et en prononçant « suuu-per ».

D'après le badge en plastique épinglé au-dessus d'un sein gauche ravissant, elle s'appelait Heather. Infante y vit le présage... ben... de quelque chose. Cela dit, Heather était un prénom assez répandu.

— Une employée sérieuse et travailleuse. Toujours prête à remplacer un collègue au pied levé. Il lui est même arrivé une ou deux fois de tenir le bar quand le barman ne se pointait pas. Les patrons l'auraient bien gardée.

— Pourquoi est-elle partie ?

1. Auteur et chanteur américain dont la musique combine les styles country, folk et pop, sur des thèmes inspirés de la plage et des tropiques. Il a aussi lancé deux chaînes de restaurants qui portent les noms de ses tubes *Cheeseburger in Paradise* et *Margaritaville.*

— Eh bien, elle avait besoin d'un nouveau départ. Après l'incendie et tout...

Même quand elle exprimait une tristesse sincère, cette Heather conservait un enthousiasme irrépressible, comme si sa beauté et ses jeunes membres lui insufflaient un bien-être permanent. Infante s'imagina en train de disposer ces membres autour de lui et de s'imprégner de ce tempérament ensoleillé.

— Et cette femme ? demanda-t-il en sortant la photo de l'autre Heather. Ça vous dit quelque chose ? Vous ne l'auriez pas aperçue en compagnie de Penelope Jackson ?

— Non. Mais bon... Je ne l'ai jamais vue avec qui que ce soit, même pas son copain. Elle parlait de lui et il est passé une fois, autant que je me souvienne, mais c'est tout. (Elle plissa le nez.) Un type plus âgé, assez répugnant. Il m'a sorti des trucs, mais je n'ai rien dit à Penelope. Paroles d'ivrogne.

— Quand elle est partie, vous a-t-elle dit où elle allait ?

— Non, pas à moi. Elle a donné son préavis et on lui a même organisé une petite fête à la fin de sa dernière journée. Avec un beau gâteau. Mais vous savez, elle était assez secrète. Je pense...

Elle marqua une hésitation, touchante dans son désir de ne pas colporter des ragots, et Infante n'en fut que plus charmé. Il interrogeait tant de gens qui ne demandaient pas mieux que de diffamer autrui au nom du civisme, fournissant, et spontanément, quantité de renseignements inutiles et outrageants.

— Pensez-vous qu'elle était réservée à cause de ses problèmes domestiques ?

Hochement de tête énergique, soulagé. Putain, ce qu'il avait envie de la sauter ! Ce serait comme de... comme de s'allonger sur une plage, sur le sable le plus fin qu'on puisse imaginer, chaud et agréable, pas du tout granuleux. Cette jeune femme n'avait rien d'amer, aucune souillure de la vie. Ses parents devaient encore être mariés, amoureux même. Ses études se déroulaient parfaitement, elle était très appréciée de ses camarades, filles et garçons. Il aurait bien vu des oiseaux se poser sur ses épaules comme sur une princesse de Disney.

— Un jour, elle est arrivée avec une trace de coup au visage. Je n'ai fait que la regarder, que lui jeter un coup d'œil, mais elle a paru très embêtée. Elle m'a dit : « Tu ne sais pas ce qui se passe. » Et moi j'ai répondu : « Je n'ai rien dit, Penelope, mais si je peux faire quoi que ce soit... » Et elle me sort : « Non, non, non, Heather. Tu ne comprends pas, ce n'est pas ce que tu crois, c'est juste un accident. » Et puis... et puis...

Elle déglutit, un peu nerveuse, et Infante lutta pour se concentrer sur ses paroles, tout en se demandant comment la persuader de l'accompagner dans sa voiture de location pour qu'elle l'y chevauche.

— Elle m'a dit : « Ne t'en fais pas. Ça vaut la peine. Je finirai par l'emporter. » C'était vers Thanksgiving.

— Que voulait-elle dire ?

— J'en sais vraiment rien. On n'en a jamais reparlé. J'ai... j'ai eu tort ? J'aurais dû prévenir quelqu'un, l'inciter à chercher de l'aide ? C'était une adulte après tout, quelqu'un de plus âgé que moi. Je ne voyais pas comment j'aurais pu l'aider.

— Vous avez très bien fait, dit-il, en profitant de l'occasion pour lui tapoter le bras.

L'instant se prolongea, sans la moindre gêne.

— Voulez-vous quelque chose ? lui demanda-t-elle d'une voix presque rauque. À manger ? À boire ?

— Je ne devrais probablement pas. Je dois retourner à l'aéroport d'ici une heure, j'ai mon vol pour rentrer à Baltimore.

Il la vit jeter un coup d'œil discret à son annulaire gauche.

— Il y a un tas de vols au départ de Jacksonville. Je suis sûre que vous pourriez partir demain matin de bonne heure et ça ne ferait pas une grande différence. Vous serez chez vous à 9 heures au lieu de 21 heures. Qu'est-ce que ça change ?

— J'ai déjà rendu ma chambre au motel.

— Oh, on pourrait certainement s'arranger. Les gens sont très accueillants par ici. St Simons est un endroit super-sympa. Je parie que vous n'en avez pas vu grand-chose.

Il y réfléchit sérieusement. Bien évidemment. Cette jolie jeune femme lui proposait pour ainsi dire de coucher avec lui à la fin de son service. Il pouvait s'installer au bar, siroter des bières et sentir l'excitation monter en la regardant se dandiner dans son petit short kaki. Il aurait bien droit à quelques verres gratis, peut-être ne lui ferait-elle rien payer. Et qu'est-ce que ça changerait, samedi soir ou dimanche matin ? Nancy menait l'interrogatoire aujourd'hui, elle devait même commencer, d'après ses calculs. Il s'était fait doubler, sans y être pour rien. Bon, d'accord, ce n'était la faute de personne, mais surtout pas la sienne. Les circonstances étant ce qu'elles étaient – et ces circonstances commençaient à prendre forme dans sa tête, un accident sur la voie sur berge, rien de très grave, rien qui passerait aux nouvelles, juste une belle pagaille qui l'avait bloqué sur l'île et lui avait fait rater le dernier vol pour Baltimore au départ de Jacksonville, et qui pourrait prouver que cela ne s'était pas produit ? –, tout le monde se ficherait qu'il ne rentre que le lendemain. Pas besoin d'un inspecteur chevronné pour passer prendre la mère à l'aéroport. Que quelqu'un d'autre se charge de l'emmener au Sheraton et de lui tenir compagnie. Que diable, Lenhardt serait sûrement le premier à s'amuser de son aventure avec la jolie Sudiste ! *Tu t'es offert un bon gueuleton aux frais du service ? Non, mais je me suis bien envoyé en l'air !*

Il lui caressa le poignet du bout des doigts et sentit sa chaleur, sa vitalité juvénile, la force qui vous vient de ne jamais avoir connu le malheur. Kevin n'était pas porté sur les vierges, mais il appréciait ce genre d'innocence, fondée sur la conviction qu'on jouissait de certaines garanties, que la vie serait toujours une partie de plaisir. Peut-être le serait-elle pour la charmante Heather. Peut-être tous les gens qu'elle aimait mourraient-ils dans leur lit, de leur belle mort. Elle ne se retrouverait peut-être jamais avec son mari autour d'une table de cuisine, à pleurer sur toutes les factures qu'ils n'arrivaient pas à payer ou à lui déballer une litanie de reproches. Peut-être aurait-elle des enfants qui ne lui apporteraient que joie et fierté. Peut-être. Il devait bien y avoir des gens dont la vie se déroulait ainsi, non ? Il n'avait pas affaire à eux dans son métier, mais ça devait exister.

Il retira sa main du poignet d'Heather, serra sa jolie menotte et lui dit au revoir, en lui faisant comprendre par son ton et son expression combien il regrettait de ne pouvoir rester.

— Ah, dit-elle d'un air étonné, visiblement habituée à ce qu'on lui cède tout.

— Peut-être une autre fois, manière de dire : *Demain ou la semaine prochaine, je ramènerai chez moi une jeune femme rencontrée dans un bar. Mais ce soir je vais rendre ma voiture de location et me sacrifier pour l'équipe.*

En repartant, il s'arrêta dans un grill de Brunswick et acheta un tee-shirt pour Lenhardt – un cochon musclé qui gonflait ses biceps : LE CHAMPION DE LA BIDOCHE. Il prit le temps de déguster un sandwich à l'épaule de porc et arriva quand même très en avance à l'aéroport de Jacksonville, ce qui lui permit d'échanger son billet et de prendre un vol direct qui arrivait à Baltimore une heure plus tôt.

32

— Souhaitez-vous une chaise plus confortable ?

— Non, non.

La proposition et la sollicitude du sergent gênèrent Willoughby. Ni son âge ni son rang ne justifiaient tant d'égards.

— Parce que je peux vous trouver mieux.

— Non, ça va.

— Vous risquez de la trouver dure au bout de quelques heures.

— Sergent, dit-il d'un ton irrité qui se voulait pourtant digne et stoïque. C'est parfait comme ça, sergent.

Le bâtiment n'était pas celui dans lequel il avait passé l'essentiel de sa carrière et il en fut reconnaissant. Il n'était pas venu là pour se complaire dans la nostalgie. Il était l'arbitre, le juge de ligne, chargé de dire quand la balle était faute. Une enveloppe en papier kraft, légèrement poussiéreuse, reposait à ses pieds, pour plus tard. Il était presque 16 h 30, choix intéressant pour entamer un long interrogatoire. C'était le moment de l'assoupissement, celui où la glycémie baisse et où les gens commencent à penser au dîner, voire pour certains à l'apéritif. Peu de temps auparavant, Willoughby avait vu la jolie inspectrice manger une pomme et plusieurs tranches de fromage, le tout arrosé d'eau minérale.

— Des protéines, avait-elle expliqué en s'apercevant qu'il la regardait. Ça ne donne pas un coup de fouet, mais ça permet de tenir la distance.

Il regretta de ne pas avoir de fille. Un fils aurait aussi été agréable, mais les filles s'occupent de leurs parents dans leur vieillesse, alors que les garçons ont tendance à tomber sous la coupe de la belle-famille, enfin... c'est ce qu'il avait toujours entendu dire. S'il avait eu une fille, elle serait encore là. Et des petits-enfants. Ce n'était pas qu'il se sentait seul. Il y a quelques jours encore, il était assez content de son existence. Il avait le golf, la santé, les amis qui jouaient avec lui, et s'il avait envie de compagnie féminine, plusieurs pensionnaires d'Edenwald n'auraient pas demandé mieux. Deux fois par mois il retrouvait d'anciens camarades de Gilman[1] au Starbuck de York Road, celui qui avait remplacé la station-service Citgo, pour discuter politique et évoquer le bon vieux temps. Les conversations étaient animées et entre eux ils se surnommaient les ROMEO – Retraités oisifs mais encore opérationnels. La triste vérité était qu'Evelyn avait été tellement malade et diminuée qu'elle ne pouvait pas vraiment lui manquer. Plus exactement, elle lui avait

1. Lycée privé huppé de Baltimore.

manqué les dix dernières années de sa vie et il était plus facile de la regretter depuis qu'elle avait vraiment disparu.

Curieusement, Evelyn n'aimait pas quand il parlait des sœurs Bethany. Ses autres enquêtes, même celles dont les détails étaient bien plus sordides, ne la dérangeaient pas autant. Et, même, elle appréciait la dualité qu'il cultivait. Sa carrière de policier lui conférait un vrai cachet dans le cercle de leurs relations et le rendait même plus sexy, et elle se réjouissait de voir ses amies s'agglutiner autour de lui, se disputer son attention et l'inonder de questions sur son travail. Mais pas les sœurs Bethany, jamais les sœurs Bethany. Il avait toujours supposé que le sujet lui était trop douloureux. N'ayant pas pu avoir d'enfants, elle ne supportait pas d'entendre le drame de ce couple qui en avait obtenu deux, presque par miracle, pour se les voir arracher. Et là, pour la première fois, il se demanda si le vrai problème n'était pas qu'il ne soit jamais arrivé à résoudre l'énigme. Avait-il déçu Evelyn ?

***

— Vous êtes en retard, lança Gloria à Kay en attrapant Heather par le coude.

— Heather vous a dit ce qui s'était passé, répondit Kay en essayant de se convaincre qu'elle ne mentait pas, qu'elle s'abstenait simplement de contredire le mensonge d'Heather... À force de tout tirer par les cheveux, elle aurait bientôt besoin d'une perruque.

Elle voulut les accompagner dans l'ascenseur, mais Gloria l'en empêcha.

— Vous ne pouvez pas venir, Kay. Enfin, libre à vous

de monter, mais vous vous retrouverez toute seule dans un bureau désert.

— Oh... je le savais, dit-elle en mentant une deuxième fois en l'espace d'une minute, cette fois pour masquer son embarras.

— Ça va durer longtemps, Kay. Plusieurs heures. Je comptais ramener Heather en voiture.

— Mais ce n'est pas du tout sur votre chemin. Vous habitez par ici et moi au sud-ouest.

— Kay...

Kay songea qu'elle ferait mieux de rentrer chez elle. Elle était déjà trop proche d'Heather et franchissait toutes sortes de lignes jaunes. Le simple fait de la loger chez elle – enfin, pas vraiment chez elle, mais la chambre lui appartenait – pourrait lui valoir une réprimande, avec le risque d'être radiée. Elle se fourvoyait. Mais elle s'était beaucoup engagée et n'était pas disposée à reculer.

— J'ai pris un livre. *Jane Eyre*. Ça ne me dérange pas du tout.

— Jane Eyre ? Je n'ai jamais pu finir un de ses bouquins.

Kay comprit que Gloria confondait le roman de Charlotte Brontë et l'autre Jane de la littérature du XIXe siècle, Jane Austen. Il n'y avait probablement pas beaucoup de place dans la cervelle de Gloria pour autre chose que ses clients et son travail. Devait-elle la prendre à part et lui confier qu'elles étaient passées au centre commercial ? Heather lui en parlerait-elle d'elle-même ? Était-ce important ?

Se retrouvant seule, elle laissa courir son regard sur les pages. Jane fuyant Thornfield, la demande en mariage de St John, les adorables et charmantes sœurs qui s'avéraient être les cousines de Jane... Elle lut tout cela sans vraiment s'en imprégner.

***

Elle ne fut pas ravie en découvrant la présence d'une femme policier, mais tenta de dissimuler sa surprise et son irritation.

— On attend Kevin ? demanda-t-elle.

— Kevin ? répéta l'enquêtrice grassouillette. Ah, l'inspecteur Infante.

Comme si elle n'avait pas le droit de l'appeler par son prénom ! *Elle ne m'aime pas. Elle m'en veut d'être beaucoup plus mince qu'elle alors qu'elle est bien plus jeune. Elle doit couver Kevin.*

— L'inspecteur Infante a dû s'absenter. Il est en Géorgie.

— Je suis censée réagir ?

Gloria la fusilla du regard, mais elle se moquait de ce que pensait l'avocate. Elle savait ce qu'elle faisait et ce qu'elle avait à faire.

— Je ne sais pas. Alors, la Géorgie évoque quelque chose pour vous ?

— Je n'y ai jamais vécu, si c'est à ça que vous pensez.

— Où avez-vous vécu depuis trente ans ?

— Sur cette question, elle invoquera le cinquième amendement, s'empressa de dire Gloria.

— Je ne suis pas certaine que le cinquième amendement soit applicable en l'espèce et nous n'arrêtons pas de vous dire que nous pouvons présenter votre cliente à un grand jury, lui garantir l'immunité pour tout ce qui touche à l'usurpation d'identité, mais... Bon.

Fausse gentillesse.

Je te connais, inspectrice. Tu fais partie des filles sympas, de celles qu'on élit déléguées de classe. Celle qui sort toujours avec le grand costaud qui fait du sport et lui rajuste son col à la cantine, déjà la vraie petite épouse à seize ans. Je te connais. Mais moi, je sais ce que c'est d'être une femme adolescente et ça ne te plairait pas. Ça ne te plairait vraiment pas.

— Comme nous n'avons de cesse de vous l'expliquer, dit Gloria, ce n'est pas l'aspect juridique de l'affaire. C'est le fait de mettre son nez partout, de s'immiscer. Si Heather vous dévoile son identité actuelle, vous allez commencer à interroger ses collègues et ses voisins, non ?

— C'est possible. En tout cas, nous ferons des vérifications dans tous nos fichiers.

On s'en tape.

— Vous la soupçonnez d'être une criminelle ? demanda Gloria.

— Non, non, pas du tout. Nous avons seulement du mal à comprendre pourquoi elle ne s'est pas manifestée avant d'être impliquée dans un accident et de risquer des poursuites pour délit de fuite.

Elle décida de défier l'inspectrice sans détour.

— Vous ne m'aimez pas.

— Nous venons à peine de nous rencontrer. Je ne vous connais pas.

— Quand Kevin doit-il rentrer ? Ne serait-il pas préférable que ce soit lui qui conduise l'interrogatoire ? Sans lui, nous allons devoir revenir sur un tas de trucs déjà traités.

— C'est vous qui avez demandé qu'on fasse ça aujourd'hui. Eh bien, nous sommes là. Allons-y.

— Les dernières paroles de Gary Gilmore[1]... en 1977. Vous étiez née ?

— C'est mon année de naissance, répondit Nancy Porter. Et vous, quel âge aviez-vous ? Où étiez-vous pour avoir été tellement marquée par l'exécution de Gary Gilmore ?

— J'avais treize ans en années d'Heather. Mais je n'avais pas le même âge vis-à-vis du monde extérieur.

— « En années d'Heather » ? À vous entendre, on dirait des années de chien.

— Faites-moi confiance, inspecteur : une vie de chien, j'en rêvais.

33

17 h 45

— J'ai accompagné Sunny au centre commercial mais elle ne voulait pas qu'on reste ensemble. Et là, peut-être justement parce qu'elle m'avait dit ça, je n'ai pas voulu la laisser seule. Je l'ai suivie au cinéma où l'on jouait *La Montagne ensorcelée.* Elle est sortie pendant les bandes-annonces. Je me suis dit qu'elle était sans doute allée aux toilettes, mais quand le film a commencé et qu'elle n'était

1. Criminel américain, connu pour avoir été le premier à subir la peine de mort après son rétablissement par la Cour suprême en 1976.

toujours pas revenue je suis allée voir dans l'entrée du cinéma.

— Vous étiez inquiète pour elle ? Pensiez-vous qu'il lui était arrivé quelque chose ?

Le sujet – Willoughby n'était pas encore prêt à l'appeler Heather, ne serait-ce que pour se protéger, soucieux de ne pas investir trop d'espoir dans cette éventuelle résolution –, le sujet réfléchit longuement à la question. Willoughby sentit qu'elle devait toujours prendre son temps avant de s'exprimer. Elle était peut-être d'un naturel pondéré, mais il la soupçonnait d'aimer le côté dramatique qu'elle créait par ses silences et ses hésitations. Elle savait que son public ne se limitait pas à Nancy et Gloria.

— C'est intéressant que vous me demandiez cela. En fait, je me faisais souvent du souci pour Sunny. On s'attendrait plutôt à l'inverse, vu que je suis la cadette. Mais elle était... je ne sais pas quel est le bon terme. Naïve ? À l'époque, je n'aurais pas su l'exprimer. Je sais simplement que je me sentais responsable d'elle et que je me suis inquiétée quand elle n'est pas revenue. C'était impensable qu'elle paye sa place et renonce à la séance.

— Elle aurait pu retourner au guichet et demander à être remboursée.

Elle plissa le front comme si elle envisageait cette idée.

— Oui. Oui. Ça ne m'est pas venu à l'esprit. Je n'avais que onze ans. Et puis, j'ai tout de suite découvert pourquoi elle était partie. Elle s'était introduite discrètement dans la salle où était projeté *Chinatown,* un film interdit aux mineurs non accompagnés. Vu la disposition de l'entrée – il n'y avait que deux salles –, ce n'était pas facile de tricher et ils étaient vigilants. Mais il suffisait d'utiliser les toilettes de l'autre salle, en prétextant que les vôtres étaient occupées ou dégoûtantes, pour tenter d'entrer quand l'ouvreuse avait le dos tourné. On l'avait déjà fait, voir deux films pour le prix d'un, mais jamais pour un film interdit. Ça ne me serait pas venu à l'esprit. J'étais plutôt une enfant sage.

Resquiller pour voir un film interdit aux mineurs non accompagnés... les jeunes d'aujourd'hui avaient-ils même seulement à faire ça ? Et pour un film comme *Chinatown,* quelle déception si vous comptiez vous rincer l'œil ! Willoughby se demanda ce qu'une gamine de onze ans en 1975 avait pu percevoir du thème central de l'inceste, sans parler de comprendre la transaction immobilière au cœur de l'intrigue.

— Je l'ai donc trouvée au dernier rang en train de regarder *Chinatown.* Elle s'est mise en colère et m'a dit de sortir. Ça a attiré l'attention de l'ouvreuse qui nous a jetées dehors toutes les deux. Sunny était vraiment furieuse. Assez même pour me flanquer la trouille. Après, elle m'a dit qu'elle en avait assez de moi, qu'elle ne m'achèterait pas le pop-corn qu'elle m'avait promis et qu'elle ne voulait plus me voir jusqu'à l'heure où notre père devait passer nous prendre.

— Qu'avez-vous fait ?

— Je me suis baladée. J'ai regardé les vitrines.

— Avez-vous rencontré qui que ce soit ? Parlé à quelqu'un ?

— Je n'ai parlé à personne, non.

Willoughby nota quelque chose sur le bloc-notes qu'on lui avait remis. Ce point était crucial. Si Pincharelli avait remarqué Heather, elle aussi aurait dû se souvenir de lui. C'était une des rares indications que le professeur de musique avait fini par fournir. Il avait aperçu Heather parmi l'auditoire.

Nancy Porter le releva, elle aussi. Bravo.

— Bon. Vous n'avez parlé à personne. Avez-vous croisé quelqu'un que vous connaissiez ?

— Non, pas que je me souvienne.

— Personne de familier ? Un voisin, un ami de vos parents ?

— Non.

— Vous vous êtes donc promenée dans le centre commercial toute seule pendant trois heures...

— Comme font toutes les petites filles depuis toujours. Elles vont flâner au centre commercial. Vous ne faisiez pas pareil, inspecteur ?

Mécontente de l'attitude combative de sa cliente, Gloria lui décocha un regard sévère. Nancy Porter sourit – d'un sourire radieux et sincère, comme l'inconnue n'en avait probablement jamais affiché de toute sa vie – et lâcha :

— Si, mais le mien s'appelait White Marsh et je traînais surtout du côté des commerces de bouche, près de la pizzeria Mamma Ilardo.

— Un nom sympathique.

— Leur pizza était délicieuse.

Nancy se pencha sur son bloc et se mit à écrire frénétiquement. Pure mise en scène, Willoughby le savait. Pure mise en scène.

***

18 h 20

— Racontez-moi ce qui est arrivé en fin d'après-midi, au moment où vous aviez rendez-vous avec votre sœur.

— Je vous l'ai déjà dit.

— Redites-le-moi.

Nancy but une gorgée d'eau minérale. Elle avait plusieurs fois proposé à l'inconnue de lui apporter une boisson gazeuse ou de faire une pause pour aller aux toilettes, mais celle-ci avait toujours refusé. Dommage, parce que si elle avait laissé ses empreintes sur un verre, on aurait pu les passer à l'ordinateur central en quelques minutes, histoire de voir s'il y avait une correspondance. Avait-elle flairé le coup ?

— Il était presque 17 heures et j'étais revenue sous la verrière centrale verte, où était l'alimentation. Karmelkorn, Baskin-Robbins. Je me disais que Sunny changerait peut-être d'avis et accepterait de me payer quelque chose. J'avais décidé que si elle ne me payait pas un Karmelkorn, je la dénoncerais à nos parents pour le film interdit. D'une manière ou d'une autre, j'étais décidée à obtenir ce que je voulais. À l'époque... j'étais très douée pour parvenir à mes fins.

— « À l'époque » ?

— Vous seriez étonnée de voir à quel point des années de servitude sexuelle brisent la volonté.

Willoughby apprécia la manière dont l'inspectrice hocha la tête, comme si elle compatissait, mais ne se laissait pas détourner de son but par ce renseignement. *Oui, oui, les années de servitude sexuelle, cette vieille rengaine.*

— Il est alors... À quelle heure arrivez-vous devant le Karmelkorn ?

— Presque 17 heures. Je vous l'ai déjà dit !

— Comment saviez-vous l'heure ?

— J'avais une montre Snoopy. (Ânonné sur le ton de l'ennui le plus profond.) Jaune avec un bracelet en cuir blanc. Elle avait appartenu à Sunny en fait, mais elle ne la portait plus. Je la trouvais amusante. Mais vu la façon dont bougeaient les bras de Snoopy, il n'était jamais facile de savoir l'heure exacte. Tout ce que je peux dire, c'est qu'on allait sur 17 heures.

— Où était le Karmelkorn ?

— Je ne peux pas vous dire s'il était côté nord ou sud, si c'est ça que vous voulez savoir. Security Square était en forme de croix, sauf qu'une partie était beaucoup plus longue que l'autre. Le Karmelkorn devait se trouver dans la petite aile, celle du J.C. Penney qui n'avait pas encore ouvert. C'était un endroit très agréable où s'asseoir. Même sans en manger, on sentait la bonne odeur de pop-corn.

— Vous étiez donc assise.

— Oui, au bord d'une fontaine. Ce n'était pas une fontaine pour faire des vœux, mais les gens y avaient jeté des pièces. Je me souviens d'avoir été tentée d'en repêcher, de m'être demandé si je me ferais gronder.

— Mais vous m'avez dit que vous étiez une enfant sage.

— Même les enfants sages ont ce genre de pensées. D'ailleurs, je dirais même que c'est ce qui nous caractérise. Nous n'arrêtons pas de penser aux choses que nous n'osons pas faire parce que nous cherchons où se situent les limites de façon à pouvoir arriver juste au bord et plaider l'innocence à cause d'un petit détail technique.

— Sunny était-elle une enfant sage ?

— Non, elle était quelque chose de pire.

— Quoi donc ?

— Elle aurait voulu faire des bêtises mais ne savait pas comment s'y prendre.

***

19 h 10

Jane Eyre terminé – ... *Lecteur, je l'ai épousé, il était aveugle, quel autre choix avait-il ?* –, Kay s'aperçut qu'elle n'avait plus rien à lire. Elle avait sans doute un autre livre dans le coffre de sa voiture, mais elle n'était pas sûre qu'on lui rouvre si elle quittait le bâtiment. Elle aurait pu poser la question, mais elle ressentait cette gêne d'adolescente dont elle n'était jamais parvenue à se défaire entièrement. Elle étudia les annonces et les dépliants punaisés sur le panneau d'affichage. DARE-Drug Awareness Education[1]. Non, minute, ça ne collait pas : Drug Abuse Resistance Education[2]. Assez peu heureux comme nom, et tout ça pour créer un acronyme qui ne marchait pas[3], selon Kay. Bien trop près de Drug Abuse Resists Education[4].

Le détour impromptu par le centre commercial continuait à la tracasser. Fallait-il en parler à quelqu'un ? Envers qui devait-elle se montrer loyale ? Ferait-elle mieux de rentrer ? Elle ne trouverait qu'une maison déserte, comme tous les samedis soir.

***

1. Soit : sensibilisation à la drogue.
2. Soit : sensibilisation à la résistance à la drogue.
3. Soit : Osez !
4. Soit : La drogue résiste à toute tentative d'éducation.

19 h 35

— Voulez-vous un soda ?

— Non.

— Moi, si. Je reviens tout de suite, d'accord. Je vais juste m'en chercher un. Et vous, Gloria ?

— Non, ça va.

Une fois seules, l'avocate dit à sa cliente :

— Pour votre gouverne, sachez qu'ils nous écoutent. Si vous souhaitez me parler en privé, il suffit de demander.

— Je sais. Ça va.

***

19 h 55

— Bon, où en étions-nous ?

— À la pause soda.

— Non, je veux dire quand je suis partie. Où en étiez-vous de votre récit ? Ah, oui... au bord de la fontaine, en train de penser aux pièces.

— Un individu m'a tapoté l'épaule...

— Montrez-moi.

— Vous montrer ?

Nancy s'assit sur la table disposée entre elles.

— Je joue votre rôle. Il est arrivé par-derrière ? De quel côté ? Montrez-moi.

Elle s'approcha dans le dos de Nancy et lui frappa l'épaule avec un peu plus de force que ne l'exigeait un tapotement.

— Donc vous vous retournez et vous voyez ce type... À quoi ressemblait-il ?

— Pour moi, c'était juste un vieux. Cheveux très courts, châtains et grisonnants. Allure ordinaire. La cinquantaine, mais je ne l'ai appris que par la suite. Sur le moment, j'ai seulement pensé qu'il était vieux.

— Vous a-t-il dit quelque chose ?

— Il m'a demandé si j'étais Heather Bethany. Il connaissait mon nom.

— Cela vous a-t-il paru étrange ?

— Non. Je n'étais qu'une gamine. Les adultes savaient toujours des trucs sur moi que je ne savais pas qu'ils savaient. Les grandes personnes étaient comme des dieux. À l'époque.

— Le connaissiez-vous ?

— Non, mais il m'a tout de suite montré son badge et il m'a dit qu'il était policier.

— À quoi ressemblait ce badge ?

— Je ne sais pas. C'était un badge. Il ne portait pas d'uniforme, mais il avait un badge et il ne me serait jamais venu à l'esprit de mettre en doute ce qu'il disait.

— À savoir ?

— « Ta sœur est blessée. Viens avec moi. » Je l'ai donc accompagné. Je l'ai suivi dans un couloir, où il y avait les toilettes. Il y avait une sortie au fond, marquée « Issue de secours, à utiliser en cas d'urgence », comme c'était une urgence j'ai trouvé normal qu'on passe par là plutôt que par l'entrée ordinaire.

— Une alarme s'est-elle déclenchée ?

— Une alarme ?

— Quand on franchit une issue de secours marquée « À utiliser en cas d'urgence », en général ça déclenche une alarme.

— Je ne me rappelle pas. Peut-être l'avait-il désactivée. Ou bien il n'y en avait pas. Je ne sais pas.

— Ce couloir... où se trouvait-il ?

— Entre la place centrale et le magasin Sears. C'était là que se trouvaient les toilettes, et aussi qu'on remplissait les questionnaires.

— Quels questionnaires ?

— Sur les avis des consommateurs. Sunny m'en avait parlé. On pouvait gagner cinq dollars juste en répondant à des questions. Mais il fallait avoir quinze ans minimum, alors je n'ai jamais pu le faire.

***

20 h 40

Infante entra discrètement dans la pièce d'où Willoughby et Lenhardt observaient l'interrogatoire.

— Tu es censé être à l'aéroport pour accueillir la mère, lui dit Lenhardt, mais pas méchamment ni pour lui casser les couilles, enfin... pas aux oreilles de Willoughby.

— Je suis arrivé en avance et son vol a au moins deux heures de retard, d'après le panneau d'affichage. Je me suis dit que j'avais le temps de venir voir comment ça se passait.

— Nancy se débrouille bien, dit Lenhardt. Elle prend son temps. Ça fait presque quatre heures qu'elle la cuisine, et chaque fois qu'elles sont sur le point d'évoquer le moment précis de l'enlèvement, Nancy revient au début. L'autre n'en peut plus. On dirait bien qu'elle est pressée d'en arriver aux trucs sordides.

Infante consulta sa montre.

— Il faut que je reparte à l'aéroport à 21 h 30 au plus tard. Penses-tu que je vais assister au clou du spectacle ?

Lenhardt serra les poings et fit tourner ses poignets en regardant ses doigts serrés.

— La boule magique me dit que tous les signes sont encourageants.

***

20 h 50

— Donc vous êtes dehors et... il fait nuit ?

— Non, il fait encore jour. C'était le 29 mars, les journées s'allongeaient. On est sortis et...

— Aucune alarme ne s'est déclenchée ?

— Non, pas d'alarme. Et il y avait une camionnette. Il a ouvert la portière et Sunny était à l'intérieur. Avant que je puisse réaliser quoi que ce soit... qu'elle était allongée par terre, ligotée, et que ce n'était pas une camionnette de la police... il m'a attrapée et m'a poussée par-derrière. J'ai résisté... enfin, c'est un bien grand mot, une fillette qui agite les bras pour échapper à un homme mûr. Ça n'a pas servi à grand-chose. Je me demande... d'après vous, il s'y est pris de la même façon avec Sunny, avec la même histoire ? Comment nous connaissait-il ? Avez-vous élucidé ce point, inspecteur ? Comment se fait-il que Stan Dunham nous connaissait ? Pourquoi nous a-t-il prises comme cibles ?

— Stan Dunham est en maison de retraite à Sykesville. (Un silence.) Vous le saviez ?

— On ne s'écrit pas toutes les semaines.

Ton sec et dégoûté. Mais dépourvu d'inquiétude, nota Willoughby. On avait longuement réfléchi à ce qu'on lui dirait sur Dunham. Pas question de lui dévoiler qu'il n'était même plus en état de confirmer sa propre identité. Mais le simple fait qu'il soit toujours vivant aurait dû l'impressionner davantage. Même si elle disait la vérité, ne devrait-elle pas être bouleversée d'apprendre que son ravisseur, celui qui avait détruit sa vie, se trouvait à une cinquantaine de kilomètres de l'endroit où elle était assise ?

— OK, OK... quand il s'est saisi de vous, avez-vous... n'avez-vous pas perdu quelque chose ? Laissé quelque chose derrière vous ?

— Que voulez-vous dire ?

— Juste ça. Avez-vous perdu quelque chose ?

L'inconnue écarquilla les yeux.

— Mon sac. Bien sûr, je l'ai laissé tomber. Ce que j'étais malheureuse de l'avoir perdu ! Je sais que ça vous semblera bizarre, mais il était plus simple, à l'arrière de cette camionnette, de me lamenter pour mon sac que de penser à...

Elle se mit à pleurer et son avocate lui tendit un mouchoir en papier, bien que ce ne soit pas le genre de larmes qu'un simple mouchoir aurait pu absorber – elles coulaient à verse.

— Pourriez-vous décrire le sac ?

— Le dé... dé... décrire ?

Willoughby dut se retenir pour ne pas prendre la main du sergent. On y était enfin, le moment que Nancy et lui avaient planifié dans la matinée.

— Oui, pourriez-vous le décrire ? Me dire à quoi il ressemblait, ce qu'il y avait dedans.

Elle parut réfléchir, ce que Willoughby jugea anormal. Soit elle savait, soit elle ne savait pas.

L'avocate s'exprima pour la première fois.

— Allons, Nancy. Qu'est-ce que ça peut vous faire qu'elle soit capable de décrire un sac qu'elle avait à onze ans ?

— Elle m'a décrit sa montre Snoopy de façon très détaillée.

— C'était il y a trente ans. Les gens oublient des choses. Moi, je ne suis pas fichue de me rappeler ce que j'ai mangé hier au déjeuner...

— Il était en jean avec une tresse de galon rouge, déclara l'inconnue d'un ton catégorique, et assez fort pour se faire entendre par-dessus la voix de son avocate. Attaché par des boutons blancs à des poignées en bois. Le sac comportait une base en mousseline et des housses interchangeables, de styles différents.

— Et qu'y avait-il dedans ?

— Ben... de l'argent, naturellement. Et un petit peigne.

— Ni clé ni rouge à lèvres ?

— Sunny avait la clé et je n'avais pas le droit de mettre du maquillage. Sauf du Bonne Bell.

— C'est l'inventaire complet du sac ?

— Quoi ?

— Un petit peigne, du Bonne Bell et de l'argent. Combien ?

— Pas grand-chose. Peut-être cinq dollars, moins ce que j'avais dépensé pour le cinéma. Et je ne suis pas sûre que j'avais du Bonne Bell. Je vous ai simplement dit que c'était le seul maquillage auquel j'avais droit. Je ne peux pas me souvenir de tout. Vous seriez capable de dire tout ce que vous avez dans votre sac ?

— Mon portefeuille, dit Nancy Porter. Des Tic-Tac. Des lingettes... j'ai un bébé de six mois. Du rouge à lèvres. Des facturettes...

— D'accord, vous en êtes capable. Moi, non. Quand

j'ai été arrêtée mardi soir, je ne savais même pas pourquoi mon portefeuille n'était pas dans mon sac.

— Nous y reviendrons.

***

21 h 10

— Donc une fois dans la camionnette...

— Nous avons roulé. Roulé et roulé. J'ai eu l'impression que c'était très long, mais je n'avais peut-être plus mes repères. On a fini par s'arrêter et il est descendu. Nous avons essayé d'ouvrir la portière...

— Vous n'étiez pas ligotée comme votre sœur ?

— Non, il était pressé. Il m'avait juste attrapée et balancée à l'arrière. Je ne sais vraiment pas comment il a maîtrisé Sunny.

— Pourtant, vous venez de dire : « Nous avons essayé d'ouvrir la portière. »

— Je l'avais détachée, bien entendu. Je n'allais pas la laisser ligotée. Il s'est arrêté et nous avons essayé d'ouvrir, mais la portière était verrouillée de l'extérieur. Comme il y avait un grillage entre l'avant et l'arrière de la camionnette, nous ne pouvions pas nous échapper par là.

— Avez-vous crié ? (Elle dévisagea Nancy, le regard vide.) Pendant qu'il était dehors... avez-vous crié, cherché à attirer l'attention ?

— Non. Nous ne savions pas où nous étions, si quelqu'un pouvait nous entendre. Et il nous avait menacées, il nous avait dit qu'il y aurait des trucs horribles... Alors non, nous n'avons pas crié.

Nancy jeta un coup d'œil au magnétophone, mais ne dit rien. *Très bien,* songea Willoughby. Elle se servait du silence comme d'un aiguillon, pour tester la patience de l'inconnue.

— C'était la campagne... on entendait des grillons.

— Des grillons ? Au mois de mars ?

— Un bruit étrange. Pour nous, en tout cas. C'était peut-être l'absence de bruit. (Elle se tourna vers Gloria.) Faut-il vraiment que j'entre dans les détails pour cette partie ? Est-ce bien nécessaire ? (Puis, sans attendre la réponse, elle entama le récit dont elle prétendait qu'il lui répugnait.) Il nous a emmenées dans une maison au milieu de nulle part. Une ferme. Il voulait... faire des choses. Sunny s'est battue avec lui et il l'a tuée. Je ne pense pas que c'était intentionnel. Il a paru surpris quand c'est arrivé. Triste, même. C'est possible... qu'il ait eu de la tristesse ? Il avait peut-être prévu de nous tuer toutes les deux, mais quand c'est arrivé il s'est rendu compte qu'il n'avait pas l'étoffe d'un meurtrier. Il l'a tuée, et ensuite il m'a dit que je ne pourrais jamais le quitter. Que je devrais rester avec lui et sa famille, et en faire partie. Sinon... Eh bien, il n'aurait pas d'autre choix que de me faire subir le même sort que Sunny. « Elle est morte, m'a-t-il dit. Je ne peux pas la ressusciter. Mais je peux t'offrir une nouvelle vie, si tu acceptes. »

Willoughby avait en tête l'image d'une route à la fin de l'été, au moment du coucher de soleil quand la chaussée semble parfois scintiller et l'air onduler. Ce récit présentait un aspect similaire, sans qu'il parvienne à mettre le doigt précisément dessus. Cela avait commencé avec les grillons, bien qu'elle ait fini par se dédire. Il savait seulement qu'elle tournait autour de la vérité ; certains détails étaient vrais et d'autres... modelés. Façonnés. Pour répondre aux attentes de qui ? Dans quel dessein ?

— Sa famille ? D'autres personnes étaient donc impliquées ?

— Elles ne savaient pas tout. Je ne sais pas trop ce qu'il a raconté à sa femme et à son fils... peut-être que j'étais une fugueuse qu'il avait sauvée de la rue, une fille de Baltimore qui ne pouvait pas retourner chez elle pour une raison ou une autre. Je sais juste qu'il est allé à la bibliothèque pour éplucher les journaux jusqu'à ce qu'il trouve ce dont il avait besoin : un incendie survenu plusieurs années auparavant dans l'Ohio. Une famille entière avait péri. Il a noté le nom de la petite fille et a demandé une carte de sécurité sociale à ce nom. Avec ça, il a pu m'inscrire à l'école paroissiale de York.

— Simplement avec un numéro de sécurité sociale ?

— C'était une école religieuse et il leur a expliqué que c'était tout ce que j'avais, que tout avait été détruit et que l'obtention d'un acte de naissance prendrait plusieurs mois. C'était un ancien officier de police, très respecté. En général, les gens voulaient lui faire plaisir.

— Il vous inscrit donc à l'école, vous y envoie tous les jours mais vous n'essayez pas de dire qui vous êtes, ni ce qui vous est arrivé ?

— Ça ne s'est pas fait tout de suite. Il a attendu la rentrée. Pendant presque six mois, j'ai vécu sous son toit, avec pratiquement aucune liberté. J'étais assez brisée quand j'ai commencé à aller à l'école. Depuis six mois, on me répétait tous les jours que personne ne se souciait de mon sort, que personne ne me cherchait et que j'étais entièrement dépendante de lui. C'était un adulte... policier qui plus est. Je n'étais qu'une enfant. Je le croyais. Et puis... j'étais violée tous les soirs.

— Et sa femme supportait ?

— Elle fermait l'œil, comme toujours dans les

familles. Peut-être justifiait-elle la situation en s'imaginant que c'était de ma faute, que j'étais une jeune prostituée qui séduisait son mari. Je ne sais pas. On finit par s'habituer, à la longue. C'était une corvée, une tâche que je devais accomplir. Nous habitions entre Glen Rock et Shrewsbury. J'avais l'impression d'être à des milliers de kilomètres de Baltimore. Par là-bas, personne ne parlait jamais des sœurs Bethany. C'était quelque chose qui était arrivé en ville. De toute façon, les sœurs Bethany n'existaient plus. Il n'en restait qu'une seule.

— Vous habitez encore là-bas ? C'est là que vous étiez pendant tout ce temps ?

Elle sourit.

— Non, inspecteur. Je suis partie depuis longtemps. Quand j'ai eu dix-huit ans, il m'a donné de l'argent et m'a mise dans un car en me disant de me débrouiller toute seule.

— Pourquoi n'êtes-vous pas rentrée à Baltimore ? Vous auriez pu retrouver vos parents et leur expliquer ce qui vous était arrivé...

— Parce que je n'existais plus. J'étais Ruth Leibig, unique rescapée d'un tragique incendie survenu à Columbus, Ohio. Adolescente ordinaire le jour, favorite la nuit. Heather Bethany n'existait plus. Il n'y avait aucune raison de rentrer.

— C'est donc votre identité actuelle. Ruth Leibig ?

Sourire encore plus large.

— N'imaginez pas que vous allez me la soutirer aussi facilement, inspecteur. Stan Dunham m'a bien formée. J'ai appris moi aussi à éplucher d'anciens journaux, pour y dénicher des identités oubliées et me les approprier. C'est plus compliqué de nos jours, bien entendu. Les gens se font faire une carte de sécurité sociale de plus en plus jeunes. Mais pour quelqu'un de mon âge, il existe encore un tas d'enfants décédés dont le nom peut servir. Vous seriez étonnée de savoir à quel point c'est facile d'obtenir un acte de naissance quand on a quelques renseignements de base et... un certain savoir-faire.

— Quel genre de savoir-faire ?

— Ça ne vous regarde pas.

Gloria opina du chef.

— Écoutez, elle vous a raconté son histoire. Maintenant, vous savez.

— Le seul problème, dit Nancy, c'est que tout ce qu'elle nous a fourni jusqu'ici débouche sur une impasse. La ferme où tout serait arrivé ? Disparue, divisée en lots il y a des années, sans qu'il soit fait mention nulle part d'une découverte de restes humains.

— Vérifiez auprès de Notre-Dame-des-Fleurs, l'école paroissiale. Vous trouverez une Ruth Leibig dans leurs archives.

— Stan Dunham est en train de mourir dans une unité de soins palliatifs.

— Tant mieux, dit-elle.

— Cela fait près de dix ans que sa femme est décédée. Et le fils ? Mort dans un incendie accidentel, il y a trois mois. En Géorgie. Où il vivait avec Penelope Jackson.

— Il est mort ? Tony est mort ?

S'il avait été plus jeune, Willoughby aurait sûrement bondi de sa chaise. Déjà debout, Infante et Lenhardt se raidirent et se penchèrent vers le haut-parleur qui leur transmettait les paroles.

— As-tu... ? dit Lenhardt au moment où Infante lançait :

— Elle n'a pas été surprise pour le père, elle s'en tape qu'on lui parle de Penelope Jackson et de la Géorgie, mais l'allusion au fils l'a prise au dépourvu. Elle connaissait son prénom sans que Nancy le lui ait dit.

De l'autre côté de la glace :

— Un instant, Heather, lui dit Gloria. Si vous pouviez nous laisser seules une minute, Nancy.

— Bien sûr. Prenez le temps qu'il vous faut.

***

À peine sortie, Nancy sautilla de joie et rejoignit ses collègues. La jeune femme était contente d'elle, et à juste titre, songea Willoughby. Elle avait fait du bon boulot. Ne pas avoir mentionné Pincharelli était une omission capitale. Et d'après Miriam, Heather avait emporté beaucoup d'argent ce jour-là, car sa tirelire était vide.

Mais c'était insuffisant. Ils n'avaient pas prouvé qu'elle n'était pas Heather Bethany et seul Willoughby semblait s'en rendre compte. Il aurait parié sa tête qu'elle mentait, mais il ne pouvait pas le prouver.

— Alors ? demanda-t-elle au trio.

— Nous t'attendions, dit Lenhardt.

Willoughby prit l'enveloppe à ses pieds et l'ouvrit, bien qu'il sache ce qui s'y trouvait. Un sac en jean avec une tresse de galon rouge. Même conservé à l'abri de la lumière, il avait un peu fané au fil des ans, mais correspondait parfaitement à la description qui en avait été faite, contenu excepté. En effet, on l'avait retrouvé vide. À côté d'une benne à ordures, retourné et taché d'une trace de pneu. On avait toujours supposé qu'Heather l'avait laissé échapper pendant l'enlèvement et qu'un individu sans scrupule était tombé dessus et avait empoché l'argent avant de s'en débarrasser.

Mais ils ne pouvaient pas la prendre en défaut sur ce

qu'il contenait car ils n'en savaient rien. Le sac était exactement tel qu'elle l'avait décrit. Mais si elle était bien Heather Bethany, pourquoi ne se rappelait-elle pas avoir aperçu le professeur de musique de sa sœur ? Pincharelli avait-il menti ? Avait-il craqué et dit à Willoughby ce que celui-ci souhaitait entendre parce qu'il avait autre chose à cacher ? Lui aussi était mort. Partout ils tombaient sur des morts et des mourants. C'était dans l'ordre des choses, au bout de trente ans. Dave était décédé. Evelyn aussi. *Idem* pour la femme et le fils de Stan Dunham, qui lui-même n'en avait plus pour très longtemps. Penelope Jackson avait disparu, ne laissant derrière elle qu'une Valiant verte. Ils n'avaient pu établir qu'une seule chose avec certitude : l'inconnue qu'ils interrogeaient n'était pas Penelope Jackson. Pourtant, elle avait décrit le sac. Fallait-il en déduire qu'elle était Heather Bethany ? Il repensa au scintillement dans l'air, à l'instant où il avait été convaincu qu'elle mentait.

— Bordel de merde, maugréa Lenhardt.

— Bah, la mère sera bientôt là, dit Infante. On aurait préféré lui épargner ça, qu'elle sache à quoi s'en tenir dès son arrivée, mais au moins l'ADN nous donnera une réponse définitive. Quand on aura enfin le résultat. Même en urgence, il faudra compter un ou deux jours.

— Oui, dit Willoughby. À ce propos...

***

22 h 25

L'avion semblait ronronner dans un demi-sommeil comme ses passagers, dont la plupart étaient fatigués et mécontents du retard de plus de deux heures. Assise à côté d'un hublot en première classe, luxe imposé par l'achat du billet à la dernière minute, Miriam n'était pas près de s'endormir et contemplait la couche nuageuse en contrebas. Quand l'appareil l'eut enfin franchie, Baltimore lui apparut vu du ciel pour la première fois depuis presque vingt ans. La ville lui sembla plus vaste que dans son souvenir, ses lumières s'étendant sur une étendue bien plus grande. Cela dit, elle n'était plus arrivée en avion à Baltimore depuis 1968. À l'époque, c'était encore « l'aéroport de l'Amitié » et elle revenait du Canada via New York. L'été d'après les émeutes avait semblé une période idéale pour emmener les filles à Ottawa passer de très grandes vacances chez leurs grands-parents. Elles s'étaient faites toutes belles pour le voyage retour. Les filles portaient la même tenue, achetée par la mère de Miriam chez Holt Renfrew – des robes droites à rayures avec un foulard assorti fixé au col par des boutons-pression. Sunny était déjà dépenaillée au bout d'un quart d'heure de vol alors qu'Heather était à peine froissée à l'arrivée. À l'époque, les gens avaient le droit de vous accueillir à la porte de débarquement. Elle se souvint de Dave qui les attendait dans le terminal, le teint pâle et les épaules voûtées, miné par son travail. Quelques années plus tard, quand il lui avait parlé de son rêve d'ouvrir un magasin, cette image lui était revenue et elle avait volontiers accepté. Elle voulait son bonheur. Même quand elle se sentait malheureuse, elle ne souhaitait à Dave qu'une forme de sérénité.

Soudain, l'avion survola un espace vide où ne brillait presque aucune lumière, sorte d'abysse. Il avait tourné et remontait la baie de la Chesapeake. La descente finale se fit en douceur, mais Miriam ressentit une nouvelle fois des symptômes rappelant ceux de la *turista*. Elle chercha un sac en papier dans la pochette devant elle, mais n'en trouva pas. Les compagnies aériennes avaient peut-être cessé d'en distribuer, estimant que la clientèle pouvait voyager sans avoir mal au cœur, du moins en première classe. Ou bien un autre passager s'en était servi et le personnel surmené ne l'avait pas remarqué. Miriam fit la seule chose possible en la circonstance. Elle déglutit.

HUITIÈME PARTIE

Les choses telles qu'elles sont (1989)

34

Sa méconnaissance de la langue espagnole compliqua la dernière étape du voyage linguistique de Miriam. *La quadrature du cercle,* songea-t-elle en patientant dans la gare routière caverneuse et tumultueuse, où elle était parvenue à se procurer un billet de première classe pour Cuernavaca sans trop de malentendus. Pour arriver jusqu'ici, elle avait passé la douane et réussi à vaincre le système des taxis de Mexico et s'était sentie très fière jusqu'au moment où elle s'était éloignée du guichet, son billet pour Cuernavaca serré dans sa main tremblante.

Mais comment repérer son bus parmi les nombreux véhicules alignés dehors, qui grondaient et crachaient de la fumée noire ? Les annonces publiques n'étaient que crachotements intermittents, incompréhensibles quelle que soit la langue. Elle ne trouva pas de guichet d'information, personne ne semblait parler anglais et les quelques bribes d'espagnol apprises dans son cours d'initiation au Texas ne lui étaient pas d'une grande utilité. Les gens la fixaient bêtement quand elle bredouillait ses questions, puis déversaient sur elle un torrent de mots, une pluie de sons. Ils voulaient l'aider. Leurs visages étaient sympathiques, leurs gestes affectueux et chaleureux. Mais ils ne comprenaient pas un mot de ce qu'elle disait.

Elle examina son billet, remarqua qu'il était bleu et commença à regarder ceux que tenaient les autres voyageurs. Elle aperçut une femme munie elle aussi d'un billet bleu. Les traits fatigués, elle avait le genre de profil que l'on voit dans l'art maya – nez noble en forme de bec de faucon, front plat.

— Cuernavaca ? demanda Miriam.

La femme réfléchit d'un air circonspect, comme si la vie lui avait réservé quantité de questions simples qui s'étaient avérées dangereuses et redoutables.

— *Si. Ya me voy.*

Elle se retourna, comme si la question de Miriam était en fait une subtile invite à circuler. Quand elle jeta un coup d'œil par-dessus son épaule et vit que Miriam la suivait, elle accéléra le pas, ce qui n'était pas facile avec les deux gros sacs qu'elle portait. Mais Miriam avait encore plus de mal à suivre avec sa valise à roulettes et commença à perdre du terrain. La Mexicaine regarda encore une fois en arrière, vit que Miriam peinait, remarqua soudain qu'elle tenait le même billet qu'elle et comprit.

— Cuernavaca, dit-elle.

Elle attendit que Miriam la rattrape, puis elle la guida vers le bon bus.

— Cuernavaca, répéta-t-elle en souriant comme si Miriam était une enfant qui apprend un mot essentiel.

Elle le prononça une troisième fois en montant dans le car et choisit une place de l'autre côté de l'allée centrale. Elle tenta ensuite d'autres mots, des mots dont Miriam sentait qu'elle aurait dû les savoir, des mots qu'elle avait appris, mais dont elle avait oublié le sens. La femme fit une nouvelle tentative, en parlant plus lentement. Miriam se mit à rire et leva les mains en l'air, pour se moquer de sa propre ignorance. La Mexicaine sourit et rit à son tour, apparemment soulagée de ne pas devoir faire la conversation à cette *gringa* pendant le trajet d'une heure vers le sud. Elle se cala contre son dossier, fouilla dans un de ses sacs et en sortit quelque chose emballé dans du papier sulfurisé. Elle ôta le papier, dévoilant une mangue embrochée sur un bâtonnet et recouverte d'une belle couche de ce qui ressemblait à du piment. Maintenant qu'elle était dans le bon bus, presque à destination, Miriam se sentait suffisamment décontractée pour s'en émerveiller. Aurait-elle assisté à cette scène cinq minutes auparavant, quand elle était encore perdue, qu'elle aurait trouvé cela répugnant.

— *¿ De donde es ?*

Voilà ce que lui avait demandé la femme. « D'où êtes-vous ? » Trop tard. De toute manière, qu'aurait-elle répondu ? Elle avait pris l'avion à Austin ce matin-là. Était-elle pour autant une Texane ? Devait-elle plutôt dire du Canada, où elle était née ? Depuis la mort de ses parents, elle n'y avait plus aucune attache. Elle considérait toujours Baltimore comme sa ville, mais le fait était qu'elle n'y avait vécu que quinze ans alors que le Texas l'accueillait depuis treize. *D'où venait-elle ?* Une seule chose était certaine, elle quittait le Texas juste à temps, devançant la récession comme s'il s'agissait d'une déferlante.

C'était de la chance et non du flair. Elle avait vendu sa maison dix-huit mois auparavant, avant que le marché n'entame sa chute précipitée. Elle s'était aussi débarrassée de divers investissements à long terme hérités de ses parents. Pour autant, elle n'avait pas prévu le krach boursier de 1987 ni la débâcle immobilière qui s'en était suivie. Caressant l'idée d'une retraite anticipée, elle avait simplement investi son argent dans des certificats de dépôts et autres placements ridiculement pépères. Et elle ne s'était pas acheté une autre maison parce qu'elle n'était pas certaine de vouloir rester au Texas. La vie était moins chère ailleurs. Beaucoup de gens ne voulaient plus rester au Texas, des gens qu'elle avait vus défiler dans son bureau au cours des derniers mois, en larmes à cause des caprices du marché immobilier.

— Comment se peut-il qu'on doive de l'argent ? s'était plainte une jeune femme en sanglotant. Nous avons acheté cette maison, nous avons toujours réglé nos mensualités et aujourd'hui nous la vendons. Comment se fait-il qu'on doive sept mille dollars ?

D'autres vendeurs, sûrs d'eux, soutenaient que l'agent immobilier ne devait pas toucher de commission si la transaction se faisait à perte. C'était une période atroce.

Même si la situation avait été florissante, Miriam aurait pris les mêmes décisions. Ses associés, d'un optimisme pathologique, la jugeaient folle de prendre quatre semaines de congé au début du printemps.

— Comment peux-tu t'absenter maintenant ? lui demandaient-ils. Ça va forcément repartir.

S'ils avaient su qu'elle ne comptait jamais rentrer, ils auraient carrément douté de sa santé mentale. Elle comptait étudier l'espagnol pendant un mois d'immersion totale, puis chercher un endroit où s'installer.

Aux États-Unis, elle n'aurait pas pu réaliser ce rêve avant au moins une dizaine d'années. Au Mexique, en revanche, où le dollar valait mille six cents pesos, c'était faisable. Cela dit, son choix n'était pas arrêté. Belize et le Costa Rica la tentaient aussi.

Dans le tourbillon des préparatifs de la première étape de son voyage, elle ne s'était pas souciée de la date. Il y avait tant à faire, un tas de papiers à signer, plus encore que pour une cession immobilière. Les travellers, la sous-location de son appartement, la vente de sa voiture. (Voilà qui aurait dû suffire à alerter ses collègues. Comment vivre au Texas sans voiture ?) Mais trois semaines auparavant, quand elle avait réservé son billet d'avion, la date du 16 mars inscrite dans son Filofax lui avait sauté aux yeux. Elle avait décidé que quitter le pays avant un nouveau 29 mars était de bon augure.

***

Le bus suivait les lacets d'un col et Miriam remarqua les petites croix blanches le long de la route. Maintenant qu'elle y réfléchissait, les cars mexicains n'avaient-ils pas l'habitude de basculer dans les ravins ? De tels faits divers revenaient régulièrement dans l'actualité. Accidents de car, glissements de terrain, typhons et tremblements de terre. Dans le taxi qui l'avait conduite de l'aéroport à la gare routière, elle avait vu des immeubles abandonnés depuis le tremblement de terre de Mexico de 1985, leur sort toujours en suspens. La plupart des gens qu'elle connaissait adoraient CNN et se flattaient intellectuellement de regarder une chaîne câblée qui accordait autant de place à l'actualité internationale. Certains la surnommaient la Crisis News Network[1], mais Miriam estimait que le message sous-jacent de Ted Turner était « Soyez heureux de vivre ici ». Le reste du monde était présenté comme sauvage et

1. Littéralement, la chaîne des infos de crise – jeu de mots sur les initiales CNN.

imprévisible, enclin aux désastres, aux conflits et aux guerres civiles. Pour qui passait assez de temps à regarder CNN, les États-Unis semblaient d'une stabilité rassurante.

Le bus arriva enfin au centre de Cuernavaca. Miriam avait réservé une chambre dans un hôtel dont elle avait l'adresse dans sa poche, mais il lui restait une ultime barrière linguistique à franchir avant d'arriver à bon port. D'après le courrier de l'école de langue, il fallait négocier avec les chauffeurs de taxi, se mettre d'accord sur le prix avant la course. Comment s'y prendre si on ne parlait pas espagnol ? Quand elle arriva en tête de station, elle proposa mille pesos au conducteur, puis mille cinq cents, puis deux mille, mais il refusait toujours. Elle était sur le point de s'énerver et de le prendre à partie quand elle s'aperçut qu'elle marchandait pour quelques cents.

Le taxi s'enfonça dans les rues embouteillées et les yeux de Miriam s'enivrèrent de tout ce qui s'offrait à eux – un palais de Cortés décoré de fresques murales de Diego Rivera, le *zócalo*, grouillant de monde en ce dimanche après-midi, dont beaucoup d'hommes en costume traditionnel. Le taxi finit par s'engager dans une rue sale et anonyme. Miriam sentit son moral flancher. Elle avait réservé une chambre au Las Mañanitas, à un tarif exorbitant pour le Mexique, l'équivalent d'un Marriott d'aéroport aux États-Unis. Ce devait être sa dernière folie, pour marquer le coup. Elle avait supposé que le prix serait une garantie de qualité et fut dépitée quand le taxi s'arrêta devant un bâtiment quelconque.

— C'est ici ? dit-elle, puis elle se rappela. *¿ Aquí ?*

Le chauffeur poussa un grognement, balança quasiment ses bagages sur le trottoir et repartit. Une lourde porte en bois s'ouvrit soudain et un blond élégant sortit, accompagné de deux Mexicains qui emportèrent ses valises sans dire un mot. On la fit entrer dans un vestibule, où elle constata que l'hôtel était conçu comme un secret bien gardé. S'il présentait un visage passe-partout côté rue, l'établissement disposait en fait d'une vaste cour, sur laquelle donnaient les chambres, autour d'une pelouse vert émeraude où se promenaient de magnifiques paons blancs. Elle eut l'impression d'être Dorothy dans *Le Magicien d'Oz,* transportée du Kansas en noir et blanc à l'univers en Technicolor du Munchkinland.

Oz lui rappela les filles, le film qu'elles regardaient chaque année à la télévision, véritable rituel, en se cachant sous une vieille couverture en patchwork pendant les passages qui faisaient peur – les arbres belliqueux, les singes volants. Pas la sorcière, curieusement. Jamais pour la sorcière, qui les inquiéta pourtant un peu la première fois qu'elle apparaissait sous le nom d'Elvira Gulch. Mais Margaret Hamilton avait perdu le pouvoir de les épouvanter quand elle tourna des publicités pour une marque de café.

Miriam sentit ses genoux flancher et se mit à pleurer doucement. Comment expliquer, dans n'importe quelle langue, pourquoi elle se comportait ainsi ? Elle était venue au Mexique en espérant ne plus jamais devoir s'expliquer. Elle était venue au Mexique pour échapper aux coups de téléphone, ceux de l'interlocuteur qui restait muet. (« Dave ? » hurlait-elle dans le vide. « Qui est à l'appareil ? Pourquoi m'appelez-vous ? » Une fois, une seule fois, elle s'était laissée aller et avait dit : « Ma chérie ? » Elle avait entendu la personne inspirer vivement.) Elle était venue au Mexique pour recommencer à zéro et voilà qu'elle était prisonnière de son ancienne vie. Étonnants, les degrés de souffrance, les variations subtiles, même après plus de dix ans. Miriam vivait au quotidien avec une douleur sourde et chronique, comme une maladie des nerfs dont elle se serait accommodée faute de pouvoir la guérir. Mais elle avait beau faire attention, veiller soigneusement sur ses articulations et ses tendons éprouvés, certaines choses ravivaient la douleur, comme une brûlure fulgurante. Tout pouvait déclencher les souvenirs, y compris de nouvelles expériences comme ce voyage, alors qu'elle cherchait un cadre dans lequel les filles ne pourraient s'immiscer. Elle avait regardé les paons blancs traverser la pelouse d'un hôtel de Cuernavaca au Mexique et avait fondu en larmes pour ses filles que ces animaux auraient ravies.

Mais le charme d'un hôtel de standing, la raison pour laquelle on payait soixante-quinze dollars la nuit quand on pourrait se sentir tout aussi bien en n'en dépensant que trente, tient à un personnel qui ne se départit jamais de ses bonnes manières.

— La *señora* doit être fatiguée après une journée de voyage, déclara le jeune homme blond au personnel qui attendait... en espagnol, mais Miriam le comprenait car il parlait moins vite, contrairement au méli-mélo de mots habituel.

On l'emmena dans une chambre superbe, où une jeune femme lui apporta un jus d'orange fraîchement pressé. Puis elle lui présenta les divers aménagements. La moindre bagatelle fit l'objet d'une explication. Elle lui indiqua un tapis par terre. *Pour vos petits pieds.* Elle lui montra des fruits dans un compotier. *Si vous avez de la faim.* Enfin, elle posa un petit oreiller sur le lit et l'invita à s'allonger. *Pour votre petite tête,* traduisit Miriam. *Pour votre petite tête.*

Miriam mima qu'elle souhaitait un verre d'eau ; même dans un établissement si étincelant, l'eau devait être purifiée ou stérilisée. Puis elle essaya de demander si une tenue était exigée pour le dîner ou si elle pouvait se présenter en pantalon, allant jusqu'à ouvrir sa valise et en sortir celui en soie infroissable qu'elle avait mis sur le dessus.

— *¿ Cómo no ?* dit la femme de chambre.

Non pas « pourquoi pas ? » mais « comment pas ? », nota Miriam. Une nouvelle expression à mémoriser.

— *¿ Tiene sueño ?* lui demanda ensuite la jeune femme et Miriam sursauta.

Mais on lui demandait seulement si elle avait sommeil, pas si elle rêvait.

Elle céda à la tentation de s'allonger et quand elle se réveilla, il faisait nuit et la pelouse de l'hôtel était pleine de gens qui buvaient et dînaient. Elle sirota un kir royal, grignota des pignons de pin grillés et s'efforça de faire abstraction de la langue qui lui était familière pour vouer sa tête et son cœur exclusivement à l'espagnol. Elle était là pour apprendre de nouveaux mots, une nouvelle façon de parler, une nouvelle façon d'être. Elle avait déjà appris deux ou trois choses ce jour-là et s'était remis en mémoire quelques acquis. Dorénavant, elle aurait de la faim au lieu d'être affamée. Elle n'utiliserait le pronom personnel « je » que pour la forme d'insistance. Surtout, elle troquerait « pourquoi » pour « comment ». *¿ Cómo no ?*

35

— Barb, j'ai perdu mon article !

L'appel au secours, plus que familier à cette heure de

l'après-midi, émanait de l'endroit habituel, un bureau désordonné dans un coin de la salle de rédaction, un bureau où s'entassaient tellement de papiers et de rapports que celle qui l'occupait aurait été pratiquement invisible n'avait été sa coiffure proéminente. Petite femme d'une élégance irréprochable, Mme Hennessey perdait souvent son texte à l'approche du bouclage, mais rarement du fait d'un crash de son disque dur ou d'une panne informatique. Elle avait la fâcheuse habitude d'égarer ses brouillons dans une nouvelle fenêtre ou de copier la totalité de l'article sur la clé de sauvegarde, puis de l'effacer à l'écran devant elle.

— Faites voir, madame Hennessey.

Barb tenta de faire pivoter l'écran monté sur un socle pour permettre à deux journalistes de s'en servir, mais rusée, Mme Hennessey avait bloqué le plateau tournant en empilant des ouvrages de référence tout autour de façon à ne pas devoir le partager. Barb tapa des combinaisons de touches au clavier et vérifia les pièges habituels, mais pour une fois Mme Hennessey avait raison : elle avait bel et bien perdu son travail. Barb en récupéra le clone fantomatique dans la partition de secours, mais il ne s'agissait que d'une page modèle vide, où figuraient seulement le titre de l'article et la date.

— Vous avez bien fait des sauvegardes en écrivant ? demanda-t-elle en connaissant la réponse.

— J'ai appuyé sur la touche « retour à la ligne » à la fin de chaque paragraphe.

— La touche « retour à la ligne » ne permet pas d'enregistrer. Il faut exécuter la commande « sauvegarde », madame Hennessey.

— Je ne comprends pas de quoi vous parlez.

Mme Hennessey avait connu Dieu en culotte courte,

pour reprendre une expression locale. Employée depuis trente-cinq ans à la *Fairfax Gazette,* elle avait débuté aux pages féminines, comme on disait à l'époque, avant de décrocher une place aux actualités générales, où elle était depuis vingt ans la spécialiste en matière d'éducation. Elle détenait la palme de l'ancienneté, principalement parce que les reporters les plus brillants ne restaient pas plus de deux ans. Il se disait aussi que c'était une rescapée des camps de concentration, mais elle portait de gros bracelets dorés qui dissimulaient d'éventuels tatouages. Bref, elle avait le cuir épais, mais quand l'informatique la trahissait, elle devenait vulnérable et douce comme un chaton. Ou plus exactement quand elle-même plantait son ordinateur en refusant de prendre les précautions les plus simples pour sauvegarder son travail.

— En appuyant sur la touche F2 tous les deux ou trois paragraphes, l'ordinateur sauvegarde une copie de votre travail en cours. Vous n'avez pas enregistré ce texte. Pour l'ordinateur, il n'existe pas. Il ne peut pas sauvegarder ce qu'il ne voit pas.

— Pourquoi dites-vous qu'il ne le voit pas ? Mon texte est là, dit-elle en indiquant l'écran de sa main ornée d'une multitude de bagues. Enfin, il était là, se reprit-elle, étant donné qu'il n'y avait rien à l'écran. Moi, je le voyais parfaitement. Ces machines ne marchent jamais.

Barb avait toujours envie de prendre la défense du système informatique, même si elle en connaissait les limites. À la *Gazette,* qui appartenait à un petit groupe de presse, on était progressiste et près de ses sous, mélange des genres qui leur avait valu ce dinosaure pas du tout fait pour le journalisme.

— C'est un outil comme un autre. Quand vous tapiez à la machine, vous n'aviez pas de copie si vous ne mettiez pas de carbone. Les mauvais ouvriers ont toujours de mauvais outils.

Le dicton, un des préférés de son père, avait surgi de nulle part. Comme chaque fois, elle se sentit nostalgique, triste et aussi angoissée, comme si cet écho fugace pouvait faire s'écrouler sa vie.

— Je vous demande pardon !? grogna Mme Hennessey, la chatte se transformant en lionne. Petite impertinente ! (Suivit une imprécation en allemand ou en yiddish, Barb n'était pas sûre.) Je vous ferai renvoyer ! Je vais...

Elle se leva précipitamment, enjamba le rempart de dossiers qu'elle avait érigé autour de son bureau et se rua vers le bureau du rédacteur en chef en faisant claquer ses jolis petits escarpins. Elle tremblait de tous ses membres, comme si Barb avait menacé de la violenter. Même son chignon – soumis à force de teintures et rafraîchi tous les quinze jours pour qu'aucune racine ne vienne ternir son acajou éclatant – semblait frémir de peur.

Barb aurait pu s'en inquiéter, si elle n'avait assisté à la même scène au moins deux fois par mois depuis qu'elle avait commencé à travailler en salle de rédaction l'été précédent. Mme Hennessey arpenta rageusement le bureau du rédacteur en chef, brandissant ses petits poings et exigeant la mise à pied de Barb. Puis elle ressortit en râlant, et Barb fut convoquée quelques secondes plus tard par un message électronique.

— Si vous pouviez faire preuve d'un peu plus de tact avec elle, lui dit Mike Bagley, le rédacteur en chef.

— Je vais essayer. Je fais ce que je peux. Et elle, vous lui avez demandé d'être un peu plus aimable avec moi ? Elle me traite comme sa bonne. Je veux bien admettre que l'ordinateur lui bouffe de temps en temps son boulot, mais les trois quarts de ses problèmes viennent de ce qu'elle se refuse à prendre quelques précautions de base. Je ne suis pas sa nounou.

— C'est une femme... (Il regarda autour de lui, craignant d'être entendu.) ... d'un certain âge. Elle a ses habitudes. Nous n'allons pas la changer.

— C'est le monde à l'envers, la queue qui agite le chien. Bagley, un rouquin corpulent dont la chevelure clairsemée avait pris au fil du temps une couleur de Tang, écarquilla les yeux.

— L'image est saisissante. La queue de Mme Hennessey ? Je demande à voir ça. Écoutez, Barb. Vous n'avez pas eu un parcours professionnel très classique. Pour ce qui est des rapports avec les autres, vous êtes...

Elle attendit, curieuse d'entendre quel qualificatif il choisirait. Incompétente ? Inapte ? Mais il n'essaya même pas de terminer sa phrase.

— Nous comptons énormément sur vous. Quand le système tombe en panne et que vous le réparez, votre travail nous économise des milliers de dollars. J'en suis conscient autant que vous. Laissons Mme Hennessey se prendre pour quelqu'un d'important, avant qu'elle nous fasse un procès pour discrimination due à son âge. Présentez-lui vos excuses.

— Mes excuses ? Ce n'était pas de ma faute.

— Vous l'avez traitée de mauvaise journaliste.

— J'ai... ? (Elle éclata de rire.) J'ai simplement dit que les mauvais ouvriers ont toujours de mauvais outils. C'est juste un vieux dicton. Merde ! Je n'ai rien dit sur ses articles. Mais ce n'est pas entièrement faux...

Barb médita ce qu'elle venait de dire. Il ne lui était jamais venu à l'esprit qu'elle avait le droit de juger les textes qui apparaissaient sur les écrans dont elle s'occupait. Génie de l'informatique, elle avait été repérée au service des petites annonces comme d'autres avaient démarré leur carrière chez Schwab's[1]. Elle n'avait pas conscience de lire le journal, mais c'est ce qu'elle faisait, elle s'en rendit compte et oui, Mme Hennessey écrivait comme un pied.

— Allez juste vous excuser, Barb. Parfois, la solution la plus simple est aussi la meilleure.

Les paupières mi-closes, elle lui décocha un regard incendiaire. *Es-tu seulement conscient de ce que je pourrais faire à ton système ? Te rends-tu compte que je pourrais paralyser entièrement le journal ?* Dans son évaluation semestrielle, Bagley avait écrit – alors qu'il n'avait pas de légitimité pour la superviser vu qu'il n'avait aucune idée de ce qu'impliquait son travail – qu'elle devait « faire attention à ses colères ». Oh, elle y faisait attention, ça oui. Elle entretenait sa colère tous les soirs comme un feu, consciente que c'était sa principale source d'énergie.

— Et moi, qui me fera des excuses ?

Il ne voyait pas de quoi elle voulait parler.

— Écoutez, je conviens que Mme Hennessey est un cas. Mais elle ne vous a pas provoquée. Et elle est persuadée que vous l'avez traitée de mauvaise journaliste. Le plus simple serait de vous excuser.

— Plus simple pour qui ?

Quel trouduc !

— Bon, d'accord, plus simple pour moi. Et c'est moi

1. Célèbre drugstore de Sunset Boulevard, fréquenté par les producteurs hollywoodiens et les jeunes filles rêvant de devenir starlettes. Selon la légende, c'est là que Lana Turner aurait été découverte.

le patron, non ? Alors, allez juste lui dire pardon, que je puisse m'occuper d'autre chose que de vos chamailleries.

***

Elle trouva Mme Hennessey au coin repos, triste réduit agrémenté de distributeurs et de tables en Formica.

— Je vous demande pardon, dit-elle d'un ton crispé.

La vieille femme inclina la tête avec raideur, telle une reine toisant une gueuse du regard. Enfin, elle l'aurait regardée de haut si elle n'avait pas été assise.

— Merci.

— Ce n'était qu'un dicton.

Barb ne savait pas ce qui la poussait à en rajouter. Elle avait fait ce qu'on lui demandait.

— Il n'y avait aucun sous-entendu sur votre travail.

— Je suis reporter depuis trente-cinq ans, dit Mme Hennessey.

Elle avait un prénom, Mary Rose. Il figurait en signature de ses articles, mais on ne l'utilisait jamais dans la conversation. C'était toujours « Mme Hennessey ».

— Je travaillais déjà pour ce journal que vous n'étiez même pas née. Ce sont les femmes comme moi qui ont rendu possible votre carrière. J'ai couvert la déségrégation.

— Oui ? C'était un sujet majeur...

Elle se retint juste à temps. Elle était sur le point de dire : « ... là où j'ai grandi. » Mais elle était Barbara Monroe, née à Chicago dans l'Illinois. Elle avait suivi ses études au lycée Mather, un gros établissement. Il était plus simple de faire semblant d'avoir fréquenté une école de grande ville, où les élèves étaient si nombreux qu'on pouvait toujours avoir oublié quelqu'un. Mais elle ne savait pas si la déségrégation avait eu beaucoup d'importance à Chicago. Probablement, mais à quoi bon prendre des risques en en disant trop ?

— On en parlait beaucoup dans les années soixante-dix, non ?

— Tout à fait. Et j'étais seule sur le sujet.

— Super.

Son intention était de paraître sincèrement impressionnée, mais sa voix la trahit, comme ça lui arrivait parfois, et prit une inflexion légèrement sarcastique.

— Vous ne croyez pas si bien dire. Mon travail était riche de sens. C'est autre chose que de gagner sa vie à bidouiller des machines. Moi, j'écris le brouillon de l'Histoire avec un grand H. Vous, vous n'êtes qu'une mécano !

Ce qui se voulait une insulte la fit rire. C'était tout simplement hilarant que Mme Hennessey s'imagine lui avoir renvoyé une repartie cinglante. Mais sa réaction amusée ne fit que provoquer davantage la vieille journaliste.

— Vous vous y croyez, à parader en salle de presse avec vos chemisiers moulants et vos minijupes pour que tous les hommes vous regardent ! Vous vous prenez pour quelqu'un d'important.

Alors que le rédacteur en chef venait de lui dire qu'importante, elle l'était, qu'elle était même essentielle.

— Je ne vois pas ce que ma garde-robe vient faire là-dedans, madame Hennessey. Et je pense sincèrement que vos articles étaient sensationnels...

— Étaient ? *Étaient ?* Sont ! Mes articles *sont* sensationnels ! Espèce de... de traînée !

Barb fut une nouvelle fois tentée de prendre cette insulte à la rigolade. Mais celle-ci était un peu plus efficace et touchait une corde sensible. Le sexe, sa propre sexualité, était un sujet délicat. Elle ne flirtait jamais avec les hommes en salle de rédaction, ni ailleurs non plus, et ses jupes n'étaient pas courtes. Elles étaient même un peu plus longues que la mode actuelle ; à cause de son petit gabarit, elles lui tombaient sur les hanches et lui arrivaient plus bas qu'elles n'auraient dû. Avec sa coiffure monumentale et ses talons, Mme Hennessey était presque aussi grande qu'elle.

Ce qui explique peut-être pourquoi elle trouva juste de s'emparer de la bouteille de Pepsi Light de la vieille femme et de la renverser sur son superbe chignon frémissant.

***

Elle fut virée. Naturellement. En fait, on lui donna le choix entre un stage avec une psychologue ou un licenciement avec quinze jours de salaire.

« Sans lettre de recommandation », précisa Bagley.

Comme si elle comptait en demander une, comme si cela lui servirait à quelque chose une fois que Barbara Monroe aurait disparu, remplacée par une autre. Elle opta pour l'indemnité.

Elle revint en cachette le soir même et se servit des moyens de recherche du journal, plutôt primitifs. Elle avait souvent rendu service au documentaliste, lequel s'étonnait de l'intérêt de Barb pour la bibliothèque et ses divers outils. Il s'était fait un plaisir de lui montrer ce qu'un bon documentaliste pouvait obtenir rien qu'avec un téléphone et l'annuaire des bibliothèques. Les recherches sur les titres de propriété, au cadastre et dans les archives judiciaires, étaient aussi fructueuses, mais cela exigeait du temps et de l'argent, deux choses qui lui faisaient défaut. Malgré tout, elle s'était débrouillée au cours des mois écoulés pour en effectuer quelques-unes aux frais du journal. Dave Bethany habitait encore dans Algonquin Lane. Toujours aucune trace de Miriam Bethany, qui avait disparu de la circulation depuis plusieurs mois. Stan Dunham n'avait pas changé d'adresse... mais bon, elle ne l'avait jamais vraiment perdu de vue.

Pour terminer, elle se choisit une nouvelle identité, comme Stan le lui avait appris. C'était le moment de prendre un nouveau départ. Une fois de plus. C'était frustrant de ne pas pouvoir mettre ce poste dans son CV, mais elle avait décidé de ne pas rester dans le journalisme. Dès qu'elle aurait acquis un vrai diplôme, elle chercherait un domaine plus lucratif où exercer ses talents, dans un secteur où la compétence était mieux récompensée. Elle pouvait trouver mieux que la *Fairfax Gazette,* même si on avait dû la pousser hors du nid. N'était-ce pas toujours ainsi que ça marchait ? Même quand la situation était atroce, il avait fallu que quelqu'un la pousse à partir, l'encourage à passer à autre chose. Ce qu'elle avait pu pleurer ce jour-là à la gare routière, sous le regard d'inconnus qui souriaient d'un air entendu, convaincus de voir une adolescente timorée qui ne voulait pas quitter le foyer familial.

Ses recherches terminées, elle écrivit quelques lignes de code, son cadeau d'adieu pour la *Gazette*. Le lendemain, quand Mme Hennessey alluma son ordinateur, tout le système se planta, emportant avec lui tous les articles en cours de rédaction, y compris ceux que des journalistes plus prudents avaient pris soin de sauvegarder. Mais elle était déjà loin, dans un restaurant d'Anacostia où elle attendait Stan Dunham. Il avait tenté de la persuader de monter plus au nord, mais elle lui avait répondu qu'elle ne voulait pas franchir la frontière du Maryland. Et désormais, tout ce qu'elle voulait de Stan Dunham, elle l'obtenait.

36

— Parce que c'était une enfant adoptée, vois-tu ?

Dave faisait la queue pour s'acheter un roulé à la cannelle quand cette phrase avait réussi à s'échapper du brouhaha environnant pour se projeter sur lui, comme une chaussure ou une pierre. Cela dit, la remarque ne s'adressait pas à lui, mais provenait d'une conversation entre deux femmes d'âge mur, qui patientaient derrière lui.

— Pardon ? demanda-t-il, comme si elles avaient eu l'intention de l'inclure dans la discussion. Qui a été adopté ?

— Lisa Sternberg, répondit l'une des deux.

— Vous savez, la petite New-Yorkaise battue à mort par son père adoptif. C'est une bonne chose que ce salopard aille en prison. Mais ils auraient dû poursuivre la femme aussi. Une vraie mère n'aurait jamais laissé faire ça. Jamais de la vie.

Elles hochèrent la tête, fières et suffisantes, la science infuse. Des femmes joufflues et potelées, contre-publicité pour les pâtisseries vendues chez Bauhof. Dave se rappela un des livres préférés d'Heather et Sunny, *Beastly*

Boys and Ghastly Girls[1], illustré avec humour par quelqu'un de renom. Addams ? Gorey ? Quelque chose comme ça. Un dessin au trait intelligent. Il y avait notamment l'histoire d'un garçon qui ne mangeait que des bonbons et finissait par fondre au soleil, réduit à l'état de flaque gélatineuse avec les traits d'un visage.

— Comment voulez-vous que... ? commença-t-il à dire.

Mais miss Wanda, habituée à ses humeurs depuis tant d'années qu'ils étaient voisins, détourna son attention comme une mère aurait désamorcé la colère d'un fils.

— Nous avons des chaussons aux pommes, monsieur Bethany. Ils sortent du four.

— Ce n'est pas raisonnable...

Il pesait toujours le même poids qu'à vingt ans, mais lui aussi avait les chairs un peu pâteuses. Distendues et légèrement flasques, quoi qu'il fasse. Il ne courait plus depuis quelques années, par manque de temps.

— Allons, il y a une pomme dedans. C'est bon pour vous. Comme on dit, une pomme par jour tient le médecin à distance.

Et, grâce à un chausson, miss Wanda parvint à l'éjecter du magasin avant qu'il ne s'emporte. Le chausson tiède adoucit les mœurs.

Il s'était senti d'humeur maussade toute la matinée, pour les raisons habituelles et pour de nouvelles. Il n'avait pas eu droit à son coup de fil. Cela faisait des années que le type ne lui disait plus rien, préférant le harcèlement passif qui consiste à raccrocher, mais il appelait tous les

1. Littéralement : Garçons infectes et filles atroces. Sélection d'une soixantaine de poèmes sur de délicieux enfants bêtisiers, illustrés par Tomi Ungerer en 1964.

29 mars. C'était bien la dernière chose qui aurait dû l'embêter et pourtant ça le rongeait. Le type était-il mort ? Ou avait-il fini par abandonner, lui aussi ? Même les connards finissent par tourner la page. Puis Dave avait contacté Willoughby. L'inspecteur n'avait pas oublié la date, loin de là. Il lui avait témoigné l'empathie stoïque à laquelle Dave s'attendait désormais, une commisération muette. Pas de : « Salut, Dave, quoi de neuf ? » Pas d'allégations sur de prétendus progrès. Seulement :

« Bonjour, Dave. J'étais justement en train de consulter le dossier. »

Il l'ouvrait tout le temps, mais mettait un point d'honneur à l'avoir sur son bureau à cette date.

Willoughby avait ensuite lâché la nouvelle, la bombe.

« Je prends ma retraite, Dave. À la fin du mois de juin.

— Votre retraite ? Vous êtes si jeune. Plus jeune que moi.

— Nous avons droit à une pension à taux plein au bout de vingt ans et j'en compte vingt-deux. Mon épouse... Evelyn n'a jamais été en très bonne santé. J'aimerais passer du temps avec elle avant... Il existe des établissements où chacun vit chez soi, et on peut rester dans son appartement si l'on tombe malade. Nous n'y sommes pas encore, mais d'ici quatre ou cinq ans... J'aimerais passer... comment dit-on ? De précieux moments avec elle.

— Continuerez-vous à travailler ? Freud soutenait que le travail était essentiel pour le bien-être.

— Peut-être du bénévolat. Je n'ai pas besoin... enfin, j'ai largement de quoi m'occuper. »

Il était sur le point de dire : je n'ai pas besoin d'argent. Mais même maintenant, bien qu'il connaisse Dave depuis quatorze ans et qu'il ait abordé avec lui des sujets intimes et terribles, Willoughby conservait quelques poches de réticence. Habitué à faire preuve de discrétion avec ses collègues sur sa fortune personnelle, il n'arrivait peut-être pas à s'en départir avec Dave. Une fois, une seule fois, Willoughby l'avait invité à une fête pour Noël, par pitié. Dave s'attendait à une bringue déchaînée entre flics. Une expérience nouvelle dont il se réjouissait d'avance. En fait, il y avait surtout la famille et les voisins... mais quelle famille et quels voisins ! Il y avait là une assurance policée, un savoir-vivre auxquels aspiraient les m'as-tu-vu de Pykesville que Dave avait côtoyés dans son enfance, mais ce degré de richesse ne se contrefaisait pas. Pantalons écossais, feuilletés au fromage, gin martinis, dames aux mollets galbés et messieurs rubiconds, conversations feutrées quelle que soit la quantité d'alcool ingurgitée. C'était le genre de soirée qu'il aurait aimé raconter à Miriam, s'ils étaient restés en contact. La ligne de sa femme avait été coupée. Il le savait parce qu'il avait essayé de l'appeler la veille.

« Que va... Qui va... ? »

La gorge nouée, il était en proie à une panique insoutenable.

« Le dossier a été confié à quelqu'un d'autre, s'empressa de lui dire Willoughby. Un jeune inspecteur, quelqu'un d'intelligent. Et je veillerai à ce qu'il vous tienne au courant. Rien ne changera. »

C'est bien le problème, songea amèrement Dave. *Rien ne changera. Des pistes apparaîtront pour s'évaporer comme la rosée. De temps à autre, un déséquilibré ou un prisonnier désireux d'obtenir un traitement de faveur prétendra savoir quelque chose, puis sera discrédité. Rien ne changera. La seule différence sera que le nouvel inspecteur, quelle que soit sa connaissance de l'affaire, quel que soit le contenu du dossier, n'aura pas été à mon coté depuis le début.*

D'une certaine manière, cette séparation était encore plus déchirante que celle avec Miriam, et beaucoup plus inattendue.

« Continuera-t-on de... de se parler ?

— Bien sûr. Quand vous voudrez. Je compte me tenir au parfum. Ne croyez pas que je vais tout laisser tomber.

— OK.

— Je dois quand même faire preuve de tact. Je ne veux pas que mon successeur ait l'impression de m'avoir toujours sur le dos. Mais cette affaire restera la mienne. C'est l'une des deux qui me tiennent le plus à cœur.

— Deux ? »

Dave n'avait pas pu s'en empêcher. Il était stupéfait d'apprendre qu'une autre enquête avait pu retenir l'attention de Willoughby.

« L'autre a été résolue, précisa aussitôt l'inspecteur. C'était il y a longtemps. C'était une histoire de... une enquête de police efficace, dans un contexte qui n'était pas très favorable. Ça n'a rien à voir.

— Oui, rien de comparable entre une enquête résolue et la nôtre.

— Voyons, Dave.

— Désolé. C'est juste qu'aujourd'hui... qu'aujourd'hui, c'est le jour... ce jour-là. Quatorze ans et plus rien depuis deux ans : pas un seul petit indice de rien du tout, aucune vague rumeur. Je ne sais toujours pas comment faire ça, Chet. »

« Ça », à savoir tout... pas simplement comment continuer à être la victime perpétuelle d'un crime dont les contours n'avaient jamais été déterminés, mais comment faire pour vivre. Il avait appris à « continuer », parce que le mot signifiait un long et pénible voyage au bout de nulle part. Continuer était facile. Mais il avait aussi, et depuis longtemps, oublié comment *être*. Pour la première fois depuis des années, il repensa à ses amis du Chemin des Cinq Voies, au rituel de méditation qu'il avait abandonné parce qu'il ne pouvait plus faire semblant de vivre dans un quelconque instant. Dans *Alice au pays des merveilles,* la règle était : confiture demain et confiture hier, mais jamais confiture aujourd'hui. Au pays de Dave, il n'y avait pas d'aujourd'hui, rien que des hiers et des demains.

« Personne n'est équipé pour endurer ce que vous avez subi, Dave. Même pas un policier. Je ne devrais probablement pas vous le dire... mais j'ai souvent emporté le dossier chez moi. Maintenant que je prends ma retraite... je dois le rendre, mais je le garderai toujours à l'esprit. Vous avez ma promesse. Je serai toujours là pour vous. Pas seulement aujourd'hui, pas seulement ce jour-là. Tous les jours jusqu'à la fin de ma vie. Même quand je prendrai ma retraite pour de bon, je n'irai pas m'installer en Floride ou en Arizona. Je serai toujours là. »

Les paroles de l'inspecteur l'avaient apaisé, du moins superficiellement. Mais toute la matinée il avait cherché un prétexte pour s'énerver et ça ne se dissipait pas. L'affaire Steinberg, qui avait éclaté dix-huit mois auparavant, le mettait hors de lui et la sentence prononcée la semaine précédente avait fait remonter ces sentiments. Toute affaire d'enfant martyrisé par ses parents le rendait fou. Lisa Steinberg avait été tuée quinze jours après que la fillette du Texas, Jessica, était tombée dans un puits, et ça aussi, ça l'avait mis en colère. *Où étaient donc les parents ?* Aussi curieux que cela puisse paraître, sa propre expérience l'avait rendu moins empathique. Il se montrait aussi intraitable avec les autres qu'on l'avait été avec lui. Adam Walsh[1], Etan Patz[2], la triste confrérie du chagrin – pas question pour lui d'en être.

***

Le carillon tinta quand il entra dans la boutique, à présent simplement connue sous le nom de LGB – ou lgb, comme il était inscrit sobrement en bas de casse sur l'enseigne. Quand il avait décidé de changer, il avait d'abord pensé à un acronyme qui reprendrait la totalité du nom – lhalgb –, mais il s'était rendu compte que c'était trop compliqué à prononcer. Le rayon habillement occupait désormais autant de place que l'art populaire. C'était devenu le genre même de magasin que Miriam l'avait tanné d'ouvrir, beaucoup plus accessible. Ça marchait formidablement bien. Dave en était malade.

« Salut, patron », lui lança Pepper, son assistante du moment, une jeune femme d'un naturel enjoué qui portait treize anneaux à l'oreille gauche et des cheveux foncés rasés sur la nuque mais très longs sur le devant, au point de lui tomber sur les yeux.

Elle était en train de nettoyer les vitrines. Pepper prenait soin de la boutique comme si elle lui appartenait et Dave n'arrivait toujours pas à comprendre ce qui l'avait rendue aussi responsable à un si jeune âge. Elle était douée pour l'esquive et pour ne rien dévoiler. Dave avait

1. Jeune garçon de six ans enlevé dans un grand magasin de Floride puis retrouvé mort, en 1981.

2. Jeune garçon de six ans, enlevé à New York le 25 mai 1979 et jamais retrouvé, il est le premier dont la photographie a été largement diffusée au dos des briques de lait.

le même penchant, mais il savait d'où lui venait son tempérament. Pepper avait peut-être connu déceptions et peines de cœur, mais il ne pouvait pas imaginer que cette jeune femme radieuse et bien dans sa peau – malgré sa coiffure et ses treize anneaux, elle avait le teint frais et une bonne tête d'Américaine – ait un passé vraiment tragique. Il avait envisagé de demander à Willoughby de se renseigner sur elle, au prétexte qu'elle aurait postulé pour ce travail parce qu'elle savait quelque chose sur Heather et Sunny. Mais il ne s'était jamais servi de ses filles de cette façon et ne voulait pas commencer à le faire.

Pepper était aussi très jolie, ce qui n'échappait pas aux maris et aux petits amis traînés de force dans la boutique. Dave, lui, la considérait de manière abstraite. Quand il rencontrait une femme, il comparait son âge à celui qu'auraient eu ses filles – et si elle n'avait pas quinze ans de plus au bas mot, il refusait d'envisager quoi que ce soit. Le cœur serré, il pensa que Sunny aurait eu vingt-neuf ans cette année. Il ne s'intéressait donc pas aux femmes qui avaient moins de quarante-cinq ans. Ce qui aurait dû être une bonne nouvelle pour les célibataires de Baltimore – un beau parti disponible qui n'avait pas d'yeux pour les jeunettes –, mais Dave n'arrivait pas à nouer de relation stable. On employait couramment le terme de « bagage » pour décrire le passé d'un individu, mais celui de Dave était tellement plus volumineux et encombrant qu'on n'aurait jamais pu y voir un simple objet qu'il aurait traîné avec lui. Son passé ? C'était comme de chevaucher un monstre avec une queue qui fouette l'air. Il s'y agrippait à contrecœur en sachant très bien que la bête le piétinerait si jamais il lâchait prise.

Comme c'était calme à la boutique ce matin-là, il vérifia les comptes avec Pepper, lui dévoilant le fonctionnement de lgb comme aucun autre de ses employés n'y avait eu droit. Il lui rappela que la foire artisanale de printemps se tenait bientôt et lui demanda si elle voulait l'y représenter. Elle poussa un cri de joie, un vrai cri, et se mordilla le poing.

— Mais vous m'accompagnerez, non ? J'aurais peur de décider toute seule.

— Je pense que vous en êtes capable, Pepper. Vous avez un sacré coup d'œil. La manière dont vous disposez les objets, le soin avec lequel vous arrangez la boutique... Je vous assure, même quand j'achète une merdouille, vous vous débrouillez pour que les clients en aient envie.

— Ce qu'on vend... c'est du rêve, non ? La vie fantasmée que voudraient les gens. Personne n'a besoin de nos articles, même pas les vêtements. Alors il faut les assembler pour raconter une histoire. Je ne sais pas, je dois vous paraître un peu toquée...

— Non, ce que vous dites est tout à fait sensé. Avant de vous embaucher, je ne prenais quasiment pas de congés. Maintenant, j'arrive à m'absenter... bien vingt minutes !

Dave était un drogué du boulot, sujet de plaisanterie entre eux. La jeune femme éclata de rire, réaction tonitruante qui le fit grimacer. Elle ne savait pas quel jour c'était. Elle ignorait probablement que Dave Bethany avait eu deux filles, et encore moins ce qui leur était arrivé. Il y avait certes leur photo dans un cadre en argent, sur son bureau dans l'arrière-boutique, mais Pepper ne posait jamais de questions. Ce n'était pas faute d'être curieuse, pensait-il, plutôt le souci de ne pas trop s'immiscer dans son passé, de crainte qu'il ne lui en demande autant en retour. Pepper lui plaisait beaucoup. Il aurait voulu pouvoir l'aimer, ou éprouver pour elle une affection paternelle, mais c'était impossible. Même si elle s'était montrée moins réservée, il ne se serait jamais permis d'entretenir de tels sentiments pour une jeune femme. Au cours des quatorze années écoulées, il avait eu des maîtresses, des femmes qui partageaient son lit. Mais il n'avait jamais songé à se remarier et ne souhaitait pas d'une inconnue comme fille de substitution. Pepper était son employée, rien de plus.

***

Bien entendu, la rumeur circula par la suite qu'elle avait été plus que ça. Le lendemain, quand les secouristes coupèrent la corde avec laquelle Dave s'était pendu au vieil orme dans le jardin de derrière, à la branche même où le pneu-balançoire était resté accroché jusqu'à ce que la corde finisse par pourrir, ils trouvèrent une lettre les informant qu'il avait laissé une liasse de documents sur son bureau, dans la pièce où il faisait jadis brûler du beurre clarifié et psalmodiait au lever et au coucher du soleil. « Personne n'a besoin de ce qu'on vend, avait dit Pepper. Alors il faut les assembler pour raconter une histoire. » Dave espérait qu'on saurait interpréter les choses telles qu'il les avait assemblées – son cadavre, ses papiers, les comptes en équilibre, la maison douloureusement en ordre. Sa lettre n'avait peut-être pas valeur de testament, mais ses intentions étaient assez claires. Il voulait que Pepper reprenne la boutique, et que le reste de sa succession, y compris le montant de la vente de la maison, soit placé sur un compte à l'intention des filles que tout le monde croyait mortes, jusqu'en 2009, où les fonds seraient distribués à diverses œuvres charitables.

***

— Je me sens ignoble, confia Willoughby par-dessus les crachouillis de la communication internationale – il avait retrouvé Miriam grâce à ses anciens collègues de l'agence immobilière. Ce jour-là, je venais de...

— Il ne faut pas vous en vouloir, Chet. Moi, je ne m'en veux pas. Du moins, je ne me sens pas coupable pour Dave.

— Oui, mais lui...

Quoique inachevée, la phrase était fort cruelle.

— Je n'ai pas oublié moi non plus, dit-elle. Mais je me souviens autrement. Pour tout dire, je ne me donne pas un coup de poêle à frire sur la tête tous les matins en me réveillant, pour m'étonner ensuite d'avoir mal au crâne, ce qui était l'attitude de Dave. La douleur est là. Elle sera toujours là. Pas besoin de l'entretenir ni de la stimuler. Dave et moi avons choisi deux façons différentes d'être en deuil, mais notre peine est la même.

— Je n'ai jamais prétendu le contraire, Miriam.

— Je suis des cours d'espagnol. Vous vous rendez compte ? J'apprends une nouvelle langue à cinquante-deux ans.

— Je me verrais bien faire ce genre de projet, dit-il. Mais elle se moquait de savoir ce qu'il devenait. *Dave, lui, faisait au moins semblant de s'intéresser à moi,* songea Willoughby.

— En espagnol, il existe un tas de verbes où ce qui est le complément en anglais devient le sujet. *Me falta un tenedor.* Littéralement : « la fourchette me manque », pas « j'ai besoin d'une fourchette ». *Se me cayó. Se me olvidó.* « Ceci est tombé de moi. Ceci s'est oublié à moi. » La langue espagnole comprend que des choses nous arrivent parfois.

— Miriam, je n'ai jamais eu la moindre réserve sur la façon dont Dave et vous aviez traversé cette épreuve.

— Ne me racontez pas de conneries, Chet. Mais vous avez su le plus souvent garder votre avis pour vous. Rien que pour ça, je vous aime.

Il s'en voulut d'être transpercé par ces mots prononcés à la légère. *Rien que pour ça, je vous aime.*

— Restez en contact, dit-il. Avec la brigade, s'entend. Si jamais il y a du nouveau...

— Il n'y en aura pas.

— Restez en contact, répéta-t-il, supplia-t-il, tout en sachant qu'elle n'en tiendrait pas compte.

Quelques semaines plus tard, la veille de son départ en retraite officiel, il emprunta une fois de plus le dossier Bethany. Quand il le rendit, plus aucune allusion à la filiation biologique des filles n'y figurait. Dave Bethany avait toujours soutenu que cette piste n'était qu'une impasse, un cul-de-sac comme Algonquin Lane qui rejoignait la frange civilisée de Leakin Park, îlot sauvage au cœur de la ville. Au début, juste après la disparition des filles, des gens curieux et frustes passaient lentement devant chez eux en voiture, leurs intentions de voyeurs dévoilées quand ils étaient contraints de faire demi-tour au bout de l'impasse. D'autres venaient à la boutique, où ils achetaient des babioles pour atténuer leur culpabilité. Comme ces gens l'avaient blessé ! Comme il avait eu mal ! Il s'en était plaint plus d'une fois à Chet.

« Bordel de merde, comme si j'étais une bête curieuse !

— Notez le numéro de la plaque d'immatriculation, lui avait conseillé Chet. Et leur nom s'ils règlent par chèque ou par carte de crédit. On ne sait jamais qui peut passer. »

Fidèle à lui-même, Dave avait fait exactement cela. Il avait noté les numéros d'immatriculation, relevé le moindre coup de fil bizarre et agité leur vie familiale comme une boule à neige, la reposant ensuite sur la table pour voir si le tableau serait modifié. Au fil des quatorze ans, il avait souvent cherché un nouvel agencement, mais tout revenait toujours à sa place d'origine – excepté Miriam.

NEUVIÈME PARTIE

Dimanche

37

— On pourrait toujours mentir pour les ossements, suggéra Infante.

— Mais nous n'en avons pas, objecta Lenhardt. Nous n'avons pas retrouvé le cadavre.

— Exactement, dit Infante.

Lenhardt, Willoughby, Infante et Nancy attendaient Miriam Toles dans le hall d'entrée du Sheraton – pour prendre le petit déjeuner avec elle et reconnaître qu'ils ne savaient toujours pas l'identité de la femme qu'elle espérait rencontrer dans la journée, celle pour qui elle avait parcouru plus de trois mille kilomètres. C'était peut-être sa fille. Ou une menteuse de génie qui avait décidé de se payer leurs tronches une semaine ou deux. Dans quel but ? L'argent ? L'ennui ? La folie pure et simple ? Ou bien dissimulait-elle son identité actuelle parce qu'il existait un mandat d'arrêt à son nom ? Pour Infante, c'était la seule hypothèse plausible. Il ne croyait pas une seconde qu'elle soit inquiète pour sa vie privée. D'après ce qu'il avait pu observer, elle adorait être le centre d'attention et s'était délectée à chacune de leurs rencontres. Non, elle avait quelque chose d'autre à cacher et se dissimulait derrière le nom d'Heather Bethany en se servant de cette affaire épouvantable pour les leurrer.

— Nous nous sommes focalisés sur les ossements parce que ça réglerait un certain nombre de questions. Ce n'étaient pas leurs parents biologiques, mais elles étaient bien sœurs, n'est-ce pas ?

Willoughby hocha la tête. Vingt-quatre heures plus tôt, à en croire Nancy, elle avait dû lui faire du charme pour qu'il observe l'interrogatoire. À présent, ils n'arrivaient plus à se débarrasser de lui et Lenhardt le caressait dans le sens du poil plutôt que de courir le risque de le froisser et de le voir passer au journal télévisé. Infante n'en revenait toujours pas qu'il ait falsifié le dossier, sans se priver pour autant de les inciter à faire revenir Miriam avant de savoir à quoi et à qui ils avaient affaire. Où avait-il la tête ? Comment avait-il pu oser faire disparaître des informations cruciales ? Pour Infante, aucune possibilité n'était à exclure. C'était bien une chose que lui avait apprise Nancy sur les affaires non élucidées – le nom du coupable figurait toujours dans le dossier.

— Nous lui avons déjà dit que nous n'avions pas retrouvé les ossements, dit Lenhardt.

— Que nous ne les avions pas retrouvés à l'adresse qu'elle nous a fournie. Mais je rentre justement de Géorgie, et c'était là que vivait Tony Dunham, d'accord ? Le fils aurait pu le déterrer avant que son père ne vende la ferme, pour empêcher leur découverte.

— Voilà qui serait épatant ! s'exclama Lenhardt. Moi, je n'arrive même pas à obtenir de mon fils qu'il tonde le gazon.

— Sérieusement...

— Non, j'entends bien, mais permets que je pousse le raisonnement. Nous l'informons donc que nous avons le cadavre de sa sœur. Si elle ment, tu penses qu'elle capitulera parce qu'elle saura que les analyses auxquelles elle devra se soumettre prouveront l'absence de lien de parenté. Sauf qu'elle retombe vite sur ses pieds, celle-là. Et si elle rétorque : « Ce doit être un autre cadavre. Qui sait combien de meurtres a commis Stan Dunham, combien de filles il a tuées ? »

— Ça mérite quand même d'être tenté. Moi, je dis que tout est bon pour lui faire cracher le morceau le plus vite possible, afin d'épargner à la mère l'épreuve d'une rencontre. Si on arrivait à la faire avouer...

— En tout cas, dit Lenhardt en regardant Willoughby, nous n'aurons pas la solution avant le petit déjeuner. Nous devons expliquer à la mère que c'est l'incertitude la plus totale. Elle n'aurait pas dû venir, mais moi, en tant que parent, j'aurais dû me douter que rien ne pourrait la retenir après notre coup de fil.

Généralement, Infante supportait mal d'entendre Lenhardt invoquer sa qualité de parent, d'autant que Nancy pouvait maintenant y aller de son petit hochement de tête, faisant elle-même partie du club. Cela dit, comme il s'agissait cette fois d'atténuer la culpabilité de Willoughby, il fut moins agacé.

Nancy donna son avis.

— Quoi que nous lui disions, elle retombera sur ses pieds. C'est ce que j'ai pu observer. Vous connaissez cette émission sur le câble, le gros type à lunettes qui fait des improvisations ?

Les trois hommes la dévisagèrent – Lenhardt et Willoughby l'air complètement perdu, tandis qu'Infante était mieux versé dans la culture télévisuelle de son ancienne coéquipière.

— Ce programme merdique ? Je ne le regarderais pas même si on me payait ! J'ai quand même bien aimé quand le Noir, le mec super-sympa, s'est moqué de lui-même dans une autre émission. *Va falloir que Wayne Brady, il étrangle une salope ?* C'était marrant.

Elle rougit.

— Le jour où tu seras obligé de te lever au milieu de la nuit pour t'occuper d'un bébé, on verra ce que tu regarderas. J'en parle simplement parce que l'inconnue me rappelle ce comique. Elle est rapide d'esprit et, contrairement à beaucoup de menteurs, elle a compris que ce n'est pas grave de se tromper parce que les gens n'arrêtent pas de dire des trucs faux. Les grillons, par exemple. Elle ne s'est pas laissé démonter quand je lui ai fait remarquer que c'était au mois de mars. Elle sait que je l'ai prise en train de mentir. Mais elle a continué comme si de rien n'était. Le sergent a raison. Si on lui raconte des histoires pour le cadavre, elle ne cillera même pas.

La porte de l'ascenseur s'ouvrit et Miriam Toles jeta un coup d'œil dans le hall et reconnut Infante. La veille au soir, quand il était passé la prendre à l'aéroport, il s'attendait à quelqu'un d'habillé en plus... eh bien, mexicain. Pas coiffée d'un sombrero... il n'était pas crétin à ce point. Mais avec une jupe à volants très colorée ou un chemisier brodé. Il pensait aussi qu'elle aurait l'air plus vieille que son âge, soixante-huit ans d'après le dossier. Mais Miriam Toles avait beaucoup de style, comme les New-Yorkaises qu'il voyait en ville quand il était gamin – cheveux argentés, coupe au carré, créoles en argent, pas d'autre bijou.

Il vit Nancy jeter un coup d'œil à sa propre tenue, un chemisier rose et une jupe kaki un peu trop serrée, et sut qu'elle se sentait mal fagotée. Il était prêt à parier que Miriam Toles avait souvent cet effet sur les autres femmes. Elle n'était pas vraiment jolie... et ne l'avait probablement jamais été. Mais elle avait de l'élégance et les restes d'une silhouette de rêve.

Il sentit Willoughby, à côté de lui, se redresser et même rentrer le ventre.

— Miriam, dit l'ancien inspecteur d'un ton un peu raide. Je suis content de vous revoir. Même si j'aurais préféré d'autres circonstances, bien évidemment.

— Chet, dit-elle en lui tendant la main et le vieil inspecteur en fut tout déconfit.

S'attendait-il à une bise, une embrassade ? C'était déconcertant à voir, ce type d'une soixantaine d'années tout tremblant d'amour. Ça ne cessait donc jamais ? N'aurait-ce pas été souhaitable ? Ces derniers temps, alors que la moitié des pubs concernaient l'impuissance – « dysfonctionnement érectile », selon l'expression consacrée, comme si c'était mieux –, Infante en était venu à penser qu'il était ridicule de lutter contre son corps, qu'on devait éprouver une sorte de soulagement quand sa bite rendait les armes une bonne fois pour toutes. La sienne ne rendrait bien entendu jamais l'âme, il en avait conscience, et il l'aurait mauvaise de se retrouver impotent par les effets secondaires d'un médicament. Mais il comptait bien, espérait même la fin des folies émotives, de la poussée fiévreuse qui monte à la tête et rend esclave de ce qu'une autre personne pense de vous. En regardant Willoughby, il comprit que ça s'arrêtait comme tout le reste... avec la mort.

***

Miriam contempla l'assortiment tristounet qu'elle avait rapporté du buffet, des fruits durs qui n'étaient pas vraiment de saison. Sans vouloir passer pour une de ces personnes qui ne jurent que par leur mode de vie, elle regrettait déjà le Mexique et tout ce qui avait fini par lui paraître aller de soi depuis seize ans – les fruits, le café corsé, les pâtisseries délicieuses. Ce médiocre brunch la désolait autant qu'il semblait combler les quatre policiers. Même la jeune femme se régalait ; Miriam remarqua qu'elle s'était composé une assiette exclusivement de protéines.

— Je serais venue de toute façon, leur dit-elle. Dès que vous m'auriez parlé du sac à main. C'est vrai que j'aurais préféré que vos informations soient... plus définitives à ce stade, que vous soyez fixés dans un sens ou dans l'autre. Mais, même s'il ne s'agit pas de ma fille, elle sait clairement des choses sur le jour où mes filles ont disparu. Peut-être même tout. Comment allons-nous procéder ?

— Nous aimerions établir une biographie détaillée de votre fille, avec des faits qu'elle serait seule à connaître. L'aménagement de votre maison, des anecdotes familiales, ses bêtises. Tout ce dont vous pourrez vous rappeler.

— Cela prendrait des heures, voire plusieurs jours.

Et me briserait le cœur en mille morceaux. Depuis trente ans, Miriam avait compris qu'elle était tenue de partager les plus tristes secrets de sa famille avec les enquêteurs – l'échec de la boutique, sa relation extraconjugale, le concours de circonstances par lequel Heather et Sunny étaient devenues leurs filles. Mais elle était très jalouse des souvenirs heureux, des petits riens du quotidien. Ceux-là appartenaient exclusivement à Dave et elle.

— Pourquoi vous ne me diriez pas ce qu'elle vous a déjà raconté, pour que je voie si quelque chose sonne faux ? Pourquoi ne voulez-vous pas que je la rencontre ?

La jeune inspectrice, Nancy – Miriam avait du mal à

s'y retrouver parmi tous ces nouveaux visages –, consulta ses notes.

— Elle ne s'est pas trompée pour les dates d'anniversaire, les écoles qu'elles fréquentaient, votre adresse. Seulement, tout cela figure sur Internet et dans les articles de presse, pour qui voudrait se donner la peine d'éplucher les archives. À un moment, elle a fait allusion à des vacances en Floride et à une personne surnommée Bop-Bop.

— C'est exact. La mère de Dave. Elle s'était inventé cet horrible sobriquet parce qu'elle ne voulait surtout pas d'un petit nom vieillot. Être mère ne l'avait pas comblée et elle se sentait très mal à l'aise dans son rôle de grand-mère.

— Mais ça ne prouve rien. Heather aurait pu en parler, à ses camarades de classe par exemple.

— Oui, mais de là à s'en souvenir trente ans plus tard ? demanda Miriam avant de répondre à sa question. Cela dit, impossible d'oublier Bop-Bop quand on l'a rencontrée. C'était un sacré numéro !

Willoughby sourit.

— Qu'est-ce qu'il y a, Chet ? dit Miriam, plus sèchement qu'elle n'aurait voulu. Qu'est-ce qui vous fait sourire ?

Il hocha la tête, préférant ne rien dire, mais Miriam le regarda droit dans les yeux. Pourquoi serait-elle la seule à répondre à des questions ?

— Je vous retrouve exactement comme vous étiez, dit-il. Votre... franchise. Ça n'a pas changé.

— Je dirais même que c'est pire, maintenant que je suis une vieille dame qui se fiche du qu'en-dira-t-on. OK. Cette femme connaît donc Bop-Bop et sait à quoi ressemblait le sac d'Heather. Pourquoi ne la croyez-vous pas, alors ?

— Eh bien, il y a le fait qu'elle ne se souvienne pas du professeur de musique alors que lui certifiait l'avoir aperçue, dit Nancy. Et dans les premiers rapports d'enquête, vous avez déclaré aux inspecteurs qu'Heather conservait son argent de poche dans une petite boîte, mais la totalité... entre quarante et soixante dollars, d'après vos souvenirs... avait disparu. Heather avait donc emporté cet argent au centre commercial. Pourtant, quand nous lui avons demandé de décrire le contenu du sac...

— On l'a retrouvé vide.

— Tout à fait. Ça, nous le savons. Mais Heather ne l'aurait pas su, à moins qu'elle ne l'ait vidé avant de s'en débarrasser, et personne n'y croit. Quoi qu'il en soit, cette femme n'a rien dit à ce sujet. Elle nous a parlé de quelques dollars, d'un petit peigne et d'un baume Bonne Bell, parce qu'elle n'avait pas le droit de mettre du vrai rouge à lèvres.

— Nous n'avions pas de règles à proprement parler sur le maquillage. Je lui avais dit que je trouvais ça ridicule sur une petite fille, mais elle était libre de faire comme elle voulait. La marque Bonne Bell me semble exacte. Plausible, en tout cas.

Nancy soupira.

— Tout ce qu'elle dit paraît plausible. Du moins, quand elle raconte cette journée, son déroulement. Mais pour ce qui est de l'enlèvement et...

Sa voix flancha.

— Le meurtre de Sunny, dit Miriam. Vous n'avez toujours pas abordé le sujet.

— C'est vraiment atroce, dit la jeune femme. Comme

dans un film. Les détails de leur journée... ce qu'elles ont mangé au petit déjeuner, comment elles ont pris le 15 pour aller au centre commercial... Encore une fois, ces éléments ont été rapportés dans la presse, de même que l'épisode de l'ouvreuse qui les vide de *Chinatown*... Tout cela sonne juste. Mais se faire kidnapper par un flic qui les emmène dans une ferme abandonnée et décide de garder Heather au lieu de la tuer alors qu'elle a assisté au meurtre de sa sœur ? Quand on vient à cette partie, elle ne donne plus aucun détail et ça ne sonne plus du tout vrai.

— C'est le fait qu'il s'agisse d'un flic ? demanda Miriam. Ça vous semble si incroyable ?

Les quatre policiers eurent la correction de ne pas protester immédiatement et automatiquement, de ne pas jurer leurs grands dieux qu'il leur avait été facile de soupçonner l'un des leurs d'être un assassin et un prédateur sexuel. Infante, le beau gosse qui était venu la chercher à l'aéroport, fut le premier à s'exprimer.

— Par certains côtés, l'hypothèse du flic tombe sous le sens. Ça explique comment il se serait débrouillé pour attirer deux filles... Il leur montre son badge à tour de rôle, explique à chacune que sa sœur a eu un problème. N'importe quelle gamine suivrait un flic.

— Peut-être pas les filles de Dave Bethany en 1975... Dave avait tendance à traiter les policiers de porcs, avant que nous ne leur devions tant et que Chet ne devienne un ami digne de confiance.

C'était de sa part une attention délibérée envers Chet, pour se racheter de son ton sec d'avant.

— Mais bon, je comprends votre remarque, ajouta-t-elle.

— C'est juste que ce flic-là ne colle pas vraiment,

poursuivit Infante. Il était à la brigade des vols et c'était un brave type apprécié de tout le monde. Aucun d'entre nous ne le connaissait, mais ses anciens collègues n'en reviennent pas qu'il puisse être impliqué dans cette affaire. Et puis, il n'a plus sa tête, ce qui en fait la cible idéale.

— Dunham... Dunham... Stan, vous dites ?

— Oui. Et son fils s'appelait Tony. Ce nom vous dit quelque chose ?

— Dunham... Je suis sûre que nous connaissions quelqu'un qui s'appelait comme ça.

— Vous n'avez jamais mentionné ce nom, dit Chet sur la défensive.

Elle posa sa main sur l'avant-bras du policier en retraite, désireuse de le réconforter, mais aussi qu'il se taise pour qu'elle puisse suivre le fil de ses pensées.

— Dunham... Dunham... Dupé par Dunham...

Elle se revit assise à la vieille table de la cuisine d'Algonquin Lane. C'était un meuble branlant, pas vraiment une antiquité, récupéré de l'appartement de Bop-Bop quand elle avait quitté Baltimore. Sa belle-mère cherchait surtout à s'en débarrasser. Une affaire de plus dans une maison déjà encombrée. Certains jours, Miriam avait le sentiment de ne pas pouvoir traverser une pièce sans se cogner dans une table, un repose-pieds ou quelque autre meuble ramené par Dave. Il avait repeint la table avec une laque jaune, du même ton que les taxis, et les filles avaient eu le droit d'y apposer des fleurs en décalcomanie. Le joli résultat n'avait pas tenu plus de quinze jours. Les fleurs avaient commencé à partir, laissant un résidu collant et écaillant la peinture. Le vert du chéquier jurait horriblement avec le jaune. Ou peut-être avait-elle cette impression à cause de l'angoisse mensuelle des factures, moment où elle les voyait s'enfoncer davantage, où il fallait jongler entre les créanciers, choisir qui apaiser et qui faire attendre. Ils se disputaient souvent sur les dépenses, sans arriver à se mettre d'accord sur celles qu'ils pouvaient réduire.

« Le beurre clarifié ne coûte presque rien, soutenait Dave quand Miriam avançait que le Chemin des Cinq Voies grevait inutilement le budget familial.

— Pourquoi tu ne conduirais pas Sunny à l'école ? proposait-elle. Je travaille, maintenant. Nous avons besoin de mon salaire. Je ne peux pas tout laisser en plan pour faire le chauffeur. »

Tu pourrais la déposer le matin... Mais qui irait la chercher l'après-midi ?... De toute façon, ce type nous entube en inversant le trajet du soir... Il faut qu'on se débrouille pour réduire nos dépenses...

Cette année-là, ils avaient eu cette discussion presque tous les mois et chaque fois Miriam avait obtenu gain de cause, rédigeant un chèque de plus à l'ordre des Transports Mercer, adressé à Glen Rock, en Pennsylvanie. Elle ne savait même pas où était situé Glen Rock. Mais quand ses chèques lui étaient retournés après avoir été encaissés, ils avaient été endossés par...

— Stan Dunham était le propriétaire de l'entreprise de transports Mercer. Sunny prenait un de leurs cars de ramassage scolaire.

— Mercer était le propriétaire de la ferme ! s'exclama la jeune inspectrice. Celui d'avant le lotissement actuel. Je croyais que Dunham avait vendu à Mercer, alors qu'il a dû faire acheter la propriété par sa société. Merde, comment ai-je pu louper ça !

— Pourtant, nous nous sommes intéressés au chauffeur, dit Chet. Il figurait parmi les premières personnes que nous avons interrogées, mais il avait un alibi solide pour le jour où les filles ont disparu. Stan n'était pas le chauffeur. *Vous ne m'avez jamais parlé de ce Stan.*

Miriam comprenait la frustration de Willoughby pour l'éprouver elle aussi. Personne n'avait été intouchable pendant l'enquête, personne n'avait été présumé innocent. Ils avaient fouillé leur vie de fond en comble, à la recherche de noms et de rapprochements. Parents, voisins, enseignants – on les avait tous passés en revue, qu'ils en aient été conscients ou pas. Des employés de Security Square avaient été interrogés pour des délits sexuels mineurs, comme si le fait d'avoir eu affaire à une prostituée conduisait inévitablement à kidnapper deux adolescentes. Les collègues de Miriam, les fournisseurs de Dave. On avait même retrouvé le chauffeur du bus de la ligne 15, l'homme en qui Miriam avait toujours vu celui qui avait conduit ses filles à leur mort, tel Charon traversant le Styx. La suspicion était inépuisable, mais pas le temps ni l'énergie. La grande crainte de Dave, l'angoisse tenace qui rendait la vie avec lui insupportable, était qu'on n'avait pas tout tenté, qu'il restait toujours quelque chose à faire, à explorer, à examiner.

Et il avait donc raison. « Dupé par Dunham, fredonnait-il. Va-t-on encore se faire duper par Dunham ? » Les Transports Mercer leur avaient adressé un rappel courtois mais ferme, et ils avaient vite compris qu'ils ne pouvaient pas inclure ce Dunham dans leur loterie mensuelle des créanciers. Ils ne pouvaient pas se permettre de le froisser, de crainte qu'il ne raye Sunny de son itinéraire. Mais Dunham n'était alors qu'une signature, noire et grandiose, au dos d'un chèque que leur retournait tous les mois une banque de Pennsylvanie.

38

Pendant que Lenhardt s'interrogeait sur le montant du pourboire pour un brunch, Infante appela le juge de permanence et l'informa qu'ils auraient besoin d'un mandat de perquisition pour fouiller la chambre de Stan Dunham à Sykesville. Ils retrouvèrent le magistrat devant l'auberge Cross Keys, où lui aussi prenait son brunch dominical, et moins d'une heure plus tard Infante et Willoughby étaient en route vers la maison de retraite. Kevin se serait volontiers passé de la compagnie du vieux flic, mais n'avait pu s'empêcher de lui donner satisfaction. Ils avaient loupé quelque chose, un détail leur avait échappé à l'époque. Personne n'était fautif – une fois le chauffeur éliminé, pourquoi se soucier d'un inconnu qui touchait des chèques en Pennsylvanie ? Malgré tout, il voyait bien que Willoughby s'en voulait.

— Savez-vous comment nous avons établi le lien avec Penelope Jackson ? lui demanda Infante.

Le retraité contemplait un parcours de golf que longeait la route.

— Une recherche informatique, j'imagine ?

— Oui, et c'est Nancy qui est tombée dessus. Le premier jour, j'ai fait les vérifications habituelles : NCIC, les fichiers courants. Mais il ne m'est pas venu à l'esprit de jeter un coup d'œil aux journaux, au cas où elle aurait fait parler d'elle sans pour autant être recherchée par la police. Si Nancy ne l'avait pas découvert, nous n'aurions pas fait le rapprochement entre Tony et Stan Dunham. Et même avec les éléments dont nous disposions, nous nous sommes trompés sur la chronologie. L'avocat de Dunham m'a expliqué que celui-ci avait vendu la propriété il y a quelques années, mais je ne lui ai pas demandé la date précise. Pour moi, il s'agissait de la vente à Mercer alors qu'en fait c'était la transaction entre Mercer et le promoteur.

— Merci, Kevin, dit Willoughby d'une voix fébrile, comme si Infante venait de lui offrir une pastille à la menthe. Vous parlez d'un oubli que vous avez commis le premier jour d'une enquête sur un accident de la route et sur une femme suspecte. Moi, j'ai eu quatorze ans pour m'occuper de l'affaire, et si l'information sur Dunham se révèle exacte, cela signifie que je n'ai fait aucune découverte importante sur la disparition des sœurs Bethany. Vous vous rendez compte ? Tout ce travail, tout ce temps passé, et je n'ai rien découvert. Lamentable.

— Quand Nancy a commencé à travailler aux affaires non résolues, elle a vite constaté une terrible ironie : le nom du coupable figure toujours dans le dossier, d'une manière ou d'une autre. Mais celui de Dunham ne s'y trouve pas. Vous avez contacté la compagnie, on vous a fourni le nom du chauffeur, vous l'avez mis hors de cause. Nous ne sommes guère plus avancés, mis à part l'existence d'un lien entre Stan Dunham et la famille Bethany.

— Un lien que ne pouvait pas connaître une petite fille. Aucune gamine de onze ans ne sait qui endosse un chèque. (Willoughby regarda à nouveau le paysage, qui manquait pourtant d'intérêt.) Je n'arrive pas à décider si ça doit m'inciter à croire un peu plus ou un peu moins notre mystérieuse inconnue. Stan Dunham aurait pu se confier à elle pour une raison ou une autre. Voire Tony Dunham, ce qui semblerait plus logique. Un lien de parenté ou d'amitié. D'après Nancy, elle tenait beaucoup à ce qu'on vérifie les archives de l'école catholique de York, certaine qu'on y retrouverait la trace de Ruth Leibig.

— Ce qui ne prouverait pas qu'elle était Ruth Leibig, juste que Ruth Leibig a bien existé et fréquenté cette école. Vous savez, on dit souvent qu'il est impossible de prouver une négation, mais là on a un mal de chien à prouver qui *est* cette femme. Et si elle s'emparait d'une identité, puis d'une autre et ainsi de suite ? Après tout, Ruth Leibig est morte. C'est à la reine des Morts qu'on a affaire, bon sang !

Ils quittèrent la route principale et continuèrent vers le nord. La banlieue ne cessait de s'étendre depuis dix ans qu'Infante s'était installé à Baltimore, mais il y avait encore des traces de vie rurale à Sykesville. Pourtant, la maison de retraite était franchement haut de gamme, dans un style moderne et dépouillé, encore plus impressionnante que celle de Willoughby. Comment un flic en retraite, sans fortune personnelle, avait-il les moyens de s'offrir ce genre d'établissement ? Infante se souvint alors de la vente de la propriété et de la prévoyance financière de Dunham, au dire de l'avocat. Ce type avait l'habitude d'anticiper, aucun doute là-dessus. La seule question était de savoir s'il avait prémédité ses crimes avec autant de soin que la situation pécuniaire de ses dernières années.

***

Willoughby frissonna un peu quand on leur indiqua l'unité des soins palliatifs où était installé Stan Dunham. D'abord étonné, Infante se rappela soudain : sa femme était morte dans un endroit semblable, ayant effectué l'aller sans retour de son appartement au centre de soins quand elle avait une cinquantaine d'années.

— M. Dunham n'arrive quasiment plus à parler, leur confia Terrie, la jeune et jolie infirmière qui les accompagnait.

Les infirmières... il devrait fréquenter plus d'infirmières. Elles faisaient bon ménage avec les flics. Il regrettait l'uniforme d'antan, la blouse blanche serrée à la taille et la cornette. Celle-ci portait un pantalon vert menthe, un chemisier à fleurs et d'affreuses sandales vertes, mais quel canon !

— Il émet parfois quelques sons, certains pour exprimer ce qu'il ressent, mais ça se limite à des besoins basiques. Il est presque en phase terminale.

— C'est pour cela qu'il a été transféré aux soins palliatifs ? demanda Willoughby en écorchant les dernières syllabes.

— Les patients qui viennent ici ont une espérance de vie inférieure à six mois. Il y a trois mois, on a diagnostiqué chez M. Dunham un cancer du poumon au stade quatre. Pauvre homme. Le sort s'est vraiment acharné sur lui.

C'est ça, songea Kevin, *pauvre type.*

— Il avait un fils, Tony. Lui rendait-il visite ? s'enquit-il.

— Je ne savais pas que son fils était vivant. Son avocat est notre seul contact. Ils devaient être brouillés. Ça arrive.

Le fils avait peut-être coupé tout lien avec son père. Il était peut-être au courant de ce qui s'était passé dans les années soixante-dix, et il en avait parlé à sa petite amie, Penelope Jackson, qui elle l'avait raconté à une copine, laquelle lui avait justement emprunté sa voiture...

***

S'il savait qu'il n'apprendrait pas grand-chose d'intéressant d'un patient atteint d'Alzheimer à un stade avancé, Kevin fut quand même déçu en voyant Stan Dunham. Ce n'était plus qu'une enveloppe humaine, vêtue d'un pyjama écossais et d'une robe de chambre. Les seuls signes de vie étaient les marques de peigne dans ses cheveux et ses joues rasées. Était-ce l'infirmière qui lui faisait sa toilette ? Ça, le regard de Dunham s'illumina en la voyant, glissa avec un vague intérêt sur Willoughby et Kevin, puis revint sur elle.

— Bonjour, monsieur Dunham, dit Terrie d'une voix enjouée, ni forcée ni bêtifiante. Vous avez deux visiteurs. Un ancien collègue à vous.

Dunham garda les yeux rivés sur la jeune femme.

— Je n'ai pas travaillé avec vous, dit Infante en essayant le ton de Terrie, pour n'arriver à parler qu'avec la jovialité factice d'un vendeur de voitures. Mais Chet était inspecteur à votre époque. Brigade des homicides. Vous vous souvenez de lui ? Il est surtout connu pour avoir hérité de l'affaire Bethany. L'affaire Bethany.

Il répéta ces derniers mots soigneusement et lentement mais n'obtint aucune réaction. Forcément. Il s'y attendait, mais il n'avait pas pu s'en empêcher. Dunham ne cessait de fixer la jolie Terrie. Son regard était celui d'un chien affectueux et entièrement soumis. Si cet individu avait effectivement enlevé les sœurs Bethany, c'était un monstre. Mais même les monstres vieillissent et deviennent fragiles. Même les monstres finissent par mourir.

Infante et Willoughby entamèrent la fouille des tiroirs et des placards, à la recherche de quelque chose. N'importe quoi.

— Il n'a pas beaucoup d'affaires, dit Terrie. À quoi bon quand...

Elle n'acheva pas sa phrase, comme si l'homme assis dans le fauteuil, l'homme qui s'accrochait à son regard et à ses paroles avec une farouche détermination, risquait d'être surpris d'apprendre qu'il allait mourir.

— Mais il a un album photo que nous feuilletons parfois ensemble. N'est-ce pas, monsieur Dunham ? ajouta-t-elle.

Elle passa la main sous le canapé et en retira un grand album relié en toile d'un blanc satiné qui avait jauni. Sur la couverture, un bébé en couche bleue s'exclamait joyeusement : « C'est un garçon ! » Infante l'ouvrit et découvrit une écriture manifestement féminine, cursive et régulière. L'existence d'Anthony Julius Dunham y était relatée – naissance (3,6 kilos), baptême, remise du diplôme à la fin du lycée. Contrairement à d'autres, sa mère ne s'était jamais lassée de noter tous les exploits de son fils. Diplôme validant un programme de lectures estivales, brevet de la Croix-Rouge attestant un « niveau intermédiaire » en natation à la colonie de vacances de Camp Apache. Ses bulletins scolaires – pas très impressionnants – étaient fixés aux pages par des coins noirs.

En regardant les photos, Infante repensa à son père avec nostalgie. Stan Dunham, plus jeune et plus baraqué, ne lui ressemblait pourtant pas, mais ces clichés capturaient les scènes habituelles de la vie de famille que tout le monde a vécues. Moments cocasses à la maison, lieux célèbres en vacances, regards éblouis par le soleil lors de mariages. Aucune légende ne manquait, rédigées de la même écriture féminine. « Stan, Tony et moi, Ocean City, 1962 », « Tony à un pique-nique de l'école, 1965 », « Tony recevant son diplôme de lycée, 1970 ». En l'espace de neuf petites années, le blondinet à la coupe en brosse et au tee-shirt rayé s'était mué en jeune hippie à cheveux longs. Dur à encaisser pour un flic, songea Infante. Surtout à l'époque. Mais quelle que soit l'allure de Tony, ses parents rayonnaient toujours de fierté à ses côtés.

La dernière photo – Tony vêtu d'une tenue genre pompiste – était accompagnée de l'inscription : « Tony commence son nouveau métier, 1973. » C'est là que s'arrêtait l'album alors qu'il restait plusieurs pages vierges. Deux ans avant la disparition des deux sœurs. Pourquoi cette femme avait-elle cessé de retranscrire les moindres faits et gestes de son fils ? Avait-il déménagé en 1973 ? Vivait-il encore chez ses parents quand son père avait ramené une petite fille en 1975 ? Que leur avait raconté Stan Dunham ? Comment avait-il expliqué la présence d'une préadolescente ?

— Venez voir, Kevin.

Willoughby venait d'écarter des coussins qui dissimulaient – délibérément ? – un gros carton sur l'étagère du haut d'une penderie. Terrie le lui prit des mains et vacilla légèrement sous le poids du carton. Infante l'aida à retrouver l'équilibre en posant sa main sur son épaule. Elle lui décocha un petit sourire, comme si elle avait l'habitude de ces stratagèmes, et il se sentit vieux et filou, énième patient qui essayait de la peloter.

Le carton contenait le fatras habituel accumulé par les écoliers. Carnets de notes, programmes de spectacles, journaux scolaires. Tout cela provenait de Notre-Dame-des-Fleurs, Infante le remarqua... et le nom de Ruth Leibig y figurait. Pas d'album pour Ruth, bien que ses notes aient été meilleures que celles de Tony. Pas de photographies non plus, et aucun document antérieur à l'automne 1975. Mais il y avait un diplôme, daté de 1979. Le plus curieux était la présence dans le carton d'un vieux magnétophone rouge, en forme de sac à main. Kevin enfonça un bouton, mais rien ne se passa, bien entendu. Il sortit la cassette – *Aqualung* de Jethro Tull. Sous l'appareil était collée une étiquette Dymo, elle aussi d'une autre époque. « Ruth Leibig. »

Infante fouilla au fond du carton et y trouva quelque chose d'encore plus étrange : un certificat de mariage daté de 1979. L'union de Ruth Leibig et Tony Dunham, avec ses parents comme témoins, Irene et Stan Dunham.

Tony est mort ? D'après Nancy et Lenhardt, c'était l'information qui avait le plus surpris l'inconnue au cours de l'interrogatoire. Aucune tristesse, cependant. De la stupéfaction et de la contrariété, voire de la colère. Pas la moindre trace de chagrin. D'ailleurs, elle n'avait jamais mentionné le nom de Tony.

— Que s'est-il passé ? demanda Infante à Stan Dunham qui parut très étonné de son ton. Qui était Ruth Leibig ? As-tu kidnappé deux sœurs, tué l'aînée et baisé la cadette jusqu'à ce qu'elle soit trop âgée pour toi et que tu en fasses cadeau à ton fils ? Que s'est-il passé dans cette ferme, espèce de vieux salaud ?

L'infirmière était outrée. Elle ne l'aurait pas à la bonne s'il l'appelait dans une semaine ou deux. *Vous vous souvenez de moi ? Je suis l'inspecteur qui s'est montré odieux avec le vieux patient que vous trouvez si adorable. Ça vous dirait qu'on se voie un de ces quatre ?*

— Monsieur, vous pourriez lui parler autrement !

Dunham semblait ne rien remarquer. Infante ouvrit l'album et indiqua la dernière photo de Tony.

— Il est mort, tu sais. Il a cramé dans un incendie.

Peut-être assassiné. Il était au courant ? Sa petite amie aussi ?

Le vieillard hocha la tête, soupira et regarda par la fenêtre, comme si c'était Infante le fou, le dément à ignorer.

Avait-il seulement compris quelque chose ? Que savait-il au juste ? Les faits étaient-ils prisonniers de son cerveau ou avaient-ils disparu à jamais ? Où qu'ils soient, Infante ne pouvait y accéder. Le regard de Stan Dunham chercha à nouveau celui de son infirmière, comme pour y trouver l'assurance que cette perturbation de sa routine cesserait bientôt. *Quand serons-nous à nouveau seuls, juste vous et moi ?* semblait-il lui demander. Elle lui parla doucement et lui caressa la main.

— Ce n'est pas vraiment autorisé, confia-t-elle à Infante, l'air embêté. De toucher les patients. Mais il est vraiment charmant, c'est mon préféré parmi tous ceux dont je m'occupe. Vous n'avez pas idée.

— Non, dit-il. En effet.

Dieu sait ce qu'il t'aurait fait subir s'il t'avait connue adolescente.

Chet avait continué d'inspecter les documents dans le carton. Ayant chaussé ses demi-lunes à monture d'écaille, il examinait attentivement le diplôme et le certificat de mariage.

— Il y a quelque chose qui cloche, Kevin. Je ne peux pas être catégorique, mais d'après ces documents il semble peu probable que Ruth Leibig soit Heather Bethany.

39

La salle à manger de Kay était séparée du salon par une porte-fenêtre. Quand celle-ci était fermée, Kay avait depuis longtemps remarqué que ses enfants semblaient s'imaginer ne pas être vus. Elle en profitait souvent en disposant son fauteuil de lecture préféré de manière à pouvoir observer Seth ou Grace dans un moment de parfait naturel, ce qui devenait de plus en plus rare au fil des ans. L'adolescence ressemblait à une cicatrice, une grosse croûte qui recouvrait graduellement une âme trop tendre et vulnérable pour être exposée aux éléments. Elle aimait la façon dont Grace se suçotait une mèche de cheveux en faisant ses devoirs de maths, habitude qu'elle aussi avait quand elle était enfant. À onze ans, Seth parlait encore tout seul, narrant son existence dans des monologues calmes et posés qui faisaient penser aux commentaires d'un tournoi de golf.

« Voici mon goûter, disait-il en alignant ou empilant ses gâteaux selon des motifs et des structures précis. De vrais Oreo, parce que les Oreo sont inimitables. Et voici le lait, écrémé, de marque générique parce que le lait, c'est le lait. Yessss ! »

La remarque sur le lait fit à Kay l'effet d'un boomerang. Obligée de compter ses sous après le divorce, elle avait abandonné toutes les marques et adopté celles du magasin, elle avait même soumis les enfants à des tests à l'aveugle pour leur prouver qu'ils ne verraient aucune différence entre les nombreuses variétés de chips et de biscuits. Sauf qu'ils y arrivaient, aussi avait-elle fini par établir un compromis sur le sujet. Grandes marques pour les biscuits, les chips et les sodas. Produits génériques pour le lait, les pâtes, le pain et les conserves.

Ils la surprenaient parfois à les espionner derrière la vitre mais cela ne paraissait pas trop les embêter. Peut-être même appréciaient-ils ces moments, parce que la réaction de Kay n'était jamais de rire ni de les taquiner. Au lieu de ça, elle haussait les épaules, l'air coupable, et retournait à son livre, comme si c'était elle qu'on avait surprise.

Ce jour-là, Heather était dans la salle à manger et elle se rembrunit en voyant Kay de l'autre côté de la vitre, même si Heather lisait simplement le journal du dimanche et Kay se contentait de l'admirer dans la lueur grisâtre. Tenant le quotidien à bout de bras, comme si elle était légèrement presbyte, elle n'avait aucune ligne sur le front et la mâchoire encore lisse et ferme. Seule une ride profonde entre les yeux trahissait son extrême concentration.

— Quand est-ce qu'ils ont cessé de publier la bande dessinée de prince Vaillant ? demanda-t-elle lorsque Kay apporta sa tasse de café dans la pièce comme si telle avait toujours été son intention.

Kay ne connaissait pas la réponse mais Heather ne lui laissa pas le temps de s'exprimer.

— Bien sûr, ça paraissait dans le *Star* et pas dans le *Beacon*. Nous recevions le *Beacon* pendant la semaine, mais le dimanche nous prenions les deux. Mon père était accro à l'actualité.

— Ça fait des années que je n'ai pas entendu parler du *Beacon*. Pas depuis la fusion avec le *Light* dans les années quatre-vingt, à peu près à l'époque où le *Star* a disparu. Mais Baltimore étant ce qu'elle est, certaines personnes parlent toujours du *Beacon* comme s'il existait encore. Vous pourriez presque passer pour une vieille habitante de Baltimore.

— Mais je le suis. Enfin... je l'étais, dit Heather. Maintenant, j'imagine que je suis d'ailleurs.

— Vous êtes née ici ?

— Quoi ? Vous n'avez pas trouvé ça dans Google ? Vous me posez la question pour vous ou pour eux ?

Kay rougit.

— Ce n'est pas juste, Heather. Je n'ai pris le parti de personne dans cette affaire. Je suis neutre.

— Mon père disait toujours que la neutralité n'existe pas, qu'en se prétendant neutre on choisit tout de même un camp.

Elle mettait sa parole en doute, elle l'accusait de quelque chose, mais quoi ?

— Je n'ai dit à personne que nous étions passées hier au centre commercial.

— Pourquoi le feriez-vous ?

— Oui, en effet, mais... vous vous rendez bien compte... ça aurait pu les intéresser. Enfin, s'ils savaient que...

Kay fut soulagée quand la sonnerie du téléphone vint mettre un terme à ses bégaiements, tout en s'étonnant d'être celle qui était gênée et désemparée. La voix de Grace retentit à l'étage, excitée comme chaque fois que le téléphone sonnait.

— Je réponds !

Puis, d'un ton abattu où transparaissaient tant d'espoirs déçus :

— C'est pour Heather. De la part d'une certaine Nancy Porter.

Heather décrocha dans la cuisine et prit soin de refermer la porte battante derrière elle. Kay put néanmoins entendre ses réponses brèves et crispées. « Quoi ?... Quelle est l'urgence ?... Ça ne peut pas attendre demain ? »

— Ils veulent me revoir, dit Heather en poussant la porte si violemment qu'elle resta ouverte. Vous pourriez m'y conduire, d'ici une demi-heure ?

— Ils ont d'autres questions ?

— Je ne sais pas trop. Je ne vois pas ce qu'ils pourraient encore me demander, après ce qu'ils m'ont fait subir hier. Ma mère est arrivée et ils veulent qu'on se rencontre. Sympas, les retrouvailles ! Dans une salle d'interrogatoire, où chacune de nos paroles pourra être écoutée et enregistrée. Je parie qu'ils ont passé la matinée à la débriefer, à lui expliquer que j'étais une menteuse, à la supplier de prouver que je ne suis pas celle que je prétends être.

— Votre mère vous reconnaîtra forcément, dit Kay, mais Heather ne parut pas percevoir son ton confiant, ni la confirmation implicite qu'en fait Kay avait choisi son camp.

Elle la croyait. D'ailleurs, Kay la trouvait plus crédible quand elle ne cherchait pas à l'être. Quand elle parlait des bandes dessinées du dimanche et des préceptes de son père, Heather était elle-même avec un parfait naturel.

— Écoutez. Je vais monter dans ma chambre me brosser les dents et me coiffer avant de partir. D'accord ? Je vous retrouve ici dans un moment.

***

Elle traversa l'allée en ardoises jusqu'au garage, situé au fond en bordure de l'impasse. Pas malin, la remarque sur Google. Et s'ils analysaient l'ordinateur de Kay et parvenaient à retracer ses actions ? N'importe quel technicien un tant soit peu habile saurait retrouver le site de sa compagnie et le courriel qu'elle avait adressé à son patron. Kay était-elle en train de l'épier ? Était-elle obligée de monter ? Après tout, il n'y avait rien là-haut dont elle aurait besoin. La police lui avait confisqué ses clés le soir de son interpellation. Comme elle s'était félicitée que même son porte-clés ne puisse pas la trahir. Un bout de turquoise sur une barre en argent, objet acheté dans une brocante, sans valeur. Pour des raisons évidentes, elle n'avait jamais eu coutume de personnaliser ses affaires, d'y apposer ses initiales. Pourtant, Dieu sait qu'on lui avait suggéré de les broder sur des serviettes de table et autres tabliers, quand elle était adolescente et « fiancée » à Tony Dunham.

— C'est ça, Tatie. Ton trousseau, j'en ai rien à foutre !

Elle avait reçu une gifle pour avoir dit « foutre », jamais pour l'avoir fait. Quelle famille ! Tous ravagés et bien atteints, derrière les rideaux à carreaux et les bacs de pétunias aux fenêtres.

Dommage qu'elle n'ait pas un peu d'argent ou une carte de crédit ! Si seulement son portefeuille n'avait pas disparu – piqué par Penelope, elle en était maintenant certaine, cette fille était manifestement une roublarde incapable de gratitude – et si seulement elle avait été moins perdue et désorientée ce premier soir. Elle aurait pu discuter et se sortir d'affaire, même si elle conduisait une voiture qui ne lui appartenait pas et n'avait pas son permis. Cela dit, connaissant Penelope, la vignette n'était peut-être pas à jour, ou bien des contraventions impayées s'accumulaient quelque part dans un ordinateur municipal.

Elle jeta un coup d'œil par-dessus son épaule. Kay était toujours dans la cuisine, à siroter son café près de l'évier. Merde ! Elle allait devoir monter tout compte fait. Et après ?

***

Ce fut dur d'ouvrir la fenêtre de la salle de bains avec un seul bras pour appuyer sur le bois vieux et gondolé, et encore plus dur de se faufiler par la petite ouverture et de retomber un étage plus bas, mais elle y parvint. L'adrénaline était un truc merveilleux. Tout en frottant son pantalon – celui de Grace, en fait, ce dont elle n'était pas fière ; avec tout ce qu'elle avait à se reprocher, dire qu'elle s'en voulait surtout d'avoir pris le pantalon préféré d'une adolescente et de l'avoir sali aux genoux ! – elle chercha à se repérer. L'artère principale la plus proche était Edmondson Avenue, sur la droite. Elle menait directement au Beltway, où elle ne pourrait pas faire du stop. Elle pourrait tenter sa chance sur la Route 40, mais celle-ci était orientée est-ouest, or elle voulait aller vers le sud. Elle trouverait bien une solution. Comme toujours.

Elle se mit à marcher d'un pas rapide en se frottant les bras. Il ferait froid à la tombée de la nuit, mais avec un peu de chance elle arriverait chez elle avant. L'idéal serait de se faire déposer à l'aéroport et d'y prendre le train... Les lignes locales fonctionnaient-elles le dimanche ? Amtrak, oui, et si on ne la pinçait pas avant New Carrollton, elle serait tirée d'affaire. Même dans un train local, elle était prête à parier qu'elle saurait parlementer avec un contrôleur pendant quelques arrêts, le persuader qu'elle avait égaré son billet, peut-être même qu'elle avait été victime d'une agression, mais c'était plus risqué car il voudrait qu'elle porte plainte. *Si seulement elle avait pris le train mardi, comme prévu !* Elle pourrait raconter au contrôleur qu'elle s'était battue avec... son petit ami, qui l'avait violemment expulsée de sa voiture, voilà, elle était coincée et il fallait qu'elle rentre chez elle. Elle saurait le convaincre avec cette histoire. Elle avait déjà vu une SDF voyager de Richmond à Washington en expliquant qu'elle allait voir le président. Ils ne pouvaient pas vous faire descendre sur les rails, et une fois à la gare d'Union, ce serait jouable. Elle appellerait une collègue, voire son patron si nécessaire, ou elle prendrait le risque de sauter par-dessus le portillon du métro, prête à tout pour rentrer chez elle. Si elle s'était écoutée, elle aurait couru jusqu'à la rue où les voitures défilaient dans les deux sens. Elle avait la sensation d'avancer vers le monde réel, lieu de mouvements et de confusion où elle pourrait à nouveau disparaître tranquillement, et qu'il lui faudrait atteindre une vitesse très élevée pour franchir la muraille du royaume imaginaire dans lequel elle vivait depuis cinq jours.

Mais au moment où elle atteignait l'extrémité de l'allée, une voiture de police émergea et lui barra le passage, et l'inspectrice boulotte et suffisante en descendit.

— Je vous ai appelée avec mon portable, dit Nancy Porter. Nous n'étions pas certains que vous prendriez la fuite, mais nous étions curieux de voir ce que vous feriez si nous vous proposions de rencontrer Miriam. Infante est à l'autre bout de l'allée. Et, comme vous le savez, un agent en tenue est posté devant chez Kay.

— J'étais juste en train de faire un tour. C'est interdit ?

— Infante est allé voir Stan Dunham cet après-midi. Il a appris des choses étonnantes.

— Stan Dunham n'est pas en état de dire quoi que ce soit à quiconque, même s'il y était disposé.

— Voyez-vous, c'est intéressant que vous sachiez ça, parce que hier vous avez réussi à ne pas parler de son état et moi, j'ai pris soin de ne pas vous en parler pour que vous pensiez qu'il pouvait vous contredire. Hier, vous disiez n'avoir eu aucun contact avec lui depuis des années.

— C'est la vérité.

L'inspectrice ouvrit la portière arrière. C'était une vraie voiture de police, avec grillage de séparation.

— Je ne tiens pas à vous menotter, à cause de votre bras et parce qu'aucune charge ne pèse contre vous... pour l'instant. Mais c'est votre dernière chance de nous dire ce qui est vraiment arrivé aux sœurs Bethany, Ruth. À supposer que vous le sachiez.

— Il y a des années que je ne suis plus Ruth, dit-elle en montant dans la voiture. Ruth est le prénom que j'ai le plus détesté. Je ne supportais pas d'être Ruth.

— Eh bien, vous allez nous confier votre identité actuelle dès aujourd'hui, ou vous passerez la nuit à la prison pour femmes. Nous avons été très patients avec vous depuis cinq jours, mais c'est terminé. Vous allez nous dire qui vous êtes et ce que vous savez sur la famille Dunham et les sœurs Bethany.

Pour exprimer ce qu'elle ressentait à l'idée que tout allait s'achever une bonne fois pour toutes, elle aurait pu parler de soulagement. Ou peut-être d'une épouvantable angoisse.

40

— Nous pourrions vous la montrer sur les images des caméras de sécurité, proposa Infante à Miriam. Ou la faire passer devant vous dans le couloir, pour que vous puissiez la voir.

— Il est exclu que ce soit Heather ?

— Oui, s'il s'agit bien de Ruth Leibig, ce qu'elle a quasi admis. Ruth Leibig a obtenu son diplôme de lycée à York, Pennsylvanie, en 1979, et a épousé le fils Dunham la même année. Heather aurait eu seize ans. Le mariage aurait été légal, surtout avec les Dunham comme témoins. Mais il paraît peu probable qu'elle ait terminé le lycée avec deux ans d'avance, non ?

— C'est moi qui ai relevé ce point, précisa Willoughby, mais Infante ne lui en voulut pas de se mettre en avant.

Cette incohérence dans les dates lui serait apparue tôt ou tard. Mais le vieux policier avait beau s'en défendre, il avait les éléments du dossier Bethany gravés dans le crâne, notamment leurs dates de naissance.

— Non, Heather était intelligente, mais pas au point de sauter deux classes, reconnut Miriam. Même dans une petite école paroissiale perdue au fin fond de la Pennsylvanie.

Infante avait fréquenté une école catholique et avait trouvé ça plutôt rigoureux, mais ce n'était pas le moment de pinailler avec Miriam.

— Et donc, qu'est-il arrivé à mes filles ? demanda-t-elle. Où sont-elles ? Que vient faire Stan Dunham là-dedans ?

— Notre supposition est qu'il a effectivement enlevé et tué vos filles, et que Dieu sait comment, Ruth, sa belle-fille, l'a découvert, répondit Infante. Nous ne savons pas trop pourquoi elle tient à dissimuler son identité actuelle, mais elle est probablement recherchée pour autre chose. Ou bien elle sait que Penelope Jackson a délibérément allumé l'incendie dans lequel Tony Dunham est mort et cherche à la protéger, bien qu'elle prétende ne pas la connaître. Dès que nous lui parlons de la voiture, elle nous sort le cinquième amendement. Pareil dès qu'une question la gêne.

Nancy se pencha en avant et poussa un verre d'eau vers Miriam.

— Nous lui avons dit que si elle nous livrait Penelope Jackson pour le meurtre de Tony Dunham, nous passerions l'éponge pour l'accident, le délit de fuite et peut-être d'autres faits à son actif, en fonction de leur gravité. Elle a reconnu s'être appelée Ruth Leibig à un moment donné, mais elle refuse d'en dire davantage, même à son avocate. Gloria lui conseille vivement de passer un accord, de nous dire tout ce qu'elle sait, mais c'est comme si elle était dans un état catatonique.

— Nous sommes deux, murmura Miriam en hochant la tête. Je suis comme hébétée. Je n'arrêtais pas de me dire que c'était impossible, que c'était forcément une mystificatrice. Je pensais m'être... protégée contre l'espoir. Mais je me rends compte maintenant combien je voulais que ce soit vrai et combien je me disais qu'en venant ici, je pourrais faire en sorte que ce le soit.

— Forcément, dit Lenhardt. N'importe quel parent réagirait comme vous. Écoutez, venez demain, lundi, nous pourrons vérifier bien plus de choses ensemble. Par exemple si Tony et Ruth avaient divorcé, dans quelle juridiction, et ainsi de suite. Nous contacterons des personnes qui travaillaient à l'école de York, même si la paroisse n'existe plus. Pour la première fois, nous avons des pistes, et de sérieuses.

— Ce n'est pas Heather, dit Willoughby, mais elle détient les réponses, Miriam. Elle sait ce qui est arrivé, même si ce n'est que par ouï-dire. Dunham s'est peut-être confié à sa belle-fille après le diagnostic de sa maladie, la prenant comme confidente.

Miriam s'affaissa dans le fauteuil de Lenhardt. Les épaules voûtées et les yeux creusés, Miriam faisait désormais son âge, voire plus. Infante aurait voulu lui dire qu'elle s'était rendue très utile en venant, que son voyage était nécessaire, mais il n'était pas certain que ce soit vrai. Ils auraient fini par fouiller la chambre de Dunham, même sans que Miriam ait fait le rapprochement. À cause de sa démence, il n'avait pas semblé urgent de rendre visite au vieillard dès que son nom était apparu, mais on aurait tôt ou tard mis le nez dans ses papiers. Jusqu'à cet après-midi, Infante n'était même pas convaincu que Dunham soit concerné, malgré ses liens avec Tony et l'insaisissable Penelope Jackson. C'était la seule connexion qu'ils avaient pu établir indépendamment : de l'inconnue à Penelope Jackson, de Penelope à Tony Dunham et de Tony à Stan Dunham.

Malgré tout, pour être tout à fait honnête avec lui-même, il devait critiquer le choix qu'il avait fait de ne pas rendre visite à Stan Dunham dès qu'il avait eu son nom. Était-ce parce qu'il s'agissait d'un ancien policier ? Avait-il hésité et commis une bourde parce qu'il ne pouvait pas croire qu'un des leurs soit impliqué dans un crime aussi abominable ? Auraient-ils mieux fait d'enfermer l'inconnue dès le premier soir, en espérant que le cadre du centre de détention pour femmes l'incite fortement à passer à table ? Elle s'était jouée de tout le monde, y compris de Gloria, son avocate, pour gagner du temps et trouver un moyen de ne pas leur dire qui elle était. Mais elle n'avait pas le cran, ou l'impudence, d'essayer de tromper la mère. C'était peut-être la seule petite trace de décence qui lui restait, la limite qu'elle ne voulait pas franchir. Elle avait fui pour éviter le face-à-face avec la mère.

Ou bien elle avait fui parce qu'elle pensait que Miriam, d'un seul coup d'œil, pourrait faire la seule chose qu'ils n'avaient pas réussi à faire de toute cette semaine : écarter avec certitude toute possibilité qu'elle soit Heather Bethany.

— Faites-la passer devant moi, dit Miriam doucement. Je ne veux pas lui parler... enfin, si, je voudrais lui crier dessus, lui poser mille questions, et encore crier... mais je sais que je ne dois pas le faire. Je veux juste la voir.

***

Miriam attendit dans l'entrée du Public Safety Building. Elle songea à mettre des lunettes de soleil, mais faillit rire tout haut de sa propension au mélodrame. Après tout, cette femme ne la connaissait pas. Si elle avait jamais vu Miriam, c'était sur des photos de l'époque et même si elle avait exceptionnellement bien vieilli, Miriam savait qu'on n'aurait jamais pu la prendre pour ce qu'elle était à trente-huit ans. D'ailleurs, la Miriam de trente-neuf ans ne ressemblait déjà plus vraiment à celle de trente-huit. Elle se rappela avoir été frappée par les photos publiées dans la presse pour le premier anniversaire, en voyant comme elle avait changé, comment son visage s'était transformé de manière irrévocable. Ce n'était ni de vieillissement ni de chagrin, mais de quelque chose de plus profond, comme si après un accident on avait reconstruit le squelette de son visage, en lui redonnant le même aspect mais légèrement faussé.

L'ascenseur était d'une lenteur éprouvante, comme elle l'avait découvert en descendant, et l'attente lui parut interminable. Mais Infante et Nancy apparurent enfin, de part et d'autre d'une petite femme blonde qu'ils tenaient à peine par le coude. Comme elle penchait la tête en avant, il n'était pas facile de voir son visage, mais Miriam observa du mieux qu'elle put cette... Ruth, c'était ça ?... nota les épaules menues, les hanches fines, et le pantalon d'adolescente, d'un effet des plus comiques sur cette femme d'une quarantaine d'années. *Si c'était ma fille,* songea Miriam, *elle aurait plus de goût que ça.*

La femme releva la tête et Miriam croisa son regard. Ce fut plus fort qu'elle, elle fut incapable de détacher ses yeux. Elle se leva lentement et barra le passage au trio, déconcertant visiblement Infante et Nancy. Cela ne faisait pas partie du scénario. Elle était censée rester assise et regarder, rien de plus. Elle avait promis. Ils s'imaginaient probablement qu'elle allait la gifler ou la pousser, cracher des imprécations à la dernière menteuse en date à s'être approprié la vie de Miriam pour se divertir.

— Mir... Madame, dit Infante en se reprenant, soucieux qu'il était de protéger son identité. Nous escortons une prisonnière. Elle n'est pas menottée parce qu'elle est blessée. Écartez-vous, je vous prie.

Miriam l'ignora, prit la main gauche de l'inconnue et la serra doucement, manière de dire : *Ça ne sera pas douloureux,* puis elle lui remonta la manche de son chandail en prenant soin de ne pas défaire son pansement. Au-dessus du coude, elle trouva la marque qu'elle cherchait, la cicatrice ô combien ! ténue d'un vaccin malencontreusement rouverte par une tapette à mouches, laquelle avait raté l'insecte mais fait couler du pus et du sang, créant une plaie qui avait mis plusieurs semaines à se refermer, la croûte ne cessant d'être grattée malgré les admonitions de ne pas y toucher, sous peine de garder une trace permanente. Elle était là, tache spectrale si fantomatique et si légère que personne d'autre ne l'aurait remarquée. D'ailleurs, il se pouvait même qu'elle ne soit pas vraiment là, mais Miriam crut la voir, et la vit donc.

— Oh, Sunny, dit-elle, mon Dieu, mais que se passe-t-il ?

41

Les roues du bus tournent et tournent et tournent[1]...

Ils voulaient savoir ce qu'elle pensait, ce qui lui traversait l'esprit, et c'était exactement cela – les paroles de la comptine lui étaient revenues cet après-midi-là dans le bus de la ligne 15, Heather assise de l'autre côté de l'allée centrale, fredonnant gaiement, horripilante comme à son habitude. Heather était encore une gamine. Pas Sunny. Sunny était sur le point de devenir une femme. Le bus, le 15, conduisait d'autres passagers au centre commercial,

1. D'après une comptine traditionnelle.

vers des achats ordinaires, mais il l'emmenait, elle, retrouver son mari.

C'était toute la magie des bus. Grâce à un autre, elle avait atteint ce tournant dans sa vie, ce moment où tout allait changer. Elle fuguait, comme sa mère avant elle. Sa vraie mère, celle avec les cheveux blonds et les yeux bleus comme elle. Sa vraie mère était quelqu'un qui l'aurait comprise, à qui elle aurait pu confier tout ce qu'elle tenait enfermé dans son cœur, des secrets si explosifs qu'elle ne les avait jamais écrits nulle part, même pas dans son journal intime. Sunny Bethany avait quinze ans et elle était amoureuse de Tony Dunham, et cette vérité semblait résonner dans chaque chanson qu'elle écoutait, dans chaque bruit qu'elle entendait, même le bourdonnement des roues du bus.

Les roues du bus tournent et tournent et tournent...

Ç'avait commencé dans un autre bus, dans le car de ramassage scolaire, après l'inversion du trajet à la demande des autres parents, quand Sunny s'était retrouvée à voyager seule l'après-midi.

« Ça t'embête si j'allume la radio ? lui avait un jour demandé le chauffeur. »

C'était un remplaçant, un beau jeune homme très différent de M. Madison, le chauffeur habituel.

« Mais il ne faudra pas le dire. C'est défendu de mettre la radio. Mon père, à qui appartient la société, est très strict.

— D'accord, avait-elle dit, honteuse de son petit couinement de voix. Je ne le dirai à personne. »

Après... pas la fois suivante qu'il avait remplacé M. Madison, ni la fois d'après, ni même encore celle d'après, mais la quatrième, en novembre quand le temps fraîchissait :

« Tu ne veux pas venir t'asseoir à l'avant pour me tenir compagnie et bavarder avec moi ? On finit par s'ennuyer à rester assis tout seul.

— Si, bien sûr », avait-elle dit en serrant ses livres sur sa poitrine et, le car ayant roulé sur un nid-de-poule, se sentant bête de s'être cogné la hanche contre un siège.

Mais Tony n'avait pas ri et ne s'était pas moqué d'elle.

« Toutes mes excuses. Je vais faire en sorte que le reste du trajet se fasse en douceur, mademoiselle. »

Encore une autre fois – la cinquième ou la sixième ; leurs rencontres étaient maintenant assez fréquentes pour se fondre en un tout, même si elle ne le voyait que deux ou trois fois par mois.

« Aimes-tu cette chanson ? Ça s'appelle *Lonely Girl*[1]. Elle me fait penser à toi.

— Vraiment ? »

Elle n'était pas certaine d'aimer la chanson, mais l'avait écoutée attentivement, surtout le dernier vers où il était question d'un garçon solitaire. *Fallait-il en déduire que...* mais elle avait gardé les yeux rivés sur son classeur bleu. Les autres filles écrivaient le nom de leur amoureux sur la couverture de leur classeur, mais elle n'avait jamais osé le faire. Quelques semaines plus tard, elle avait griffonné un minuscule TD dans le coin inférieur droit.

« Ça veut dire quoi, TD ? lui avait demandé cette petite fouineuse d'Heather, toujours à l'espionner.

— *Touchdown*[2], avait répondu Sunny. »

Par la suite, elle avait transformé les initiales en des formes géométriques apprises en cours de maths.

Tony parlait de plus en plus de lui-même par-dessus la

1. Littéralement : la fille solitaire.
2. Essai marqué au football américain.

musique. Il avait essayé de s'engager pour aller au Vietnam, mais on n'avait pas voulu de lui – au grand soulagement de sa mère et à sa grande déception à lui. Sunny ne savait pas qu'il y avait des gens qui voulaient combattre dans cette guerre. Tony avait une maladie du cœur, un prolapsus de la valve mitrale. Sunny n'arrivait pas à croire que le cœur de Tony soit défectueux. Il avait les cheveux longs qu'il coiffait souvent avec une petite brosse qu'il gardait dans la poche de son jean, et il portait une chaîne en or. Il fumait des Pall Mall, mais seulement après avoir déposé les autres enfants.

« Ne me dénonce pas ! disait-il en lui décochant une œillade dans le rétroviseur. T'es vraiment jolie. On te l'a déjà dit ? Tu devrais te coiffer comme Susan Dey[1]. Mais t'es déjà mignonne. »

Les roues du bus tournaient, tournaient, tournaient...

« J'aimerais bien qu'on puisse passer du temps ensemble. De vrais moments, pas juste les trajets en car. Ce serait sympa, hein, de se retrouver seuls quelque part ? »

Elle se disait oui, peut-être, mais elle ne voyait pas comment cela pourrait se faire. Elle savait sans même leur demander que ses parents, aussi ouverts et libres d'esprit qu'ils disaient être, ne l'autoriseraient jamais à sortir avec un chauffeur de vingt-trois ans. Mais elle ne savait pas ce qui les gênerait davantage – son âge, sa profession ou sa volonté d'aller combattre au Vietnam.

Pour finir, Tony lui avait dit qu'il voulait l'épouser, que si elle venait le retrouver au centre commercial un samedi, ils pourraient aller à Elkton en voiture, se marier

1. Actrice américaine, connue pour son rôle dans la série *The Partridge Family.*

dans la petite chapelle où se mariaient des gens de New York, parce qu'il n'y avait aucun délai, ni besoin de faire des analyses de sang. Non, avait-elle dit. Il plaisantait. « Non, je ne plaisante pas. Je t'épouserai. Tu es si belle, Sunny. N'importe qui aurait envie de se marier avec toi. » Elle s'était souvenue que sa mère, la vraie, s'était enfuie de chez elle à dix-sept ans pour épouser son grand amour, son vrai père et on grandissait de plus en plus vite maintenant. Elle entendait ses parents le dire sans arrêt – « Les enfants grandissent si vite de nos jours ».

À leur rencontre suivante, la semaine du 23 mars, elle avait dit oui, elle le retrouverait, et six jours plus tard, elle était dans le bus de la ligne 15 et s'apprêtait à le retrouver. Ce soir-là, elle partirait en lune de miel. Elle frissonna légèrement en y pensant. Ils n'avaient jamais fait plus que s'embrasser, et peu, mais elle en avait été toute chamboulée. Le père de Tony connaissait parfaitement son itinéraire, il le questionnait au moindre retard, reniflait l'intérieur du car et lui demandait s'il avait fumé. Curieusement, être le fils du patron ne lui valait aucun traitement de faveur, au contraire. Tony vivait toujours chez ses parents à vingt-trois ans seulement parce que sa mère aurait été effondrée de le voir partir.

« Mais on n'habitera pas chez eux quand on sera mariés, avait-il dit. Elle comprendra tout à fait. On prendra un appartement en ville ou bien à York.

— La ville de Peppermint Patty[1] ?

1. Le Peppermint Pattie est un biscuit à la menthe enrobé de chocolat noir et dont l'emballage est orné du mot « York ». Il a donné son surnom au personnage de Patricia (Patty) Reichardt dans les *Peanuts* de Charles Schulz, dont la marque de biscuits est par la suite devenue un des sponsors officiels.

— C'est ça. »

Les roues du bus tournaient, tournaient, tournaient...

***

Mais il avait fallu qu'Heather vienne tout gâcher en suivant Sunny, et pas seulement au centre commercial, mais jusque dans la salle où était projeté *Chinatown,* là où elle devait retrouver Tony pour son « rendez-vous », comme il disait. Après qu'on les avait expulsées, Sunny avait fui, ne sachant que faire. Comment retrouver Tony ? Elle était allée chez Harmony Hut. Après tout, la musique était ce qui les unissait, ce qui les avait rapprochés. Il avait fini par la retrouver, mais Tony était énervé et fâché, comme si c'était à cause d'elle que le plan avait foiré. Puis Heather les avait repérés chez Harmony Hut, main dans la main devant les disques des Who. Elle avait commencé à râler, à dire que ce type l'avait abordée devant le magasin d'orgues, qu'il était louche. Elle voulait le dénoncer. Ils étaient bien obligés de l'emmener avec eux, non ? S'ils laissaient Heather, avait argumenté Sunny, elle irait tout raconter aux parents et leur plan tomberait à l'eau. Ils avaient promis à Heather de l'argent et des bonbons, ils lui avaient dit qu'elle pourrait rentrer à la maison dès qu'ils seraient mariés, qu'elle pourrait être leur demoiselle d'honneur et leur témoin. L'idée de porter le bouquet de Sunny avait paru la tenter. Mais une fois sur le parking, Heather n'avait plus voulu les suivre et Tony l'avait empoignée un peu violemment et obligée à monter dans la voiture. Elle avait laissé tomber son sac en se débattant, mais il avait refusé de retourner le chercher et elle avait pleuré et couiné pendant tout le trajet, tout ça pour un sac à la noix.

« J'ai perdu mon sac ! Avec mon baume pour les lèvres et mon peigne, celui que j'avais acheté à Rehoboth Beach. J'ai perdu mon sac ! »

Seulement, il n'y avait pas eu de mariage à Elkton. Le tribunal était fermé, donc impossible d'obtenir un certificat de mariage. Tony avait fait semblant d'être surpris, mais il avait réservé une chambre dans un motel d'Aberdeen. *Pourquoi as-tu pensé à réserver la chambre mais oublié de vérifier pour le tribunal ?* Sunny avait une boule à l'estomac, rien à voir avec ce qu'elle ressentait en l'embrassant. Dans la chambre, entre Tony qui boudait parce qu'ils n'étaient pas seuls et Heather qui râlait toujours pour son sac, Sunny s'était sentie coincée et désemparée. Elle ne savait plus si elle en voulait à Heather d'avoir gâché sa lune de miel ou si c'était un soulagement. L'idée de se marier commençait à lui paraître idiote. Elle voulait terminer le lycée et faire des études, voyager à travers le monde comme son père, avec rien de plus qu'un sac à dos. Elle avait proposé d'aller au restaurant d'en face et de leur rapporter de quoi dîner. Elle avait jugé préférable de ne pas avouer qu'elle paierait avec l'argent subtilisé dans la boîte d'Heather.

Le restaurant s'appelait Le Nouvel Idéal et c'était le genre d'endroit à l'ancienne que son père adorait, où tout était fait maison. Les hamburgers étaient plus longs à préparer, mais ça valait le coup. D'ailleurs, les *diners* étaient les seuls endroits où son père en mangeait. « Même un amateur de nourriture saine a le droit de se lâcher de temps en temps », disait-il. Il leur avait fait des pancakes aux pépites de chocolat ce matin-là, et elle n'avait pas fini les siens. Elle le regrettait. Elle aurait voulu pouvoir revenir en arrière, mais c'était impossible. Malgré tout, elle pouvait rentrer à la maison. Elle allait retourner à la chambre et demander à Tony de les ramener chez elles, elle trouverait un mensonge et persuaderait Heather de jouer le jeu, en la soudoyant avec son propre argent.

Elle avait réglé les cheeseburgers sans se douter que sa vie avait pris fin pendant qu'elle patientait au Nouvel Idéal.

***

Quand Sunny arriva dans la chambre, Heather gisait par terre, immobile.

— Un accident, expliqua Tony. Elle sautait sur le lit en faisant un sacré boucan, je lui ai dit d'arrêter, j'ai essayé de l'attraper par le bras et elle est tombée.

— Il faut appeler un médecin ou l'emmener à l'hôpital. Elle n'est peut-être pas vraiment morte.

Vaines paroles prononcées devant une Heather morte à l'évidence, l'arrière du crâne enfoncé comme une citrouille après Halloween, une serviette imbibée de sang sous ses cheveux autrefois blonds. Pourquoi avait-il mis une serviette sous sa tête ? Et comment pouvait-on sc cogner si fort la tête en tombant d'un lit ? Mais plusieurs années devaient s'écouler avant que Sunny n'ose seulement se poser ces questions.

— Non, elle est morte. On devrait appeler mon père. Il saura quoi faire.

***

Stan Dunham était beaucoup plus gentil que le tyran décrit par son fils quand il s'épanchait dans le car. Il ne s'emporta pas, ne cria pas et ne leur fit aucun reproche, contrairement à la mère de Sunny qui disait souvent : « Qu'est-ce qui a pu te passer par la tête ? Sers-toi un peu de ta cervelle ! » Il était strict, mais il ne faisait pas peur, pas du tout. Si vous aviez de sérieux ennuis, Stan Dunham était le genre de personne à qui se confier.

« Voilà comment je vois les choses, dit-il en s'asseyant sur le lit double du motel, les mains sur les genoux. Nous avons perdu une vie et rien ne nous la rendra. Si nous prévenons la police, mon fils sera poursuivi et condamné. Personne ne croira que c'était un accident. Et Sunny devra passer le reste de ses jours avec des parents qui lui reprocheront la mort de sa sœur.

— Mais je n'ai pas..., protesta-t-elle. J'étais... »

Il leva la main et elle se tut.

« Tes parents auront du mal à penser autre chose. Tu peux comprendre ça, non ? Les parents sont humains. Ils te détesteront malgré eux. Je le sais. Je suis papa. »

Elle inclina la tête, à court d'arguments.

« Voici ce que je propose... Sunny ? Je ne me trompe pas, Sunny, c'est bien ton prénom ? Vous aviez des projets, toi et Tony. Je ne sais pas si Tony était au courant qu'une fille de quinze ans a besoin du consentement parental pour se marier dans cet État, dit-il en décochant un regard à son fils, mais c'était votre projet et nous allons le mener à terme. C'est la conduite honorable, tenir ses engagements. Tu viendras habiter chez nous, sous un nouveau nom. À la maison, tu seras la femme de Tony, comme vous le souhaitiez. Vous pourrez même dormir ensemble. Ça ne me gêne pas. En dehors de la maison, il faudra que tu ailles à l'école, en étant quelqu'un d'autre. Dès que tu auras l'âge, vous aurez un vrai mariage. Je me débrouillerai. Je vais tout arranger. Je vous donne ma parole. »

Sur ce, il prit Heather dans ses bras, comme ferait n'importe quel père avec sa fille endormie, la posa sur son épaule en tenant délicatement sa tête meurtrie, et l'emporta à la voiture en faisant signe à Sunny de le suivre. À sa propre stupéfaction, elle le fit... Elle sauta dans la voiture, dans une nouvelle vie, dans un autre monde où elle ne serait pas obligée d'être celle qui avait entraîné la mort de sa petite sœur. Tony devait rester pour nettoyer et dormir là comme prévu, afin de ne pas éveiller les soupçons du personnel sur ce qui était arrivé dans la chambre 249. *Tony ne comptait pas m'épouser,* s'avoua Sunny, assise dans la voiture de Stan Dunham, le cadavre de sa sœur dans le coffre. Il prévoyait de l'attirer dans ce motel minable, de coucher avec elle, puis de la ramener à Baltimore en misant sur sa honte pour qu'elle n'en parle à personne.

Ç'aurait probablement pu marcher. Elle serait rentrée chez elle et aurait concocté une histoire pour expliquer sa disparition de quelques heures. Mais il n'était plus question de rentrer à la maison maintenant, pas sans Heather. M. Dunham avait raison. Ils ne le lui pardonneraient jamais. Et elle-même ne se le pardonnerait jamais.

***

Ils l'appelèrent Ruth et racontèrent aux gens qu'elle était une cousine éloignée, dont ils ignoraient l'existence jusqu'à l'incendie dans lequel toute sa famille avait péri. Vis-à-vis de l'extérieur, elle n'était que cela, la petite cousine qui était peut-être secrètement amoureuse de son nouveau cousin, ou peut-être pas, mais elle fut l'épouse de Tony dès qu'elle eut franchi leur seuil. Elle partageait son lit – et s'aperçut vite qu'elle n'aimait pas ça. L'amabilité, les compliments auxquels elle avait eu droit dans le car – tout cela avait disparu, remplacé par du sexe fébrile, pas vraiment violent, seulement remarquable pour sa brièveté. Quand la nostalgie était trop forte, quand elle osait dire qu'elle pourrait peut-être rentrer chez elle, qu'il devait bien y avoir une solution, Stan Dunham lui disait qu'elle n'avait nulle part où aller. Ses parents s'étaient séparés et avaient disparu de la circulation. Son père n'était qu'un raté, sa mère une femme adultère. Et puis, elle était désormais complice d'un crime qu'elle avait aidé à dissimuler et serait poursuivie si jamais elle parlait à la police.

« Je suis un ancien policier, disait-il. Je sais où en est l'enquête. Tu es mieux chez nous. »

Elle avait conscience que la famille Dunham correspondait à celle dont elle rêvait depuis plusieurs années. Ce qu'elle appelait des gens « normaux », un père avec un vrai travail et une mère au foyer qui cuisinait en se nouant de jolis tabliers par-dessus ses robes. De fait, Irene Dunham semblait posséder plus de tabliers que de robes et ne quittait jamais ses fourneaux de la semaine. Sa pâte sablée était très réputée, disait-elle à Sunny avec un air satisfait qu'elle trouvait inacceptable chez les autres. Malgré les nombreux prix qui lui avaient été décernés, Sunny ne terminait jamais sa part de tarte qui avait pour elle un goût de poussière. Irene n'appréciait guère Sunny, qu'elle jugeait responsable du drame – quoi qu'il fasse, elle soutenait son fils.

L'âge aidant, Sunny essayait parfois de se refuser à Tony, mais il la frappait – un jour, elle eut un œil au beurre noir, un autre, il lui disloqua la mâchoire et lui flanqua un coup si violent à l'estomac qu'elle crut ne jamais retrouver sa respiration. La dernière fois, il faillit carrément la tuer. Il faut reconnaître qu'elle lui avait assené un coup avec le tisonnier de la cheminée du salon, celui-là même avec lequel elle avait cassé les têtes des poupées chéries d'Irene.

La scène s'était déroulée pendant leur vraie nuit de noces.

Il était presque minuit, les Dunham étaient couchés comme d'habitude, mais pour une fois ils ne pouvaient ignorer le vacarme dans la chambre de Tony. Irene Dunham s'était précipitée vers son fils qui n'avait pourtant qu'un filet de sang sur la joue, l'unique blessure infligée par Sunny avant qu'il ne lui prenne le tisonnier et ne commence à l'en frapper et la rouer de coups de pied. Stan Dunham, lui, s'était occupé d'elle et au moment même où il la prenait dans ses bras et où leurs regards se croisaient, elle avait compris qu'il savait, qu'il avait toujours su. Il savait que son fils avait tué Heather, que la mort de cette dernière n'avait rien d'accidentel. Elle ne s'était pas cogné la tête en tombant du lit. Tony l'avait battue, ou l'avait poussée par terre et s'était acharné sur elle jusqu'à lui briser le crâne. Pourquoi ? Comment savoir ? C'était un frustré et un violent. Heather n'avait pas sa langue dans sa poche et avait gâché son plan. C'était peut-être une raison suffisante. Non, rien ne pouvait justifier un tel acte.

« Il faut que tu partes », lui avait dit Stan Dunham, et si sa famille avait choisi d'y voir une punition, un exil, elle savait qu'il voulait la sauver.

Le lendemain, il lui avait trouvé une nouvelle identité et lui avait appris comment disparaître en s'appropriant la vie d'une fillette décédée.

« Quelqu'un qui est né à peu près à la bonne époque,

qui est morte avant d'avoir une carte de sécurité sociale, voilà ce que tu dois chercher. »

Il lui avait acheté un billet de bus et lui avait promis qu'il serait toujours là en cas de besoin, et Stan Dunham n'était pas homme à se dédire. À vingt-cinq ans, quand elle avait décidé d'apprendre à conduire, il était venu en Virginie les week-ends et l'avait patiemment initiée sur des parkings d'école. En 1989, quand elle avait décidé de suivre une formation d'informaticienne, il avait tout pris à sa charge. À la mort d'Irene, n'ayant plus à se soucier de la surveillance vindicative de son épouse, il avait souscrit une rente pour Sunny. Le montant n'était pas faramineux mais ça lui avait permis de s'acheter une voiture et de mettre un peu d'argent de côté en vue d'acheter un appartement, si jamais la flambée de l'immobilier cessait un jour.

Il y avait une semaine jour pour jour, Penelope Jackson s'était présentée chez elle et Sunny avait appris que Tony Dunham jouissait lui aussi d'une rente. Et que, un soir de beuverie, il avait fait allusion à ses crimes et à son premier mariage ; il avait sorti à Penelope qu'elle ne pourrait jamais lui échapper parce qu'il avait déjà tué une fille et dissimulé l'affaire avec l'aide de son père et de la propre sœur de la victime.

« Tenez, là il m'a arraché une énorme touffe de cheveux, lui avait dit Penelope en lui montrant une grosse tache chauve derrière son oreille. Et là j'ai une jaquette, avait-elle ajouté en se tapotant une incisive grisâtre. Même pas de bonne qualité. Ce salaud m'a poussée sur les marches du perron parce que je m'étais moquée de lui. Quand j'ai appris que son père payait une rente à une autre nana, j'ai décidé de lui rendre visite pour voir ce qu'elle avait subi pour justifier de prendre leur fric aux

Dunham. Moi, la seule chose que j'aie jamais obtenue de Tony, c'est la promesse qu'il me traque et me tue si jamais je le quittais. Il est à mes trousses. Il faut que vous m'aidiez, sinon je vais à la police et je leur dis ce que je sais sur vous. Vous avez dissimulé un meurtre, c'est presque comme si vous l'aviez commis. »

Il lui avait fallu presque trois jours, mais grâce aux méthodes que lui avait enseignées Stan Dunham, elle avait réussi à procurer une autre identité à Penelope Jackson, ainsi que les papiers nécessaires pour entamer une nouvelle vie. Elle lui avait aussi donné cinq mille dollars prélevés sur ses économies et Penelope s'était réservé une place sur un vol pour Seattle, au départ de Baltimore-Washington International. Sunny l'avait suppliée de choisir une autre compagnie, qui décollerait de Dulles ou National, les aéroports de Washington, mais Penelope tenait à Southwest.

« Chez eux, on obtient très vite des billets gratuits. Ils appellent ça les Récompenses rapides. »

Sunny avait donc franchi le Potomac pour la première fois depuis près de vingt-cinq ans, était entrée dans le Maryland et avait pris le Washington-Baltimore Parkway.

« Vous n'avez qu'à garder la voiture, si vous voulez », lui avait proposé Penelope, mais pour Sunny c'était impensable d'accepter. Comment expliquer ce tas de ferraille immatriculé en Caroline du Nord ? Elle comptait l'abandonner sur le parking de l'aéroport, prendre le train jusqu'à Washington et rentrer chez elle en métro. Mais elle était maintenant si proche de la maison... Elle avait jugé qu'elle ne risquait pas grand-chose à pousser un peu plus vers le nord avant de faire demi-tour. En approchant de la Route 70, elle avait ensuite songé à rendre visite à Stan, chose qu'elle n'avait jamais envisagée, même quand sa maladie s'était aggravée, car il lui aurait fallu signer le registre des visites, ce qui aurait laissé une trace. Mais Penelope lui avait dit qu'il allait vraiment mal, qu'il était sénile et à l'article de la mort. Si on ne lui demandait pas ses papiers, elle pourrait signer d'un faux nom. Et pourquoi ne ferait-elle pas un détour par Algonquin Lane, pour voir si c'était la maison chérie de ses rêves ou rien de plus qu'une ferme délabrée dans un quartier miteux de Baltimore ?

Et puis la voiture lui avait échappé et sa vie avec, et là, dans la panique et la confusion elle avait commencé à dire la vérité, pour le regretter aussitôt.

« Je suis une des sœurs Bethany. »

Si elle leur disait tout, ils retrouveraient Tony et l'obligeraient, elle, à reconnaître publiquement qu'elle était responsable de la mort de sa sœur. En plus, qui savait les mensonges que Tony serait capable de sortir, quelles violences il pourrait lui faire subir ? Elle avait donc accusé Stan en sachant qu'il était à l'abri d'une certaine manière, et avait prétendu être Heather. Heather qui n'avait jamais fait qu'espionner sa grande sœur. Elles s'étaient toujours beaucoup ressemblées et Sunny savait tout de sa vie. Ç'aurait dû être simple de se faire passer pour elle.

Mais dès qu'elle avait su que Miriam était vivante, elle avait compris qu'elle serait démasquée. Néanmoins, elle avait joué son va-tout, tenté de leur fournir des réponses plausibles pour disparaître avant l'arrivée de sa mère. Irene était décédée et Stan ne pouvait plus être rattrapé par la justice. Si elle avait su dès le départ que Tony était mort, elle n'aurait peut-être pas hésité à tout dire. Mais Penelope Jackson lui avait raconté qu'il était vivant, qu'elle avait besoin d'argent parce qu'il avait juré de la traquer et de lui rendre la vie infernale parce qu'elle l'avait quitté. À entendre Penelope, c'était quasi de la faute de Sunny si Tony était toujours en liberté, à martyriser d'autres femmes, et n'était-ce pas la vérité ? *Si elle avait appelé la police, ce soir-là au motel. Si seulement elle avait commencé à hurler pour attirer les clients, le personnel.* Mais, terrorisée, elle était restée muette et avait voulu croire qu'il existait un moyen de ne pas dire à ses parents qu'Heather était morte... et par sa faute. « Prends soin de ta sœur, lui disait son père. Un jour, ta mère et moi ne serons plus là et vous n'aurez plus que vous deux. » L'avenir en avait décidé autrement.

***

— Mais...

Miriam ne termina pas sa phrase, sa voix hésitant comme si la tâche qui l'attendait était impossible, comme s'il restait tellement de questions à poser que jamais elle ne pourrait en choisir une seule. Sunny songea à tout ce que veut savoir une mère, jour après jour. *Où étais-tu ? Qu'as-tu fait ? Comment s'est passée ta journée à l'école ?* Elle se rappela comment elle avait commencé à regimber contre la curiosité de sa mère quand, au début de la troisième, elle avait fait la connaissance de Tony, comment elle avait appris à dissimuler ses émotions et ses secrets derrière le masque laconique de l'adolescence. *Nulle part. Rien. Pas mal.* À présent, elle n'aurait pas demandé mieux que de répondre à toutes les questions de sa mère si celle-ci arrivait seulement à décider ce qu'elle voulait savoir. Sunny choisit alors de lui livrer le renseignement le plus simple et le plus personnel, ce qu'elle avait tant rechigné à dévoiler, persuadée qu'il s'agissait de l'unique et dernière chose qui lui restait.

— Je m'occupe de technologie de l'information pour une compagnie d'assurances basée à Reston, en Virginie. Je me sers du nom Cameron Heinz, mais au bureau tout le monde m'appelle Ketch.

— Catch ?

— Ketch, pour Ketchup. Heinz, tu piges ? Elle est morte dans un incendie, en Floride au milieu des années soixante. C'est toujours pratique, les incendies. Je veux redevenir cette personne. Mais je voudrais aussi être Sunny et passer du temps avec toi, maintenant que je sais que tu es vivante. Y a-t-il un moyen de faire les deux ? Il y a si longtemps que je suis la fausse personne que... Je ne pourrais pas être la vraie sans que tout le monde soit au courant ?

— Je crois que si, dit Lenhardt. À condition que vous sachiez faire preuve d'un peu de duplicité.

— Je pense avoir prouvé que j'étais capable de bien plus que ça.

***

Quinze jours plus tard, la police du comté de Baltimore publiait un communiqué annonçant que des chiens de la brigade canine avaient retrouvé les ossements d'Heather Bethany à Glen Rock, Pennsylvanie. C'était pur mensonge et Lenhardt s'amusa follement de voir le public et la presse le gober si facilement – des chiens qui découvrent des os enterrés depuis trente ans, des os qu'on avait identifiés rapidement et automatiquement, comme s'il n'y avait aucun délai d'attente pour les analyses d'ADN, comme si les possibilités théoriques de la science triomphaient toujours face à la réalité quotidienne des bureaucraties débordées et des coupes budgétaires. Toujours selon la police, on avait pu localiser la tombe en exploitant les renseignements émanant d'une source confidentielle. Techniquement, c'était vrai si l'on considérait Cameron Heinz comme une source confidentielle, comme une personne différente de Sunny Bethany. La police avait établi que Tony Dunham était le meurtrier et que ses parents avaient conspiré pour cacher son crime et retenir en otage l'autre sœur, Sunny Bethany. Celle-ci était parvenue à s'échapper à une date tenue secrète et vivait toujours... sous une autre identité. Par l'entremise de son avocate, Gloria Bustamante, Sunny demanda aux journalistes de respecter sa vie privée et son anonymat, comme pour toute victime de crime sexuel. Elle ne souhaitait pas s'exprimer sur le drame qu'elle avait vécu. De toute manière, confia Gloria, toujours ravie de parler aux médias, sa cliente vivait à l'étranger, comme sa mère, l'unique famille qu'il lui restait.

— Ce n'est pas loin d'être vrai, devait plus tard faire remarquer Lenhardt à Infante. Reston en Virginie ? Putain de pays étranger, si tu veux mon avis. T'as déjà vu cet endroit ? Rien que des entreprises et des tours ! N'importe qui pourrait y disparaître.

— Ailleurs aussi, lui avait renvoyé Infante.

Après tout, c'était très exactement ce qu'avait fait Sunny Bethany pendant plus de trente ans – comme adolescente dans une école paroissiale, comme vendeuse dans une fromagerie, comme employée dans un petit journal, comme informaticienne chez un gros fabricant d'ordinateurs. Tel l'oiseau qui s'installe dans des nids abandonnés, elle s'était glissée dans la vie de fillettes mortes depuis longtemps en espérant que personne ne la remarque, et le monde n'avait été que trop pressé de lui accorder cette faveur. Elle avait choisi d'être une de ces femmes anonymes qui défilent quotidiennement dans les rues, les centres commerciaux et les immeubles de bureaux – plutôt jolies, méritant qu'on se retourne sur leur passage, mais repoussant toute attention. Infante, toujours à répertorier les femmes, l'aurait-il remarquée sous l'un quelconque de ses déguisements ? Probablement pas. Mais maintenant qu'il se donnait la peine de la regarder attentivement, il voyait bien que son visage était très proche de celui que l'ordinateur lui avait prédit pour plus tard, bien qu'il ait un peu poussé sur les rides, la gratifiant de grosses pattes-d'oie et autres sillons à la commissure des lèvres. Elle aurait pu se donner cinq ou dix ans de moins si elle avait voulu, mais elle s'était contentée de trois.

Allez comprendre, songea Infante en fermant la fenêtre de son ordinateur où s'affichaient les portraits des deux sœurs. *Sunny Bethany n'a pas les rides du sourire.*

DIXIÈME PARTIE

Swadhayaya

Le cinquième et dernier degré du Chemin des Cinq Voies, swadhayaya, est la libération par la connaissance de soi : Qui suis-je ? Pourquoi suis-je ici ?

Tiré de divers enseignements sur l'Agnihotra

42

À peine arrivé à la fête de Nancy Porter, Infante flaira le coup monté. Il repéra de très loin la pauvre malheureuse – une brunette avec une robe rouge vif, qui ne surveillait pas vraiment les arrivées. Assez jolie. Elle était même franchement superbe, mais d'après des critères féminins – fine silhouette, regard étincelant, cheveux abondants. C'est ça qui lui mit la puce à l'oreille. C'était Nancy qui la lui avait choisie, et il fallait reconnaître qu'elle avait bon goût. Malgré tout, il ne supportait pas qu'on joue les entremetteuses, même passivement, du genre invitons-les ensemble et voyons ce qui se passe. À croire qu'il n'était pas fichu de se trouver une nana tout seul, ou qu'il ne savait pas choisir.

Même si c'était la stricte vérité, et alors ? Il était majeur et vacciné. Nancy ferait mieux de le laisser tranquille.

Il parcourut la pièce du regard, à la recherche d'une conversation dans laquelle s'immerger, histoire de se rendre plus difficile à aborder. Essayer de bavarder avec la maîtresse de maison était inutile. Nancy allait et venait entre la cuisine et la salle à manger, à remplir les plats et à entasser les victuailles sur le buffet. Lenhardt n'était pas encore arrivé et le mari de Nancy n'appréciait guère Infante ; cela dit, Andy Porter était du genre à ne souffrir aucun type qui passerait beaucoup de temps en tête à tête avec sa femme, même en tout bien tout honneur. Scrutant désespérément l'assemblée, sentant la brunette qui se rapprochait, il repéra enfin un visage familier – rond, agréable –, mais il lui fallut quelques secondes pour le remettre... Kay Machinchose, l'assistante sociale.

— Bonjour, dit-elle en lui tendant la main. Kay Sullivan, de St Agnes ?

— Bien sûr. C'est vous qui...

— Tout à fait.

Silence gêné d'une seconde. Kevin comprit qu'il allait devoir se donner un peu plus de mal s'il souhaitait échapper, même temporairement, aux machinations de Nancy.

— Je ne savais pas que Nancy et vous étiez copines.

— Nous nous sommes retrouvées par The House of Ruth. Elle est venue nous faire une conférence sur une des plus anciennes affaires non élucidées du comté de Baltimore, l'affaire Powers.

Kevin s'en souvenait bien. Il n'oubliait jamais aucun dossier. Une jeune femme séparée de son mari, une longue bataille juridique pour la garde de leur enfant. Elle avait quitté son travail un après-midi. Ni elle ni sa voiture n'avaient jamais été retrouvées.

— Ah oui, cette affaire-là. Ça remonte à combien de temps ?

— Presque dix ans. Leur fille est adolescente maintenant. Vous vous rendez compte ? Elle doit savoir que son père était le principal suspect, même si rien n'a jamais été prouvé. J'avais oublié qu'il était flic avant de travailler dans la sécurité privée.

— Ouais.

Nouveau silence embarrassé, tandis que Kevin se

demandait pourquoi elle avait mentionné ce point en particulier. Voulait-elle sous-entendre que les policiers de Baltimore étaient tous des crapules par nature ? Stan Dunham s'était contenté de dissimuler un meurtre.

— Vous arrive-t-il de... ? commença-t-elle.

— Non.

— Vous ne savez même pas ce que j'allais vous demander.

— J'ai supposé que c'était à propos de Sunny Bethany.

Kay piqua un fard comme si elle était gênée.

— Nous ne sommes pas en contact. Il me semble que le vieux Willoughby appelle de temps en temps la mère. D'ailleurs...

Il tourna la tête en songeant que Willoughby devait figurer au nombre des invités, et l'aperçut, vêtu d'un élégant gilet à motif de losanges et oui... en train de baratiner la brunette en robe rouge vif. Ça, Willoughby avait l'œil pour les jolies femmes, comme Infante l'avait appris depuis qu'ils jouaient ensemble au golf. Source d'étonnement pour lui et aussi de fierté, même s'il ne se l'avouait pas, Willoughby semblait préférer sa compagnie à celle des coincés d'Elkridge. Tout compte fait, le retraité avait plus une âme de flic que de privilégié. Il était aussi de ces vieux cochons bien éduqués qui aiment graviter dans l'aura des jolies femmes. Il raffolait de Nancy et déjeunait avec elle au moins une fois par mois. Il cherchait probablement à attirer la brunette vers le gui, manœuvres pour lui arracher une bise.

— Il faut que j'aille le saluer...

— Bien sûr, dit Kay. Je comprends. Mais si un jour vous avez des nouvelles de Sunny...

— Oui ?

— Dites-lui que c'est très gentil de sa part d'avoir pensé à renvoyer le pantalon de Grace, propre et réparé. J'ai beaucoup apprécié.

Elle paraissait esseulée mais résignée, comme si elle avait l'habitude d'être délaissée dans les soirées. Infante attrapa un pirojki sur une pique et le trempa dans la crème fraîche – grâce à ses origines polonaises, Nancy savait recevoir. Pour Kevin, les péripéties du printemps faisaient partie du boulot, alors que Kay Sullivan les avait certainement vécues comme une aventure, une parenthèse dans une vie consacrée à... eh bien, à faire tout ce que font les assistantes sociales. Se battre avec des formulaires, supposa-t-il.

— Grace ? dit-il. C'est votre fille ? Quel âge a-t-elle ? Vous avez d'autres enfants ?

Ravie, Kay commença à lui parler, avec force détails, de son fils et de sa fille, Infante l'écoutant en hochant la tête et se servant d'autres pirojkis. La belle affaire ! La brunette attendrait.

***

— *¿ Cómo se llama ?* demanda l'homme devant la galerie, et Sunny dut faire un effort pour ne pas regarder l'orifice qu'il avait au-dessus de la bouche.

Sa mère l'avait prévenue que Javier était un peu surprenant quand on le rencontrait pour la première fois et Sunny avait supposé que sa difformité le privait aussi de l'usage de la parole. En Virginie, pendant qu'elle préparait son voyage, elle avait imaginé un muet, une sorte de Quasimodo qui ne communiquait que par des grognements et des soupirs.

Il fit une nouvelle tentative, pas du tout gêné qu'elle

détourne le regard, sûrement habitué aux comportements évasifs, peut-être même soulagé. À sa place, Sunny l'aurait été.

— *¿ Es la hija de señora Toe-lez ? Verdad ?*

(« Comment vous appelez-vous ? Vous êtes la fille de Mme Toles, n'est-ce pas ? »)

Sunny écoutait des cassettes d'espagnol depuis plusieurs semaines et le comprenait bien à l'écrit, mais elle se rendait compte qu'il lui fallait traduire mot à mot tout ce qu'on lui disait, puis concevoir sa réponse en anglais et faire l'opération inverse, procédé peu efficace. Sa mère lui avait expliqué que ça ne serait pas toujours comme ça, si elle décidait de rester.

— *Soy...* commença-t-elle à dire, puis elle se corrigea. (Non, pas « Je suis », mais « Je m'appelle ».) *Me llamo Sunny.*

Comme si Javier se souciait de ses autres noms et identités, de ce qui figurait sur son permis de conduire et de savoir si ça correspondait à son passeport ou à son diplôme de fin d'études secondaires. Son permis de conduire et son passeport étaient au nom de « Cameron Heinz », et c'était donc l'identité sous laquelle elle avait pris l'avion et le taxi pour arriver dans cette rue de San Miguel de Allende, retraçant ainsi à bien des égards l'itinéraire de sa mère seize ans auparavant bien qu'elle ne le sache pas encore. Elle devait l'apprendre plus tard, pendant leur voyage à Cuernavaca. Aux États-Unis, Gloria Bustamante attendait toujours que Cam-Ketch-Barb-Syl-Ruth-Sunny décide qui elle souhaitait être. C'était un choix difficile, encore plus depuis le décès de Stan Dunham qui, en mourant l'été précédent, avait laissé un petit héritage que Gloria lui conseillait de revendiquer dans la mesure où elle avait été sa victime indirecte et, brièvement, sa belle-fille. Pouvait-elle réclamer cet argent ? Le devait-elle ? Et si elle récupérait son vrai nom et l'argent de Stan Dunham, combien de temps se passerait-il avant qu'on ne la retrouve ? Comme Sunny était bien placée pour le savoir, les touches d'un clavier d'ordinateur laissaient toujours une trace.

Ici, elle pouvait s'appeler comme elle voulait. Pendant quinze jours.

— *Me llamo Sunny.*

Javier rit et lui montra le ciel.

— *¿ Como el sol ? Qué bonita.*

Elle haussa les épaules, ne sachant quoi dire. Échanger des banalités lui était déjà difficile en anglais. Quand elle entra dans la boutique, un carillon se mit à tinter doucement. Elle se souvint qu'il y en avait un à L'Homme à la guitare bleue, mais avec un son plus grave, plus compact.

Sa mère – sa mère ! – était avec une cliente, une petite femme boulotte à la voix de crécelle qui tripotait les boucles d'oreilles posées sur le comptoir comme si elle leur reprochait quelque chose.

— Je vous présente ma fille Sunny, dit Miriam, mais elle était coincée entre le comptoir et la dame corpulente et ne put s'avancer pour étreindre sa fille comme elle en avait manifestement envie. *C'est vrai quelle veut me serrer dans ses bras, hein ?* La cliente lui jeta un bref coup d'œil, puis recommença à martyriser les bijoux. Ils semblaient ternir à son contact, noircir et se tordre entre ses doigts boudinés. Sunny se demanda si elle porterait toujours le même regard sur les autres, si elle continuerait à se focaliser sur leurs défauts et à essayer de déterminer au plus vite s'ils lui voulaient du bien ou du mal. Manifestement, il n'y avait rien à tirer de celle-ci.

— Elle doit ressembler à son père, maugréa la cliente, et Sunny se souvint du plaisir qu'elle avait eu en versant le Pepsi sur la tête de Mme Hennessey, au journal.

Des regrets, c'est peu dire qu'elle en avait quelques-uns, mais cet épisode n'en faisait pas partie. De fait, c'était même un de ses moments de gloire. Il faudrait qu'elle le raconte à sa mère, pendant le voyage. En y réfléchissant, c'était une des rares anecdotes qu'elle pouvait partager avec elle, certaine qu'elle ne leur causerait ni tristesse ni anxiété.

Choisir des sujets de conversation avec sa mère la rendait toujours un peu nerveuse, mais cela devait s'avérer beaucoup plus simple qu'elle ne s'y attendait. Dans le train qui les conduisit à Mexico le lendemain, elles commenceraient par parler de Penelope Jackson, qui demeurait introuvable mais avait, Dieu merci !, cessé de se servir des cartes de crédit de Sunny quarante-huit heures après être arrivée à Seattle. Dans le car pour Cuernavaca, Miriam oserait lui demander si elle pensait que Penelope avait assassiné Tony Dunham et Sunny lui répondrait que oui, mais pas pour l'argent, que Penelope n'avait songé à réclamer la rente qu'après la mort de Tony, pour découvrir à sa grande surprise que cette pension avait pris fin à son décès.

— Mais elle était tout à fait capable de tuer un type. Elle avait un regard d'une méchanceté... maman. Elle me faisait peur. Dès que je l'ai vue, j'ai compris que je devrais faire tout ce qu'elle me demandait.

Elles évoqueraient aussi l'inspecteur Willoughby, qui continuait de faire des appels du pied à Miriam dans les courriels qu'il lui adressait, envisageant de venir jouer au golf au Mexique, au cas où il existerait des parcours intéressants dans les environs de San Miguel de Allende.

Miriam déclara qu'elle ne souhaitait pas l'encourager, mais Sunny trouva qu'elle devrait, peut-être juste un peu. Quel mal y avait-il à ça ?

Pour finir – ni le lendemain ni le surlendemain mais quelques jours plus tard à Las Mañanitas, en sirotant un verre pendant que les paons se promenaient sur la pelouse au coucher du soleil –, Sunny demanderait à Miriam si ce que Kay lui avait dit quelques mois auparavant était vrai, qu'une tragédie ne fait que révéler les forces ou les failles d'une personne, d'une famille. Elle avait parlé de « fissures ».

— Tu me demandes si ton père et moi nous sommes séparés par ta faute ? Sunny, ce n'est jamais de la faute des enfants. Ta disparition a même peut-être retardé mon départ. Ça faisait des années que j'étais malheureuse.

— Mais justement... Quand j'y repensais... pendant les années où j'étais partie... je me disais que nous étions une famille heureuse, que j'avais été bête d'aspirer à autre chose. Tu te souviens quand on a retrouvé des affaires de dînette sous les racines et les buissons ? Tu te souviens que papa avait acheté deux exemplaires de *Max et les Maximonstres* et qu'il les avait dépecés pour faire une frise dans la chambre d'Heather, avec l'histoire en entier ? J'avais l'impression que la maison d'Algonquin Lane était un lieu magique alors que pour toi c'était une prison. Il y en a bien une de nous deux qui a tort.

— Pas forcément, devait répondre Miriam. Au fait, c'est moi qui ai fait la frise dans la chambre d'Heather. Mais si je ne te l'avais pas dit, ton souvenir aurait-il été faux pour autant et l'amour que ton père avait pour toi moins fort ? Je ne crois pas.

Et quand il avait fait nuit pour de bon, quand elles eurent peine à distinguer leurs visages et furent seules dans le jardin, ou cru l'être, elles avaient enfin abordé la question Stan Dunham.

— Ton père aurait été tenté de faire la même chose, dit Miriam. Si toi ou Heather aviez fait quelque chose de mal...

— C'est mon cas..., commença à dire Sunny, mais sa mère n'avait pas voulu en entendre parler.

— Tous les parents font ça, Sunny. Ils essaient de corriger les erreurs de leurs enfants et de les protéger. Un enfant peut être heureux quand ses parents ne le sont pas. Mais un père ou une mère n'est jamais plus heureux que le plus malheureux de ses enfants.

Sunny retourna cette pensée dans sa tête. Elle ne pouvait que s'en remettre au jugement de sa mère. Si elle savait quelque chose sur elle-même, c'était bien qu'elle n'avait pas la fibre maternelle. Elle n'aimait pas beaucoup les enfants. D'ailleurs, elle en voulait à la plupart, comme s'ils lui avaient volé sa vie, tout en ayant conscience que c'était irrationnel. C'était elle la voleuse de vies, elle qui s'appropriait le nom et l'existence de fillettes qui n'étaient jamais arrivées en maternelle.

— Malgré tout, ajouta Miriam, j'aime croire que ton père n'aurait jamais causé à d'autres la douleur que nous a infligée Stan Dunham. Tu dis qu'il a été bon avec toi et je lui en suis reconnaissante. Mais je ne peux pas lui pardonner ce qu'il nous a infligé, même maintenant qu'il est mort.

— Pourtant, moi, tu me pardonnes.

C'était là une cicatrice qu'elle ne pouvait s'empêcher de triturer, comme elle n'avait pu s'empêcher de gratter la croûte de son vaccin, ce qui l'avait rendue si sensible à la tapette à mouches d'Heather la serviable.

— Mais voyons, Sunny, tu avais quinze ans ! Il n'y a

rien à pardonner. Évidemment que je ne te tiens pas responsable. Ton père te dirait la même chose, s'il était toujours en vie. Et ça non plus, ce n'est pas de ta faute.

— Heather aurait dit que c'était de ma faute, elle.

Et là, sa mère la surprit en éclatant de rire.

— C'est bien possible ! Heather était près de ses rancunes autant que de ses sous. Mais je pense qu'elle aussi aurait reconnu que tu ne lui voulais pas de mal.

Un paon poussa un cri d'une voix étrangement humaine. Heather qui avait son mot à dire ? Sunny ne pourrait jamais être aussi sûre d'avoir la bénédiction de sa sœur que voulait l'en persuader sa mère.

Mais toutes ces conversations ne devaient venir que plus tard, au fur et à mesure que le temps, les voyages et l'obscurité rendaient possible pareille intimité. Pour l'instant, elles se trouvaient dans la galerie, encore empreintes de réserve et d'une certaine gêne, et soudain Miriam fit une grimace par-dessus la tête inattentive de sa râleuse de cliente, oui, elle leva les yeux au ciel et tira la langue. *Je fais pareil*, se rendit compte Sunny, *quand quelqu'un plante le système en téléchargeant quelque chose et que je dois le réparer pendant que la personne est dans tous ses états.*

— Oui, elle ressemble à son père, dit sa mère. C'est la première fois qu'elle vient au Mexique et nous allons passer Noël à Cuernavaca, à l'hôtel Las Mañanitas.

— Je n'irai pour rien au monde à Cuernavaca ! grommela la femme. Et Las Mañanitas est beaucoup trop cher.

Elle s'écarta du comptoir comme d'une table après un repas copieux mais insatisfaisant et quitta lourdement la boutique sans dire au revoir ou merci.

— Dire que j'étais justement tentée d'inviter cette

charmante personne à se joindre à nous ! dit Miriam en quittant son comptoir pour venir embrasser Sunny. Et comment s'est passé ton voyage à toi, ma chérie ? Es-tu fatiguée ? Veux-tu aller à ma *casita* faire la sieste ou bien préfères-tu d'abord manger un peu ? À quelle heure t'es-tu levée ce matin ? Ça t'a pris longtemps pour arriver ici ?

Juste trente ans, fut tentée de répondre Sunny. *Trente ans et une tache d'huile sur la chaussée.*

Au lieu de ça, elle se contenta d'une réponse plus simple, quelque chose que sa mère comprendrait, un besoin que toutes les mamans savent satisfaire. Comme le héros de *Max et les Maximonstres*, elle s'était lassée de courir l'aventure, était rentrée à la maison et avait retiré son costume de loup. Elle avait envie d'être là où on l'aimerait le plus même si elle pensait avoir depuis longtemps perdu le droit à ce dévouement inconditionnel.

— C'est vrai que j'ai faim. Les compagnies aériennes ne servent plus de vrais repas en avion, pas en classe économique, mais bon... je n'ai pas pris l'avion depuis que tu nous as emmenées à Ottawa, quand j'étais toute petite.

Le souvenir lui revint, sa sœur et elle habillées à l'identique, sa propre robe tachée après qu'elles avaient partagé un sachet de M&M's, celle d'Heather impeccable et immaculée, duo digne de Goofus et Gallant. Redoutable Heather, qui avait même senti que Tony était un crétin dès leur première rencontre. À même pas douze ans, elle avait bien plus de discernement que sa sœur âgée de quinze.

— On pourrait aller manger quelque part ?

Les deux femmes sortirent bras dessus, bras dessous

dans la rue grouillante et ensoleillée, où Javier dut crier pour se faire entendre par-dessus le vacarme d'un bus. Sunny ne comprit pas un mot de ce qu'il disait, mais à en juger d'après ses gestes compliqués, il semblait insister sur leur ressemblance et les trouver magnifiques, la mère et la fille, enfin réunies. Il croisa les doigts pour mimer leur lien étroit, Sunny se rappelant alors le jeu des menottes chinoises, le tube dans lequel on se faisait prendre le doigt si on tirait trop fort dessus.

Elle le regarda droit dans les yeux, ne craignant plus son visage maintenant qu'elle savait où était l'orifice, ce qui lui manquait. Elle regrettait de ne pouvoir montrer aussi simplement au reste du monde ce qui lui faisait défaut à elle. Qui aurait détourné le regard et n'aurait pas osé la regarder en face ?

— *Gracias,* dit-elle.

Puis elle se souvint du mot le plus précieux qu'on puisse entendre, celui qui avait tant compté pour elle, même quand c'était faux et usurpé, entièrement faux. En se faisant passer pour Heather, Sunny avait redonné vie à sa sœur, y compris sa confiance agaçante, et c'était là une chose qu'elle ne regretterait jamais. De toutes les personnes qu'elle avait été et serait, Heather était sa préférée.

— *Gracias*, Javier.

Note de l'auteur

En 2005, je me suis rendue au match d'ouverture des Nationals de Washington avec des amis, une bande de quadragénaires qui avaient grandi dans la région de Baltimore et de Washington. Au moment où nous passions devant le centre commercial de Wheaton Plaza, la conversation débridée s'est soudain interrompue et nous nous sommes dévisagés.

— Vous vous souvenez... ? a commencé quelqu'un.

Aucun d'entre nous n'avait oublié. Nous étions adolescents lorsque Shelia et Katherine Lyon ont disparu aux abords de Wheaton Plaza, le 25 mars 1975. Le mystère de leur disparition n'a jamais été élucidé. Elles ont laissé derrière elles leurs parents et deux frères, une famille qui ne ressemblait en rien aux Bethany. Alors comment se fait-il que j'aie choisi une date très proche pour ce récit entièrement imaginaire sur la disparition de deux sœurs ?

Ce n'était pas mon intention au départ. Si j'avais effectivement besoin que les faits se déroulent le week-end de Pâques, je pensais pouvoir planter le décor à ma guise vers le milieu des années soixante-dix. Mais après avoir consulté la presse de l'époque, il s'est avéré que l'année 1975 convenait le mieux pour l'histoire que je voulais raconter. Il serait négligent de ma part de ne pas préciser que ce roman n'a rien à voir avec la tragédie de la famille Lyon. Mais il serait malhonnête de ne pas reconnaître la proximité des dates.

Il devrait aller de soi qu'une maison d'édition joue un rôle clé pour ce genre de réalisation, mais pour ce livre, ma directrice de collection, Carrie Feron, et son assistante, Tessa Woodward, ont vraiment fait l'impossible, avec le soutien de tout le monde chez Morrow and Avon – notamment Lisa Gallagher, Lynn Grady, Liate Stehlik et Sharyn Rosenblum. Un merci particulier aux hommes et aux femmes du service de diffusion d'HarperCollins, à Scranton, Pennsylvanie, pour le gâteau et l'accueil, tous deux délicieux.

M'ont tenu la main et prodigué leurs conseils techniques : Vicky Bijur, David Simon, Jan Burke, Theo Lippman Jr., Madeline Lippman, Susan Seegar, Alison Gaylin, Donald Worden, Joan Jacobson, Linda Perlstein, Marcie Lovell, Bill Toohey, Duane Swierczynski, Sarah Weinman, Joe Wallace, James R. Winter ainsi que de nombreux participants du Memory Project qui ont généreusement partagé leurs souvenirs de 1975. Je suis également reconnaissante envers la bibliothèque Enoch Pratt, dont les archives sur microfiches de la presse locale sont très accessibles, et envers Kristine Zornig en charge du fonds sur le Maryland.

Une précision à l'intention des pinailleurs : n'oubliez pas qu'il arrivait souvent qu'un film ressorte en salle, surtout après avoir remporté un Oscar. *Chinatown* était bel et bien à l'affiche du cinéma du centre commercial de Security Square en 1975 et *La Mélodie du bonheur* passait dans des salles du centre-ville au moment du blizzard de 1966. Une supplique à l'attention de mes lecteurs du Sud : je n'éprouve que de la tendresse pour Brunswick, Géorgie. Après tout, mon père y est né. La description peu flatteuse n'appartient qu'à Kevin Infante, flic nordiste dans un mauvais jour. Pour ma part, j'aime beaucoup la région et j'y passe chaque printemps.

Ce livre est dédié à deux femmes qui m'ont apporté leur soutien et leur amitié depuis mes débuts de romancière. Qui plus est, Fellows est enseignante et Norris bibliothécaire. Mais ce sont avant tout des lectrices passionnées. À travers elles, c'est vraiment à tous mes lecteurs et lectrices que je dédie ce livre.

Photocomposition C*MB* Graphic
44800 Saint-Herblain

Achevé d'imprimer par GGP Media GmbH, Pößneck
en mars 2010
pour le compte de France Loisirs,
Paris

N° d'éditeur: 58824
Dépôt légal: mars 2010
Imprimé en Allemagne